ITALIEN

Grammaticalement correct !

Grammaire alphabétique de l'italien

Éliane BAYLE

Professeur agrégé d'italien au lycée Voltaire
Formateur associé à l'IUFM de Paris

ellipses

Du même auteur :

- *Novelle italiane del nostro secolo*, Hachette, Le Livre de Poche
- *L'umiltà ed altri racconti*, Hachette, Le Livre de Poche
- *Le lettere anonime*, Hachette, Le Livre de Poche
- *Grammaire active de l'italien, Méthode 90*, Hachette
  – en collaboration avec Danièle Polard

ISBN 2-7298-1649-6

32, rue Bargue 75740 Paris cedex 15

www.editions-ellipses.fr

Abréviations et signes

>	donne
<	vient de
†	forme ancienne
COD	complément d'objet direct
compl.	complément
comp.	comparatif
sup.	superlatif
f.	féminin
m.	masculin
pl.	pluriel
sg.	singulier
ind.	indicatif
sub.	subjonctif

On a souligné la syllabe accentuée des mots qui portent l'accent sur une autre syllabe que la dernière ou l'avant-dernière ou lorsqu'il peut y avoir ambiguïté (terminaison en -***ia***, mots d'origine étrangère).

rubrique ... >	indique (en fin de rubrique) les entrées à consulter pour en savoir plus
	symbolise les tests
	souligne les points délicats

-a (noms et adjectifs en -)

1. Les noms qui se terminent :

- en -***a*** :
  - au **singulier** :
    - sont féminins et font leur pluriel en -**e** :

      la ragazza la fille > *le ragazze*

      Deux exceptions font leur pluriel en -***i*** :

      l'ala l'aile > *le ali*

      l'arma l'arme > *le armi*
    - sont masculins et font leur pluriel en -***i*** :

      il poeta > *i poeti*

      il tema > *i temi*

      il Belga > *i Belgi*

      Quelques-uns sont invariables :

      il boia le bourreau > *i boia*

      il paria le paria > *i paria*

      il sosia le sosie > *i sosia*

      il vaglia le mandat > *i vaglia*

      il cinema le cinéma > *i cinema*

      il delta le delta > *i delta*

      il boa le boa > *i boa*

      il gorilla le gorille > *i gorilla*

      il lama le lama > *i lama*

      il panda le panda > *i panda*
    - sont masculins pour les hommes et leur pluriel est en -***i*** ou féminins pour les femmes et leur pluriel est en -**e**.

      C'est le cas des noms en -***ista*** et en -***cida*** :

      l'artista (m.) > *gli artisti*

      il suicida > *i suicidi*

      l'artista (f.) > *le artiste*

      la suicida > *le suicide*
  - au **pluriel**, sont féminins alors qu'ils sont masculins en -**o** au singulier :

    le uova < *l'uovo* l'œuf

    le paia < *il paio* la paire

    Certains de ces noms, à côté du pluriel féminin en -***a***, ont un autre pluriel masculin régulier en -***i*** avec un sens parfois différent :

    le ginocchia ou *i ginocchi* < *il ginocchio* le genou

    le membra (du corps) ou *i membri* (d'une société) < *il membro* le membre
- en -***à*** sont accentués sur la dernière syllabe (*parole tronche*) et sont donc invariables :

  la città la ville > *le città*

  la realtà la réalité > *le realtà*
- en -***ca*** et -***ga*** au singulier, peuvent être :
  - masculins, leur pluriel est alors en -***chi*** ou -***ghi*** :

    il duca le duc > *i duchi*

    Une exception : *il Belga* le Belge > *i Belgi*
  - féminins, leur pluriel est alors en -***che*** :

    la Belga la Belge > *le Belghe*

- en -***cia*** et -***gia*** sont féminins.
  Au pluriel :
  – si le -i- est accentué, ils font -**cie** et -**gie** :

    la magia la magie > *le magie*

  – si le -i- n'est pas accentué et que -***cia*** et -***gia*** est précédé d'une consonne, ils font -**ce** et -**ge** :

    la lancia la lance > *le lance*

  mais ils font -***cie*** et -***gie*** si -***cia*** et -***gia*** est précédé d'une voyelle :

    la ciliegia la cerise > *le ciliegie*

2. Les adjectifs qui se terminent :

- en -***a*** correspondent au féminin singulier de la 1re classe, leur pluriel est en -**e** :

  la casa ***rossa*** la maison rouge > *le case* ***rosse***

Pour certains, la terminaison -***a*** correspond au masculin et au féminin singulier, leur pluriel est en -***i*** au masculin et en -**e** au féminin :

l'amico ***vietnamita*** l'ami vietnamien > *gli amici* ***vietnamiti***

l'amica ***vietnamita*** l'amie vietnamienne > *le amiche* ***vietnamite***

Les deux adjectifs ***rosa*** et ***viola***, invariables, correspondent à une couleur qui s'exprime par le nom de la fleur ; la même terminaison se retrouve donc au masculin et au féminin, au singulier et au pluriel :

il vestito ***rosa*** le vêtement rose > *i vestiti* ***rosa***

la giacca ***rosa*** la veste rose > *le giacche* ***rosa***

- en -***ca*** et -***ga*** sont du féminin singulier et leur pluriel est -***che*** et -***ghe*** :

  l'amica greca l'amie grecque > *le amiche greche*

  Belga est masculin et féminin, il fait ***belgi*** au pluriel masculin et ***belghe*** au féminin :

  l'uomo belga > *gli uomini belgi*

  la donna belga > *le donne belghe*

- en -***cia*** et -***gia***, suivent la règle des noms :

  la camicia grigia > *le camicie grigie*

adjectifs qualificatifs* • *-ca et -ga (noms et adjectifs en -)* • *noms (pluriel des -) •••••••••••• >

Indiquez le genre M ou F et le nombre S ou P des groupes de mots suivants :

1. teorema matematico • 2. maniche viola • 3. mela rossa • 4. uova fresche • 5. tennista tedesco • 6. città spagnole • 7. età canonica • 8. belle paia • 9. civiltà antiche • 10. delta padano • 11. pianista belga • 12. braccia bianche • 13. risa forti • 14. collega comunista • 15. turista vietnamita • 16. dita lunghe • 17. panorama vasto.

A est une préposition.

1. Elle devient souvent ***ad*** devant une voyelle pour une raison d'euphonie :

*Comincia **ad** arrivare.*	Il commence à arriver.

2. Elle se combine avec l'article défini qui la suit :

*Vado **al** liceo.*	Je vais au lycée.

Cependant de très nombreuses expressions usuelles comme ***a casa*** *à la maison*, ***a teatro*** *au théâtre*, ***a scuola*** *à l'école*..., n'utilisent pas l'article :

*Gli alunni vanno **a** scuola.*	Les élèves vont à l'école.
*Siamo **a** teatro.*	Nous sommes au théâtre.

Mais on rétablit l'article quand l'expression est déterminée :

*Vanno **alla** scuola tecnica.*

*Sono **al** teatro San Carlo.*

3. Elle **s'emploie comme *à* français** pour exprimer :

- l'attribution :

*Parlo **a** Pietro.*	Je parle à Pierre.

- la distance :

*La casa è **a** venti metri.*	La maison est à vingt mètres.

- le lieu où l'on est :

*Siamo **a** Firenze.*	Nous sommes à Florence.

- le lieu où l'on va :

*Si recano **a** Milano.*	Ils se rendent à Milan.

- la mesure :

*Va **a** cento chilometri l'ora.*	Il va à cent km à l'heure.

- le moyen :

*Ci va **a** piedi.*	Il y va à pied.

- l'heure :

*Mangia **a** mezzogiorno o **all**'una.*	Il mange à midi ou à une heure.

4. Elle **ne correspond pas à *à* français** :

- pour exprimer :
  - l'attitude (pas de préposition en français) :

*Rimane **a** bocca aperta.*	Il reste bouche bée.

  - le but :

*C'è un cane **a** difesa della casa.*	Il y a un chien pour défendre la maison.

  - la distribution :

*C'è un biglietto **a** testa.*	Il y a un billet par personne.
*Camminano **a** due **a** due.*	Ils marchent deux par deux.

– **la forme :**

*È un edificio **a** piramide.*	C'est un édifice en pyramide.

– **la manière, le procédé :**

*È una fotografia **a** colori.*	C'est une photo en couleurs.

– **la proximité :**

*Si avvicina **al** compagno.*	Il s'approche de son camarade.

– **le temps :**

ai nostri giorni	de nos jours
a settembre	en septembre

- **devant l'infinitif :**

– **de narration :**

*E rane **a** saltare.*	Et grenouille de sauter.

– **qui suit un verbe de mouvement, alors qu'il n'y a pas de préposition en français :**

*Viene **a** trovarci.*	Il vient nous voir.

5. **Elle s'emploie en composition avec d'autres prépositions :**

*accanto **a**, vicino **a***	à côté de
*davanti **a***	devant
*di fronte **a***	en face de
*fino **a**, sino **a***	jusqu'à
*in cima **a***	en haut de, au sommet de
*incontro **a***	au devant de
*in fondo **a***	au fond de
*in mezzo **a***	au milieu de
*in riva **a***	au bord de
*intorno **a**...*	autour de...
*Vanno **fino a** Palermo.*	Ils vont jusqu'à Palerme.

articles contractés* • *heure (expression de l')* • *infinitif* • *mouvement (verbes de)* • *prépositions ••• >

Traduire les phrases suivantes :

1. Il habite à Florence mais va souvent à Venise. • 2. Je viendrai vous voir à 4 heures. • 3. Nous irons au théâtre ou au cinéma mais eux, ils resteront à la maison. • 4. Les fourmis sortent par centaines. • 5. Je gagne 800 euros par semaine. • 6. Elles vont se promener au bord de la mer, à pied, et prennent ensuite un bateau à moteur. • 7. Cette nappe est brodée à la main. • 8. Elle parle à voix haute en jouant aux cartes. • 9. Il se trouve à côté de lui, à deux mètres. • 10. Il met la main en éventail pour entendre. • 11. Nous sommes au bout de la rue mais nous nous approchons de vous. • 12. C'est un escalier en colimaçon. • 13. De nos jours, on essaie de bien vivre. • 14. Il marche la tête haute.

accadere, avvenire

1. ***Accadere***, ***avvenire*** traduisent les verbes impersonnels *arriver*, *se produire*, ils s'emploient pour les faits, les événements.

Ces deux verbes sont synonymes mais on peut établir cependant une nuance entre eux :

- ***accadere*** indique plutôt ce qui arrive par hasard, sans être prévu ou désiré :

  *Sono **accaduti** fatti strani.* — Des choses étranges se sont produites.

- ***avvenire***, plus littéraire, correspond à un événement plus important, prévisible ou désiré :

  ***Avvenne** che la pastorella incontrò il principe.* — Il arriva que la jeune bergère rencontra le prince.

2. Deux autres verbes peuvent également avoir le sens de *arriver*, *se produire* pour les faits, les événements :

- ***succedere***, verbe impersonnel, s'utilise pour un événement ordinaire :

  *Non **è successo** niente durante la mia assenza.* — Il n'est rien arrivé pendant mon absence.

- ***capitare***, employé impersonnellement, introduit un événement purement fortuit, souvent désagréable :

  Mi è capitata una disgrazia. — Il m'est arrivé un malheur.

(*Capitare* peut aussi être utilisé comme verbe personnel pour les personnes.)

3.
- ***Accadere***, composé de ***cadere***, ***avvenire***, composé de ***venire***, et ***succedere*** sont irréguliers.
- ***Arrivare*** et ***giungere*** ne s'emploient que pour les personnes.

arriver • cadere • conditionnel • futur • participe passé • passé simple • verbes impersonnels • venire >

Choisir la forme qui convient parmi celles proposées :

1. È ______ un incidente.
   a) accaduta b) capitato c) caduto
2. Qualunque cosa ______, proseguirà.
   a) accada b) accade c) accadeva
3. ______ tutte a me !
   a) Accade b) È successo c) Capitano
4. Le cose ______ sempre così.
   a) succedono b) cadono c) arrivano
5. Quel giorno Luisa ______ alle sei.
   a) accadde b) avvenne c) capitò

accent

1. L'accent graphique

- Il est obligatoire de l'écrire **sur la finale** :
  - des mots de deux syllabes ou plus, accentués sur la dernière :
    il caffè, il colibrì, la verità

    en particulier pour certaines formes verbales :
    - les 1re et 3e personnes du singulier des futurs :
      vedrò, sarà
    - la 3e personne du singulier des passés simples réguliers :
      parlò, vendé, servì
  - de quelques monosyllabes terminés par une diphtongue :
    ciò, già, giù, più, può, lo scià

    mais ***qui*** et ***qua*** s'écrivent sans accent.
  - de 9 autres monosyllabes pour les distinguer de mots de forme identique :

dà (verbe)	il donne	et ***da*** (préposition)	
dì (nom)	jour	et ***di*** (préposition)	de
è (verbe)	il est	et **e** (conjonction)	et
là (adverbe)	là	et ***la*** (article ou pron. pers. COD)	la
lì (adverbe)	là	et ***li*** (pron. pers. COD)	les
né (conjonction)	ni	et ***ne*** (pron. pers.)	en
sé (pron. pers. réfléchi)	soi	et **se** (conjonction)	si
sì (adverbe)	oui	et ***si*** (pron. pers. réfléchi)	se
tè (nom)	thé	et **te** (pron. pers., forme forte)	toi

Cependant quand le pronom ***sé*** est suivi de ***stesso*** ou de ***medesimo***, l'accent graphique est facultatif car la confusion avec la conjonction n'est plus possible.

  - de mots composés dont le dernier élément est un monosyllabe :
    che > *giacché, perché, poiché…*
    gru (la) > *autogrù (l')*
    me > *ahimé*
    Po (il) > *lungopò (il)*
    re (il) > *viceré (il)*
    su > *lassù*
    tre > *trentatré…*

- Il peut aussi s'écrire sur des **homographes de plus de deux syllabes** pour éviter la confusion de prononciation mais il n'est pas obligatoire :

ancóra	encore	et *l'àncora*	l'ancre
i princìpi	les principes	et *i prìncipi*	les princes
seguìto	suivi	et *il séguito*	la suite
subìto	subi	et *sùbito*	tout de suite

2. L'accent tonique

Il peut se trouver sur différentes syllabes et, suivant le cas, on distingue :

- ***le parole tronche*** ou mots accentués sur la dernière syllabe :

  ---- _ *il caffè, la virtù, la bontà*

- ***le parole piane*** ou mots accentués sur l'avant-dernière syllabe et ce sont les plus nombreux :

  ----- _ - *l'amico, la cavalleria, la finestra, l'italiano, vedere*

- ***le parole sdrucciole*** ou mots accentués sur l'antépénultième :

  ---- _ - - *il mobile, la scatola, celebre*

- ***le parole bisdrucciole*** ou mots accentués sur la 4e syllabe en partant de la fin du mot et qui sont plus rares :

  ---- _ - - - *scivolano, telefonano*

3. L'accentuation des verbes suit quelques règles.

- Sont ***parole tronche*** :
  - les impératifs monosyllabiques (2e personne du singulier de la forme affirmative de certains verbes) :

    da' ! di' ! fa' ! sta' ! va' !
  - les 1re et 3e personnes du singulier des futurs :

    vedrò, sarà...
  - la 3e personne du singulier des passés simples réguliers :

    parlò, vendé, servì...

- Sont ***parole sdrucciole*** :
  - la plupart des infinitifs de la 2e conjugaison et en particulier tous ceux qui sont irréguliers au passé simple et au participe passé :

    chiedere, correre...
  - la 3e personne du pluriel des temps simples de l'indicatif (sauf au futur), du subjonctif et du conditionnel :

    vivono, vivevano, vissero, che vivano, che vivessero, vivrebbero...
  - la 1re personne du pluriel du subjonctif imparfait :

    che guardassimo, che vivessimo, che capissimo...
  - les 3 personnes du singulier du présent de l'indicatif et du subjonctif des verbes de la 1re conjugaison formés sur un nom ou un adjectif accentué sur l'antépénultième :

    comodo > mi accomodo, ti accomodi, si accomoda, che si accomodi (accomodarsi)

    la recita > recito, reciti, recita, che reciti (recitare)

    il telefono > telefono, telefoni, telefona, che telefoni (telefonare)

    À la 3e personne du pluriel de ces temps, ces verbes deviennent *bisdruccioli* :

    si accomodano, che si accomodino
    recitano, che recitino
    telefonano, che telefonino

- Sont ***parole piane*** : toutes les autres formes et en particulier tous les gérondifs et les participes passés :
  guardiamo, senti, messo, ripetuto, cantando...

conjugaisons • futur • impératif • verbes ••••••••>

Souligner la syllabe accentuée de tous les mots suivants :

pensavano • affascinano (il fascino) • guardano • vivranno • indica (l'indice) • dissero • vendendo • che capiscano • che indichino • allinea (la linea) • sottolineano • fabbricano (la fabbrica) • guardando • che pubblichino (il pubblico) • percorso • I principi hanno un seguito • L'ancora della nave ha subito un danno • voluto • reciterebbero • pensato • che supplichino (la supplica).

adjectifs démonstratifs

Les adjectifs démonstratifs sont :
- **questo,-*a* / -i,-e** ;
- **codesto,-*a* / -i,-e** ;
- ***quello*** qui a des formes irrégulières.

Ils précèdent le nom et ne suivent jamais un article.

Chacun d'eux a un emploi bien précis.

1. *Questo* correspond à la proximité dans le temps ou dans l'espace :

Questo *ragazzo è accanto a me.*	Ce garçon est à côté de moi.
Questa *mattina resto a casa.*	Ce matin je reste à la maison.

Il peut s'élider devant une voyelle au singulier mais jamais au pluriel :

quest'*anno* > ***questi*** *anni*

La forme du féminin singulier devient ***sta*** dans certains composés :

stamattina **/** *stamani*	ce matin
stasera	ce soir
stanotte	cette nuit

2. *Codesto* est rare, son usage est toscan ou littéraire, on lui préfère ***questo*** dans la langue courante.

Chi è ***codesto*** *ragazzo ?*	Qui est ce garçon ?

3. *Quello* correspond à l'éloignement dans le temps ou dans l'espace :

In ***quell'****epoca tutto era diverso.*	À cette époque-là tout était différent.
In ***quel*** *paese fa spesso bel tempo.*	Dans ce pays-là il fait souvent beau.

Ses formes sont irrégulières et il suit la règle de ***dello*** :

Singulier :	– masculin :	– ***quel*** devant consonne normale : *quel paese* – ***quello*** devant **s**- impur ou **z**- : *quello scolaro, quello zio* – ***quell'*** devant voyelle : *quell'amico*
	– féminin :	– ***quella*** devant consonne : *quella ragazza, quella zia* – ***quell'*** devant voyelle : *quell'amica*
Pluriel :	– masculin :	– ***quei*** devant consonne normale : *quei paesi* – ***quegli*** devant **s**- impur, **z**- ou voyelle : *quegli scolari, quegli zii, quegli amici*
	– féminin :	– ***quelle*** dans tous les cas : *quelle ragazze, quelle zie, quelle amiche*

4. S'y ajoutent trois autres démonstratifs ***medesimo***, ***stesso*** et ***tale.***

- ***Stesso***,-***a*** / -***i***,-***e*** et ***medesimo***,-***a*** / -***i***,-***e*** indiquent une identité entre deux éléments et se placent devant le nom :

  Siamo dello **stesso** *parere.* — Nous sommes du même avis.

  Ils peuvent avoir aussi une valeur de renforcement et dans ce cas ils suivent le nom :

  È noto dal presidente **stesso**. — Il est connu par le président lui-même.

  Medesimo est plus littéraire que **stesso**.

- ***Tale*** / -***i*** *tel* :

  Dette ***tali*** *parole, se ne andò.* — Après de telles paroles il s'en alla.

pronoms démonstratifs ••••••••••••••••••••••••• >

I. Adapter la forme des adjectifs démonstratifs ***questo*** et ***quello*** aux noms proposés :

italiano • stranieri • figlie • zaino • re • inglese • bambino • spagnoli • cinesi • americani • sportivi • scuola • soldato • amici.

II. Utiliser l'adjectif démonstratif ***quello*** ou ***questo*** dans les phrases suivantes :

1. Prendi ______ sciarpa davanti e non ______ foulard in vetrina ! • 2. In ______ estate remota, tutto era bello. • 3. Non dimenticherà ______ storie che gli raccontava il nonno. • 4. ______ zio che vive in America, si chiama Franco. • 5. Guarda ______ ragazza qui vicina e non ______ bambina in fondo alla via ! • 6. ______ poeta è del Duecento.

adjectifs exclamatifs

Leurs formes correspondent à celles des adjectifs interrogatifs.

1. ***Che !*** *quel !* est invariable :

Che ragazzo interessante ! — Quel garçon intéressant !

2. ***Quale / -i !*** *quel !* est variable en nombre mais pas en genre et n'est jamais précédé de l'article :

Quale ragazza ! — Quelle fille !

3. ***Quanto,-a / -i,-e !*** *quel ! que de !* est variable en genre et en nombre et s'utilise pour la quantité :

Quanta fame hai ! — Quelle faim tu as !

Quanti libri ci sono ! — Que de livres il y a !

che • pronoms exclamatifs • quale / -i • quanto... >

Choisir la forme qui convient parmi celles proposées :

1. ______sete ha questo bambino !
   a) Quanta b) Quanto c) Quali
2. ______bel ragazzo !
   a) Chi b) Quanto c) Che
3. ______gente c'è per la strada !
   a) La quale b) Quanta c) Quanto
4. ______persona interessante è !
   a) Quanta b) La quale c) Che
5. ______neve c'era !
   a) Che b) Quella c) Quante
6. ______amiche hanno !
   a) Quante b) Quale c) Quelle

adjectifs indéfinis

Certains sont variables, d'autres non.

1. Les adjectifs indéfinis **invariables**

- ***Ogni*** *chaque* est suivi d'un nom singulier :

  Ogni notte dormiamo. — Chaque nuit nous dormons.

  Il existe une seule exception : le nom ***Ognissanti*** *la Toussaint.*

  Cependant, lorsque ***ogni*** a une valeur répétitive temporelle, c'est-à-dire lorsqu'il est suivi d'un numéral, le nom se met au pluriel :

  Ogni tre giorni l'incontro. — Je le rencontre tous les trois jours.

  Il équivaut à ***tutti***, **-e** qui, lui, est suivi d'un nom pluriel avec article défini :

  Tutte le notti dormiamo.

- ***Qualche*** *quelque*(s) est toujours suivi d'un nom singulier :

Qualche *libro è stato pubblicato.*	Quelques livres ont été publiés.

  Il équivaut à ***alcuni***, **-e** qui, lui, est suivi d'un nom pluriel :

  Alcuni *libri sono stati pubblicati.*

- ***Più*** *plus de, plusieurs*, ***meno*** *moins de*, ***abbastanza*** *assez de* précèdent un nom singulier ou pluriel ; ils sont suivis directement du nom sans adjonction de préposition :

*Ho **più** libri.*	J'ai plusieurs livres.
*Voglio **più** vino.*	Je veux plus de vin.
*Bevo **meno** acqua.*	Je bois moins d'eau.
*Mangia **abbastanza** pane.*	Il mange assez de pain.

- ***Qualunque*** *n'importe quel, quelconque* peut être précédé d'un article et peut aussi suivre le nom, dans ce cas il prend un sens péjoratif :

*Aspetto una **qualunque** risposta.*	J'attends une quelconque réponse (quelle qu'elle soit).
*È un uomo **qualunque**.*	C'est un homme quelconque.

  Il peut, en outre, introduire une proposition concessive au subjonctif :

Qualunque *cosa faccia, i genitori non dicono niente.*	Quoi qu'il fasse, ses parents ne disent rien.

- ***Qualsiasi*** *n'importe quel, quelconque* est suivi d'un substantif singulier :

*Viene a **qualsiasi** ora della giornata.*	Il vient à n'importe quelle heure de la journée.

  Il suit le nom si celui-ci est pluriel :

*Non sono libri **qualsiasi**.*	Ce ne sont pas n'importe quels livres.

2. Les adjectifs indéfinis **variables**

- Deux composés de ***uno*** empruntent ses formes et n'ont pas de pluriel :
  - ***ciascuno****... chaque* :

Ciascun *uomo ricerca la felicità.*	Chaque homme recherche le bonheur.

  - ***nessuno****... aucun* :

Nessun'*amica è venuta.*	Aucune amie n'est venue.

  Lorsque ***nessuno*** est devant le verbe on n'emploie pas la négation ***non***, mais celle-ci est rétablie lorsqu'il suit le verbe :

  Non *è venuta **nessun'**amica.*

- ***Alcuno***,**-*a*** / **-*i***,**-*e***, autre composé de ***uno***, s'emploie :
  - surtout au pluriel avec le sens de *quelques* :

Alcune *persone sono venute.*	Quelques personnes sont venues.

    et correspond à ***qualche*** suivi du singulier :

    *È venuta **qualche** persona.*

– au singulier seulement dans les phrases négatives ou après ***senza*** avec le sens de *aucun* en empruntant les formes de ***uno*** :

Non ha ***alcun*** *timore.* — Il n'a aucune crainte.

et équivaut à ***nessuno*** :

Non ha ***nessun*** *timore*

- Les quantitatifs sont :
  – ***molto,-a*** / ***-i,-e*** *beaucoup (de), très* ;
  – ***tanto,-a*** / ***-i,-e*** *beaucoup (de), tant (de)* ;
  – ***poco,-ca*** / ***-chi,-che*** *peu (de)* ;
  – ***troppo,-a*** / ***-i,-e*** *trop (de)* ;
  – ***altrettanto,-a*** / ***-i,-e*** *autant (de)* ;
  – ***alquanto,-a*** / ***-i,-e*** *un peu (de)* ;
  – ***parecchio,-ecchia*** / ***-ecchi,-ecchie*** *pas mal (de), plusieurs.*

  Ils sont suivis directement du nom sans adjonction de préposition :

  Ha ***pochi*** *amici.* — Il a peu d'amis.

  Ha ***poca*** *fame.* — Il a peu faim.

  È rimasto ***parecchi*** *giorni a casa mia.* — Il est resté plusieurs jours chez moi.

  Non lo vedo da ***parecchio*** *tempo.* — Je ne le vois pas depuis pas mal de temps.

  Tanto et ***altrettanto*** s'utilisent en corrélation avec ***quanto*** pour la comparaison d'égalité :

  Ci sono ***tante*** *monete* ***quanti*** *biglietti.* — Il y a autant de pièces de monnaie que de billets.

- ***Certo,-a*** / ***-i,-e*** *certain* est habituellement accompagné de l'article indéfini au singulier :

  Questo porto conosce ***una certa*** *attività.* — Ce port connaît une certaine activité.

  mais s'emploie sans article au pluriel :

  Ho capito ***certe*** *cose.* — J'ai compris certaines choses.

- ***Altro,-a*** / ***-i,-e*** *autre* :

  *Ha un'****altra*** *amica.* — Il a une autre amie.

  Utilisé avec le cardinal, il le précède :

  gli altri due *personaggi* — les deux autres personnages

- ***Tutto,-a*** / ***-i,-e*** *tout* se construit avec l'article ou le démonstratif inséré entre l'adjectif et le nom :

  Ha bevuto ***tutta la*** *bottiglia.* — Il a bu toute la bouteille.

  Ha bevuto ***tutta questa*** *bottiglia.* — Il a bu toute cette bouteille.

  Il est souvent renforcé par ***quanto*** :

  Ha bevuto ***tutta quanta*** *la bottiglia.*

- ***Tale* / *-i*** *tel*, au singulier est le plus souvent employé avec l'article indéfini :

  *Una **tale** gentilezza è poco comune.* — Une telle gentillesse est peu commune.

  Il peut s'employer en corrélation avec ***quale*** ou avec lui-même :

  *È **tale (e) quale la** madre.* — Elle est telle que sa mère.

  ***Tale** la madre **tale** la figlia.* — Telle mère telle fille.

comparatifs • pronoms indéfinis >

I. Utiliser les adjectifs indéfinis indiqués entre parenthèses :

1. Fa caldo, ho ______(molto) sete. • 2. Ha ______(poco) soldi. • 3. C'è ______(troppo) pasta nel piatto. • 4. C'è ______(parecchio) gente per la strada. • 5. Conosce ______(tanto) persone. • 6. Insegna l'italiano a ______ (molto) scolari. • 7. È abbastanza ricco, ha ______(parecchio) soldi. • 8. Non ha visto ______(nessuno) uomo e ci sono solo ______(poco) donne.

II. Trouver l'équivalent des adjectifs indéfinis suivants et faire les modifications, si nécessaires, dans les phrases proposées :

1. Alcune ragazze sono presenti. • 2. Tutti i giorni della settimana viene a casa nostra. • 3. Parla a una persona qualsiasi. • 4. Non ho visto alcun uccello nel cielo. • 5. Non è venuto nessun compagno. • 6. Ogni giorno l'incontro. • 7. Alcuni amici gli hanno scritto. • 8. Non ha alcun rimorso. • 9. Sono intervenuti alcuni ragazzi. • 10. Non perde alcun'occasione.

III. Choisir l'adjectif indéfini adapté dans les phrases suivantes :

1. ______ cinque persone sono entrate. • 2. È difficile educare un ______ ragazzo. • 3. ______ Firenze è bella e interessante. • 4. ______ giorno si alza alle cinque. • 5. Non aspetteremo a lungo, fra ______ giorni verrà a farci visita. • 6. Non ______ i giorni sono feriali. • 7. ______ tre anni torna in Italia. • 8. Abbiamo incontrato solo ______ persone che conoscevamo.

IV. Traduire les phrases suivantes :

1. È un giornale qualunque. • 2. Telefonami a qualunque ora ! • 3. Ha sposato una donna qualunque. • 4. Potete venire in qualsiasi momento. • 5. Qualsiasi cosa gli dica, non riuscirà a convincerlo.

adjectifs interrogatifs

Leurs formes correspondent à celles des adjectifs exclamatifs.

1. *Che* *quel* est invariable :

Che cibo preferisci ? — Quelle nourriture préfères-tu ?

2. *Quale* / *-i* *quel* est variable en nombre et s'utilise pour la qualité ou l'identité :

*In **quale** città abiti ?* — Dans quelle ville habites-tu ?

3. ***Quanto,-a*** / ***-i,-e*** *combien de, quel* est variable en genre et en nombre et s'utilise pour la quantité ; aucune préposition ne s'intercale entre lui et le nom :

Quanti *anni hai ?*	Quel âge as-tu ?
Quanti *abitanti ci sono ?*	Combien d'habitants y a-t-il ?

che • quale / -i • quanto • pronoms interrogatifs •• >

Utiliser les adjectifs interrogatifs qui conviennent dans les phrases suivantes :

1. Fra quelli presentati, ______ colori ti piacciono ? • 2. Facciamo il conto ; ______ ragazzi ci sono nella classe ? • 3. In ______ mese è venuto ? • 4. Ne conosco due, ma precisamente, ______ amiche hai ? • 5. ______ quadro ha dipinto Luigi ? • 6. Hai fame ? ______ pasta vuoi ? • 7. ______ giorni ci sono in una settimana ? • 8. In ______ anno sei nato ?

adjectifs possessifs

1. Les formes des adjectifs sont identiques à celles des pronoms. Ce sont :

		singulier		pluriel	
		masculin	féminin	masculin	féminin
sg.	1re pers.	*il mio*	*la mia*	*i miei*	*le mie*
	2e pers.	*il tuo*	*la tua*	*i tuoi*	*le tue*
	3e pers.	*il suo*	*la sua*	*i suoi*	*le sue*
pl.	1re pers.	*il nostro*	*la nostra*	*i nostri*	*le nostre*
	2e pers.	*il vostro*	*la vostra*	*i vostri*	*le vostre*
	3e pers.	*il loro*	*la loro*	*i loro*	*le loro*

Deux autres possessifs s'y ajoutent :

- ***il proprio, la propria*** / ***i propri, le proprie*** :
  - s'emploie rarement avec un autre possessif et dans ce cas le renforce ;
  - peut se substituer à la 3e personne du singulier et du pluriel pour éviter une confusion :

*Maria ha invitato Lisa nel**la propria** casa.*	Maria a invité Lisa dans sa propre maison.

  - s'utilise obligatoirement dans une phrase impersonnelle ou qui a un sujet indéfini :

Bisogna difendere ***il proprio*** *parere.*	Il faut défendre son opinion.
Ciascuno prende ***le proprie*** *responsabilità.*	Chacun prend ses responsabilités.

- ***altrui*** *d'autrui* renvoie à un possesseur indéfini, est invariable et se place le plus souvent après le nom :

*Occorre rispettare le opinioni **altrui**.*	Il faut respecter les opinions d'autrui.

2. On **emploie** normalement **l'article** devant le possessif. On **l'omet cependant** :

- devant les **noms de parenté** :

sua *zia*	sa tante
tuo *fratello*	ton frère
nostro *nonno*	notre grand-père
mia *madre*	ma mère
vostro *padre*	votre père
suo *zio*	son oncle

mais on le **rétablit** dans 4 cas :

– si le nom de parenté est au **pluriel** :

le sue *zie*	ses tantes

– si le nom de parenté est **composé** ou **altéré** en particulier au diminutif ou à une forme considérée comme telle :

i tuoi *fratellini*	tes petits frères
il nostro *bisnonno*	notre arrière-grand-père
la mia *mamma*	ma maman

– si le nom de parenté est **déterminé** par un adjectif qualificatif :

il mio *caro padre*	mon cher père

ou un complément de nom :

il vostro *zio di Roma*	votre oncle de Rome

– lorsque le possessif est ***loro*** ou ***prọprio*** :

il loro *zio,* ***la prọpria*** *figlia*

À la forme de politesse l'adjectif possessif se place avec son article devant ***Signore***, ***Signora*** et ***Signorina*** qui précèdent le nom de parenté :

*Ecco **la Sua** Signora madre.*	Voici Madame votre mère.

- si le nom est en **apposition** :

*Eva, **vostra** vicina, è italiana.*	Eva, votre voisine, est italienne.

- si le nom est au **vocatif** ; le possessif est alors après le nom :

*Dio **mio** !*	Mon Dieu !
*Figlio **mio** !*	Mon fils !

- si le nom correspond à un **titre honorifique** :

Sua *Santità*	Sa Sainteté
Sua *Maestà*	Sa Majesté
Sua *Eccellenza*	Son Excellence

- si le possessif s'intercale entre un adjectif **démonstratif** ou **indéfini** (sauf ***tutto***) et le nom :

  questa tua *amica* ***qualche mio*** *compagno*

  mais on dira : ***tutti i miei*** *compagni*

- dans de nombreuses **expressions usuelles** ; le possessif est alors presque toujours après le nom :

a casa mia... a casa loro	chez moi... chez eux.
a danno mio...	à mon détriment...
a mia insaputa...	à mon insu...
a modo mio...	à ma façon...
a parer mio...	à mon avis...
a spese mie...	à mes frais...
è colpa mia...	c'est ma faute...
mio malgrado...	malgré moi...
per amor mio...	par amour pour moi...
per conto mio...	quant à moi...

Si l'adjectif possessif est lié à un attribut indéterminé on peut utiliser ou ne pas utiliser l'article :

Bruno è ***suo*** *amico.* Bruno est son ami.

Bruno è ***un suo*** *amico (uno dei suoi amici).*

ou *Bruno è* ***il suo*** *amico (il suo solo amico).*

3. L'omission de l'adjectif possessif est courante avec les noms de parenté, les parties du corps, les vêtements, les objets usuels, on emploie alors seulement l'article défini :

Penso ***alla*** *nonna.*	Je pense à ma grand-mère.
Marco prende ***la*** *cartella.*	Marc prend son cartable.

4. L'adjectif possessif est souvent **remplacé par le pronom personnel** :

Si *toglie il cappello.*	Il ôte son chapeau.

en particulier pour éviter une ambiguité :

Carlo guarda il suo amico e la figlia di ***lui***.	Carlo regarde son ami et la fille de celui-ci.

(*sua figlia* se rapporterait à Carlo et pas à *l'amico*.)

altro,-a / -i,-e et altrui • articles définis • pronoms personnels • pronoms possessifs • proprio ········ >

I. Mettre les adjectifs possessifs à la personne demandée et adapter la phrase si nécessaire :

1. Veniva spesso a trovare ______ madre e ______ fratellini. (1re pers. pl.) • 2. ______ fratello maggiore ama molto ______ nonnina. (1re pers. sg.) • 3. ______ zio d'America è venuto da ______ genitori. (3e pers. pl.) • 4. Carlo, ______ compagno, a parer ______, è simpatico. (2e pers. sg.) • 5. ______ cugina non vorrà che tu la porti in ______ macchina fino a casa ______ (2e pers. sg.) • 6. ______ sorella e ______ vecchio nonno sono venuti a ______ insaputa, era assente e non era colpa ______ (3e pers. sg.).

II. Mettre au singulier les phrases suivantes :

1. I miei cugini parlano ai nostri compagni. • 2. I vostri cani mangiano nei loro piatti. • 3. Le vostre sorelline giocano con le loro bambole. • 4. Le tue nonne parlano dei loro figli. • 5. I suoi libri raccontano le storie dei nostri bisnonni e dei propri avi. • 6. Si sono messi i grembiuli, a casa loro.

adjectifs qualificatifs

1. Il y a **deux classes** d'adjectifs qualificatifs.

- Ceux de la **1re classe** se terminent au singulier en -**o** au masculin et en -***a*** au féminin ; ils font leur pluriel masculin en -***i*** et féminin en -**e**.
- Ceux de la **2e classe** se terminent au singulier masculin et féminin en -**e** ; ils font leur pluriel masculin et féminin en -***i***.

il velo ***nero*** *e* ***verde*** le voile noir et vert > *i veli* ***neri*** *e* ***verdi***

la vela ***nera*** *e* ***verde*** la voile noire et verte > *le vele* ***nere*** *e* ***verdi***

Au singulier, quelques adjectifs se terminent en -***a*** au masculin comme au féminin, leur pluriel est celui des adjectifs de la 1re classe :

il poeta ***surrealista*** le poète surréaliste > *i poeti* ***surrealisti***

2. Quelques **adjectifs** sont **invariables**. Ce sont :

– l'adjectif monosyllabique : ***blu*** *bleu* ;

– les adjectifs terminés par -***i*** : ***pari*** *pair*, ***dispari***, ***impari*** *impair* ;

– certains adjectifs de couleur dont le nom vient d'une fleur ou d'un fruit : ***rosa*** *rose*, ***viola*** *violet*, ***arancione*** *orange*, ***marrone*** *marron* (ce dernier est maintenant souvent accordé) :

un vestito ***viola***	un vêtement violet

– les adjectifs de couleur suivis d'un adjectif ou d'un nom :

una giacca ***grigio chiaro***	une veste gris clair
una gonna ***rosso fuoco***	une jupe rouge feu

3. Les adjectifs en -*co*, -*ca* et -*go*, -*ga*

- Au masculin pluriel, les adjectifs en -***co*** et -***go*** font :
  - -***chi*** et -***ghi*** s'ils sont accentués sur l'avant-dernière syllabe :

    il cappotto ***largo*** *e* ***bianco*** — le manteau large et blanc
    > *i cappotti* ***larghi*** *e* ***bianchi***

    Il y a 3 exceptions :

    amico > amici

    nemico > nemici

    greco > greci

    il ragazzo ***greco*** *> i ragazzi* ***greci***

  - -***ci*** et -***gi*** s'ils sont accentués sur l'antépénultième :

    il ragazzo ***entusiastico*** — le garçon enthousiaste
    > *i ragazzi* ***entusiastici***

    l'uomo ***antropofago*** — l'homme anthropophage
    > *gli uomini* ***antropofagi***

    Mais il y a de très nombreuses exceptions :

    analogo analogue > *analoghi*
    carico chargé > *carichi*
    omologo homologue > *omologhi*
    prodigo prodigue > *prodighi*
    rauco rauque > *rauchi*…

    Il camion è ***carico****. I camion sono* ***carichi****.*

- Au féminin pluriel, les adjectifs en -***ca*** et -***ga*** font -***che*** et -***ghe*** :

  una ragazza ***belga, ricca*** *e* ***simpatica*** — une fille belge, riche et sympathique
  > ragazze ***belghe, ricche*** e ***simpatiche***

  Belga est le seul adjectif se terminant par -***ga*** au masculin singulier ; il fait ***belgi*** au masculin pluriel :

  l'amico ***belga*** *> gli amici* ***belgi***
  (On a vu que le féminin ***belga*** donne ***belghe*** au pluriel.)

4. Les adjectifs en -*io* suivent, au pluriel, la règle des noms ayant la même terminaison :

- accentués sur le -***i***- de -***io***, ils font -***ii*** au pluriel :
  il paese ***natio*** le pays natal > *i paesi* ***natii***
- non accentués sur le -***i***- de -***io***, ils font -***i*** au pluriel, le -***i***- du radical tombant devant celui de la désinence :
  l'uomo ***serio*** l'homme sérieux > *gli uomini* ***seri***

5. Les adjectifs *bello*, *buono*, *grande* et *santo* ont des formes particulières, lorsqu'ils sont épithètes, c'est-à-dire placés devant le nom. Ils sont considérés chacun en particulier.

6. L'adjectif *mezzo* *demi*, placé devant le nom, s'accorde, mais il ne s'accorde pas s'il le suit :

Ha bevuto ***mezza*** *bottiglia di vino.* — Il a bu une demi-bouteille de vin.

Mi rimane una bottiglia e **mezzo** *di vino.* — Il me reste une bouteille et demi de vin.

7. Les adjectifs composés

En général, c'est le deuxième adjectif qui s'accorde :

la bambina **sordomuta** — *le bambine* **sordomute**

mais il y a de nombreuses exceptions.

8. Certains adjectifs exprimant **la mesure** ou **la distance** comme ***alto*, *distante*, *lontano*, *lungo*, *profondo***... ne sont pas suivis d'une préposition :

Leo è alto un metro ottanta. — Leo mesure un mètre quatre-vingts.

Questa montagna è distante cento chilometri dal mare. — Cette montagne est à cent kilomètres de la mer.

bello • buono • grande • mezzo • santo >

Mettre au pluriel les phrases suivantes :

1. Quell'autore ha scritto un romanzo fantastico e una favola metafisica. • 2. Questo ragazzo belga è serio e pio ma è anche antipatico. • 3. Studia un poeta romantico e un altro più classico. • 4. Il palazzo è barocco ma la chiesa è gotica con un campanile romanico. • 5. Questo racconto filosofico è stato scritto da un autore tedesco. • 6. Questo turista greco è un po' selvaggio. • 7. Il vestito arancione è largo, il maglione giallo scuro è lungo e ampio. • 8. Un incidente analogo è successo con un cane randagio e selvatico. • 9. Questa donna belga ha una voce rauca e l'occhio gonfio.

adjectifs verbaux

Certains verbes possèdent **un participe passé et un adjectif verbal**. Ce sont :

1. pour la **1re conjugaison** :

infinitif	participe passé	adjectif verbal
adattare, adapter	*adattato*	*adatto*
asciugare, sécher	*asciugato*	*asciutto*
avvezzare, habituer	*avvezzato*	*avvezzo*
caricare, charger	*caricato*	*carico*
chinare, incliner	*chinato*	*chino*
colmare, remplir	*colmato*	*colmo*
destare, éveiller	*destato*	*desto*
fermare, arrêter	*fermato*	*fermo*
fiaccare, fatiguer	*fiaccato*	*fiacco*
gonfiare, gonfler	*gonfiato*	*gonfio*
guastare, gâter	*guastato*	*guasto*

lessare, bouillir	*lessato*	*lesso*
logorare, user	*logorato*	*logoro*
pestare, écraser	*pestato*	*pesto*
privare, priver	*privato*	*privo*
salvare, sauver	*salvato*	*salvo*
saziare, rassasier	*saziato*	*sazio*
scalzare, déchausser	*scalzato*	*scalzo*
spogliare, dépouiller	*spogliato*	*spoglio*
stancare, fatiguer	*stancato*	*stanco*
svegliare, réveiller	*svegliato*	*sveglio*
troncare, tronquer	*troncato*	*tronco*

2. pour la **3e conjugaison** :

esaurire, épuiser	*esaurito*	*esausto*
marcire, pourrir	*marcito*	*marcio*

L'adjectif verbal indique un **état** et s'emploie avec l'auxiliaire ***essere*** ou un autre verbe d'état ; le participe passé correspond au **résultat d'une action** et s'utilise avec l'auxiliaire ***avere*** :

Elena è (pare) ***stanca.*** — Hélène est (semble) fatiguée (lasse).

Il viaggio l'ha ***stancata.*** — Le voyage l'a fatiguée (lassée).

Dans le cas d'un verbe réfléchi on emploie normalement le participe passé :

« Mi sono ***chinato***
a ricevere il sole » (G. Ungaretti) — Je me suis penché pour recevoir le soleil.

mais *« L'Italia s'è desta. » (Inno di Mameli)*

participe passé

Utiliser le participe passé ou l'adjectif verbal suivant le cas :

1. La mela è ______(marcire). • 2. L'asino era ______(caricare) di merce : i cestini erano ______(colmare). • 3. Maria si è ______(spogliare) ed è ______ (scalzare). • 4. Questi ragazzi sono ______ (privare) di educazione. • 5. I medici l'hanno ______ (salvare) non ha più la pancia ______ (gonfiare). • 6. Questo lavoro sembra proprio ______(adattare) all'indole di Livio. • 7. Si mangia la pasta ______(asciugare). • 8. La biancheria pare ______(logorare). • 9. Ormai Gina è ______ (svegliare), la suoneria l'ha ______ (risvegliare). • 10. Lina si è ______(adattare) alla vita in città ormai ci è ______(avvezzare). • 11. La capra di Saba è ______ (saziare) d'erba. • 12. Quest'uomo si è ______(fermare) a lungo su una panchina.

adverbes (place des -)

Les adverbes se placent généralement :

- devant l'adjectif :

  Rita è ***poco*** *interessante.* — Rita est peu intéressante.

- devant l'adverbe :

  Viene ***molto*** *di rado.* — Il vient très rarement.

- derrière le verbe et entre l'auxiliaire et le participe passé :

  Si alza ***presto*** *la mattina, ha* ***sempre*** *fatto così.* — Il se lève tôt le matin, il a toujours agi ainsi.

Mais il y a quelques exceptions, en particulier pour certains adverbes de temps.

adverbes au comparatif et au superlatif

Comme les adjectifs, de nombreux adverbes ont un comparatif et un superlatif. Il s'agit surtout des adverbes de manière (sauf ceux en -***oni***) et de quelques adverbes de lieu, de quantité et de temps.

1. Le comparatif se forme pour :

- l'égalité avec ***così*** :

  così poco — aussi / si peu

- la supériorité avec ***più*** :

  più fortemente — plus fortement

- l'infériorité avec ***meno*** :

  meno tardi — moins tard

  Le complément du comparatif est introduit de la même façon que celui des adjectifs, c'est-à-dire par ***di*** ou par ***che*** et selon les mêmes critères :

  Parla più forte ***di*** *te.* — Il parle plus fort que toi.

  Pensa più spesso a te ***che*** *a me.* — Il pense plus souvent à toi qu'à moi.

2. Le superlatif :

- **relatif** se forme avec ***più*** ou ***meno*** sans article, contrairement au français :

  Sei il compagno con cui parlo ***più*** *spesso.* — Tu es le camarade avec lequel je parle le plus souvent.

- **absolu** peut se former avec le suffixe -***issimo*** :

  tardi > tardissimo — très tard

  fortemente > fortissimamente — très fortement

  mais le plus souvent avec les adverbes ***assai***, ***molto***, ***tanto*** :

  molto tardi — très tard

ou parfois avec la répétition de l'adverbe :

piano piano	très doucement

3. Certains adverbes ont des **comparatifs et superlatifs de formes particulières** :

adverbe	comparatif	superlatif
bene	*meglio*	*ottimamente / benissimo*
male	*peggio*	*pessimamente / malissimamente*
molto	*più*	*moltissimo*
poco	*meno*	*pochissimo*
grandemente	*maggiormente / massimamente / sommamente*	*massimamente / sommamente*

comparatifs • superlatifs •••••••••••••••••••••• >

Traduire les phrases suivantes :

1. Cette voiture va très vite. • 2. Il vaut mieux être d'accord avec lui. • 3. Il vient très souvent à la maison. • 4. Écoute très attentivement cette leçon ! • 5. Il a vraiment très bien réagi. • 6. Mieux vaut tard que jamais. • 7. On sent beaucoup plus la chaleur en ville qu'à la campagne. • 8. Il marche tout doucement. • 9. Elle mange très peu. • 10. Tu te lèves plus tôt que lui.

adverbes d'affirmation, de négation et de doute

Les adverbes de doute sont :

circa	approximativement
eventualmente	éventuellement
forse	peut-être
magari	peut-être, au moins, à la rigueur
quasi	presque
« Avrei voluto un proiettore ***magari*** *una macchina fotografica. » (Sciascia)*	J'aurais voulu un appareil de projection, à la rigueur un appareil photo.

adverbes • affirmation • magari • négation • quasi •••••••••••••••••••••••••••••••••••••• >

adverbes interrogatifs

Les adverbes interrogatifs introduisent une question qui concerne :

- la cause : ***perché ?***
- la façon : ***come ?***
- le lieu : ***dove ?***
- la mesure ou la valeur : ***quanto ?***
- le temps : ***quando ?***

Ils sont utilisés dans les interrogatives directes :

Come stai ? — Comment vas-tu ?

ou dans les interrogatives indirectes :

*Dimmi **dove** ti trovi.* — Dis-moi où tu te trouves.

Dove peut avoir une fonction de relatif :

*Ecco la casa **dove** abitiamo.* — Voici la maison où nous habitons.

come • dove, dovunque • interrogatifs • interrogative indirecte • perché • quanto • relatifs (pronoms) ◆◆◆◆◆◆◆◆◆◆◆◆◆◆◆◆◆◆◆◆◆◆◆◆◆◆◆◆◆ >

Traduire les phrases suivantes :

1. Pourquoi n'est-il pas venu ? • 2. D'où vient-il ? • 3. D'où êtes-vous ? • 4. Combien est-ce que ça coûte ? • 5. Comment fais-tu ? • 6. Rappelle-moi pourquoi Lisa ne nous parle plus. • 7. Ils se demandent comment il a fait pour y aller. • 8. Il ne savait pas où était son frère.

adverbes de lieu

1. Les adverbes de lieu sont :

- ***qui***, ***qua*** *ici*, ***quaggiù*** *ici en bas*, ***quassù*** *ici en haut* qui indiquent un lieu proche de la personne qui parle ;
- ***lì***, ***là*** *là*, ***laggiù*** *là-bas*, ***lassù*** *là-haut* qui indiquent un lieu éloigné de la personne qui parle ;
- ***accanto***, ***vicino*** *à côté*, ***altrove*** *ailleurs*, ***dappertutto***, ***dovunque*** *partout*, ***davanti*** *devant*, ***dentro*** *dedans*, ***dietro*** *derrière*, ***fuori*** *dehors*, ***giù*** *en bas*, ***intorno*** *autour*, ***lontano*** *loin*, ***sopra*** *dessus*, ***sotto*** *dessous*, ***su*** *en haut...*

*Andiamo **altrove**, io **quaggiù** e lui **lassù**.* — Nous allons ailleurs, moi ici en bas et lui là-haut.

Dovunque peut introduire une subordonnée locative à l'indicatif ou au subjonctif :

Dovunque vada, è sempre accolto bene. — Où qu'il aille, il est toujours bien accueilli.

• ***ci***, ***vi*** *y* et ***ne*** *en, de cet endroit* :

– *Conosci Firenze ? – Sì, **ci** vado ogni mese e **ne** torno ora.*	– Connais-tu Florence ? – Oui, j'y vais chaque mois et j'en reviens à l'instant.

Ci **accompagnant un verbe, intervient dans la formation d'expressions comme :**

esserci >	*C'è un libro.*	Il y a un livre.
	Ci sono libri.	Il y a des livres.
volerci >	*Ci vuole pazienza.*	Il faut de la patience.
	Ci vogliono soldi.	Il faut de l'argent.
entrarci >	*Non **c**'entro io.*	Moi je n'y suis pour rien.

2. Il existe également des **locutions adverbiales de lieu** :

di qua	de ci	*di là*	de là
in su	en haut	*in giù*	en bas
per di qua	par ici	*per di là...*	par là...

ci • dove, dovunque • falloir • il y a • ne, né • qui, qua / lì, là • subordonnées conjonctives •••••• >

I. Exprimer le contraire en modifiant l'adverbe de lieu :

1. Qua piove. • 2. Dentro fa buio. • 3. Lo vedo da lontano. • 4. Sotto c'è il gatto. • 5. Andiamo giù. • 6. Quaggiù c'è uno scoiattolo. • 7. Davanti c'è un cortile. • 8. Sopra c'era un libro. • 9. Lì / Là, abitano cugini. • 10. È vicino.

II. Traduire :

1. Il va de ci de là. • 2. J'en pars. • 3. Tout autour il y a une grande forêt, ils y vont. • 4. Partout il y a des enfants qui jouent. • 5. Nous habitons à côté. • 6. Il n'y est pour rien, pourtant, partout où il va, on le tient pour responsable. • 7. Il faudrait des années pour oublier. • 8. Ils vont ailleurs.

adverbes de manière

1. Les adverbes de manière

• Les adverbes de manière **en** -***mente***, sont formés à partir de l'adjectif féminin singulier auquel on ajoute ce suffixe :

rapido > *rapidamente* *lieve* > *lievemente*

– ***Violento*** fait ***violentemente*** ;

– ***Benevolo***, ***leggero*** et ***ridicolo*** ainsi que les adjectifs en -***le*** et en -***re*** perdent leur voyelle finale :

difficile > *difficilmente* *leggero* > *leggermente*

regolare > *regolarmente*

– 2 adverbes ont une formation irrégulière :

altro > *altrimenti* *pari* > *parimenti*

• Ceux en -***oni***, expriment une **attitude** :

balzelloni par bonds

bocconi	à plat ventre
carponi	à quatre pattes
ginocchioni	à genoux
ruzzoloni	en dégringolant
saltelloni	en sautillant
tentoni / tastoni	à tâtons
a cavalcioni	à califourchon

- Certains adverbes correspondent à des **adjectifs masculins** employés adverbialement :

*Lina parla **chiaro** e **piano**.*	Lina parle clairement et doucement.
*Maria risponde **giusto** e **forte**.*	Marie répond juste et fort.

- D'autres ont une **forme originale** :

bene	bien	*male*	mal
presto	tôt	*volentieri*	volontiers...

- Certains peuvent prendre un **suffixe** :
  - le suffixe -***issimo*** :

    *ben**issimo** très bien*
  - d'autres suffixes :

    bene > *ben**ino*** assez bien, *ben**one*** très bien

    male > *mal**uccio*** un peu mal

    piano > *pian**ino*** tout doucement, lentement

2. Les locutions adverbiales de manière sont formées :

- **de prépositions et adjectifs :**

di sicuro	sûrement	*di solito*	d'habitude
di rado	rarement	*alla svelta*	vite
all'improvviso / d'improvviso		à l'improviste	

- **de prépositions et noms :**

a casaccio	au hasard
di buon grado	de bon gré
di corsa, in fretta	rapidement
in un batter d'occhio	en un clin d'œil

I. Former les adverbes de manière en *-mente* à partir des adjectifs suivants :

gentile • largo • piano • particolare • allegro • pari • intelligente • facile • altro • lungo • attuale • antico • triste • irregolare • leggero • ricco • violento • debole • comune • serio • chiaro • gioioso • abile.

II. Traduire les phrases suivantes :

1. Il est à califourchon sur le mur. • 2. Il est venu courtoisement nous inviter. • 3. Le bébé avance à plat ventre. • 4. Violemment la porte s'ouvrit et Ugo entra à l'improviste alors que, d'habitude, il annonçait sa visite. • 5. Nous marchons à tâtons et au hasard. • 6. Il vient rarement. • 7. Nous avançons de bon gré. • 8. La voiture avance rapidement. • 9. Il partira sûrement tôt demain. • 10. Ils parlent volontiers.

adverbes de quantité

1. Il existe des **adverbes de quantité originaux** :

abbastanza	assez
almeno	au moins
assai	très
circa	environ
così	ainsi
piuttosto	plutôt
quasi...	presque...
*È **assai** ricco e **abbastanza** generoso.*	Il est très riche et assez généreux.

Ne pas confondre *assai* et *abbastanza*.

2. De nombreux **adjectifs indéfinis** sont utilisés comme adverbes de quantité, s'ils modifient un adjectif, un verbe ou un autre adverbe ; ils sont alors invariables. Ce sont :

molto	beaucoup
poco	peu
tanto	tant
troppo	trop
altrettanto / alquanto	autant
parecchio	pas mal
*Studia **poco** e si diverte **molto**.*	Il étudie peu et s'amuse beaucoup.

***Tanto* et *altrettanto* peuvent s'employer en corrélation avec *quanto* et former le comparatif d'égalité :**

*Sandra non lavora **tanto quanto** potrebbe.*	Sandra ne travaille pas autant qu'elle le pourrait.
*Lisa è **tanto** bella **quanto** Maria.*	Lisa est aussi belle que Marie.

3. S'y ajoutent des **locutions adverbiales de quantité** :

press'a poco	à peu près
sempre più	de plus en plus
sempre meno	de moins en moins
all'incirca	environ
né più né meno	ni plus ni moins
su per giù	à quelque chose près
così così	couci couça
*Elena è **sempre più** bella.*	Elena est de plus en plus belle.

Lorsque *plus, moins, le plus, le moins, davantage* modifient un verbe, ils se traduisent par *di più, di meno* :

*Lo vede **di più**.*	Il le voit davantage.
*Fra i fratelli, quello che ama **di più** è Marco.*	Parmi ses frères, celui qu'il aime le plus est Marco.

adjectifs indéfinis* • *assai* • *comparatif d'égalité* • *meno, più* • *proprio* • *quanto* • *tanto >

Traduire :

1. Tu penses beaucoup à ton travail. • 2. Livia parle trop et elle est peu sympathique. • 3. Il mange beaucoup et ne boit pas assez. • 4. Il y pense pas mal. • 5. Sa grand-mère a environ quatre-vingt-dix ans et elle est encore très alerte. • 6. Elle devient de moins en moins crédible. • 7. Nous allions peu à Pise jadis, mais maintenant nous faisons davantage ce voyage.

adverbes de temps

Les adverbes et locutions de temps sont :

ieri	hier
oggi	aujourd'hui
domani	demain
adesso / ora	maintenant
allora	alors
appena	à peine, tout juste
presto	tôt
tardi	tard
prima	avant
poi	puis
dopo	ensuite
ancora	encore
spesso	souvent
già	déjà
sempre	toujours
mai	jamais
talora	parfois
finora	jusqu'à maintenant
intanto	pendant ce temps
ormai	désormais
subito	tout de suite
ogni tanto / di tanto in tanto	de temps en temps
di rado	rarement
di solito	d'habitude,
fra poco	dans le temps
ora... ora...	tantôt... tantôt...
d'ora in poi...	dorénavant...
*Ha **appena** avuto il tempo di prendere un caffè.*	Il a tout juste eu le temps de prendre un café.

Quelques **remarques** sont à faire sur l'emploi de certains d'entre eux.

- – ***Ora***, ***or ora***, ***proprio ora***, ***appena***, de même que ***poco fa***, employés avec le passé composé, expriment le **passé immédiat** par rapport au présent ;

  – ***allora***, ***proprio allora***, ***appena***, de même que ***poco prima***, employés avec le plus-que-parfait, expriment le **passé immédiat** par rapport au passé.

  Ils suivent le verbe, sauf ***appena*** qui s'intercale entre l'auxiliaire et le participe passé :

Sono giunta ***ora.***	Je viens d'arriver.
Sono giunta ***poco fa.***	
Sono ***appena*** *giunta.*	
Ero giunta ***allora.***	Je venais d'arriver.
Ero giunta ***poco prima.***	
Ero ***appena*** *giunta.*	

- ***Ora***, ***adesso***, de même que ***fra poco***, peuvent exprimer le **futur immédiat** (ou **futur proche**) par rapport au présent ; il est préférable de faire suivre ***ora*** et ***adesso*** du présent et ***fra poco*** du futur :

Ora / Adesso *me lo danno.*	Ils vont me le donner.
Giungerà ***fra poco.***	Il va arriver.

- ***Mai*** est à considérer en particulier.

fa • *fra, tra* • *futur proche (ou immédiat)* • *mai et ses composés* • *ora* • *passé proche (ou immédiat)* •• >

Traduire :

1. Tu le connais à peine, puisque vous vous êtes rencontrés hier. • 2. Aujourd'hui il fait beau, demain il neigera sûrement. • 3. Je parle et pendant ce temps il dort, désormais je me tairai. • 4. Jusqu'ici tout allait bien, maintenant tout va mal. • 5. De temps en temps je mange un gâteau car j'en ai souvent envie. • 6. D'ici peu j'aurai trente ans. • 7. Il est toujours absent, je ne le vois jamais. • 8. Ils se lèvent tôt pour ne pas arriver trop tard. • 9. Il va se faire soigner car il vient de se blesser. • 10. Il venait de parler et nous venions de l'écouter.

affatto

Affatto est un adverbe qui :

1. dans une phrase affirmative, renforce l'affirmation et signifie *tout à fait* :

Siamo ***affatto*** *soddisfatti.*	Nous sommes tout à fait satisfaits.

2. dans une phrase négative, renforce la négation avec le sens de *pas du tout* :

*Questa storia non è **affatto** interessante.* — Cette histoire n'est pas du tout intéressante.

Noter l'expression :

niente affatto — pas du tout / absolument pas

affirmation

L'**affirmation** s'exprime par des adverbes ou locutions adverbiales dont le plus courant est ***sì*** *oui* :

– Vieni a casa ? – ***Sì.*** — – Viens-tu à la maison ? – Oui.

Mais il y en a d'autres comme :

affatto	tout à fait
altroché / come no / eccome	et comment
appunto	précisément, justement
certo	sûrement
davvero	vraiment
esatto	exactement
già	bien sûr
ovviamente	naturellement, évidemment
precisamente	précisément
proprio	vraiment, tout à fait
senz'altro / senza dubbio / non c'è dubbio	sans aucun doute
sicuro	sûrement
– Sei d'accordo con me ? – ***Certo*** *!*	– Es-tu d'accord avec moi ? – Bien sûr !
– Ti piace questa ragazza ? – ***Altroché (Eccome / Come no)*** *!*	– Est-ce que cette fille te plaît ? – Et comment !

Ces adverbes ou locutions peuvent être intégrés à une phrase affirmative :

*L'ha fatto **appunto** per farmi arrabbiare.* — Il l'a fait exprès / précisément pour me mettre en colère.

Après les verbes d'affirmation, de crainte, de déclaration, d'espérance et d'opinion, on utilise la préposition ***di*** devant ***sì***, traduite ou non par *que* :

Dice di sì. — Il dit oui / que oui.

Il en est de même pour ***no*** :

Crede di no. — Il croit que non.

adverbes • già, giacché • négation >>

Traduire :

1. Je suis tout à fait d'accord et je te dis oui. • 2. As-tu pensé à le prévenir ? – Précisément. • 3. Aimes-tu les gâteaux ? – Et comment ! • 4. Il est venu tout exprès pour me dire non. • 5. Il est reçu. – Vraiment ! • 6. Iras-tu en vacances ? – Sans aucun doute ! • 7. Avez-vous pensé à l'anniversaire de votre mère ? – Évidemment ! • 8. Ce livre me semble intéressant. – C'est exact. • 9. L'as-tu vu ? – Bien sûr !

âge

1. Pour **interroger** sur l'âge (***l'età***), on demande :

Quanti anni hai ?/ha ?	Quel âge as-tu ?/avez-vous ?

Pour **répondre**, on dit par exemple :

Ho quarant'anni e mezzo.	J'ai quarante ans et demi.

2. Pour **exprimer** l'âge :

- on emploie le verbe ***compiere*** :

***Ho compiuto** quarant'anni.* ***Ho** quarant'anni **compiuti**.*	J'ai quarante ans révolus.
*Domani **compierò** gli anni.*	Demain ce sera mon anniversaire.

L'anniversaire d'une personne est ***il compleanno*** alors que ***l'anniversario*** correspond à un événement :

il compleanno di Luca	l'anniversaire de Luca
l'anniversario della vittoria	l'anniversaire de la victoire

- on forme un nom ou un adjectif en ajoutant le suffixe -***enne*** au radical du nombre cardinal :

*È una **quarantenne**.* *È una donna **quarantenne**.*	C'est une femme de quarante ans.

Le suffixe -**enne** s'emploie également après ***maggiore*** et ***minore*** :

È maggiorenne.	Il est majeur.
È minorenne.	Il est mineur.

Ne pas confondre le suffixe -***enne*** qui correspond à l'âge avec le suffixe : -***ennio*** qui correspond à une période :

un ventenne	une personne de vingt ans
un ventennio *(il ventennio fascista)*	une période de vingt ans

3. Quelques **noms ou expressions** sont à noter :

la maggior età	la majorité (âge)
la maggioranza	la majorité (nombre)
lo stato maggiore	l'état major
la minorità	la minorité (âge)
la minoranza	la minorité (nombre)
la terza età	le troisième âge

l'età della pietra	l'âge de pierre
una persona di mezz'età	une personne d'âge moyen
il Medioevo	le Moyen âge
non dimostrare la propria età	ne pas paraître son âge
portar bene gli anni	ne pas faire son âge
portar male gli anni	faire plus que son âge

approximation • comparatifs et superlatifs irréguliers des adjectifs • -enne et -ennio (suffixes -) • numéraux ♦♦♦♦♦♦♦♦♦♦♦♦♦♦♦♦♦♦♦♦♦♦♦♦♦♦♦♦♦♦♦♦♦♦♦ >

Traduire (Plusieurs traductions sont parfois à envisager) :

1. C'est aujourd'hui l'anniversaire de Luisa. • 2. Luigi a seulement trente-sept ans mais il fait plus. • 3. Il a dix-huit ans révolus, il est majeur. • 4. Aldo a environ dix-sept ans. • 5. Ces enfants sont mineurs, ils atteindront leur majorité dans quelques années. • 6. Ce petit garçon a trois ans et demi. • 7. En 2001 nous sommes passés à un nouveau millénaire. • 8. Homme de mon temps, tu es encore celui de l'âge de pierre.

aimer

La traduction de *aimer* varie en fonction :

1. de **son objet.**

- ***Aimer une personne*** se traduit par :
  - ***amare*** :

Ti ***amo****.*	Je t'aime.
Ama *la mamma.*	Il aime sa mère.

Il convient aussi pour **un idéal** :

Amano *la patria.*	Ils aiment leur patrie.

Aimer le plus se traduit par ***amare di più*** :

Ha due figli ma quello che ama ***di più*** *è il minore.*	Il a deux fils mais celui qu'il aime le plus est le cadet.

  - ou ***voler bene*** :

(***volere*** est irrégulier.)

Le complément d'objet direct français devient complément d'attribution en italien :

A nessuno ***vuol bene****.*	Il n'aime personne.
Anna gli ***ha voluto*** *un gran* ***bene****.*	Anna l'a beaucoup aimé.

- ***Aimer quelque chose*** se traduit par ***piacere*** qui se conjugue avec ***essere*** aux temps composés et qui est un verbe irrégulier.

Le complément d'objet direct français devient sujet postposé en italien et le verbe s'accorde avec son sujet ; le sujet français devient complément d'attribution en italien :

Le ***piace*** *la musica.*	Elle aime la musique.
A Sandra ***piace*** *il teatro.*	Sandra aime le théâtre.
A Livio ***piacciono*** *i gelati.*	Livio aime les glaces.
Gli ***sono piaciuti*** *questi dischi.*	Il a aimé ces disques.

À la forme négative *Je n'aime pas* se rend par ***non mi piace...*** / ***non mi piacciono...*** alors que ***mi dispiace*** signifie *je regrette.*

2. de **son intensité**.

- ***Raffoler de*** (*aimer beaucoup*), se traduit par ***andare pazzo*** / ***matto per*** :

Va pazzo per *queste caramelle.*	Il raffole de ces bonbons.

- ***Préférer*** (*aimer mieux*) se traduit par ***preferire*** :

Per le vacanze, ***preferiscono*** *il mare.*	Pour les vacances, ils préfèrent la mer.

piacere • regretter • volere

Utiliser le verbe qui convient dans les phrases suivantes :

1. Ad Alessandro non ______gli sport della palla.
   a) piace b) piacciono c) voleva bene
2. Una volta, a Marco ______passeggiare sul lungomare.
   a) piaceva b) voleva bene c) piacciono
3. ______il panettone o il panforte ?
   a) Ami meglio b) Piaci c) Preferisci
4. Questa pittura ______.
   a) le dispiace b) non le vuol bene c) non le piace
5. Luigi ______le fragole.
   a) va pazzo per b) amano c) gli piace
6. Giovanni ______la nonna.
   a) piacciono b) amava c) vogliono bene

aller

1. Verbe de **mouvement**, *aller* se traduit par ***andare*** :

Lucia ***va*** *a Roma.*	Lucia va à Rome.

Il est suivi de la préposition *a* devant un infinitif, même si ce dernier est éloigné dans la phrase :

Lucia ***va a*** *fare la spesa.*	Lucia va faire ses courses.
Lucia ***va*** *con la mamma* ***a*** *fare la spesa.*	Lucia va faire ses courses avec sa mère.

2. *Aller* se traduit par ***stare*** :

- pour la **santé** :

  *Come **sta**, Signora ?* — Comment allez-vous, Madame ?

- et lorsqu'il a le sens de ***seoir*** :

  *Questo vestito ti **sta** bene.* — Ce vêtement te va bien (te sied).

3. Correspondant à l'expression du **futur proche** (ou **immédiat**) (*être sur le point de*), *aller* ne se traduit jamais par ***andare*** mais par :

- ***stare per*** suivi de l'infinitif :

  *Lucia **stava per** partire.* — Lucia allait (était sur le point de) partir.

  Pour insister sur l'imminence on peut utiliser ***stare lì lì per***...

- le futur, ou plus familièrement le présent, associé aux adverbes ou locutions adverbiales de temps ***ora***, ***adesso***, ***fra poco*** :

  *Lucia partirà **fra poco**.* — Lucia va partir (partira dans peu de temps).

  Cette traduction n'est possible que pour exprimer le futur proche par rapport au présent (*je vais*, *je suis sur le point de*) et jamais par rapport au passé (*j'allais*, *j'étais sur le point de*). Après ***fra*** une autre expression temporelle peut se substituer à ***poco*** :

  *Lucia partirà **fra** cinque minuti.* — Lucia va partir (partira) dans cinq minutes.

- ***essere*** précédant :

– ***lì lì per*** suivi de l'infinitif, insiste sur l'imminence :

  *Lucia **era lì lì per** partire.*

– ***in procinto di*** suivi de l'infinitif, indique qu'il y a préparation :

  *Lucia **era in procinto** di partire.*

– ***vicino a*** suivi d'un nom, correspond à une proximité relative :

  *Lucia **era vicina** alla partenza.*

– ***in punto di*** ou ***sul punto di*** suivi de l'infinitif, sont du registre de la langue parlée :

  *Lucia **era in / sul punto di** partire.*

andare* • *essere* • *fra, tra* • *futur proche (ou immédiat)* • *ora* • *per* • *stare ◆◆◆◆◆◆◆◆◆◆◆◆◆◆ >

I. Choisir la forme qui convient parmi celles proposées :

1. Come ______ Sua madre ?
   a) va   b) sta   c) stia
2. Questi pantaloni gli ______ bene.
   a) stanno   b) vanno   c) sta
3. La gente ______ uscire.
   a) va   b) stanno   c) sta per

4. Maria ______ fare una visita agli amici.

a) andava a b) stava c) andava

II. Traduire les phrases suivantes (pour le futur proche utiliser *fra* ou *stare per*) :

1. Je vais être prête dans un quart d'heure. • 2. Il allait sortir quand il la vit arriver. • 3. Vas le voir avant qu'il ne parte ! • 4. Nous allons avec nos amis nous promener. • 5. Ils vont sortir pour aller au cinéma. • 6. Elle va à la cuisine faire à manger. • 7. Ils vont faire un beau voyage. • 8. Je vais venir vous apporter un cadeau. • 9. Elle allait entrer dans la maison de Mario.

alphabet

L'alphabet italien comprend **21 lettres**. Toutes les lettres se prononcent. Le nom des lettres est du féminin :

dalla a alla zeta

1. Les voyelles

Elles sont au nombre de **5** : ***a***, **e**, ***i***, **o**, ***u*** :

- ***a*** et ***i*** se prononcent comme en français ;
- **e** n'est jamais muet.
  En position atone, il est toujours fermé.
  En position accentuée, on peut déterminer certaines constantes :
  - **e** se prononce **fermé** comme dans le français *pré*, dans :
    - certaines terminaisons de noms ou d'adjectifs :
      -**eccio / -a** : *casareccio*
      -**eggio / -a** : *il passeggio*
      -**ese** : *il paese, inglese*
      -**eto / -a** : *l'oliveto, la pineta*
      -**etto / -a** : *la casetta, il ragazzetto*
      -**evole** : *gradevole, onorevole*
      -**ezza** : *la vecchiezza, la tristezza*
      -**mento** : *il commento, il movimento*
    - les adverbes en *-mente* :
      piacevolmente
    - les démonstratifs :
      questo, quello
    - les pronoms personnels :
      egli, esso, me, te, sé...
    - toutes les conjonctions formées avec **che** :
      perché, poiché, giacché...
    - la terminaison des verbes en -**ere** pour :
      - l'infinitif :
        temere, volere

- la 2e personne du pluriel de l'indicatif présent et de l'impératif régulier :
  vendete, vedete
- l'imparfait de l'indicatif et du subjonctif :
  credevo, che credesse
- le passé simple régulier (sauf les 3 personnes en -***etti***, -**ette**, -***ettero*** où le **e** est ouvert) :
  vendei, vendesti, vendé

- la terminaison de la 1re et 2e personne du pluriel du futur :
  guarderemo, venderete, vedremo, servirete

– **e** se prononce **ouvert** comme dans le français *père* dans :
- les mots tronqués :
  il caffè, il tè
- les diphtongues :
  il piede, pieno, tiene
- les terminaisons en :
  -**eca** : *la biblioteca, la discoteca*
  -**ello / -a** : *l'ombrello, la pagella*
  -**ema** : *il poema, il teorema*
  -**enza** : *la prudenza, l'assenza*
  -**erio / -a** : *serio, la miseria*
  -**estro**, -**estre** : *destro, equestre*
  -**etico / -a** : *ascetico, estetico*
  -**ezio / -a** : *la facezia*
- les ordinaux :
  terzo, venticinquesimo
- le pronom personnel :
  lei
- les 3 personnes des passés simples réguliers de la 2e conjugaison, en -***etti***, -***ette***, -***ettero*** :
  vendetti, vendette, vendettero
- les gérondifs ou les formes verbales en -***endo*** ainsi que les noms et les adjectifs qui en dérivent :
  vendendo, io difendo, la merenda, stupendo
- les adjectifs ou les noms dérivés du participe présent :
  seguente, il credente

• **o**, en position atone, est toujours fermé.
En position accentuée, on peut déterminer certaines constantes :
– **o** se prononce **fermé** comme dans le français *veau* dans :
- certaines terminaisons :
  -**oce** : *veloce*
  -**ogna** : *la vergogna*
  -**oio** : *il corridoio, il frantoio*

-**ondo** / -**a** : *rotondo, la sponda*

-**one** / -**a** : *il portone, la padrona, la passione, la porzione*

-**onte** : *il ponte, il rinoceronte*

-**ore** : *il dolore, l'amore*

-**oso** / -**a** : *curioso, faticoso*

-**posto** : *predisposto*

- les démonstratifs :
  coloro, costoro
- les pronoms personnels :
  noi, voi, loro
- les adverbes en -***oni*** :
  penzoloni

– **o** se prononce **ouvert** comme dans le français *fort* dans :

- la diphtongue -***uo***- :
  il cuore, cuocere
- le -**o** final accentué :
  no, però

  que l'on trouve aussi à la 3e personne du singulier du passé simple régulier de la 1re conjugaison et à la 1re du futur :
  tornò, parlerò
- certaines autres terminaisons :

  -***occhio / -a*** : *il ginocchio*

  -***occio / -a*** : *il cartoccio*

  -***ogico / -a*** : *logico*

  -***ografo / -a*** : *il fotografo*

  -***ologo / -a*** : *il cardiologo*

  -***ometro / -a*** : *il chilometro*

  -***onico / -a*** : *ironico*

  -***orico / -a*** : *teorico, preistorico*

  -***otico / -a*** : *caotico*

  -***otto / -a*** : *il giovanotto, pienotta*

• ***u*** se prononce comme le français *ou* :
  il cubo

2. Les consonnes

Elles sont **16** (indiquées ici avec leur nom qui correspond aussi à la prononciation italienne) :

b (bi)	*c (ci)*	*d (di)*	*f (effe)*
g (gi)	*h (acca)*	*l (elle)*	*m (emme)*
n (enne)	*p (pi)*	*q (qu)*	*r (erre)*
s (esse)	*t (ti)*	*v (vu o vi)*	*z (zeta)*

S'y ajoutent **5** lettres étrangères :

j (i lunga)	*k (cappa)*	*w (vu doppia)*	*x (ics)*
y (ipsilon)			

- ***j*** peut correspondre à une forme d'écriture ancienne qui perdure souvent à l'initiale et dans quelques noms propres :

  Jacopo, Jugoslavia, Ojetti

  Il se prononce *dj* (comme dans *djebel*) dans des mots d'origine étrangère :

  jazz, jeans, jeep...

- ***k*** (***cappa***), ***w*** (***vu doppia***), ***x*** (***ics***), ***y*** (***ipsilon***) se rencontrent dans :
  - des mots étrangers ou savants :

    il week-end, il whisky, lo xenofobo...
  - des abréviations :

    km, kg
  - quelques noms propres :

    Bixio

- Quelques consonnes ou groupes de consonnes ne se prononcent pas comme en français :
  - **c** et **g** :
    - ont un son **dur**, comme dans le français *carré*, *gare*, devant ***a***, **o**, ***u*** :

      caro, la cosa, il cubo, la gatta, la gota, il gusto

      Pour obtenir le même son devant **e** et ***i***, on intercale un ***h*** :

      che, il chilo, il ghetto, ghiotto
    - ont un son **doux**, comme dans *tchèque*, *djebel*, devant **e** et ***i*** :

      la cena, la cima, il gesto, il giro

      Pour obtenir le même son devant ***a***, **o**, ***u***, on intercale un ***i*** :

      ciao, il bacio, la ciurma, giallo, il gioco, giusto
  - le groupe ***gli*** a un son mouillé comme dans le français *lien* :

    gli, egli, il figlio, la foglia, la moglie

    sauf dans *anglicano, negligente, negligere*
  - le groupe ***gn*** se prononce toujours comme dans le français *compagne* :

    l'agnello, degnare, gli gnocchi, ogni, ognuno
  - ***h*** ne représente pas un son mais n'est qu'un signe graphique qui :
    - indique que le son de **c** et **g** devant **e** et ***i*** est dur :

      il chilo, il ghetto.
    - sert, devant 4 personnes du présent de l'indicatif du verbe ***avere*** : ***ho***, ***hai***, ***ha***, ***hanno***, à éviter une confusion avec la conjonction **o**, l'article contracté ***ai***, la préposition ***a*** et le nom ***anno***. En dehors de ces cas, ***h*** n'est jamais à l'initiale.
    - renforce certaines interjections :

      ah !, oh !, ahi !, ohi !, ahimé !, ohimé !...
  - ***q*** est toujours suivi de ***u***, qui se prononce comme le français *ou*, et d'une voyelle :

    quello, qui

– ***r*** est roulé.

– ***s*** :

- **à l'initale**, se prononce :
  - **sourd**, comme dans le français *sou*, s'il est suivi d'une voyelle ou des consonnes ***c***, ***f***, ***p***, ***q***, ***t*** :
    il sale, il sugo, lo scudo, lo stile
  - **sonore**, comme dans le français *dose*, s'il est suivi des consonnes ***b***, ***d***, ***g***, ***l***, ***m***, ***n***, ***r***, ***v*** :
    slavo, lo smeraldo, la sveglia
- **dans le corps d'un mot**, se prononce :
  - **sourd**, comme dans le français *rousse*, s'il est précédé d'une consonne ou s'il est double :
    la corsa, denso, la psicologia, la tosse, il gesso
  - **sonore**, comme dans le français **chose**, s'il est entre deux voyelles ou s'il est suivi des consonnes ***b***, ***d***, ***g***, ***l***, ***m***, ***n***, ***r***, ***v*** :
    la cosa, il paese, bisbigliare, il romanticismo, il risveglio

– le groupe ***sc*** se prononce :

- ***dur***, comme dans le français *squelette*, devant ***a***, **o**, ***u*** :
  la scatola, lo scoiattolo, lo scudo

  Pour obtenir le même son devant **e** et ***i***, on intercale un ***h*** :
  lo schema, la schiuma
- ***doux***, comme dans le français *chez*, devant **e** et ***i*** :
  scemo, lo sciroppo

  Pour obtenir le même son devant ***a***, **o**, ***u***, on intercale un ***i*** :
  la biscia, sciocco, asciutto

– **z** est :

- **sonore** (*dz*) entre deux voyelles et dans le suffixe -***izzare*** et ses dérivés :
  l'azalea, l'ozono, civilizzare, civilizzatore
- **sourd** (*tz*) devant les groupes vocaliques ***ia***, ***ie***, ***io*** et dans les suffixes -***anza***, -***enza***, -***ezza***, -***izia***, -***onzolo***, -**ozzo**, -***ozza***, -**uzzo**, -**zione**, -***ziare*** :
  la danza, l'influenza, la bellezza, la giustizia,
  il mediconzolo, la carrozza, l'animaluzzo, la nazione

  mais il y a de nombreuses exceptions.

– **les doubles consonnes** sont très nombreuses en italien et elles se prononcent.

Toutes les consonnes, sauf le ***h*** peuvent se redoubler entre deux voyelles :
azzurro, correre, arrabbiare, occorrerebbero

Sauf dans ***soqquadro***, le redoublement de ***q*** est ***cq*** :
l'acqua, nacqui, piacque

Le redoublement du ***l*** ne se prononce jamais comme dans le français *fille*, mais comme une double consonne.

On trouve rarement le groupe **ct** qui devient **tt** : *otto*
" **pt** " **tt** : *sette*
" **dm** " **mm** : *ammirare*

Lire plusieurs fois, à haute voix, tous les exemples proposés, s'enregistrer et les écrire ensuite en dictée à partir de l'enregistrement.

alternance vocalique de certains verbes

Dans leur conjugaison, certains verbes connaissent une alternance vocalique. Il s'agit :

1. pour la 2e conjugaison, de ***dovere***, dont le **o** se change en **e** au présent de l'indicatif et du subjonctif, 1re, 2e, 3e personne du singulier et 3e du pluriel (ce verbe a, en outre, d'autres irrégularités dont une alternance consonantique **v** / ***b***) ;

2. pour la 3e conjugaison, de ***udire***, dont le ***u*** se change en **o** au présent de l'indicatif et du subjonctif, 1re, 2e, 3e personne du singulier et 3e du pluriel ainsi qu'à l'impératif, 2e personne, et de ***uscire***, dont le ***u*** se change en **e** au présent de l'indicatif et du subjonctif, 1re, 2e, 3e personne du singulier et 3e du pluriel.

dovere • udire • uscire ◆◆◆◆◆◆◆◆◆◆◆◆◆◆◆◆◆◆◆◆◆◆◆◆ >

altro,-a / -i,-e et altrui

1. ***Altro*** est un indéfini qui signifie *autre*. Il est adjectif ou pronom.

• **Adjectif** :

le ***altre*** *persone*	les autres personnes
*l'****altra*** *gente*	les autres gens

il peut :

– s'utiliser en corrélation avec ***uno*** dans les expressions ***l'uno e l'altro*** et ***l'uno o l'altro*** suivies d'un substantif :

Gli piacciono ***l'uno*** *e* ***l'altro*** *lavoro.*	Il aime l'un et l'autre travail.

– prendre le sens temporel de *dernier* ou *prochain* suivant le contexte :

*È venuto l'****altra*** *settimana.*	Il est venu la semaine dernière.
*Partirà quest'****altra*** *settimana.*	Il partira la semaine prochaine.

Noter les expressions :

ieri l'altro	avant-hier
domani l'altro	après-demain

• **Pronom** :

*Se non lo farai tu, lo farà **un altro**.* — Si toi tu ne le fais pas, c'est un autre qui le fera.

– **employé sans article, il a une valeur neutre :**

*Desidera **altro** ?* — Désirez-vous autre chose ?

– **en corrélation avec *uno*, il peut se référer à une personne ou à une chose et se met également au pluriel, toujours précédé de l'article défini :**

*Gli **uni** dicono di sì, **gli altri** di no.* — Les uns disent oui, les autres non.

La locution *l'un l'altro* exprime la réciprocité :

Si amano l'un l'altro. — Ils s'aiment l'un l'autre.

– **il entre dans un certain nombre de locutions :**

altro che ! — et comment !
per altro — par ailleurs
se non altro — au moins
senz'altro — bien sûr
tra l'altro — entre autres

• **Adjectif ou pronom** il précède le cardinal (c'est également le cas de ***primo*** et ***ultimo***) :

*gli **altri due** personaggi* — les deux autres personnages
*gli **altri due*** — les deux autres

• Noter l'expression : ***Altroché !** Et comment !*

2. *Altrui* peut être adjectif ou pronom indéfini et renvoie à un possesseur indéfini, il correspond à *d'autrui* et est invariable :

*Soffro non della mia infelicità ma dell'**altrui**.* — Je ne souffre pas de mon malheur mais de celui d'autrui.

Adjectif, il est normalement placé après le nom :

*Non desiderare la roba **altrui** !* — Ne désire pas le bien d'autrui !

adjectifs indéfinis • pronoms indéfinis >

Choisir la forme qui convient parmi celles proposées :

1. Leggo ______ paragrafi.
   a) gli altri due — b) i due altri — c) altri i due
2. Studia ______.
   a) uno e l'altro libro — b) uno e altro il libro — c) un libro e l'altro
3. Non penso ______.
   a) alla fortuna di altrui — b) alla fortuna altrui — c) alla fortuna altra
4. Vuole ______ ?
   a) altra — b) altrui — c) altro
5. Si guardano ______.
   a) uno altro — b) l'un l'altro — c) uno e un altro

anche, neanche

Anche et ***neanche*** sont des conjonctions de coordination.

1. ***Anche***, *aussi, même, également* se place devant le mot sur lequel il porte, et s'élide devant un pronom personnel commençant par une voyelle :

anch'*io*	moi aussi
Anche *domani verrò.*	Demain aussi je viendrai.
Pensa **anche** *a me.*	Il pense à moi aussi.

Avec le sens de *même*, il peut être remplacé par ***perfino*** qui est préférable :

Perfino *Anna è partita.*	Même Anna est partie.

2. ***Neanche*** *non plus, pas même* est la négation de ***anche***. Si ***neanche***, conjonction négative, précède le verbe on n'emploie pas la négation ***non*** ; si elle le suit, on utilise la négation ***non*** devant le verbe. (Il en est de même pour ***neppure*** et ***nemmeno***, qui sont synonymes de ***neanche***.)

Neanche *Luisa era presente.*	Pas même Luisa était présente.
Luisa **non** *era* **neanche** *presente.*	Luisa non plus n'était pas présente.

conjonctions de coordination • même • négation ••>

Traduire les phrases suivantes :

1. Tu viendras toi aussi mais je ne serai pas à la maison et Paolo non plus. • 2. Tu l'as suivi partout, même en Australie. • 3. Je ne connais même pas son nom. • 4. Gino non plus n'est pas parti. • 5. Leur chat et leur chien, eux aussi ont faim. • 6. Il pense à sa mère, mais également à son père, et même à ses frères et sœurs.

andare

1. ***Andare*** est un verbe irrégulier de la **1re conjugaison** qui signifie *aller*.

Certaines de ses formes viennent de l'ancien verbe †**vadere**, 2e conjugaison, ce qui explique en partie les irrégularités.

Le futur et le conditionnel sont contractés.

Ind. présent :	***vado, vai, va,*** *andiamo, andate,* ***vanno***
Ind. imparfait :	*andavo, andavi, andava, andavamo, andavate, andavano*
Ind. passé simple :	*andai, andasti, andò, andammo, andaste, andarono*
Ind. passé comp. :	*sono andato / -a…, siamo andati / -e…*
Ind. futur :	***andrò, andrai, andrà, andremo, andrete, andranno***
Conditionnel :	***andrei, andresti, andrebbe, andremmo, andreste, andrebbero***
Sub. présent :	*che* ***vada, vada, vada,*** *andiamo, andiate,* ***vadano***
Sub. imparfait :	*che andassi, andassi, andasse, andassimo, andaste, andassero*
Impératif :	***va'*** *! (non andare !), andiamo ! andate !*
Participe passé :	*andato*
Gérondif :	*andando*
Auxiliaire :	*essere*

2. **Verbe de mouvement**, il est suivi de la préposition ***a*** devant un infinitif, même si celui-ci est éloigné :

Lucia ***va*** *con la mamma* ***a*** *fare la spesa.*	Lucia va avec sa mère faire les courses.

3. En dehors de sa valeur de verbe de mouvement, il peut avoir une fonction de **semi-auxiliaire**.

- Uni au participe passé, il peut remplacer ***essere*** à la forme passive, mais uniquement aux temps simples de sa propre conjugaison. Il introduit souvent une nuance de devoir moral :

La lezione ***va*** *studiata per domani.*	La leçon est à apprendre pour demain.

- Suivi du gérondif, il indique une action qui progresse en insistant sur son déroulement graduel ou sur sa répétition lente :

L'inquinamento ***va*** *crescendo.*	La pollution ne cesse d'augmenter / augmente peu à peu.

Dans ce cas, on peut faire ou ne pas faire l'enclise du pronom personnel :

La neve ***va*** *sciogliendo****si*** */* ***si va*** *sciogliendo.*	La neige fond peu à peu.

4. Un certain nombre d'expressions sont formées avec ***andare*** :

andar avanti	avancer
andar indietro	reculer
andar giù	descendre
andar su	monter
andare su e giù	faire les cent pas
andare a genio	plaire
andare a monte	tomber à l'eau
andare a ruba	se vendre comme des petits pains
andar pazzo per	raffoler de
andar per le lunghe	traîner en longueur
andar via / andarsene	s'en aller

Le verbe *aller* ne se traduit par ***andare*** que lorsqu'il est verbe de mouvement.

aller • auxiliaires et semi-auxiliaires • conjugaisons • forme progressive • mouvement (verbes de) ◆◆◆◆◆◆◆◆◆◆◆◆◆◆◆◆◆◆◆◆◆◆◆◆◆◆◆◆◆◆◆◆◆◆◆ >

I. Choisir la forme qui convient parmi celles proposées :

1. Domani loro ______ al mare.
   a) andranno b) vanno c) andavano
2. Quella volta lui ______ a fare una lunga passeggiata.
   a) andarono b) andò c) va
3. Speriamo che tutto ______ bene.
   a) va' b) è andato c) vada
4. Giulio, ______ giocare con i compagni !
   a) va' a b) vada c) va'
5. L'anno scorso, Lucia ______ spesso a Roma.
   a) è andato b) andrà c) andava
6. Queste storie ______ dalla nonna.
   a) hanno raccontato b) vanno raccontate c) sono raccontato
7. Penso che Luca ______ in vacanza in Italia.
   a) sia andata b) è andato c) voglia andare
8. ______ a scuola, Mara ripassa la lezione.
   a) Andato b) Andando c) Vada

II. Traduire :

1. Il faut qu'ils y aillent. • 2. Elle raffole de ce gâteau. • 3. J'irai à Rome le mois prochain. • 4. Il pensait que Lia irait chez sa mère. • 5. Il s'en va dès qu'il m'aperçoit. • 6. Si tu allais au théâtre, il y irait aussi. • 7. Ils vont au lycée le matin. • 8. Ce beau projet tombera à l'eau. • 9. Va vite le voir ! • 10. N'y allez pas, Monsieur !

anzi

1. *Anzi* **renchérit et signifie** ***bien plus*** **:**

*Questa ragazza è bella, **anzi** è bellissima.* — Cette fille est belle, bien plus, elle est très belle.

2. *Anzi* **rectifie ce qui vient d'être dit et se traduit par** ***au contraire*** **:**

*Non è in ritardo, **anzi** è un po' in anticipo.* — Il n'est pas en retard mais, au contraire, un peu en avance

3. *Anzi* **rectifie et précise avec le sens de** ***ou mieux, ou plutôt*** **:**

*Vorrebbe un cane, **anzi** un cane lupo.* — Il voudrait un chien, ou plutôt un chien loup.

4. *Anzi* **peut avoir le sens de** ***prima (di) avant*** **:**

***Anzi**tutto vi preciso che parlerò poco.* — Avant tout je vous précise que je parlerai peu.

apocope, élision

Il ne faut pas confondre l'apocope et l'élision.

1. **L'apocope** (***il troncamento***) est la chute de la voyelle ou de la syllabe finale atone d'un mot, devant un autre commençant par une voyelle, une consonne ou un groupe de consonnes autres que ***s***-impur, ***z***-, ***gn***-, ***ps***-, ***x***-. Elle ne peut se faire qu'après ***l***, ***n***, ***r*** et parfois ***m*** et seulement au singulier.

- Elle a lieu, dans ces conditions, au masculin singulier avec :
  - ***uno*** et ses composés, les adjectifs ***alcuno***, ***ciascuno***, ***nessuno*** et ***buono*** épithète :

    *un **buon** ragazzo, **nessun** uomo*
  - ***dello*** et les autres articles contractés :

    ***del** bambino, **dal** paese*
  - ***bello***, adjectif épithète :

    *un **bel** giovane* — un beau jeune homme
  - l'adjectif démonstratif ***quello*** :

    ***quel** cane*
  - les adjectifs ***tale*** et ***quale*** :

    *Si tratta di un **tal** individuo.* — Il s'agit d'un certain individu.
  - l'adjectif ***santo***, épithète, placé devant un prénom de saint commençant par une consonne normale :

    ***San** Francesco*
  - les noms ***frate*** et ***suora*** devant un prénom :

    ***Fra** Cristoforo* — ***Suor** Teresa*
  - les noms ***signore***, ***dottore***, ***professore***... suivis du patronyme :

    *il **Signor** Rossi* — *il **dottor** Bianchi*
- Pour ***grande*** elle est facultative et peut se faire aussi au féminin singulier :

  il gran ponte ou *il grande ponte*
  la gran casa ou *la grande casa*
- Aucun signe graphique ne l'indique mais il y a quelques exceptions :

  un po' di

  et les impératifs monosyllabiques :

  da' ! di' ! fa' ! sta' ! va' !

2. **L'élision** (***l'elisione***) est la chute d'une voyelle atone finale devant la voyelle initiale du mot qui suit ; elle est marquée graphiquement par l'apostrophe. Elle a lieu pour :

- ***uno*** et ses composés les adjectifs ***alcuno***, ***ciascuno***, ***nessuno*** et l'adjectif épithète ***buono***, au féminin singulier :

  ***nessun'**amica* — *una **buon'** anima*

- l'article défini, ***dello*** et les autres articles contractés, les adjectifs ***bello***, ***grande*** et ***santo*** épithètes, l'adjectif indéfini ***quello*** au masculin et féminin singulier :

l'asino	*sull'uscio*
*un **bell'**uccello*	*quell'alunna*

- la préposition ***di*** :

  *la carta **d'**Italia*

- quelques numéraux :

  ***trent'**anni*

- certaines expressions :

  ***pover'**uomo, **senz'**altro, **tutt'**altro*

adjectifs indéfinis • articles • bello • buono • grande • santo • titres ◆◆◆◆◆◆◆◆◆◆◆◆◆◆◆◆◆◆◆◆◆◆◆◆ >

Choisir la forme qui convient parmi celles proposées :

1. ______amico l'ha aiutato.
   a) nessun b) nessun' c) nessuno
2. Lisa è una ______amica.
   a) bel b) bell' c) bella
3. ______scolaro è simpatico.
   a) Quel b) Quell' c) Quello
4. Sentiamo il canto ______usignolo.
   a) del b) dello c) dell'
5. Il ______Rossi insegna il latino.
   a) professore b) professor c) professori
6. ______Angelico fu un grande pittore.
   a) Fra b) Frate c) Fratello
7. Marco ! ______da mangiare al gatto !
   a) Da' b) Da c) Dà
8. Quando si entra, si dice " ______giorno " e prima di mangiare " ______ appetito ".
   a) buon... buono b) buon... buon c) buono... buon'

appena

I. ***Appena*, adverbe,** signifie *à peine, tout juste* :

*Lo sento **appena**.*	Je l'entends à peine.

- Employé avec le passé composé, ***appena*** exprime le **passé immédiat** (ou **passé proche**) par rapport au présent, il se place entre l'auxiliaire et le participe passé :

*Sono **appena** giunta.*	Je viens d'arriver.

et correspond à ***ora***, ***or ora***, ***proprio ora***, ***poco fa*** qui, eux, se mettent après le verbe :

*Sono giunta **ora** / **poco fa**.*

- Employé avec le plus-que-parfait, ***appena*** exprime le **passé immédiat** (ou **passé proche**) par rapport au passé, il se place entre l'auxiliaire et le participe passé :

  Ero ***appena*** *giunta.* — Je venais d'arriver.

  et correspond à ***allora***, ***proprio allora***, ***poco prima*** qui, eux, se mettent après le verbe :

  Ero giunta ***allora / poco prima.***

2. *Appena*, conjonction, introduit une subordonnée de temps à l'indicatif avec le sens de *dès que*, *aussitôt que* :

Glielo dirò ***appena*** *sarò arrivato.* — Je le lui dirai dès que je serai arrivé.

Non appena insiste sur l'imminence :

Glielo dirò ***non appena*** *sarò arrivato.*

adverbes • conjonctions de subordination • fa • ora • passé proche (ou immédiat) • prima ••••••• >

Traduire les phrases :

1. Appena lo vedo, scappo. • 2. È appena andato via e già siamo tristi. • 3. Aveva appena telefonato quando sono arrivati. • 4. Appena entra e si mette a parlare, tutta la gente lo guarda e l'ascolta. • 5. L'ho appena visto. • 6. L'hai sentito ? – Appena. • 7. Non appena l'avrò incontrato, partirò.

approximation

1. D'une façon générale l'approximation peut s'exprimer par :

- la préposition ***su*** qui se combine avec l'article du nom qui la suit :

  Pesa ***sui*** *cento chili.* — Il pèse environ cent kilos.

  La nonna è ***sui*** *settant'anni.* — Grand-mère a environ soixante-dix ans.

- l'adverbe ***circa*** ou les locutions ***press'a poco***, ***quasi*** (***quasi quasi***), ***su per giù*** qui se placent avant ou après l'expression sur laquelle ils portent :

  Pesa ***quasi*** *cento chili.* — Il pèse presque cent kilos.

  La nonna ha settant'anni ***circa.*** — Grand-mère a environ soixante-dix ans.

2. Pour l'âge, on peut, en outre, utiliser, ajouté au radical du numéral :

- le suffixe ***-enne*** ; on obtient un nom ou un adjectif :

  *È una quarant****enne****.* / *È una donna quarant****enne****.* — C'est une femme qui a la quarantaine.

- le suffixe ***-ina*** ; on obtient un nom :

  *Ha una quarant****ina*** *di anni.* — Elle a une quarantaine d'années.

âge • -enne, -ennio (suffixes -) • quasi • su • suffixes •••••••••••••••••••••••••••••••••••••• >

Choisir la forme qui convient parmi celles proposées :

1. Il padre ha ______.
   a) una quarantina. b) quarant'anni circa. c) un quarantenne.
2. Suo figlio è ______.
   a) ventenne. b) una ventina. c) vent'anni.
3. Compra il prosciutto e ne prende ______.
   a) una dicenne di etti. b) dieci etti giù per su. c) quasi dieci etti
4. È ______ giunto a casa.
   a) circa b) quasi c) su
5. Il fratello di Lisa è ______ trent'anni.
   a) sui b) su c) quasi
6. Monica ______ una quindicenne.
   a) è b) ha c) compie

arriver

1. ***Arriver*** (quelque part) pour **les personnes** se rend par :

- ***arrivare*** ou ***giungere*** qui ont le même sens :

  Tuo zio è ***giunto / arrivato*** *ieri.* — Ton oncle est arrivé hier.

- ***venire*** qui est d'un emploi plus rare et s'utilise lorsque la personne qui parle se situe par rapport à une autre :

  Vengo *subito !* — J'arrive tout de suite !

2. ***Arriver***, verbe impersonnel, utilisé pour **les événements** avec le sens de *se produire*, *advenir*, a plusieurs traductions :

- ***accadere*** indique plutôt ce qui arrive par hasard, sans être prévu ou désiré :

  Accada *quel che accada.* — Advienne que pourra.

- ***avvenire*** est plus littéraire et correspond à un événement plus important, prévisible ou désiré :

  Avvenne *che la pastorella incontrò il principe.* — Il arriva que la bergère rencontra le prince.

- ***succedere*** s'utilise pour un événement ordinaire :

  Che cos'è ***successo*** *?* — Qu'est-il arrivé ? (Que s'est-il passé ?)

3. ***Arriver*** par hasard **pour les personnes et pour les choses** se rend par ***capitare*** :

- employé impersonnellement, il indique un événement fortuit, souvent désagréable :

  Gli ***capita*** *di parlare troppo.* — Il lui arrive de trop parler.

- employé personnellement, il indique l'arrivée fortuite et souvent désagréable de quelqu'un :

  Capitò *male.* — Il arriva (tomba) mal.

4. ***Arriver*** avec le sens de **réussir**, *obtenir un résultat*, *arriver à quelque chose*, se traduit par ***riuscire*** :

*Non **riesco** a vederlo con questo buio.*	Avec cette obscurité je n'arrive pas à le voir.

Plus familièrement *y arriver* se rend par ***farcela*** :

Non ce la faccio.	Je n'y arrive pas.

5. ***Arriver***, pour un **moyen de transport**, se rend par ***essere in arrivo*** :

*Il treno **è in arrivo** sul binario 3.*	Le train arrive à la voie 3.

Tous ces verbes, sauf ***farcela***, se conjuguent avec ***essere*** aux temps composés.
Giungere, ***venire***, ***avvenire***, ***accadere***, ***succedere***, ***fare*** et ***riuscire*** sont des verbes irréguliers.

accadere, avvenire • *conjugaisons* • *fare* • *uscire* • *venire* >

Choisir la forme qui convient parmi celles-ci : a) sono giunti – b) è capitata – c) capitano – d) è in arrivo – e) non ce la fa – f) sono riuscite – g) succedeva – h) viene.

1. I nostri amici ______ con un quarto d'ora di ritardo. • 2. Il treno delle venti e cinque ______ • 3. Questa persona ______ stamattina e non l'aspettavamo. • 4. Luigi ______ a rimettere la macchina in moto. • 5. Sono cose che ______ • 6. Gli ______ di alzarsi alle sei del mattino. • 7. Maria e Carla ______ ad ottenere un ottimo risultato. • 8. Appena la chiami, ______.

articles contractés

Les articles contractés résultent de la combinaison obligatoire de l'article défini et des prépositions ***a***, ***da***, ***di***, ***in***, ***su***.

1. Formes des articles contractés :

	masculin					féminin		
	singulier			pluriel		singulier		pluriel
	il	*lo*	*l'*	*i*	*gli*	*la*	*l'*	*le*
a	*al*	*allo*	*all'*	*ai*	*agli*	*alla*	*all'*	*alle*
da	*dal*	*dallo*	*dall'*	*dai*	*dagli*	*dalla*	*dall'*	*dalle*
su	*sul*	*sullo*	*sull'*	*sui*	*sugli*	*sulla*	*sull'*	*sulle*
di	*del*	*dello*	*dell'*	*dei*	*degli*	*della*	*dell'*	*delle*
in	*nel*	*nello*	*nell'*	*nei*	*negli*	*nella*	*nell'*	*nelle*
*con**	*col*	*collo*	*coll'*	*coi*	*cogli*	*colla*	*coll'*	*colle*

* La langue actuelle tend à dissocier ***con*** de l'article pour ne garder que ***col*** et ***coi***.

Canta ***dal*** *mattino* ***alla*** *sera.*	Il chante du matin au soir.
È ***sul*** *letto,* ***nella*** *camera* ***dei*** *genitori.*	Il est sur le lit, dans la chambre de ses parents.

2. L'article partitif correspond aux formes nées de la combinaison de la préposition ***di*** et de l'article défini :

Dammi ***dell'****acqua !* — Donne-moi de l'eau !

Il est moins employé qu'en français. On lui préfère :

- le nom seul :

  Telefono ad amici. — Je téléphone à des amis.

- le nom employé avec l'article défini :

  Deve comprare l'acqua minerale. — Il doit acheter de l'eau minérale.

- la locution ***un po' di*** suivie d'un nom singulier :

  Dammi un po' d'acqua !

- l'adjectif indéfini ***alcuni*** suivi du nom pluriel :

  Telefono ad alcuni amici.

L'article partitif ne s'emploie jamais dans une phrase négative :

Non bevo vino. — Je ne bois pas de vin.

a • articles définis • con • da • di • in • prépositions • su >

Former les articles contractés avec la préposition indiquée devant les noms qui suivent et mettre au pluriel :

zio (a) • allievo (di) • studio (in) • scolara (da) • monte (su) • zaino (in) • uccello (a) • bosco (in) • letto (su) • camera (in) • respiro (di) • tavola (su) • viaggio (di) • pavimento (su) • torre (di) • mare (da) • pittore (con) • artista (da) • opera (di) • amico (a) • greca (da) • giapponese (di).

articles définis

1. Formes

	singulier	pluriel
masculin	***il*** devant consonne normale : *il ragazzo* ***l'*** devant voyelle : *l'italiano* ***lo*** – devant ***s***- impur* : *lo sportivo* – devant z- : *lo zio* – devant ***gn***-, ***pn***-, ***ps***, ***x***- : *lo gnomo* *lo pneumatico* *lo psicologo* *lo xilofono* – devant une semi-cons.** : *lo iugoslavo* *lo yogurt*	***i*** devant consonne normale : *i ragazzi* ***gli*** – devant voyelle : *gli italiani* – devant ***s***- impur* : *gli sportivi* – devant ***z*** : *gli zii* – devant ***gn***-, ***pn***-, ***ps***-, ***x***- : *gli gnomi* *gli pneumatici* *gli psicologi* *gli xilofoni* – devant une semi-cons.** : *gli iugoslavi* *gli yogurt*
féminin	***la*** – devant consonne : *la ragazza* *la sportiva* *la zia* – devant une semi-cons.** : *la iugoslava* ***l'*** devant voyelle : *l'italiana*	***le*** dans tous les cas : *le ragazze* *le sportive* *le zie* *le iugoslave* *le italiane*

* Le ***s***- impur est le ***s***- suivi d'une consonne.
** Les semi-consonnes sont les groupes *ia*-, *ie*-, *io*-, *iu*- ou *y*- suivi d'une voyelle, à l'initiale d'un mot qui, la plupart du temps, est d'origine étrangère.

On utilise :

- ***lo*** au lieu de ***il*** dans les locutions adverbiales :
  per lo più en général
  per lo meno au moins
- ***gli*** au lieu de ***i*** devant ***dei***, pluriel de ***dio*** :
  il dio le dieu > *gli dei*

2. Emplois

L'article défini précède le nom et s'accorde en genre et en nombre avec lui.

- **On emploie** l'article défini :
  – devant :
  - les patronymes des femmes célèbres :
    la *Tebaldi*, ***la*** *Duse*, ***la*** *Deledda*
  - les prénoms, surtout féminins, dans la langue familière et en Italie du Nord :

*Come sta **l**'Anna ?* — Comment va Anna ?

*Dove va **il** Franco ?* — Où va Franco ?

- **les noms, lorsque l'on parle de ces personnes :**

  ***Il** signor Rossi è venuto.* — Monsieur Rossi est venu.

  mais l'article n'est pas utilisé si l'on s'adresse à la personne :

  Come sta, Signor Rossi ? — Comment allez-vous, Monsieur Rossi ?

- **les millésimes :**

  *È vissuto a Roma da**l** 1954 a**l** 1978.* — Il a vécu à Rome de 1954 à 1978.

– **pour :**

- **l'heure ; l'article est alors féminin, singulier ou pluriel, suivant le nombre d'heures considérées :**

  *È **l**'una.* — Il est une heure.

  *Sono **le** quattro.* — Il est quatre heures.

- **les pourcentages ; l'article est alors au masculin singulier, bien que *le pourcentage* se dise *la percentuale* :**

  *Mi ha dato **il** 20 % di caparra.* — Il m'a donné 20 % d'arrhes.

• **On omet** l'article défini devant :

- **les noms propres grecs et latins :**

  Omero, Cicerone

- **les prénoms des personnages célèbres :**

  Dante, Michelangelo, Leonardo

- **les noms propres des rois et des papes mais pas des empereurs :**

  Re Vittorio Emanuele II, Papa Giovanni XXIII

  mais *l'imperatore Carlomagno* et *il re d'Italia*

- **certains compléments de lieu, si le nom n'est pas déterminé par un adjectif ou un complément de nom :**

  Mi reco in giardino. — Je me rends au jardin.

  mais Mi reco nel giardino pubblico. — Je me rends au jardin public.

• Une **hésitation** existe pour les patronymes des hommes célèbres masculins.

On dit :

***l**'Alfieri, **il** Tasso, **l**'Ariosto, **il** Verga...*

mais :

Colombo, Pirandello, Garibaldi, Verdi...

On peut dire :

***Il** Carducci* ou *Carducci...*

Utiliser l'article défini devant les noms qui suivent et mettre au pluriel :
motivo • autista • straniero • libro • azione • psichiatra • lupa • risultato • inglese • aiuola • pesce • pietra • statua • acqua • scolaro • iena • dio • scoiattolo • studente • zero • quaderno • dentista • zia.

articles indéfinis

Formes :

	singulier	pluriel
masculin	***un*** – devant consonne normale : *un ragazzo* – devant voyelle : *un italiano* ***uno*** – devant ***s***- impur* : *uno sportivo* – devant ***z***- : *uno zio* – devant ***gn***-, ***pn***-, ***ps***-, ***x***- : *uno gnomo* *uno pneumatico* *uno psicologo* *uno xilofono* – devant une semi-cons.** : *uno iato* *uno yogurt*	
féminin	***una*** – devant consonne : *una ragazza* *una sportiva* *una zia* – devant une semi-cons.** : *una iugoslava* ***un'*** devant voyelle : *un'italiana*	

* Le ***s***- impur est le ***s***- suivi d'une consonne.

** Les semi-consonnes sont les groupes *ia*-, *ie*-, *io*-, *iu*- ou *y*- suivi d'une voyelle, à l'initiale d'un mot qui, la plupart du temps, est d'origine étrangère.

L'article indéfini précède le nom et s'accorde en genre avec lui.

Il n'a pas de pluriel :

Ha fratelli e sorelle. — Il a des frères et des sœurs.

On peut cependant employer, au pluriel, l'article partitif :

Ha ***dei*** *fratelli e* ***delle*** *sorelle.*

articles contractés • articles définis ••••••••••••• >

Utiliser l'article indéfini devant les noms proposés dans les deux exercices précédents.

assai

1. ***Assai*** est un **adverbe de quantité** qui signifie *beaucoup, très*.

*Ti voglio bene **assai**.* — Je t'aime beaucoup.

Ne pas le confondre avec ***abbastanza*** qui signifie *assez*.
Noter l'expression :

Ci manca assai. — Il s'en faut de beaucoup.

et son contraire :

Ci manca poco. — Il s'en faut de peu.

2. Il peut intervenir dans la **formation du superlatif absolu**, il équivaut alors à ***molto*** et ***tanto*** :

*Livia è **assai** bella.* — Livia est très belle.

3. Il peut être employé comme **adjectif indéfini** devant un nom :

*Ha **assai** denaro.* — Il a beaucoup d'argent.

adjectifs indéfinis • adverbes de quantité • superlatifs ◆◆◆◆◆◆◆◆◆◆◆◆◆◆◆◆◆◆◆◆◆◆◆◆◆◆◆◆◆◆◆◆◆◆ >

Traduire :

1. È venuto assai presto stamattina. • 2. Questa casa era assai più cara di quanto pensasse. • 3. Mangia assai, quindi è assai grosso. • 4. Hanno lavorato assai. • 5. Si sente assai meglio del solito. • 6. Ugo ha abitato per un tempo assai lungo in quella casa. • 7. Mi dispiace assai ma non ti posso incontrare. • 8. Non riuscì a vincere ; ci mancò assai.

autant, d'autant

Autant se traduit par ***tanto*** ou par ***altrettanto*** qui insiste et signifie *tout autant*. ***Tanto*** et ***altrettanto*** sont :

1. invariables, lorsqu'ils sont **adverbes** :

*Non la riconosco **tanto** più che non l'ho vista da dieci anni.* — Je ne la reconnais pas, d'autant plus que je ne l'ai pas vue depuis dix ans.

2. variables, lorsqu'ils sont **adjectifs** ou **pronoms indéfinis** ; ils peuvent être en corrélation avec ***quanto*** :

*Ci sono **tante** ragazze **quanti** ragazzi.* — Il y a autant de filles que de garçons.

adjectifs indéfinis • adverbes de quantité • pronoms indéfinis • tanto, molto, poco, troppo ◆◆◆◆ >

auxiliaires et semi-auxiliaires

1. Les auxiliaires

- ***Avere*** est l'auxiliaire :
  - de lui-même :

    Hanno avuto *tre figli.* — Ils ont eu trois enfants.
  - des verbes transitifs à la voie active et de certains verbes intransitifs (il n'y a pas de règles permettant de déterminer l'auxiliaire de ces derniers) :

    Ha *mangiato un gelato e* ***ha*** *dormito.* — Il a mangé une glace et a dormi.

  Le participe passé employé avec *avere* s'accorde avec le COD lorsque celui-ci est placé devant le verbe mais cet accord n'est obligatoire qu'avec les pronoms personnels ***lo***, ***la***, ***li***, ***le*** et ***ne*** :

  La ragazza che ho visto è una sua amica. — La fille que j'ai vue est une de ses amies.

  Fiori rari ? Ne ha coltivati tanti. — Des fleurs rares ? Il en a beaucoup cultivé.

- ***Essere*** est l'auxiliaire :
  - de lui-même :

    Lisa **è *stata*** *una brava alunna.* — Lisa a été une bonne élève.
  - de tous les temps du passif :

    Siamo stati *accolti.* — Nous avons été accueillis.
  - des verbes réfléchis et pronominaux :

    Diana si **è** *lavata e ce ne* ***siamo*** *accorti.* — Diana s'est lavée et nous nous en sommes aperçus.
  - de la plupart des verbes intransitifs :

    La bambina **è** *cresciuta.* — La petite fille a grandi.
  - des verbes impersonnels :

    È *bastato.* — Cela a suffi.

  Le participe passé employé avec *essere* s'accorde avec le sujet.

- Certains verbes se conjuguent avec ***avere*** lorsqu'ils sont transitifs et avec ***essere*** lorsqu'ils sont employés intransitivement, c'est le cas de :

cambiare	changer	*cessare*	cesser
cominciare	commencer	*continuare*	continuer
correre	courir	*finire*	finir
mancare	manquer	*riuscire*	réussir
salire	monter	*saltare*	sauter
scendere	descendre	*suonare*	sonner
vivere	vivre…		

  Lisa ***ha*** *cambiato soldi.* — Lisa a changé de l'argent.

  Lisa **è** *cambiata.* — Lisa a changé.

- Les verbes serviles ***dovere***, ***potere***, ***sapere***, ***volere*** utilisent normalement l'auxiliaire ***avere***, mais lorsqu'ils sont suivis d'un infinitif qui emploie **essere** dans sa conjugaison, ils peuvent emprunter cet auxiliaire :

Ha voluto fare un dolce. car *fare* fait *ha fatto*	J'ai voulu faire un gâteau.
Gina ha dovuto venire. ou *Gina è dovuta venire.* car *venire* fait *Gina è venuta.*	Gina a dû venir.

2. Les semi-auxiliaires

Andare, ***stare*** et ***venire*** peuvent avoir, en dehors de leur valeur propre, une fonction d'auxiliaires, ce sont alors des semi-auxiliaires.

- Suivis du gérondif, ils indiquent une action qui progresse.
  - ***Stare*** correspond à la forme progressive *être en train de* :

Lina **sta** *leggendo.*	Lina est en train de lire.

  - ***Andare*** et ***venire*** insistent sur le déroulement graduel ou sur la répétition lente de l'action :

L'inquinamento **va / vien** *crescendo.*	La pollution ne cesse d'augmenter / augmente peu à peu.

- Employés avec le participe passé, ***andare*** et ***venire*** peuvent remplacer **essere** à la forme passive, mais uniquement aux temps simples de leur propre conjugaison :

Lara **vien** *lodata.*	Lara est félicitée.

Andare donne souvent une idée de nécessité :

Questa lezione **va** *studiata per domani.*	Cette leçon doit être apprise / est à apprendre pour demain.

avere • dovere • essere • forme progressive • participe passé • potere • sapere • serviles (verbes) • stare • volere >

I. Mettre les verbes au passé composé :

1. Elena corre a trovarlo. • 2. Luigi e Enrico si alzano presto. • 3. Questi bambini nascono a Milano, ci crescono poiché ci vivono. • 4. Usciamo alle nove. • 5. Ti piace giocare. • 5. Corrono 200 metri. • 7. La lezione comincia alle dieci. • 8. Mi dispiace assai. • 9. Siamo visti dalla nonna.

II. Traduire :

1. Les prix ne cessent d'augmenter, ils sont en train de changer. • 2. Le livre qu'elle est en train de lire, fut publié en 1937. • 3. Les lois doivent être respectées. • 4. Des glaces, tu en as mangé beaucoup. • 5. Ces Romains ont été bien reçus. • 6. En Italie, les villes d'art sont visitées par de nombreux touristes. • 7. La viande que j'ai mangée, est du bœuf. • 8. L'heure a sonné. • 9. Boccace a vécu au XIVe siècle. • 10. Elena a réussi à vous parler. • 11. Elle a monté les marches avec difficulté. • 12. Les filles ont voulu sortir.

avant

1. Préposition, *avant*, se traduit par :

- ***prima di*** :

Si è alzato ***prima*** *dell'alba, quindi prima di te.*	Il s'est levé avant l'aube, donc avant toi.

- ***avanti*** qui n'est plus guère utilisé que dans l'expression :

avanti *Cristo*	avant Jésus-Christ

- ***entro*** pour insister sur la date à ne pas dépasser :

Devo finire questo lavoro ***entro*** *la fine del mese.*	Je dois finir ce travail avant la fin du mois.

– *avant peu* se traduit par ***fra poco*** :

Arriverà fra poco.	Il arrivera avant peu (dans peu de temps).

– *avant tout* se rend par ***innanzitutto***, ***prima di tutto*** ;

– *avant-hier* se dit ***ieri l'altro***.

2. Adverbe :

- de temps, avec le sens de *auparavant*, il se traduit par ***prima*** :

È arrivato poco ***prima***.	Il est arrivé peu de temps avant / auparavant.

- de lieu, il se traduit par ***avanti*** (*en avant*) :

Vado ***avanti***.	Je vais en avant (J'avance).

3. La locution conjonctive *avant que* se rend par ***prima che***, suivie du subjonctif :

Prima che *sia troppo tardi, deve fare questo lavoro.*	Avant qu'il ne soit trop tard, il doit faire ce travail.

et ***avant de*** par ***prima di*** suivi de l'infinitif :

Prima di *venire, ci telefonerà.*	Avant de venir il nous téléphonera.

prépositions • adverbes de lieu • adverbes de temps • conjonctions de subordination •••••••••• >

Traduire les phrases suivantes :

1. Avant de sortir, il mit son manteau. • 2. Ils téléphoneront avant peu. • 3. Avant la fin de l'année, il prendra sa retraite. • 4. Avant que Pietro ne mange, Lisa met la table. • 5. Avant tout il nous salue. • 6. L'empereur Auguste est né en 63 avant Jésus-Christ et mort en 14 après le Christ.

1. Conjugaison

Ind. présent :	***ho, hai, ha, abbiamo,*** *avete,* ***hanno***
Ind. imparfait :	*avevo, avevi, aveva, avevamo, avevate, avevano*
Ind. passé simple :	***ebbi,*** *avesti,* ***ebbe,*** *avemmo, aveste,* ***ebbero***
Ind. passé comp. :	*ho avuto…, abbiamo avuto…*
Ind. futur :	***avrò, avrai, avrà, avremo, avrete, avranno***
Conditionnel :	***avrei, avresti, avrebbe, avremmo, avreste, avrebbero***
Sub. présent :	*che* ***abbia, abbia, abbia, abbiamo, abbiate, abbiano***
Sub. imparfait :	*che avessi, avessi, avesse, avessimo, aveste, avessero*
Impératif :	***abbi !*** *(non avere !),* ***abbiamo ! abbiate !***
Participe passé :	*avuto*
Gérondif :	*avendo*
Auxiliaire :	*avere*

Il n'y a pas de ***h***- à l'initiale en italien, sauf pour le présent de l'indicatif du verbe ***avere*** aux 3 personnes du singulier ***ho, hai, ha*** et à la 3e du pluriel ***hanno*** car le ***h***- permet d'éviter une confusion avec la conjonction ***o***, l'article contracté ***ai***, la préposition ***a*** et le nom ***anno***.

Avere connaît une alternance consonantique -*v* - / -*b* - avec redoublement du -*b*-. Le futur et le conditionnel sont contractés.

2. Emplois

***Avere*, outre sa valeur propre :**

Ha un vestito nuovo. — Il a un vêtement neuf.

est l'auxiliaire :

– de lui-même :

Ha avuto *un regalo.* — Il a eu un cadeau.

– des verbes transitifs à la voie active :

Ho guardato *un film ieri sera.* — J'ai regardé un film hier soir.

– de certains verbes intransitifs :

Gli ***ho parlato****.* — Je lui ai parlé.

Le participe passé employé avec *avere* s'accorde avec le COD placé devant mais cet accord n'est obligatoire qu'avec les pronoms personnels ***lo***, ***la***, ***li***, ***le*** ainsi que ***ne*** :

Dei bei quadri, ne ho visti tre. — Des beaux tableaux, j'en ai vu trois.

Traduire les phrases suivantes :

1. Ta sœur, je l'ai vue hier. • 2. Des glaces, j'en ai mangé deux. • 3. Nous avons rencontré nos amis et je les ai présentés à Matteo. • 4. Ils auraient voulu te voir. • 5. Je craignais qu'il n'ait envie de partir très tôt. • 6. Nous aurons une lettre demain. • 7. Ils eurent des nouvelles. • 8. N'aie pas peur ! • 9. Cette musique, je l'aurais reconnue entre mille. • 10. Aie pitié de lui !

bello

1. ***Bello*** est un adjectif qualificatif.

- Lorsqu'il est **épithète**, c'est-à-dire placé devant le nom, il suit la règle de l'article contracté ***dello*** :

  *dell'uomo > il **bell'**uomo* le bel homme

  *degli uomini > i **begli** uomini* les beaux hommes

- Lorsqu'il est **attribut**, il a toujours la forme pleine :

  *L'uomo è **bello.** > Gli uomini sono **belli.***

2. Il peut prendre une **valeur superlative** quand il est suivi :

– directement d'un autre adjectif ; ils s'accordent tous deux :

  *una bibita **bella fresca*** — une boisson bien fraîche

– de **e** et d'un participe passé ; il prend alors le sens de *bel et bien* et peut s'élider :

  *La porta è **bell'e chiusa.*** — La fenêtre est bel et bien fermée.

3. L'expression ***avoir beau***, suivie de l'infinitif, se traduit par ***avere un bel*** suivi de l'infinitif substantivé :

  *Ha **un bel** fare.* — Il a beau faire.

4. Dans certaines **expressions *bello*** est **substantivé** :

  ***Il bello** è che non ricordo nulla.* — Le plus terrible c'est que je ne me souviens de rien.

  ***Sul più bello** si mise a piovere.* — Au meilleur moment, il se mit à pleuvoir.

adjectifs qualitatifs • articles contractés •••••••••>

Utiliser la forme correcte de ***bello*** dans les phrases suivantes :

1. Arrigo è un ______ ragazzo. • 2. Gli piacciono le ______ arti. • 3. Ha visto un ______ uccello. • 4. Questi giovani sono ______ alti. • 5. L'Italia e la Francia sono ______ paesi. • 6. Maria ha una ______ sorella. • 7. Ammiriamo il ______ panorama. • 8. Hanno ______ zii. • 9. Mario è il più ______ dei bambini. • 10. L'acqua è ______ chiara. • 11. Ho trovato la gatta ______ e morta, però sembrava in ottima salute, ______ grossa com'era.• 12. Incontriamo ______ amici. • 13. Il più ______ è che fu preso anche lui. • 14. Beviamo succhi di frutta ______ freschi. • 15. Hai un ______ dire, farò di testa mia.

bene, bien

1. ***Bene*** *bien* est un adverbe de manière qui se place après le verbe :

  *Ho mangiato **bene**.* — J'ai bien mangé.

Placé devant le participe passé ou l'adjectif, il s'apocope :

Se non è vero, è **ben** *trovato.*	Si ce n'est pas vrai, c'est bien trouvé.
Siamo **ben** *lieti di venire.*	Nous sommes bien contents de venir.

Il a un comparatif irrégulier ***meglio*** et, à côté de son superlatif régulier ***benissimo***, un superlatif irrégulier ***ottimamente***.

Il peut prendre d'autres suffixes : ***benone*** *très bien*, ***benino*** *assez bien* et également se présenter sous la forme ***ebbene*** *eh bien* :

Ebbene *verrò.*	Eh bien, je viendrai.

2. ***Bene*** entre en composition dans d'autres mots :

- la conjonction de coordination ***bensì*** *mais bien* :

Non ho voglia di andare al cinema, **bensì** *a teatro.*	Je n'ai pas envie d'aller au cinéma mais bien au théâtre.

- les conjonctions de subordination ***benché*** et ***sebbene*** *bien que* qui introduisent une concessive au subjonctif et ont comme équivalents ***ancorché***, ***nonostante*** **(*che*)**, ***per quanto***, ***quantunque*** :

Benché / Sebbene *sia venuto, non l'ho visto.*	Bien qu'il soit venu, je ne l'ai pas vu.

3. C'est également un substantif ***il bene*** que l'on retrouve, par exemple, dans l'expression ***voler bene*** **(*a*)** *aimer* (utilisée pour les personnes) :

Le vuole un gran **bene***.*	Il l'aime beaucoup.

4. D'autres traductions de *bien* existent.

Bien dans le sens de *comme il faut* se traduit par ***per bene*** / ***perbene*** :

È un uomo **per bene***.*	C'est un homme bien.

Bien se rend parfois par ***bello*** :

una bibita **bella** *fresca*	une boisson bien (toute) fraîche
La porta è **bell'e** *chiusa.*	La porte est bel et bien fermée.

Bien sûr ! se traduit par ***Altro che ! Certo ! Senz'altro !***

Bienvenue (*à*) se rend par l'adjectif ***benvenuto***, ***a*** / ***-i***, ***-e*** :

Benvenuti *ragazzi !*	Bienvenue, les enfants !

Si bien que correspond aux conjonctions ***sicché***, ***tanto che***, ***di modo che***, suivies de l'indicatif :

Sono malato, **sicché** *non posso venire.*	Je suis malade, si bien que je ne peux pas venir.

adverbes au comparatif et au superlatif • *adverbes de manière* • *aimer* • *bello* • *conjonctions de subordination* • *subordonnées conjonctives* ◆◆◆◆◆◆◆◆◆◆◆◆◆◆◆◆◆◆◆◆ >

Traduire :

1. Ada a aimé ce garçon. • 2. Le magasin est bel et bien ouvert. • 3. Ce sont des pantalons tout neufs. • 4. Bien qu'il soit maigre, il se porte très bien. • 5. Il est venu à la maison, si bien que nous avons pu le rencontrer. • 6. C'était une jeune fille bien. • 7. Ce n'est pas seulement un copain, mais bien un vrai ami.

bere

Bere est un verbe irrégulier de la **2e conjugaison** qui signifie *boire.*

Son infinitif est contracté (ou syncopé), il a donc le futur et le conditionnel également contractés, mais avec redoublement du -*r*- : ***berrò***... ; ***berrei***...

Les personnes régulières se forment sur son ancien infinitif †**bevere**.

Son passé simple est irrégulier avec un redoublement de la consonne -**v**- aux 3 personnes concernées : ***bevvi***...

Ind. présent :	*bevo, bevi, beve, beviamo, bevete, bevono*
Ind. imparfait :	*bevevo, bevevi, beveva, bevevamo, bevevate, bevevano*
Ind. passé simple :	***bevvi***, *bevesti*, ***bevve***, *bevemmo, beveste*, ***bevvero***
Ind. passé comp. :	*ho bevuto..., abbiamo bevuto...*
Ind. futur :	***berrò, berrai, berrà, berremo, berrete, berranno***
Conditionnel :	***berrei, berresti, berrebbe, berremmo, berreste, berrebbero***
Sub. présent :	*che beva, beva, beva, beviamo, beviate, bevano*
Sub. imparfait :	*che bevessi, bevessi, bevesse, bevessimo, beveste, bevessero*
Impératif :	*bevi ! **(non bere !)**, beviamo ! bevete !*
Participe passé :	*bevuto*
Gérondif :	*bevendo*
Auxiliaire :	*avere*

conjugaisons • verbes >>

Traduire :

1. Je bus. • 2. Vous buvez. • 3. Ils burent. • 4. Ils avaient bu. • 5. Ils voulaient que nous buvions. • 6. Il boirait toute la bouteille. • 7. Bois ! • 8. En buvant, il fermait les yeux. • 9. Il faut qu'il boive. • 10. Ne buvez pas, Monsieur ! • 11. Vous buviez un peu. • 12. Qui a bu, boira.

bisognare

Bisognare est un **verbe de nécessité** régulier, défectif qui n'existe qu'à la 3e personne du singulier des différents temps simples. Il correspond à **falloir** (*il faut*) **suivi d'un verbe** qui peut être :

– à l'infinitif :

Bisognava partire. — Il fallait partir.

– au subjonctif précédé de **che** :

Bisogna che lui parta. — Il faut qu'il parte.

Il équivaut à ***occorrere*** suivi d'un verbe :

Occorreva partire.

Occorre che lui parta.

Il faut suivi d'un nom se rend pas ***occorre*** ou ***ci vuole*** suivis d'un substantif singulier et ***occorrono*** ou ***ci vogliono*** suivis d'un substantif pluriel.

Si l'on veut utiliser un nom après ***bisognare***, il faut ajouter le verbe ***avere*** :

Bisogna aver pazienza. — Il faut avoir de la patience.

Ne pas confondre ***bisogna*** *il faut* avec le nom ***il bisogno*** *le besoin* :

Ha bisogno di soldi. — Il a besoin d'argent.

falloir • occorrere • volere >

Traduire les phrases suivantes avec le verbe ***bisognare*** ou le nom ***il bisogno*** :

1. Il faut planter des arbres. • 2. Il faut de la force. • 3. Il fallait penser à agir avant. • 4. Il faudra le comprendre. • 5. Il faudrait les aider. • 6. Il faudrait de la patience. • 7. Il fallait qu'ils viennent. • 8. Il faut que je le voie. • 9. Nous avons besoin de lui. • 10. Il faut que les élèves étudient.

buono

1. *Buono* est un adjectif qualificatif.

- **Épithète au singulier**, c'est-à-dire devant le nom, il suit la règle de l'article indéfini ***uno*** :

un ragazzo > *un **buon** ragazzo* un bon garçon

uno scolaro > *un **buono** scolaro* un bon écolier

un alunno > *un **buon** alunno* un bon élève

una ragazza > *una **buona** ragazza* une bonne fille

un'amica > *una **buon**'amica* une bonne amie

mais l'élision au féminin n'est automatique que devant la voyelle ***a*** :

una buona occasione ou *una buon'occasione* — une bonne occasion

- **Épithète au pluriel,** ou **attribut**, il a toujours la forme pleine :

*i **buoni** ragazzi* — les bons garçons

*Questo ragazzo è **buono**.* — Ce garçon est bon.

2. L'adjectif ***buono*** a **un comparatif** et **un superlatif irréguliers** :

migliore (comp.) > *il / la migliore* (sup. relatif) > *ottimo / -a* (sup. absolu) :

*Questo dolce è **ottimo**.*	Ce gâteau est très bon.

3. Quelques **expressions** sont à noter :

alla buona	à la bonne franquette
avere buon naso	avoir le nez creux
far buon viso a cattivo gioco	faire, contre mauvaise fortune, bon cœur
prendere con le buone	prendre par la douceur
star buono...	se tenir tranquille...

articles indéfinis • comparatifs et superlatifs irréguliers des adjectifs ◆◆◆◆◆◆◆◆◆◆◆◆◆◆◆◆◆◆◆◆◆◆◆◆◆◆ >

Utiliser la forme correcte de l'adjectif *buono* dans les phrases suivantes :

1. È un ______ zucchero. Questo zucchero è ______. • 2. Mangiamo del ______ pane. Il pane è ______. • 3. Respiro l a ______ aria di questa campagna. • 4. Questo bambino è ______. È un ______ bambino. • 5. Chi ride si fa ______ sangue. • 6. ______ appetito ! • 7. ______ sera ! • 8. ______ giorno ! • 9. ______ Pasqua ! • 10. ______ compleanno ! • 11. ______ anno ! • 12. ______ Natale ! • 13. Lisa, sta' ______ ! • 14. Bisogna prenderlo con le ______ e non con le cattive.

-ca et -ga (noms et adjectifs en -)

1. Les noms en -***ca*** et -***ga*** peuvent être masculins ou féminins.

- S'ils sont **masculins**, leur pluriel est en -***chi*** et -***ghi*** :

  il monarca le monarque > *i monarchi*

  Une seule exception : *il Belga* le Belge > *i Belgi.*

  Ne pas confondre ***il Belga*** *le Belge* et ***il Belgio*** *la Belgique*.

- S'ils sont **féminins**, leur pluriel est en -***che*** et -***ghe*** :

la Greca > le Greche	*la Turca > le Turche*
la Belga > le Belghe	*la lega > le leghe*

2. Les adjectifs :

au **féminin pluriel**, les adjectifs en -***ca*** et -***ga*** font -***che*** et -***ghe*** :

*una ragazza **ricca*** une fille riche > *ragazze **ricche***

Belga, adjectif en -***ga***, fait au pluriel ***belgi*** au masculin :

*l'amico **belga** > gli amici **belgi***

et ***belghe*** au féminin :

*l'amica **belga** > le amiche **belghe***

adjectifs qualificatifs • noms (pluriel des -) •••••• >

Mettre au pluriel les phrases suivantes :

1. Quella turca è comica. • 2. C'è un'alga nella vasca. • 3. Questa banca è tedesca. • 4. La sua nemica è greca e non austriaca. • 5. Ha una mucca fantastica. • 6. Ci fu una valanga bianca. • 7. La loro collega è stanca. • 8. Il duca belga pare ricco. • 9. Mangia la pesca nella bottega. • 10. La lega era antica. • 11. La riga sarà larga. • 12. Lo stratega parla al patriarca. • 13. La strega va nella barca.

cadere

Cadere qui signifie *tomber*, est un verbe irrégulier de la 2e conjugaison.

Il a le passé simple irrégulier, le futur et le conditionnel contractés.

Ind. passé simple :	***caddi***, *cadesti*, ***cadde***, *cademmo*, *cadeste*, ***caddero***
Ind. passé comp. :	*sono caduto / a…, siamo caduti / e…*
Ind. futur :	***cadrò, cadrai, cadrà, cadremo, cadrete, cadranno***
Conditionnel :	***cadrei, cadresti, cadrebbe, cadremmo, cadreste, cadrebbero***
Auxiliaire :	*essere*

conjugaisons • verbes •••••••••••••••••••••••• >

Traduire ce vers de Dante :

« E caddi come corpo morto cade. » (*Divina Commedia*).

-care et -gare (verbes en -)

Les verbes en -***care*** et -***gare***, pour garder le son guttural, intercalent un -***h***- devant une terminaison commençant par -***e*** ou -***i*** :

giocare > *giochi* tu joues — *pagare* > *pagherà* il payera

Exemple de **conjugaison** : ***caricare*** *charger* :

Ind. présent :	*carico*, ***carichi***, *carica*, ***carichiamo***, *caricate*, *caricano*
Ind. imparfait :	*caricavo… caricavano*
Ind. passé simple :	*caricai… caricarono*
Ind. futur :	***caricherò, caricherai, caricherà, caricheremo, caricherete, caricheranno***
Conditionnel :	***caricherei, caricheresti, caricherebbe, caricheremmo, carichereste, caricherebbero***
Sub. présent :	***che carichi, carichi, carichi, carichiamo, carichiate, carichino***
Sub. imparfait :	*che caricassi… caricassimo… caricassero*
Impératif :	*carica ! (non caricare !)*, ***carichiamo !*** *caricate !*

Participe passé :	*caricato*
Gérondif :	*caricando*

conjugaisons • verbes •••••••••••••••••••••••••• >

Traduire les phrases suivantes :

1\. Tu pratiques le football et tu joueras dimanche. • 2. Il faut que tu conjugues ce verbe. • 3. Nous jouons aux cartes. • 4. Prions le Seigneur ! • 5. Je lui communiquerai ce que tu as dit. • 6. Je lie cette ficelle autour du paquet. • 7. Ils se fatigueront vite. • 8. Je payerais volontiers l'addition. • 9. Elle me charge de faire le travail. • 10. Vous chargeriez le camion.

-cere, -gere, -scere (verbes en -)

1. Certains **perdent le son doux** qu'ils ont devant -**e** et -***i***, pour un son dur devant -***a*** et -**o** :

leggere > *leggi, legge* mais *leggo*...

et sont, en plus, **irréguliers** :

- deux ne sont irréguliers qu'au passé simple :

  conoscere connaître > *conobbi*

  crescere grandir > *crebbi*

- d'autres sont irréguliers au passé simple et au participe passé.
  - Le passé simple est en -***si*** / -***ssi*** et le participe passé en -**so** / -**sso** pour :

affiggere	afficher	*aspergere*	asperger
immergere	immerger	*spargere*	répandre
tergere	essuyer		

  - Le passé simple est en -***si*** / -***ssi*** et le participe passé en -**to** / -**tto** pour :

accorgersi	s'apercevoir	*affliggere*	affliger
cingere	ceindre	*correggere*	corriger
dipingere	peindre	*dirigere*	diriger
distruggere	détruire	*ergere*	dresser
fingere	feindre	*frangere*	briser
friggere	frire	*giungere*	arriver
leggere	lire	*negligere*	négliger
piangere	pleurer	*porgere*	présenter, tendre
proteggere	protéger	*pungere*	piquer
redigere	rédiger	*reggere*	soutenir
scorgere	apercevoir	*sorgere*	surgir
spingere	pousser	*tingere*	teindre
torcere	tordre	*ungere*	graisser
vincere	vaincre		

  - **Le passé simple et le participe passé ont un radical différent pour :**

  nascere naître > *nacqui, nato*

stringere serrer > strinsi, stretto

- des verbes, qui ont l'infinitif contracté, sont en réalité des verbes en -**cere** et se comportent comme cette 1re catégorie, en perdant le son doux pour un son dur devant -***a*** et -**o**. Ils ont, en plus, d'autres irrégularités. Ce sont :
  - les verbes en -***durre*** (<†**ducere**) comme ***condurre*** (†**conducere**), ***produrre*** (†**producere**), ***tradurre*** (†**traducere**) ;
  - ***dire*** (†**dicere**).

2. D'autres **gardent le son doux** en intercalant un -*i*- devant -***a*** et -**o** ; ils sont, en outre, **irréguliers** à différents temps :

- **cuocere** *cuire* fait ***cuocio***… au présent de l'indicatif, ***cuocia***… au présent du subjonctif ; le passé simple est ***cossi***…, le participe passé **cotto** ;
- ***fare*** (< †**facere**) *faire* ;
- **nuocere** *nuire* ;
- ***piacere*** *plaire* ;
- **tacere** *se taire.*

conjugaisons • dire • -durre (verbes en -) • fare • nuocere • passés simples et participes passés irréguliers • piacere • tacere >

Compléter le tableau suivant :

	indicatif			subjonctif
	présent	passé simple	passé comp.	présent
nuocere (io)				
accorgersi (loro)				
piangere (lui)				
tacere (noi)				
piacere (io)				
cuocere (loro)				
dirigere (lui)				
spingere (loro)				
spegnere (io)				
tacere (loro)				
nascere (lei)				
dire (lui)				
tradurre (loro)				
fare (io)				

c'est...

1. *C'est... / Ce sont...* suivis d'un nom, se traduisent par ***essere*** :

– à la 3e personne du singulier, si le substantif est singulier :

È *una donna.*	C'est une femme.

– à la 3e personne du pluriel, si le substantif est pluriel :

Sono *donne.*	Ce sont des femmes.

On peut, pour insister, ajouter le démonstratif accordé avec le nom :

Questa è *una donna coraggiosa.*	C'est là une femme courageuse.

Le temps du verbe peut varier :

Erano *donne coraggiose.*	C'étaient des femmes courageuses.

Ne pas confondre avec la traduction de *il y a* pour laquelle on emploie ***ci*** devant le verbe ***essere*** :

C'è un libro.	Il y a un livre.
Ci sono libri.	Il y a des livres.

2. *C'est-à-dire* se traduit par ***cioè*** :

Prendi la macchina, ***cioè*** *la FIAT !*	Prends la voiture, c'est-à-dire la Fiat !

3. *C'est pourquoi* se traduit par ***perciò***, ***ecco perché*** ou ***è per questo che / è per ciò che*** :

È malato, ***perciò (ecco perché / è per questo che)*** *resta a casa.*	Il est malade, c'est pourquoi il reste à la maison.

4. *C'est moi..., c'est Luisa...* se traduisent par le verbe ***essere*** suivi du sujet ; verbe et sujet sont à la même personne ; le verbe peut varier en temps :

Sono io.	C'est moi.
Era lui.	C'était lui.
Era Luisa.	C'était Luisa.

5. *C'est moi qui..., c'est Franco qui...* se rendent par le verbe indiquant l'action (qui se trouve après l'expression française) suivi de son sujet à la même personne ; le temps correspond à celui du verbe d'action français :

Vengo io.	C'est moi qui vient.
L'ha detto Mario.	C'est Mario qui l'a dit.

6. *C'est moi que..., c'est Franco que...* se rendent par le verbe indiquant l'action (qui se trouve après l'expression française) suivi du pronom personnel complément, forme forte, ou du nom ; le temps correspond à celui du verbe d'action français :

Aspetto te.	C'est toi que j'attends.
Hai scelto Franco.	C'est Franco que tu as choisi.

7. *C'est à moi..., c'est à ton ami...* indiquant l'**appartenance**, la **possession**, se rendent en utilisant la préposition ***di*** devant le nom du possesseur ou par le pronom possessif :

***Di** chi è questo vestito ?*	À qui est ce vêtement ?
*– È **del** tuo amico, e non è **(il) mio**.*	– C'est à ton ami, et ce n'est pas le mien.

8. *C'est à moi de..., c'est à Marco de...*, suivis d'un infinitif, se traduisent par les verbes impersonnels ***stare***, ***toccare*** ou ***spettare*** :
- précédés du pronom personnel faible complément d'attribution ;
- ou suivis de la préposition ***a*** qui précède le nom ou le pronom fort.

Aux temps composés on utilise l'auxiliaire ***essere***.

L'infinitif qui suit, se construit sans préposition.

***Mi tocca / Mi spetta** parlare.*	C'est à moi de parler.
Tocca / Sta a me parlare.	
***È toccato a Marco** pagare.*	Ça a été à Marco de payer.

L'expression correspond aussi à *c'est à mon tour de..., c'est au tour de Marco de...*

ciò • essere • possession, appartenance • stare • toccare, spettare >

Traduire :

1. C'est à lui de partir. • 2. Ce sont de bons garçons. • 3. Il y avait trois hommes dans la voiture de Pietro. • 4. Qui a parlé ? – Ce sont eux. • 5. Ça avait été son tour de faire à manger. • 6. À qui était ce livre ? – C'était le mien et ce n'était pas celui de Carlo. • 7. C'était là quelqu'un de bien. • 8. C'est le directeur qui nous parle. • 9. Ce sont là des gens intéressants. • 10. Allô, c'est moi ! • 11. C'est elle qui en a parlé. • 12. C'est toi qu'il regardera.

ce qui, ce que

1. Pour traduire *ce qui, ce que*, d'une façon générale, on emploie ***ciò che***, ***quel che***, ***quello che*** ou ***che cosa*** :

*Mi racconta **ciò che (quel che / quello che / che cosa)** è accaduto.*
Il me raconte ce qui est arrivé.

*Mi domandò **ciò che (quel che / quello che)** era accaduto. / **che cosa** fosse accaduto.*
Il me demanda ce qui était arrivé.

Lorsqu'on veut insister sur la quantité, *ce qui..., ce que...* peut se rendre par ***quanto*** et *tout ce qui..., tout ce que...* par ***tutto quanto*** :

*Ho sentito **tutto quanto** dicevi.*	J'ai entendu tout ce que tu disais.

2. Lorsque *ce qui*, *ce que* résument la proposition précédente, on utilise ***il che***, ***e ciò*** ou ***cosa che*** :

Mi dici che sta meglio, **il che (e ciò / cosa che)** *mi rallegra.*
Tu me dis qu'il va mieux, ce qui me réjouit.

che • ciò • quanto >

Traduire :

1. Je sais ce qu'il va dire. • 2. Il pense à tout ce que nous avons fait ensemble. • 3. Ils savent ce qui ne va pas. • 4. Elle est venue les voir et elle est restée trois jours, ce qui lui a semblé court. • 5. Nous leur racontons tout ce qui les intéresse. • 6. Tu ne parles que de ce qui te plaît.

celui de, celui qui, celui que, celui dont...

Celui de, *celui qui*, *celui que*, *celui dont* se traduisent par :

1. ***quello (-a / -i,-e) di / che*** pour les personnes ou pour les choses :

Come dolce, voglio **quello di** *ieri cioè* **quello che** *hai fatto.*
Comme gâteau, je veux celui d'hier, c'est-à-dire celui que tu as fait.

2. ***colui (colei / coloro) di / che*** pour les personnes :

Colei di cui *ci parla è morta da cento anni.*
Celle dont il nous parle est morte depuis cent ans.

3. ***chi***, relatif indéfini, pour les personnes, d'une façon indéterminée :

Ha trovato **chi** *lo può aiutare.* Il a trouvé celui qui peut l'aider.

On n'emploie jamais ***questo*** devant ***che*** ou ***di***.

chi • colui, colei, coloro • pronoms démonstratifs >

Choisir la forme qui convient :

1. Non compro questo vestito ma ______ ho visto in vetrina.
   a) chi b) quello che c) colui che
2. Non mi piace questo romanzo, preferisco ______ De Carlo.
   a) quello di b) quello che c) colui di
3. Guarda quelle pitture, sono quelle ______ ti ho parlato !
   a) di chi b) che c) di cui
4. I ragazzi di cui ti ha parlato sono ______ conosci da tempo.
   a) chi b) quegli che c) coloro che
5. La casa rossa è ______ Piero.
   a) questa di b) quella di c) colei di
6. ______ parla è l'amica di Luca.
   a) A chi b) Quella che c) Colui che

cento

Cento est un numéral cardinal. Il est invariable contrairement au français *cent* :

Ha radunato **trecento** *persone.*	Il a rassemblé trois cents personnes.

Cento est employé dans les pourcentages :

il 10 per cento	10 %

numéraux cardinaux • pourcentages •••••••••••• >

chacun, chaque

1. *Chaque* se traduit par l'adjectif indéfini ***ogni***, invariable, suivi d'un nom singulier :

Risponde ad **ogni** *domanda.*	Il répond à chaque question.

qui correspond à ***tutti*** / ***-e***, suivi d'un nom pluriel précédé de son article :

Risponde a **tutte le** *domande.*

Ciascuno, adjectif, est à éviter car d'un emploi très rare.

2. *Chacun,-une*, se traduit par les pronoms indéfinis ***ognuno,-a*** ou ***ciascuno,-a*** qui ne s'utilisent qu'au singulier :

Ognuno / Ciascuno *pensa a sé.*	Chacun pense à soi.

À *chacun,-une*, suivi d'un possessif, correspond ***ogni*** suivi d'un singulier et le possessif est sans article :

Ogni suo *pensiero è per lui.*	Chacune de ses pensées est pour lui.

Traduire les phrases suivantes :

1. Chaque fois qu'il vient, ses parents sont contents. • 2. Chacun de ses gestes est gracieux. • 3. Chaque professeur enseigne sa propre matière. • 4. Chacun d'eux est intéressant. • 5. À chaque minute il pense à elle. • 6. Il donne à chacun ce qui lui revient. • 7. Chacune de ses lettres nous procure un grand plaisir.

Che peut être :

I. une **conjonction de subordination** qui introduit :

- une **proposition complétive** :
  - à l'indicatif, après un verbe principal qui déclare ou affirme une certitude, une réalité :

Affermo **che** *Carlo non ha visto niente.*	J'affirme que Carlo n'a rien vu.

  - au subjonctif, après un verbe principal qui exprime un doute, une opinion, un désir, un sentiment, un espoir ou si la certitude est niée :

Credevo **che** *non fosse venuto.*	Je croyais qu'il n'était pas venu.
Spero **che** *Leo sia guarito.*	J'espère que Leo est guéri.
Non dice **che** *abbiate risolto tutto.*	Il ne dit pas que vous ayez tout résolu.

Che peut être sous-entendu avec un verbe d'opinion :

Pareva dovesse venire.	Il semblait qu'il devait venir.

  - au conditionnel, lorsque l'action exprimée est liée à une condition, une hypothèse :

Non credo **che** *sarebbe capace di farlo.*	Je ne crois pas qu'il serait capable de le faire

- une **proposition causale** à l'indicatif ou, si la cause est niée, au subjonctif, il peut s'écrire alors **ché** et est mis pour ***perché*** :

Avvicinati, **non ché** *tu sia lontano ma* **ché** *ti voglio vedere !*	Approche-toi, non parce que tu es loin mais parce que je veux te voir !

- une **proposition comparative** de supériorité ou d'infériorité, à l'indicatif ou plus souvent au subjonctif :

È stato meno facile **che** *tu pensassi.*	Ça a été moins facile que tu ne pensais.

- une **proposition consécutive** généralement à l'indicatif :

È tanto interessante **che** *tutti l'ascoltano.*	Il est si intéressant que tout le monde l'écoute.

- une **proposition finale** toujours au subjonctif :

Dategli la penna che possa firmare !	Donnez-lui un stylo (pour) qu'il puisse signer !

- une **proposition temporelle** toujours à l'indicatif :

Arrivò **che** *la notte era buia.*	Il arriva alors qu'il faisait nuit noire.

Lorsque plusieurs propositions sont coordonnées on évite de répéter ***che*** :

Sappiamo che Carlo è nato a Parigi e morto a Roma.	Nous savons que Carlo est né à Paris et qu'il est mort à Rome.

Dans une suite de subordonnée **che** ne remplace jamais un autre subordonnant, contrairement à *que* français :

Quando viene e resta un po', siamo felici. — Quand il vient et qu'il reste quelque temps, nous sommes heureux.

2. un **exclamatif** :

- il est pronom :

  ***Che** vedo !* — Que vois-je !

- ou adjectif :

  ***Che** idea è questa !* — Quelle idée !

3. un **interrogatif** :

- il est pronom :

  ***Che** vuoi ?* — Que veux-tu ?

- ou adjectif :

  ***Che** ora è ?* — Quelle heure est-il ?

4. un **pronom relatif** avec la fonction de :

- sujet, il correspond à *qui* :

  *Guardo la ragazza **che** entra.* — Je regarde la fille qui entre.

- COD, il correspond à *que* :

  *Il cane **che** vedo, è nero.* — Le chien que je vois, est noir.

Il che traduit *ce qui*, *ce que* pour résumer la proposition précédente ; il équivaut à ***ciò che***, ***cosa che*** :

*Mi parli di loro, **il che** (ciò che / cosa che) mi fa piacere.* — Tu me parles d'eux, ce qui me fait plaisir.

concordance des temps • conjonctions de subordination • exclamatifs • interrogatifs • relatifs (pronoms) • subjonctif • subordonnées conjonctives ◆◆◆◆◆◆◆◆◆◆◆◆◆◆◆◆◆◆◆◆◆◆◆◆◆◆◆◆◆◆◆◆ >

Compléter avec le verbe aux temps et mode convenables :

1. Preferirebbe che la nonna non ______ (uscire) con questo freddo. • 2. Voleva che tu ______(partire) per Parigi. • 3. Speriamo che tutto ______ (andare) bene. • 4. Fa così bel tempo che ci si ______(credere) in Sicilia. • 5. Sembra che questo ragazzo ______(essere) molto bravo a scuola e che ______ (potere) vincere il concorso. • 6. Sta' attento che il bambino non ______ (cadere) ! • 7. Dice che Lisa non ______ (dovere) venire. • 8. Non sapevo che Luca ______(stare) poco bene. • 9. Non penso che Luigi ______ (fare) questo lavoro, se ne avesse il tempo. • 10. Vennero che lui ______ (essere) già partito. • 11. Venite a casa che Lea vi ______(parlare). • 12. Desidera che i ragazzi ______(andare) in vacanza.

chez

1. *Chez* se traduit le plus souvent par ***da*** devant un nom propre ou commun ou devant un pronom personnel fort :

Vado ***da*** *Gina.*	Je vais chez Gina.
Andiamo ***dal*** *macellaio.*	Nous allons chez le boucher.
Vieni ***da*** *me !*	Viens chez moi !

Mais on ne l'emploie pas lorsque :

- *chez* est précédé d'une préposition, on utilise alors le nom ***casa*** :

È vicino a ***casa*** *loro.*	Il est à côté de chez eux.

- le pronom personnel correspond à la même personne que le verbe car il y a risque de confusion, en effet ***vieni da te*** signifie *tu viens par tes propres moyens.*

2. ***A casa di*** s'utilise devant un nom propre ou un nom commun :

Vado ***a casa di*** *Gina.*	Je vais chez Gina.
Vieni ***a casa dei*** *nonni !*	Viens chez mes grands-parents !

Le pronom personnel français est remplacé, en italien, par le possessif :

Vieni a casa mia !	Viens chez moi !

Pour un commerçant, on préfère ***da*** :

Passo ***dal*** *libraio.*	Je passe chez le libraire.

3. D'autres traductions sont utilisées lorsque *chez* ne se réfère pas à une maison, un appartement ou un commerce. On utilise alors :

- ***a*** devant le nom d'une société :

Lavora ***all****'Olivetti.*	Il travaille chez Olivetti.

- ***in*** :

In *Verga si sente l'influenza di Zola.*	Chez Verga on sent l'influence de Zola.

- ***presso*** ou ***fra*** avec le sens de *parmi* :

Presso *i Greci la filosofia era importante.*	Chez les Grecs la philosophie était importante.

Presso s'utilise aussi pour une adresse :

Signorina Anna Conti, ***presso*** *la Signora Ada Rossi...*	Mademoiselle Anna Conti, chez Madame Ada Rossi...

a • da • presso >

Traduire :

1. Il a été embauché chez Ferrari. • 2. Chez les Romains, les thermes étaient nombreux. • 3. Ils habitaient chez Monsieur Negri. • 4. Chez les jeunes, il y a souvent beaucoup d'insouciance. • 5. Est-il chez lui ou chez sa tante ? • 6. Elle va une fois par semaine chez le coiffeur, chez elle c'est une habitude. • 7. Elle se rend chez sa sœur chaque mois.

chi

Chi est :

1. un pronom **interrogatif** ou **exclamatif**, invariable qui désigne des personnes.

Il s'emploie comme sujet ou complément et peut être précédé d'une préposition :

Chi *è quest'uomo ?*	Qui est cet homme ?
Di ***chi*** *è questo libro ?*	À qui est ce livre ?
Chi *si vede !*	Qui voit-on !

Il se soude au verbe ***sapere*** dans l'expression : ***Chissà !/?*** *Qui sait !/?*

2. un **relatif indéfini** avec la valeur double d'antécédent et de relatif ; il correspond à ***colui che*** avec le sens de *celui qui*, *quiconque*, *tout homme qui* et est toujours suivi du singulier, il est fréquent dans de nombreux proverbes :

Chi dorme non piglia pesci.
(Celui qui dort ne prend pas de poisson.)
> Renard qui dort la matinée, n'a pas la gueule emplumée.

Répété, il correspond à *les uns... les autres...* ; les verbes sont au singulier :

Chi *parla,* ***chi*** *tace.*	Les uns parlent, les autres se taisent.

Ne pas confondre ***chi*** avec :
– le relatif ***cui*** *à qui* ;
– l'adverbe de lieu ***qui*** *ici* ;
– le pronom relatif *qui* traduit par **che**.

adverbes de lieu • celui de, celui qui... • pronoms exclamatifs • pronoms interrogatifs • relatifs (pronoms) ◆◆◆◆◆◆◆◆◆◆◆◆◆◆◆◆◆◆◆◆◆◆◆◆◆◆◆◆◆◆◆◆◆◆ >

Traduire les phrases suivantes :

I. 1. Ride bene chi ride ultimo. • 2. Dimmi chi pratichi ti dirò chi sei. • 3. Chi rompe, paga. • 4. Chi paga debito, acquista credito. • 5. Chi perdona ai tristi, nuoce ai buoni. • 6. Chi semina vento, raccoglie tempesta. • 7. Chi si somiglia, si piglia. • 8. Chi ha fortuna in amore, non giochi a carte. • 9. Chi vuol la pace, guerra apparecchi. • 10. Chi mal pensa, mal abbia. • 11. Chi fa Ceppo al sole, fa la Pasqua al fuoco.

II. Voir à ***chiunque*** ci-dessous.

chiunque

Chiunque est un pronom indéfini invariable qui a le sens de *quiconque*, *qui que ce soit* :

*Lo capirebbe **chiunque**.*	Quiconque le comprendrait.

Il peut également introduire une concessive au subjonctif :

***Chiunque** sia, non lo faccia entrare !*	Qui que ce soit, ne le faites pas entrer !

pronoms indéfinis • subordonnées conjonctives •••• >

Traduire (cet exercice se rapporte à ***chi*** et ***chiunque***) :

1. Quiconque viendrait, serait le bienvenu. • 2. Qui vient ? • 3. À qui sont ces cahiers ? • 4. Qui est ici ? • 5. Á qui parlez-vous ? • 6. Á qui le dites-vous ? • 7. Je ne sais qui a parlé. • 8. Qui veut faire à manger ? • 9. Chez qui es-tu allé hier soir ? • 10. Quiconque le demanderait, peut l'obtenir. • 11. Qui que ce soit, je ne suis pas à la maison. • 12. Il parle mieux que quiconque. • 13. Les uns parlent, les autres se taisent. • 14. Le garçon qui parle est bavard.

ci

Ci est un pronom personnel de forme faible qui suit la règle de la place des pronoms et celle de la transformation des pronoms personnels groupés.

1. Pronom réfléchi, COD et complément d'attribution, il correspond à la 1re personne du pluriel :

***Ci** incontriamo, **ci** vedono e **ci** parlano.*	Nous nous rencontrons, ils nous voient et nous parlent.

Puisqu'il obéit à la règle des **pronoms groupés**, on a les formes : **ce lo / l', ce la / l', ce li, ce le, ce ne** :

*Questa pittura, **ce** l'ha offerta.*	Cette peinture, il nous l'a offerte.

2. Pronom neutre, il correspond à **y** :

***Ci** penso io.*	C'est à moi d'y penser.

et peut avoir la fonction d'adverbe de lieu :

*A casa sua, **ci** passo tutti i giorni.*	Chez lui, j'y passe tous les jours.

Dans ce cas, les formes des **pronoms groupés** sont : ***mi ci, ti ci, ce lo / l', ce la / l', vi ci, ce li, ce le*** :

***Vi ci** accompagno.*	Je vous y accompagne.
***Ce l**'accompagno.*	Je l'y accompagne.

Pour la 1re personne du pluriel on utilise ***ci*** pour la personne considérée, et *y* se traduit par l'adverbe de lieu ***qui***, ***qua***, ***lì*** ou ***là***, placé après le verbe :

***Ci** accompagna **lì**.*	Il nous y accompagne.

3. Il entre dans la composition d'**expressions** :

- ***entrarci*** correspond à *n'y être pour rien / ne rien avoir à y voir* :

  *Non **c'entro**.* — Je n'y suis pour rien.

- ***esserci***, à la 3e personne, traduit *il y a* et le verbe s'accorde avec le sujet postposé qui correspond au COD français :

  ***Ci sarà** qualcuno.* — Il y aura quelqu'un.

  ***C'erano** venti persone.* — Il y avait vingt personnes.

- ***farcela*** traduit *réussir, y arriver* :

  Non ce la faccio. — Je n'y arrive pas.

- ***volerci*** à la 3e personne traduit *falloir* et le verbe s'accorde avec le sujet postposé qui correspond au COD français :

  ***Ci vuole** pazienza.* — Il faut de la patience.

  ***Ci vorrebbero** molti alberi.* — Il faudrait beaucoup d'arbres.

Dans cet emploi, en cas de pronoms personnels groupés, ***ci*** précède immédiatement le verbe et l'autre pronom le précède :

*Mi **ci** vuole un po' di pane.* — Il me faut un peu de pain.

On emploie ***ci*** devant ***si*** pour traduire *on se*, c'est-à-dire pour la forme impersonnelle des verbes réfléchis ou pronominaux qui se construisent avec ***si*** et qui ne peuvent donc pas l'employer pour traduire *on* :

***Ci si** rende conto.* — On se rend compte.

adverbes de lieu • essere • falloir • fare • il y a • on • pronoms personnels • volere • y >

Traduire :

1. Des bonbons, il y en avait beaucoup. • 2. À Rome, j'y vais chaque année. • 3. Combien de pièces y a-t-il dans la maison ? • 4. Il faudrait du temps pour faire ce travail. • 5. Des loups, il y en a encore dans les Abruzzes. • 6. Nous nous voyons à Florence quand nous y sommes. • 7. Il lui faut 200 euros tout de suite. • 8. À ces histoires, j'y crois. • 9. Est-ce qu'il arrive à y voir quelque chose ? • 10. On se rencontre souvent. • 11. On croit que c'est de sa faute, et pourtant il n'y est pour rien.

-ciare, -giare, -gliare et -sciare (verbes en -)

1. Les verbes en ***-ciare***, ***-giare*** et ***-sciare*** perdent le *-i-* du radical devant -**e** et -***i*** :

   *cominci**are** > cominc**erò*** je commencerai

   *mangi**are** > mang**i*** tu manges

   *lasci**are** > lasc**eremmo*** nous laisserions

Exception : ***sciare*** *skier* se conjugue comme ***inviare*** :

scii — tu skies

Exemple de conjugaison : ***cominciare*** *commencer* :

Ind. présent :	*comincio,* ***cominci,*** *comincia,* ***cominciamo,*** *cominciate, cominciano*
Ind. imparfait :	*cominciavo…*
Ind. passé simp. :	*cominciai…*
Ind. futur :	***comincerò, comincerai, comincerà, cominceremo, comincerete, cominceranno***
Conditionnel :	***comincerei, cominceresti, comincerebbe, cominceremmo, comincereste, comincerebbero***
Sub. présent :	***che cominci, cominci, cominci, cominciamo, cominciate, comincino***
Sub. imparfait :	*che cominciassi…, cominciassimo…, cominciassero*
Impératif :	*comincia ! (non cominciare !),* ***cominciamo !*** *cominciate !*
Participe passé :	*cominciato*
Gérondif :	*cominciando*

2. Les verbes en ***-gliare*** ne perdent le ***-i-*** du radical que devant ***-i*** :

*sorve**gliare*** > *che io sorve**gli*** que je surveille

mais > *sorve**glierò*** je surveillerai

conjugaisons • -iare (verbes en -) •••••••••••••••• >

Voir les verbes en ***-cire*** et ***-gire***.

ciò

1. ***Ciò*** est un pronom démonstratif invariable qui désigne une chose ; il signifie *ceci, cela, ça*.

2. Il peut s'associer à ***che*** ; ***ciò che*** correspond à ***quel che***, ***quello che*** et traduit *ce qui, ce que* :

Raccontami ciò che hai fatto !	Raconte-moi ce que tu as fait !

Avec ce sens, il ne reprend pas toute une proposition car, dans ce cas-là, on emploie ***il che*** :

Ti ha visto partire, il che non gli è piaciuto.	Il t'a vu partir, ce qui ne lui a pas fait plaisir.

3. On le rencontre dans les expressions :

cioè	c'est-à-dire
ciononostante / ciò nonostante	malgré tout
perciò	c'est pourquoi

ce qui, ce que • pronoms démonstratifs •••••••••• >

-cire et -gire (verbes en -)

1. Les verbes en -***cire*** sont ***cucire*** *coudre* et ses contraires ***scucire*** et ***sdrucire*** *découdre*. Verbes de la 3e conjugaison, ils se conjuguent sur ***servire***. Ils intercalent un -***i***- devant -***a*** et -***o*** pour garder le son doux :

che cuciano	qu'ils cousent
cucio	je couds

2. ***Fuggire*** est le seul verbe en -***gire***, se conjuguant sur ***servire*** ; il perd le son doux qu'il a devant -**e** et -***i***, pour un son dur devant -***a*** et -**o** :

fuggire > *fuggi* mais *fuggo*

(**è *fuggito*** lorsqu'il est intransitif.)

Les autres verbes en -***gire*** se conjuguent sur ***capire*** :

reagire > *reagisco... reagiamo...*

Après avoir vu les verbes en -***ciare***, -***giare***, -***gliare*** et -***sciare***, compléter le tableau suivant à la personne et aux temps indiqués :

	Indicatif		Conditionnel	Subjonctif
	présent	futur	présent	présent
cucire – io				
reagire – io				
lanciare – tu				
fuggire – io				
sdrucire – lui				
lasciare – noi				
risvegliare – tu				
mangiare – loro				

-co et -go (noms et adjectifs en -)

Noms et adjectifs sont masculins, sauf ***l'eco*** qui est féminin au singulier, alors que le pluriel ***gli echi*** est masculin.

1. S'ils sont **accentués sur l'avant-dernière syllabe**, leur pluriel est en -***chi*** et -***ghi*** :

l'affresco barocco la fresque baroque > *gli affreschi barocchi*

Il y a 4 exceptions pour les noms et 3 pour les adjectifs :

(l')amico (l') ami > *(gli) amici*

(il) greco (le) Grec > *(i) Greci*

(il) nemico (l') ennemi > *(i) nemici*

il porco le porc > *i porci*

2. S'ils sont **accentués sur l'antépénultième**, leur pluriel est en -***ci*** et -***gi*** :

il monaco austriaco le moine autrichien > *i monaci austriaci*

mais les exceptions sont nombreuses :

il catalogo > *i cataloghi* — *il dialogo* > *i dialoghi...*

carico chargé > *carichi...*

adjectifs qualificatifs* • *noms (pluriel des -) ••••••• >

Mettre au pluriel :

l'amico turco • il monologo tragico • il catalogo bianco • il nemico tedesco • il porco domestico • il lago greco • il monaco polacco • il sindaco malinconico • il dialogo comico • il luogo storico • l'affresco classico • il lungo becco • il medico simpatico • il buco largo.

come

1. ***Come***, conjonction de subordination, peut avoir une fonction

- comparative : **(così)... come...** signifie *aussi... que* ou *comme* :

È (così) bella come il sole.	Elle est aussi belle que le soleil.
	Elle est belle comme le soleil.

- complétive avec le sens de *comment* :

Mi disse come aveva reagito.	Il me dit comment il avait réagi.

- interrogative indirecte avec le sens de *comme*, *comment* :

Mi chiese come avevo fatto a saperlo.	Il me demanda comment j'avais fait pour le savoir.

- modale et est employé pour **come se** *comme si* :

L'ama come (se) fosse suo figlio.	Elle l'aime comme si c'était son fils.

- temporelle avec le sens de *quand* :

Come mi vien voglia, leggo.	Quand j'en ai envie, je lis.

La conjonction de subordination causale *comme* se traduit par ***siccome*** :

Siccome Marco era felice, tutto gli sembrava bello.	Comme Marc était heureux, tout lui semblait beau.

2. ***Come***, exclamatif, signifie *comme* :

Come sei alto !	Comme tu es grand !

3. ***Come***, interrogatif signifie *comment* :

Come fai a saperlo ?	Comment le sais-tu ?

4. Exclamatif ou interrogatif, **come** s'élide devant un **e**- :

Com'è snella !	Comme elle est mince !
Com'era ?	Comment était-il / était-ce ?

5. Notez les **expressions** :

Come mai ?/!	Comment donc ?/!
	Comment se fait-il ?/!
Come no ?/!	Pourquoi pas ?/!

6. ***Come*** **peut être substantivé :**

il come	le comment

7. ***Come se*** **est une conjonction de subordination suivie du subjonctif imparfait alors que** ***comme si*** **qui lui correspond est suivi de l'indicatif imparfait (*quasi* est son équivalent) :**

Parlava come se (quasi) conoscesse tutto.	Il parlait comme s'il connaissait tout.

comme, comme si, comment • conjonctions de subordination • exclamatifs • interrogatifs •••••• >

Traduire les phrases suivantes :

1. Come ebbe sentito, si mise a rispondere. • 2. Mangia come un lupo. • 3. Come se nulla fosse, continuò a parlare. • 4. Come ! Sei ancora qui ! • 5. Vieni ? – Come no ! • 6. Non so come Lucia abbia fatto a non essere intervenuta prima. • 7. Come hai fatto ad arrivare così tardi ? • 8. Come sta, Signore ? • 9. Com'è felice ! • 10. Siccome fa caldo in città d'estate, Luca resta in montagna.

comme, comme si, comment

1. *Comme*

- **Causal**, il se traduit par ***siccome***, ***dato che***, ***visto che***, ***poiché***, ***giacché*** :

Siccome piove resto a casa.	Comme il pleut, je reste à la maison.

- **Comparatif**, il correspond à ***come*** et est utilisé en corrélation avec ***così*** qui peut être sous-entendu :

È (così) bella come il sole.	Elle est belle comme le soleil.

Così... ***come***... correspond à ***tanto***... ***quanto***...

- **Exclamatif**, il se traduit par ***come*** ou ***quanto*** :

Come / Quanto sei alto !	Comme tu es grand !

- **Temporel**, il équivaut à ***mentre***, ***nel momento in cui***, ***allorché***, ***proprio quando*** :

Nel momento in cui arrivava, stavamo per partire.	Comme il arrivait, nous étions sur le point de partir.

2. *Comment*, **interrogatif**, se traduit par ***come*** :

Come fai a saperlo ?	Comment fais-tu pour le savoir ?

3. *Comme si*, conjonction de subordination suivie de l'imparfait de l'indicatif, se traduit par ***come se*** ou ***quasi*** qui sont suivis du subjonctif imparfait :

Le parlava come se la conoscesse bene.	Il lui parlait comme s'il la connaissait bien.

comparatif d'égalité • conjonctions de subordination • exclamatifs • interrogatifs ••••••• >

Traduire :

1. Comme il neige ! • 2. Comme tu es en sueur, ne prends pas froid ! • 3. Il chante comme s'il était un rossignol. • 4. Lia se comporte comme un garçon. • 5. C'était comme si elle avait tout deviné. • 6. Luca est aussi courageux que son père. • 7. Comme il était tard, elle dut rentrer à la maison. • 8. Comme il est intelligent ! • 9. Comment t'appelles-tu ?

comparatif d'égalité

1. Le comparatif d'égalité s'exprime par : ***così*... *come*...** ou ***tanto*... *quanto*...** :

*Anna è **così** ricca **come** Lisa.* *Anna è **tanto** ricca **quanto** Lisa.*	Anna est aussi riche que Lisa.

Tanto a pour corrélatif ***quanto*** et ***così*** a pour corrélatif ***come***. Il ne faut pas les interchanger.

Così et ***tanto*** sont souvent sous-entendus, si la comparaison se fait entre deux noms ou deux pronoms :

*Anna è ricca **come** / **quanto** Lisa.*

*Anna è ricca **come** / **quanto** te.*

mais ils ne peuvent pas être sous-entendus si la comparaison a lieu entre deux adjectifs ou deux verbes :

*È **tanto** bella **quanto** brava.*	Elle est aussi belle que bonne.
*Gli piace **così** studiare **come** divertirsi.*	Il aime autant étudier que se divertir.

Devant un nom commun, pour indiquer une quantité, on ne peut utiliser que ***tanto*... *quanto*...**, les deux termes deviennent adjectifs et s'accordent en genre et en nombre avec le nom auquel ils se rapportent :

*Ha **tanta** pazienza **quanto** coraggio.*	Il a autant de patience que de courage.
*Ci sono **tanti** ragazzi **quante** ragazze.*	Il y a autant de garçons que de filles.

Pour insister, ***tanto*** peut être remplacé par ***altrettanto*** *tout autant* en corrélation avec ***quanto*** :

*Ci sono **altrettanti** ragazzi **quante** ragazze.* — Il y a tout autant de garçons que de filles.

2. Le verbe de la **subordonnée comparative d'égalité** est :

- à l'indicatif, si l'action est ressentie comme certaine :

Non eravamo così stanchi come si poteva credere. — Nous n'étions pas aussi fatigués qu'on pouvait croire.

- au conditionnel, si elle est sentie comme possible :

Suo figlio non è tanto simpatico quanto si potrebbe pensare. — Son fils n'est pas aussi sympathique qu'on pourrait penser.

Ne pas confondre : ***tanto***... ***quanto***... *autant*... *que*... qui indique la comparaison et ***tanto***... ***che***... *tellement*... *que*... qui indique la conséquence :

Sono tanto simpatici che mi piacciono sempre di più. — Ils sont si sympathiques qu'ils me plaisent de plus en plus.

come • ***conjonctions de subordination*** • ***quanto*** • ***subordonnées conjonctives*** >

Voir à **comparatifs de supériorité et d'infériorité** ci-dessous.

comparatifs de supériorité et d'infériorité

Les comparatifs de supériorité et d'infériorité s'exprime par :

- ***più***... ***di***... ou ***più***... ***che***... pour la supériorité ;
- ***meno***... ***di***... ou ***meno***... ***che***... pour l'infériorité.

Le comparatif de supériorité et celui d'infériorité se construisent de la même manière.

1. On emploie ***di*** devant :

- un nom propre ou commun, ou un pronom non précédés d'une préposition, à condition que le nom commun soit déterminé par un article, un adjectif démonstratif ou indéfini et que l'on ne compare pas deux quantités :

*Lisa è **meno** cortese **di** Franco.* — Lia est moins polie que Franco.

*Questo gatto è **più** bello **di** quel cane.* — Ce chat est plus beau que ce chien-là.

*Sono **più** giovani **di** me.* — Ils sont plus jeunes que moi.

Si le nom est précédé d'un article, ou si le pronom en comporte un (pronom possessif), ***di*** se combine avec lui :

La tua casa è ***più*** *grande* ***della*** *mia.*	Ta maison est plus grande que la mienne.

- **certains adverbes de temps :**

Oggi Mara è ***più*** *nervosa* ***di*** *ieri.*	Aujourd'hui Mara est plus nerveuse qu'hier.

2. On emploie ***che*** dans tous les autres cas :

- **devant :**
  - **un nom ou un pronom précédé d'une préposition :**

Lo fa ***più*** *per dovere* ***che*** *per piacere.*	Il le fait plus par devoir que par plaisir.
Parla ***più*** *a te* ***che*** *a me.*	Il parle plus à toi qu'à moi.

  - **un adjectif :**

È un inverno ***meno*** *freddo* ***che*** *umido.*	C'est un hiver moins froid qu'humide.

  - **un adverbe :**

Agisce ***più*** *rapidamente* ***che*** *bene.*	Il agit plus vite que bien.

  - **un verbe :**

È ***più*** *bello riposarsi* ***che*** *lavorare.*	C'est plus agréable de se reposer que de travailler.

- **lorsque :**
  - **l'on compare deux quantités :**

Mangi ***più*** *pesce* ***che*** *carne.*	Tu manges plus de poisson que de viande.

  - **le nom commun n'est pas précédé d'un article ou d'un adjectif démonstratif ou indéfini :**

Ha il cuore ***più*** *duro* ***che*** *pietra.*	Il a le cœur plus dur que pierre.

  - **le deuxième membre de la comparaison précède le premier :**

Più che *un amore è una passione.*	C'est plus une passion qu'un amour.

  - **il y a risque de confusion avec le complément de nom :**

Gli piaceva ***più*** *il vestito* ***che*** *la ragazza.*	Il aimait plus la robe que la fille.

il vestito della ragazza **correspondrait à** la robe de la fille.

Le verbe de la **proposition comparative de supériorité ou d'infériorité** est au subjonctif :

Marco è più ricco che (non) si creda.	Marc est plus riche qu'on ne le croit.

che • di • subordonnées conjonctives >>

Après avoir vu l'ensemble des comparatifs (égalité, infériorité et supériorité), compléter les phrases suivantes avec la forme qui convient :

1. Questo libro è così interessante ______ questo film. • 2. Beve tanto vino ______ acqua. • 3. Sono meno alto ______ mio padre. • 4. Compra meno pane ______ dolci. • 5. Indossa un vestito più bello ______ tuo. • 6. Ha tanta fame ______ sete. • 7. Sua figlia è più carina ______ suo figlio. • 8. Gli piace più leggere ______ studiare. • 9. Danno più caramelle a te ______ a lui. • 10. Sono tanto simpatici ______ i genitori. • 11. È più interessante ______ prima. • 12. Più ______ l'intelligenza gli piace la bellezza.

comparatifs et superlatifs irréguliers des adjectifs

Certains adjectifs ont des comparatifs et des superlatifs irréguliers de dérivation latine :

adjectifs	comparatifs	superlatifs relatifs	superlatifs absolus
buono	*migliore*	*il migliore*	*ottimo*
cattivo	*peggiore*	*il peggiore*	*pessimo*
grande	*maggiore*	*il maggiore*	*massimo*
piccolo	*minore*	*il minore*	*minimo*
basso	*inferiore*	*infimo*	
alto	*superiore*	*supremo / sommo*	

Maggiore et ***minore*** s'utilisent pour l'âge :

il fratello ***minore***	le frère cadet
la sorella ***maggiore***	la sœur aînée

âge • buono • comparatifs de supériorité et d'infériorité • grande • subordonnées conjonctives • superlatifs >>

Traduire les phrases suivantes :

1. Il fait le meilleur pain de la ville. • 2. C'est son pire ennemi. • 3. Il ne faut pas courir le moindre risque. • 4. Son frère aîné est le pire des bavards. • 5. C'est le plus grand des voleurs. • 6. Sa qualité suprême est l'honnêteté. • 7. La sœur aînée de Marie a un très mauvais caractère. • 8. Ils étaient pires que vous ne pensiez.

complétives (subordonnées)

Les subordonnées complétives sont introduites par ***che***. En respectant la concordance des temps, le verbe est :

1. à l'indicatif, si la principale exprime une certitude, une réalité, une déclaration, une affirmation :

Ti dico che è venuto ieri.	Je te dis qu'il est venu hier.
Vediamo che c'è molta gente.	Nous voyons qu'il y a beaucoup de gens.

2. au subjonctif, si la principale :

- **exprime une crainte, un désir, un doute, une espérance, une opinion, un ordre, une volonté ou si la certitude est niée (principale négative) et si le sujet des deux propositions n'est pas identique :**

Temo che le cose non funzionino.	Je crains que les choses ne fonctionnent pas.
Credevo che non fosse a casa.	Je croyais qu'il n'était pas à la maison.
Speriamo che Marco stia meglio.	Nous espérons que Marc va mieux.
Vogliono che Anna venga a Roma.	Ils veulent qu'Anna vienne à Rome.
Non dico che abbia sbagliato.	Je ne dis pas que vous vous soyez trompé.

- **correspond à une expression impersonnelle comme :**

basta	il suffit
bisogna, occorre	il faut
mi dispiace	je regrette
mi pare, mi sembra	il me semble
peccato	dommage
è possibile	il est possible
può darsi	il se peut
si dice	on dit
si racconta…	on raconte…
Basta che lo dica.	Il suffit qu'il le dise.

ou à une expression constituée d'un verbe d'état suivi d'un adjectif ou d'un adverbe comme :

è *(pare) giusto*	il est (il paraît) juste
è *importante*	il est important
è *indispensabile*	il est indispensable
è *meglio*	il vaut mieux
è *naturale,* è *ovvio*	il est naturel / normal
è *necessario*	il est nécessaire
è *possibile*	il est possible
è *preferibile*	il est préférable
è *probabile*	il est probable
è *utile…*	il est utile…

È possibile che Lia non abbia capito. — Il est possible que Lia n'ait pas compris.

3. **au conditionnel quand le fait est considéré comme simplement possible, lié à une condition, une hypothèse :**

Ti dico che vorrei vederlo. — Je te dis que je voudrais le voir.

Affermo che avresti fatto meglio, se tu fossi venuto prima. — J'affirme que tu aurais mieux fait, si tu étais venu avant.

che • conditionnel • opinion (verbes d'), de crainte et d'espérance • subjonctif ◆◆◆◆◆◆◆◆◆◆◆◆◆◆ >

Mettre les verbes entre parenthèses à la forme qui convient :

1. Ti dico che oggi Mario non ______(essere) presente. • 2. Speriamo che Luca non ______ (prendersela) con noi. • 3. Non è detto che voi ______ (avere) risolto il problema. • 4. Permetto che i ragazzi ______(guardare) la TV. • 5. Desidera che Leo ______(andarsene). • 6. Crede che le cose ______ (succedere) diversamente. • 7. Non pensano che Marco ______ (essere) all'altezza se dovesse agire. • 8. Vi comunico che domani Gina ______ (uscire) alle sette. • 9. Dubiti che io ______(potere) andare in Sardegna. • 10. Gli scrivo che adesso ______(dovere) pensare alla nonna. • 11. Teme che la sorellina non ______(fare) i compiti. • 12. Pensa che i genitori non le ______(permettere) di uscire se non fosse accompagnata.

con

Con **est une préposition qui :**

1. **peut se combiner avec les articles *il* et *i* (les formes composées avec les autres articles ne sont plus guère utilisées) ;**

2. **se traduit, le plus souvent, par *avec* mais il y a d'autres traductions possibles ;**

3. **s'emploie pour désigner :**

- **la cause :**

  Con *questo freddo non si può uscire.* — Avec / Par ce froid on ne peut pas sortir.

- **la limitation :**

  Con *la massima buona volontà non posso essere d'accordo.* — Avec la meilleure bonne volonté, je ne peux pas être d'accord.

- **la manière, la façon :**

  L'ascolto ***con*** *attenzione.* — Je l'écoute avec attention.

  mais on dit :

  in *questo modo* — de cette façon

  Souvent, il n'y a pas de préposition en français :

  Parla ***con*** *le mani in tasca.* — Il marche, les mains dans les poches.

- **le moyen :**

Scrive ***con*** *il pennarello.*	Il écrit avec un crayon-feutre.

- **le signe distinctif, la particularité :**

La donna ***con*** *il vestito azzurro, è Maria.*	La dame avec la robe bleue, c'est Marie.

- **l'union, l'accompagnement, la relation :**

Mangio arrosto ***con*** *funghi.*	Je mange du rôti avec des champignons.
Passeggia ***con*** *il cane.*	Il se promène avec son chien.
Parlo ***con*** *un amico.*	Je parle avec un ami

Traduire les phrases suivantes :

1. L'uomo con i baffi è suo nonno. • 2. Disegna con la matita. • 3. Con questo caldo non si riesce a dormire. • 4. Questa casa, l'ha fatta con le proprie mani. • 5. Ci guardava con la coda dell'occhio e parlava col cappello in testa. • 6. Agisce con lo scopo di fare un po' di bene. • 7. Con il pretesto di aiutarci, è sempre in casa nostra. • 8. Dipinge con la mano sinistra ma scrive con la destra. • 9. Cammina con il capo chino. • 10. La donna con gli occhiali da sole, è sua madre.

concordance des temps

Elle est stricte en italien et dépend du temps du verbe de la principale et du rapport de temps que l'on veut établir avec ce verbe c'est-à-dire la simultanéité, l'antériorité ou la postériorité.

I. Concordance des temps dans la complétive

- Si la principale exprime la **certitude**, le temps de la subordonnée est, comme en français, l'**indicatif**, et est le même que si elle était une indépendante :

Affermo che Dino ***parte****.*	J'affirme que Dino part.
Affermo che Dino ***partirà****.*	J'affirme que Dino partira.
Affermo che Dino ***è partito*** *questa mattina.*	J'affirme que Dino est parti ce matin.
Affermerò che Dino ***partirà****.*	J'affirmerai que Dino partira.
Affermerò che Dino ***è partito****.*	J'affirmerai que Dino est parti
Affermerò che Dino ***partì*** *la settimana scorsa.*	J'affirmerai que Dino partit la semaine dernière.
Affermavo / Affermai che Dino ***partiva****.*	J'affirmais / J'affirmai que Dino partait.
Affermavo / Affermai che Dino ***era partito****.*	J'affirmais / J'affirmai que Dino était parti.

Cependant lorsque le verbe de la principale est au passé, celui de la subordonnée indiquant une action postérieure est au **conditionnel**

passé, c'est l'expression du **futur dans le passé** qui, en français, s'exprime par le conditionnel présent :

Affermavo / Affermai / Ho affermato che Dino ***sarebbe partito*** *l'indomani.*	J'affirmais / J'affirmai / J'ai affirmé que Dino partirait le lendemain.

- Si la principale exprime une **crainte**, un **désir**, une **irréalité**, une **opinion**, un **ordre**, une **possibilité**, une **volonté**, la subordonnée est **presque toujours au subjonctif**.

– Si la principale est au **présent de l'indicatif**, la subordonnée est :

- au **subjonctif présent** ou à **l'indicatif futur** pour une **action contemporaine** ou **postérieure** :

Spero che Leo ***resti.*** *Spero che Leo* ***resterà.***	J'espère que Leo restera.

- au **subjonctif passé** si l'**action est antérieure** :

Spero che Leo ***sia restato.***	J'espère que Leo est resté.

– Si la principale est à l'**indicatif futur**, la subordonnée est :

- au **subjonctif présent** pour une **action contemporaine** :

Crederà che io ***canti.***	Il croira que je chante.

- au **subjonctif passé** pour une **action antérieure** :

Crederà che io ***abbia cantato.***	Il croira que j'ai chanté.

– Si la principale est à l'**indicatif imparfait** ou **passé simple**, la subordonnée est :

- au **subjonctif imparfait** pour une **action contemporaine** :

Temevo / Temei che Lia ***partisse.***	Je craignais / Je craignis que Lia parte.

- au **subjonctif plus-que-parfait** pour une **action antérieure** :

Temevo / Temei che Lia ***fosse partita.***	Je craignais / Je craignis que Lia soit / fût partie.

- au **conditionnel passé**, pour une **action postérieure (futur dans le passé)** :

Temevo / Temei che Lia ***sarebbe partita.***	Je craignais / Je craignis que Lia partirait.

– Si la principale est au **passé composé** ou **au plus-que-parfait**, la subordonnée est :

- au **subjonctif imparfait** pour une **action contemporaine** :

Ho temuto / Avevo temuto che Lia ***partisse.***	J'ai craint / J'avais craint que Lia parte.

- au **subjonctif plus-que-parfait** pour une **action antérieure** :

Ho temuto / Avevo temuto che Lia ***fosse partita.***	J'ai craint / J'avais craint que Lia soit / ne fût partie.

- au **conditionnel passé**, pour une **action postérieure (futur dans le passé)** :

Ho temuto / Avevo temuto che Lia ***sarebbe partita.***	J'ai craint / J'avais craint que Lia partirait.

On note que le **futur dans le passé** s'exprime par le **conditionnel passé** alors que le français utilise le conditionnel présent. (En français, le conditionnel passé sous-entend une hypothèse.)

- Lorsque **la principale est au conditionnel** :
  - si le verbe est un verbe de **déclaration** ou d'**opinion**, la subordonnée est au **présent de l'indicatif** ou du **subjonctif** :

Penserei che lei ***sbaglia*** */* ***sbagli****.*	Je penserais qu'elle se trompe.
Direi / Dichiarerei che la notizia ***è*** */* ***sia falsa****.*	Je dirais / Je déclarerais que la nouvelle est fausse.

  - si ce verbe est un verbe **de crainte, de souhait ou de volonté**, la subordonnée est au **subjonctif imparfait** pour la **postériorité** ou au **subjonctif plus-que-parfait** pour l'**antériorité** :

Desidererei che ***facesse*** *una buona azione.*	Je désirerais qu'il fasse une bonne action.
Temerei che ***scoppiasse*** *una lite.*	Je craindrais que n'éclate une dispute.
Vorrebbe che io ***venissi****.*	Il voudrait que je vienne.
Preferirei che non ***fosse venuto*** *ieri.*	Je préférerais qu'il ne soit pas venu hier.

2. Concordance des temps dans l'hypothétique

- Lorsque **l'hypothèse est réelle** ou ressentie comme indubitable, les verbes de la subordonnée sont au même temps de l'**indicatif** que ceux de la principale :

Se ***piove****, resto a casa.*	S'il pleut, je reste à la maison.
Se ***pioveva****, restavo a casa.*	S'il pleuvait, je restais à la maison.
Se ***pioverà****, resterò a casa.*	S'il pleut, je resterai à la maison.

Le français utilise le présent dans la subordonnée hypothétique dépendant d'un verbe principal au futur, alors que l'italien emploie le futur.

- Lorsque **l'hypothèse est seulement possible ou irréelle**, le verbe de la subordonnée est au **subjonctif** :
  - imparfait, si la principale est au conditionnel présent :

Se ***piovesse****, resterei a casa.*	S'il pleuvait, je resterais à la maison.

  - plus-que-parfait, si la principale est au conditionnel passé :

Se ***fosse piovuto****, sarei restato a casa.*	S'il avait plu, je serais resté à la maison.

Le français utilise l'indicatif dans la subordonnée hypothétique dépendant d'un verbe principal au conditionnel, alors que l'italien emploie le subjonctif.

3. Concordance des temps dans l'interrogative indirecte

Puisque l'interrogative indirecte exprime un doute, elle est normalement au **subjonctif** :

*Mi chiedo se **siano** a casa.*	Je me demande s'ils sont à la maison.
*Non sa quanti anni io **abbia**.*	Il ne sait pas quel âge j'ai.

mais on rencontre aussi **l'indicatif** si la principale est à l'indicatif ou à l'impératif, et qu'une réponse affirmative est attendue :

*Si domandavano se c'**era** qualcosa per loro.*	Ils se demandaient s'il y avait quelque chose pour eux.

ou le **conditionnel** :

*Si chiede che cosa **farebbe** nella stessa situazione.*	Il se demande ce qu'il ferait dans la même situation.

complétives (subordonnées) • conditionnel • conditionnelles ou hypothétiques (subordonnées) • futur dans le passé • interrogative indirecte • opinion (verbes d'), de crainte et d'espérance • subjonctif >

I. Traduire les phrases suivantes :

1. Je crois qu'il n'y a rien à faire. • 2. Il ne pensait pas que tu étais si sérieux. • 3. Si tu viens, je serai content. • 4. S'il partait, je le suivrais. • 5. Il croyait que nous serions à la maison. • 6. Madame, je savais que vous viendriez le lendemain. • 7. Il m'a dit qu'il ferait son travail plus tard. • 8. S'il peut, il reviendra bientôt. • 9. Il serait venu, s'il avait eu le temps. • 10. Si tu le veux, nous irons en Égypte. • 11. Vous deux, si vous le vouliez, vous feriez un beau voyage. • 12. Il fallait qu'elle pense à sa mère. • 13. Espérons que Maria se porte bien. • 14. Vous craindrez que Gino soit déjà arrivé. • 15. Nous nous demandions si le chat n'avait pas peur du chien.

II. Mettre les verbes entre parenthèses à la forme convenable :

1. Speriamo che Luisa ______ (volere) venire. • 2. Voglio che Luca ______ (venire). • 3. Teme che Lisa non ______(alzarsi) così presto. • 4. Non andrei a Roma se i compagni non ______(potere) venire con me. • 5. Vorrebbe che ______(andare) anche noi a teatro. • 6. Se tu ce lo ______(dire) prima, saremmo stati avvertiti. • 7. Pensavamo che Mario ______(giungere) più tardi. • 8. Se ______(pensare) ad avvertirci del suo arrivo, non avrebbe trovato la porta chiusa. • 9. Spero che Luca ______(andare) in vacanza. • 10. Temiamo che Dino non ______ (farcela). • 11. Gli dirò che ______(essere) troppo tardi.

conditionnel

Il existe une relation étroite entre la formation du conditionnel et celle du futur.

1. Formes

Le conditionnel est formé de l'infinitif apocopé et du passé simple de ***avere*** dont les formes sont, en partie, altérées :

*vendere > vender**ebbe***

*servire > servir**ebbero***

*capire > capir**ei***

L'infinitif des verbes de la 1re conjugaison a vu le -***a***- de -***are*** se transformer en -**e**- :

*parl**a**re > parl**e**rebbe*

sauf pour ***dare*** et ***stare*** qui gardent la voyelle de l'infinitif ***darei***..., ***starei***...

parl ***are***	*vend* ***ere***	*sent* ***ire***	*cap* ***ire***
parl ***er ei***	*vend* ***er ei***	*sent* ***ir ei***	*cap* ***ir ei***
parl ***er esti***	*vend* ***er esti***	*sent* ***ir esti***	*cap* ***ir esti***
parl ***er ebbe***	*vend* ***er ebbe***	*sent* ***ir ebbe***	*cap* ***ir ebbe***
parl ***er emmo***	*vend* ***er emmo***	*sent* ***ir emmo***	*cap* ***ir emmo***
parl ***er este***	*vend* ***er este***	*sent* ***ir este***	*cap* ***ir este***
parl ***er ebbero***	*vend* ***er ebbero***	*sent* ***ir ebbero***	*cap* ***ir ebbero***

Le verbe ***essere*** a un conditionnel irrégulier : ***sarei***... (le futur l'est aussi).

Le conditionnel des verbes :

- en -***care*** et -***gare*** se forme en intercalant un -***h***- après -**c**- et -**g**- pour garder le son dur :

  *caricare > caric**h**erei...* *pagare > pag**h**erei...*

- en -***ciare***, -***giare***, -***sciare*** perd le -***i***- après -**c**- et -**g**- devant -**e**, le son restant doux :

  *cominciare > cominc**erei**... ; viaggiare > viagg**erei**... ; lasciare > lasc**erei**...*

Certains verbes ont un **conditionnel contracté**.

Si le futur est contracté, le conditionnel l'est aussi et si l'infinitif est contracté, le conditionnel l'est aussi :

dire > (dirò...) ; direi...

bere > (berrò...) ; berrei...

Mais certains verbes ont un conditionnel contracté (et un futur contracté) sans que l'infinitif le soit :

andare aller > *andrei...*

2. Emplois

- Dans **la principale**, comme en français, le conditionnel sert à exprimer :

– un conseil, un désir spontané, un fait incertain, un souhait :

Potresti *pensare ai genitori.*	Tu pourrais penser à tes parents.
Vorrebbe *venire.*	Il voudrait venir.
Desidererei *fare una buona azione.*	Je désirerais faire une bonne action.

Le conditionnel dans la principale commande, dans la subordonnée, le subjonctif

- imparfait si l'action de la subordonnée est contemporaine ou postérieure à celle de la principale :

Vorrebbe *che io* ***venissi****.*	Il voudrait que je vienne.
Desidererei *che* ***facesse*** *una buona azione.*	Je désirerais qu'il fasse une bonne action.
Temerei *che* ***scoppiasse*** *una lite.*	Je craindrais que n'éclate une dispute.

- plus-que-parfait si l'action de la subordonnée est antérieure à celle de la principale :

Preferirei *che non* ***fosse venuto*** *ieri.*	Je préférerais qu'il ne soit pas venu hier.

Cependant les verbes de déclaration ou d'opinion au conditionnel présent dans la principale sont suivis du présent de l'indicatif ou du subjonctif dans la subordonnée :

Penserei *che lei* ***sbaglia / sbagli****.*	Je penserais qu'elle se trompe.
Direi / Dichiarerei *che la notizia* ***è / sia*** *falsa.*	Je dirais / déclarerais que la nouvelle est fausse.

– un fait dont la réalisation est soumise à une condition.

Le conditionnel présent dans la principale exige le subjonctif imparfait dans la subordonnée **hypothétique** :

Sarei *contento, se* ***venisse****.*	Je serais content, s'il venait.

Le conditionnel passé dans la principale exige le subjonctif plus-que-parfait dans l'**hypothétique** :

Sarei stato *contento, se* ***fosse venuto****.*	J'aurais été content, s'il était venu.

- Dans **la subordonnée**

– Pour exprimer le **futur dans le passé**, on emploie le **conditionnel passé**, alors que le français utilise le conditionnel présent :

Pensavano che ***sarebbe arrivato*** *alle dieci.*	Ils pensaient qu'il arriverait à dix heures.

En français le conditionnel passé sous-entend une hypothèse au passé :

Pensavano che ***sarebbe arrivato*** *alle dieci (se fosse partito in tempo).* — Ils pensaient qu'il serait arrivé à dix heures (s'il était parti à temps).

– L'emploi du conditionnel, dans la subordonnée, est moins large en italien qu'en français.
Au conditionnel français correspond le subjonctif italien dans :

- une concessive introduite par les pronoms ou adjectifs indéfinis ***chiunque***, ***qualunque***, ***qualsiasi*** :

  Chiunque ***venisse, sarebbe*** *il benvenuto.* — Quiconque viendrait, serait le bienvenu.

- une hypothétique introduite par ***caso mai***, ***nel caso che***, ***qualora***, ***semmai*** *au cas où* (mais on peut aussi avoir en français *si jamais* suivi de l'indicatif) :

  Caso mai ***entrasse***, *non* ***sarei*** *sorpresa.* — Au cas où il entrerait (si jamais il entrait), je ne serais pas surprise.

- une relative :
  - qui vient après une comparaison :

    Divora come qualcuno che ***abbia*** *molta fame.* — Il dévore comme quelqu'un qui aurait très faim.

  - qui exprime une hypothèse ou a une valeur consécutive ou finale :

    Conosce uno che ***sia*** *in grado di agire ?* — Connaissez-vous quelqu'un qui serait (soit) capable d'agir ?

    Cerco una sarta che ***possa*** *fare quel vestito.* — Je cherche une couturière qui pourrait (qui puisse) faire cette robe.

  (On note que, dans ces 2 derniers cas, le subjonctif est également possible en français.)

conditionnelles ou hypothétiques (subordonnées)* • *conjugaisons* • *futur* • *futur dans le passé* • *futurs et conditionnels contractés* • *opinion (verbes d'), de crainte et d'espérance* • *relatives (propositions)* • *subjonctif* • *subordonnées conjonctives >

Traduire les phrases suivantes :

1. Quiconque frapperait à la porte, le ferait en vain car je ne viendrais pas ouvrir. • 2. Il faudrait y penser. • 3. Si par hasard Luca entrait, Ada serait heureuse. • 4. Nous voudrions qu'ils viennent. • 5. Je pense à quelqu'un qui saurait le faire. • 6. Il cherche une voiture qui ne serait pas trop chère. • 7. S'il entrait, il nous procurerait une belle surprise. • 8. Vous pensiez qu'il pourrait venir le lendemain. • 9. Nous espérions qu'ils seraient déjà partis, s'ils ne nous avaient pas attendus. • 10. Il aimerait que tu lui écrives. • 11. Nous voyagerions volontiers si nous avions assez d'argent. • 12. Tu payerais la marchandise et tu la chargerais sur le camion, si elle était là. • 13. Nous avons très soif et nous boirions beaucoup d'eau, si nous en trouvions. • 14. Il lui faudrait beaucoup d'argent pour le satisfaire.

conditionnelles ou hypothétiques (subordonnées)

Les subordonnées conditionnelles ou hypothétiques expriment la condition nécessaire pour que se réalise la principale.

1. La conjonction de subordination la plus courante est **se**.

- Pour une **hypothèse réelle**, le verbe de la subordonnée est à l'**indicatif** ;
  - au présent dans la principale, correspond le présent dans la subordonnée :

Se ***comincia*** *a parlare, non la finisce più.*	S'il commence à parler, il n'en finit plus.

  - au futur dans la principale, correspond le **futur** dans la subordonnée, alors qu'en français, on a le présent :

Se ***comincerà*** *a parlare, non la finirà più.*	S'il commence à parler, il n'en finira plus.

  - à l'imparfait dans la principale, correspond l'imparfait dans la subordonnée :

Se ***cominciava*** *a parlare, non la finiva più.*	S'il commençait à parler, il n'en finissait plus.

  Il convient de noter que, dans les 3 cas, le **se** de l'hypothétique prend la valeur temporelle de *toutes les fois que*.

- Pour **le potentiel** ou **l'irréel**, le verbe de la subordonnée est au **subjonctif** :

Se ***cominciasse*** *a parlare, non la finirebbe più.*	S'il commençait à parler, il n'en finirait plus.
Se ***avesse cominciato*** *a parlare, non l'avrebbe più finita.*	S'il avait commencé à parler, il ne se serait pas arrêté.

2. D'autres conjonctions sont également possibles : ***a patto che***, ***purché*** *pourvu que*, ***ammesso che***, ***qualora***, ***a condizione che*** *à condition que*, ***nel caso che***, ***semmai*** *au cas où*, *si jamais*, ***supposto che*** *à supposer que...* et toutes sont suivies du **subjonctif** imparfait ou plus-que-parfait, suivant le cas :

*Supposto che **piovesse**, resterei a casa.*	À supposer qu'il pleuve, je resterais à la maison.
*Supposto che **fosse piovuto**, sarei rimasto a casa.*	À supposer qu'il ait plu, je serais resté à la maison.

conditionnel • conjonctions de subordination • futur • se • subjonctif ◆◆◆◆◆◆◆◆◆◆◆◆◆◆◆◆◆◆◆◆◆◆◆◆◆ >

Compléter les phrases suivantes :

1. Se ______(fare) bel tempo, uscirei. • 2. Se lei ______(giungere) in tempo, sarai contento. • 3. Se Leo ______ (venire) prima, l'avremmo incontrato. • 4. Se i figli ______(tornare), la mamma potrebbe dormire. • 5. Se ______ (studiare) la lezione, aveva un buon voto. • 6. Se ______(bere) acqua, non avremo più sete. • 7. Se ci ______ (andare), lo trovo. • 8. Se io ______ (cucinare) un bel pollo arrosto, potranno mangiare.

conjonctions de coordination

Elles servent à relier des mots ou des propositions et elles peuvent :

1. ajouter :

e	et
anche, pure	aussi
nonché	ainsi que
*È bravo in inglese, **nonché** in matematica.*	Il est bon en anglais, ainsi qu'en mathématiques.

ou **retrancher** :

né	ni
neanche, neppure, nemmeno	pas même
*Non ho parlato a Gino **né** a Franco.*	Je n'ai pas parlé à Gino ni à Franco.

- ***E*** peut devenir ***ed*** devant une autre voyelle pour des raisons d'euphonie :

*Lisa **ed** Elena sono sorelle.*	Lisa et Hélène sont sœurs.

- ***Anche*** se place devant le mot sur lequel il porte et s'élide devant un pronom personnel commençant par une voyelle :

*Questa credenza è bella **anch**'essa.*	Ce buffet est beau lui aussi.

Neanche s'élide dans les mêmes conditions.

- Les conjonctions négatives, lorsqu'elles précèdent le verbe, s'emploient sans la négation ***non***, mais ***non*** est utilisé, si elles suivent le verbe :

***Neanch**'io lo so.*	Moi non plus je ne le sais pas.
***Non** lo so **neanch**'io.*	

2. indiquer une alternative :

o	ou
oppure, ossia, ovvero	ou bien
altrimenti	sinon, autrement...
*Devi venire anche tu, **altrimenti** non parto.*	Tu dois venir toi aussi, sinon je ne pars pas.

3. opposer, **restreindre**, ou **renforcer** :

ma	mais
però	cependant
tuttavia	toutefois
nondimeno	néanmoins
eppure	et pourtant
anzi	et même
invece	au contraire
piuttosto	plutôt
bensì...	mais plutôt...
*« **Eppure** si muove. » (Galileo Galilei)*	« Et pourtant elle tourne. » (Galilée)

Anzi peut opposer ou renforcer, rectifier et préciser.

4. expliquer :

cioè, vale a dire	c'est-à-dire
difatti, infatti, in effetti	en effet
invero...	en vérité, en fait...
*Aldo tornerà fra dieci giorni, **cioè** alla fine del mese.*	Aldo reviendra dans dix jours, c'est-à-dire à la fin du mois.

5. conclure :

dunque	donc
quindi	donc, par conséquent
ebbene, perciò	c'est pourquoi

pertanto...	donc, par conséquent, c'est pourquoi...
*« Penso, **dunque** sono. »* *(Cartesio)*	« Je pense, donc je suis. » (Descartes)

6. établir une corrélation :

e... e	et... et
o... o	ou... ou
né... né	ni... ni
sia... sia	soit... soit
non solo... ma anche...	non seulement... mais aussi...
*È un libro **non solo** interessante **ma anche** educativo.*	Ce n'est pas seulement un livre intéressant mais aussi instructif.

anche, neanche • anzi • donc • e • ne, né • négation • pure et ses composés • quindi .... >

I. Compléter les phrases suivantes avec les conjonctions de coordination qui conviennent :

1. Non si trova ______ a Roma ______ a Milano. • 2. Col pane preferisci della marmellata ______ del burro. • 3. Dice forse la verità, ______ non si sa davvero. • 4. Ho dovuto correre per arrivare in tempo, ______ sono tutto sudato. • 5. Luisa ha fatto la pastasciutta e ______ un bel risotto. • 6. Abita a Parigi ______ a Digione ? • 7. Verrà domani, ______ potremo incontrarlo.

II. Traduire les phrases suivantes :

1. Il ne comprend pas ce que vous dites, bien plus il ne comprend rien du tout. • 2. Il ne me plaît pas, toutefois je reconnais qu'il est compétent. • 3. Ivo non plus n'a pas eu à manger. • 4. Il croit que je ne l'ai pas vu, au contraire je l'ai aperçu tout de suite. • 5. Vous êtes là, et bien nous pouvons commencer à travailler. • 6. Il parle bien italien, néanmoins il fait quelques erreurs.

conjonctions de subordination

Elles introduisent des **propositions subordonnées conjonctives** et il convient de s'y reporter en particulier pour les exemples.

1. ***Che*** *que*, introduit une subordonnée **complétive** à l'indicatif, au subjonctif ou au conditionnel.

2. ***Che*** ou ***ché*** *car*, ***dal momento che*** *du moment que*, ***dato che***, ***giacché*** *étant donné que*, ***per il fatto che*** *par le fait que*, ***perché*** *parce que*, ***poiché*** *puisque*, ***siccome*** *comme*, ***visto che*** *vu que...*, introduisent une subordonnée **causale** à l'indicatif ou, si la cause est niée, au subjonctif.

Ne pas confondre :

- ***perché*** suivi de l'indicatif qui marque la cause avec le sens de *parce que* et ***perché*** suivi du subjonctif qui s'emploie pour le but et a le sens de *pour que*.
- ***siccome*** *comme* indiquant la cause avec **come** qui marque la comparaison ou la manière.

3. (***Così***)... ***come***, (***tanto***)... ***quanto*** *aussi... que*, (***tale***)... ***quale*** *tel... que*, introduisent une **comparative d'égalité** à l'indicatif, quand l'action est sentie comme certaine ou au conditionnel, quand l'action est sentie comme possible.

   Ne pas confondre ***così... come*** et ***tanto... quanto*** qui s'emploie pour la comparaison avec ***così... che*** et ***tanto... che*** qui indique la conséquence.

   Più... che, ***più... di quanto***, ***più... di quello che***, *plus... que*, ***meno... che***, ***meno... di quanto***, ***meno... di quello che*** *moins... que*, introduisent une **comparative de supériorité ou d'infériorité** à l'indicatif, au subjonctif ou au conditionnel.

4. ***Anche se***, ***magari*** *même si*, ***ancorché*** *encore que*, ***benché***, ***seppure***, ***sebbene***, ***per quanto***, ***quantunque***, ***malgrado che***, ***nonostante*** (***che***) *bien que*, *quoique*, introduisent une **concessive** toujours au subjonctif.

   Dans la locution ***per quanto***, ***quanto*** s'accorde s'il est suivi d'un nom :

Per quanti soldi abbia, non è felice.	Bien qu'il ait de l'argent, il n'est pas heureux.

   Ne pas confondre avec ***per quanto***, toujours invariable, suivie de l'indicatif :

per quanto mi riguarda	en ce qui me concerne

5. ***Se*** *si* introduit une proposition subordonnée **conditionnelle** qui peut être à l'indicatif ou au subjonctif. Les conjonctions ***purché***, ***a patto che*** *pourvu que*, ***qualora***, ***a condizione che***, ***nel caso che***, ***semmai*** *au cas où*, *si jamais...* sont toujours suivies du subjonctif alors que le français emploie le conditionnel avec certaines.

   Ne pas confondre **se** introduisant une hypothétique et **se** introduisant une interrogative indirecte.

6. ***Così... che***, ***tanto... che*** *si... que*, ***sicché***, ***cosicché*** *si bien que*, ***di modo che*** *de sorte que*, ***a tal punto che*** *à tel point que...* introduisent une **consécutive** à l'indicatif ou, si la conséquence n'est que possible, au subjonctif ou au conditionnel.

   Ne pas confondre ***così... che*** et ***tanto... che*** qui indiquent la conséquence avec ***così... come*** et ***tanto... quanto*** qui introduisent une comparaison.

7. ***Affinché***, ***acciocché*** *afin que*, ***perché*** *pour que*, ***che***..., introduisent une subordonnée **finale** toujours au subjonctif.

Ne pas confondre ***perché*** *parce que*, suivi de l'indicatif qui s'emploie pour la cause avec ***perché*** *pour que*, suivi du subjonctif qui indique le but.

8. ***Se***, ***come***, ***quando***, ***perché***, ***quanto***... introduisent une **interrogative indirecte** de préférence au subjonctif.

9. ***Dove*** *où*, ***dovunque*** *où que*, introduisent une subordonnée de **lieu** à l'indicatif ou au subjonctif.

10. Les conjonctions qui introduisent une subordonnée **modale** sont :

- ***come*** *comme*, *comment*, ***nel modo che*** / ***in cui*** *de façon que*... suivies de l'indicatif pour exprimer un fait certain ou du conditionnel ;
- ***comunque***, ***in qualsiasi modo*** *de quelque façon que*, suivies du subjonctif et ***come se***, ***quasi*** *comme si*, suivies du subjonctif imparfait pour exprimer un fait hypothétique ou irréel.

Ne pas confondre ***come*** *comme* avec ***siccome*** *comme* qui s'utilise pour la cause.

11. Les conjonctions qui introduisent une subordonnée **temporelle** sont :

- ***quando***, ***come*** *quand*, ***allorché*** *alors que*, ***mentre*** *tandis que*, régissant l'indicatif pour la simultanéité des deux actions ;
- ***dopo che*** *après que*, régissant l'indicatif pour la postériorité ;
- ***prima che*** *avant que*, régissant le subjonctif pour indiquer l'antériorité ;
- ***dacché***, ***da quando*** *depuis que*, ***ogni volta che*** *chaque fois que*, (***non***) ***appena*** *dès que*, régissant l'indicatif ;
- ***finché***, ***finché non***, ***fino a quando*** *tant que*, *jusqu'à ce que*, régissant l'indicatif si le fait est certain ou le subjonctif si le fait n'est que possible.

che • come • complétives (subordonnées) • conditionnelles ou hypothétiques (subordonnées) • dove, dovunque • interrogative indirecte • mentre • perché • quanto • se • subordonnées conjonctives • subjonctif >

Compléter les phrases suivantes avec la conjonction de subordination qui convient :

1. Mi guarda ______ non mi conoscesse. • 2. Ha bevuto un bicchiere d'acqua ______ aveva sete. • 3. ______ vada, si sente bene. • 4. ______ non piove, posso uscire. • 5. ______ abbia fame, non prende il tempo di mangiare. • 6. Mi racconta tutta la faccenda ______ io sia al corrente. • 7. Leo ordinava un caffè ______ Carla voleva un tè. • 8. Mi ha telefonato ______ lo facessi io. • 9. Aspetterà ______ potrà. • 10. L'aveva chiamato ______ venisse. • 11. Si è messo a correre ______ avesse paura. • 12. ______ non è vero, è ben trovato.

conjugaisons

L'italien possède trois conjugaisons régulières.

1. La **première conjugaison** a l'infinitif en -***are*** comme ***parlare*** :

indicatif				
présent	**imparfait**	**passé simple**	**futur**	**passé comp.**
parlo	*parlavo*	*parlai*	*parlerò*	*ho parlato...*
parli	*parlavi*	*parlasti*	*parlerai*	
parla	*parlava*	*parlò*	*parlerà*	
parliamo	*parlavamo*	*parlammo*	*parleremo*	
parlate	*parlavate*	*parlaste*	*parlerete*	
parlano	*parlavano*	*parlarono*	*parleranno*	
cond. présent	**subj. présent**	**subj. imparfait**	**impératif**	**part. passé**
parlerei	*parli*	*parlassi*	*parla*	*parlato / -a...*
parleresti	*parli*	*parlassi*	*(non parlare)*	**gérondif**
parlerebbe	*parli*	*parlasse*	*parliamo*	*parlando*
parleremmo	*parliamo*	*parlassimo*	*parlate*	
parlereste	*parliate*	*parlaste*		
parlerebbero	*parlino*	*parlassero*		

La 1re conjugaison :

– a des verbes à particularités :
  - les verbes en -***care*** / -***gare*** ;
  - les verbes en -***iare*** ;
  - les verbes en -***ciare*** / -***giare*** / -***gliare*** / -***sciare***.

– n'a que 3 verbes irréguliers :
  - ***andare*** *aller* ;
  - ***dare*** *donner* ;
  - ***stare*** *rester*.

2. La **deuxième conjugaison** a l'infinitif en -*ere* comme ***vendere*** :

indicatif				
présent	imparfait	passé simple	futur	passé comp.
vend*o*	vend*evo*	vend*ei* / vend*etti*	vend*erò*	ho vend*uto*...
vend*i*	vend*evi*	vend*esti*	vend*erai*	
vend*e*	vend*eva*	vend*é* / vend*ette*	vend*erà*	
vend*iamo*	vend*evamo*	vend*emmo*	vend*eremo*	
vend*ete*	vend*evate*	vend*este*	vend*erete*	
vend*ono*	vend*evano*	vend*erono* / vend*ettero*	vend*eranno*	

cond. présent	subj. présent	subj. imparfait	impératif	part. passé
vend*erei*	vend*a*	vend*essi*	vend*i*	vend*uto* / *a*...
vend*eresti*	vend*a*	vend*essi*	(non vend*ere*)	**gérondif**
vend*erebbe*	vend*a*	vend*esse*	vend*iamo*	vend*endo*
vend*eremmo*	vend*iamo*	vend*essimo*	vend*ete*	
vend*ereste*	vend*iate*	vend*este*		
vend*erebbero*	vend*ano*	vend*essero*		

La 2e conjugaison régulière a un **double passé simple pour 3 personnes** :

– à la 1re du singulier en -***ei*** et -***etti*** ;
– à la 3e du singulier en -***é*** et -***ette*** ;
– à la 3e du pluriel en -***erono*** ou -***ettero***.

mais on n'emploie pas les formes en -***etti***, -***ette*** et -***ettero*** si le radical du verbe contient déjà un -***t***-.

Elle a de très nombreux **verbes irréguliers**.

- Certains ne sont irréguliers qu'au **passé simple** et parfois au **participe passé**. (Un verbe irrégulier au passé simple, sauf ***essere***, ***dare*** et ***stare***, ne l'est qu'à 3 personnes : la 1re et la 3e du singulier et la 3e du pluriel.)
- Certains verbes en -***ere*** ont des irrégularités multiples et chacun est donc traité dans sa propre rubrique sauf ***sedere*** *s'asseoir* qui se limite à diphtonguer sous l'accent. On peut, parfois, les regrouper selon des caractéristiques communes. Ce sont :

– les 6 syncopés : ***bere*** *boire*, ***condurre*** *conduire*, ***dire*** *dire*, ***fare*** *faire*, ***porre*** *poser* et ***trarre*** *tirer* et leurs composés ou dérivés ;
– ***cadere*** *tomber*, ***vedere*** *voir* et ***vivere*** *vivre* ;
– ***dovere*** *devoir* ;
– les verbes en -***gliere* et** -***gnere*** : ***cogliere*** *cueillir*, ***scegliere*** *choisir*, ***sciogliere*** *délier, dissoudre*, ***togliere*** *ôter* et ***spegnere*** *éteindre* ;

– ***nuocere*** *nuire*, ***piacere*** *plaire* et ***tacere*** *se taire* ;
– ***parere*** *paraître* ;
– ***potere*** *pouvoir* ;
– ***rimanere*** *rester*, ***tenere*** *tenir* et ***valere*** *valoir* ;
– ***sapere*** *savoir* ;
– ***volere*** *vouloir*.

3. La **troisième conjugaison** a l'infinitif en *-**ire***. Elle se divise en deux.

- **Conjugaison** sur ***servire*** :

indicatif				
présent	**imparfait**	**passé simple**	**futur**	**passé comp.**
servo	*servivo*	*servii*	*servirò*	*ho servito…*
servi	*servivi*	*servisti*	*servirai*	
serve	*serviva*	*servì*	*servirà*	
serviamo	*servivamo*	*servimmo*	*serviremo*	
servite	*servivate*	*serviste*	*servirete*	
servono	*servivano*	*servirono*	*serviranno*	
cond. présent	**subj. présent**	**subj. imparfait**	**impératif**	**part. passé**
servirei	*serva*	*servissi*	*servi*	*servito / -a…*
serviresti	*serva*	*servissi*	*(non servire)*	**gérondif**
servirebbe	*serva*	*servisse*	*serviamo*	*servendo*
serviremmo	*serviamo*	*servissimo*	*servite*	
servireste	*serviate*	*serviste*		
servirebbero	*servano*	*servissero*		

Les verbes se conjuguant sur ***servire***, peu nombreux, sont :

– les verbes réguliers ***avvertire*** *avertir*, ***bollire*** *bouillir*, ***dormire*** *dormir*, ***fuggire*** *fuir*, ***partire*** *partir*, ***seguire*** *suivre*, ***sentire*** *sentir*, *entendre*, ***vestire*** *habiller* et leurs composés : ***convertire*** *convertir*, ***divertire*** *divertir*, ***inseguire*** *poursuivre*, ***rivestire*** *revêtir*, ***sovvertire*** *bouleverser…* ;
– le réfléchi régulier : ***pentirsi*** *se repentir* ;
– les verbes à particularités en ***-cire*** : ***cucire*** *coudre*, ***scucire*** et ***sdrucire*** *découdre* qui intercalent un *-**i**-* devant une terminaison en *-**a*** ou *-**o*** ;
– s'y ajoutent les 4 verbes partiellement irréguliers : ***aprire*** *ouvrir*, ***coprire*** *couvrir*, ***offrire*** *offrir*, ***soffrire*** *souffrir* qui peuvent avoir le **passé simple** régulier ou irrégulier et le **participe passé** irrégulier ou parfois régulier.

- **Conjugaison inchoative** sur ***capire***

  Le groupe -***isc***- s'intercale entre le radical et la terminaison aux 3 personnes du singulier et à la 3e du pluriel du présent de l'indicatif et du subjonctif :

indicatif				
présent	imparfait	passé simple	futur	passé comp.
capisco	*capivo*	*capii*	*capirò*	*ho capito...*
capisci	*capivi*	*capisti*	*capirai*	
capisce	*capiva*	*capì*	*capirà*	
capiamo	*capivamo*	*capimmo*	*capiremo*	
capite	*capivate*	*capiste*	*capirete*	
capiscono	*capivano*	*capirono*	*capiranno*	
cond. présent	subj. présent	subj. imparfait	impératif	part. passé
capirei	*capisca*	*capissi*	*capisci*	*capito / -a...*
capiresti	*capisca*	*capissi*	*(non capire)*	gérondif
capirebbe	*capisca*	*capisse*	*capiamo*	*capendo*
capiremmo	*capiamo*	*capissimo*	*capite*	
capireste	*capiate*	*capiste*		
capirebbero	*capiscano*	*capissero*		

  Presque tous les verbes de la 3e conjugaison se conjuguent sur ***capire***.

- Pour certains verbes, les deux formes coexistent mais il vaut mieux conjuguer :
  - sur ***servire*** : ***aborrire*** *abhorrer*, ***assorbire*** *absorber*, ***mentire*** *mentir* ***nutrire*** *nourrir*, ***sdrucire*** *déchirer* ;
  - sur ***capire*** : ***applaudire*** *applaudir*, ***inghiottire*** *avaler*, ***tossire*** *tousser*.

- ***Apparire***, ***comparire***, ***scomparire***, ***sparire*** et ***trasparire***, composés de ***parere***, sont des verbes à irrégularités multiples de la 3e conjugaison. Ils empreintent, pour la plupart, des formes à la conjugaison inchoative et également à celle de ***servire***.

- Les autres **verbes à irrégularités multiples** de la 3e conjugaison n'empreintent pas de formes à la conjugaison inchoative. Ce sont :
  - ***morire*** *mourir*
  - ***salire*** *monter*
  - ***udire*** *entendre*
  - ***uscire*** *sortir*
  - ***venire*** *venir*

andare • avere • bere • cadere • -care et -gare (verbes en -) • -cere, -gere, -scere (verbes en-) • -ciare,

-giare, -gliare et -sciare (verbes en -) • -cire et -gire (verbes en -) • conditionnel • dare • diphtongaison des verbes • dire • dovere • -durre (verbes en -) • essere • fare • futur • -gliere, -gnere (verbes en -) • -iare (verbes en -) • infinitif • morire • nuocere • parere et ses composés • passés simples et participes passés irréguliers • piacere • porre • potere • rimanere • salire • sapere • stare • tacere • tenere • trarre • udire • uscire • valere • vedere • venire • vivere • volere ♦♦♦♦♦♦♦♦♦♦♦♦♦♦♦♦♦♦♦♦♦♦♦♦♦♦♦♦♦♦ >

I. Mettre au présent de l'indicatif, au passé simple, au futur et au passé composé les verbes suivants, à la personne indiquée :

morire (io) • cadere (loro) • sciare (tu) • fare (noi) • andare (lui) • perdere (loro) • vivere (loro) • scegliere (io) • dare (lui) • rimanere (loro) • piacere (noi) • venire (lui) • stare (loro) • scendere (lui) • volere (io) • mettere (io) • udire (voi) • fare (lei) • potere (noi) • chiedere (loro) • lavorare (noi) • bere (loro).

II. Traduire les phrases suivantes :

1. Je sors. • 2. Qu'ils viennent ! • 3. Je m'en aperçus. • 4. Il a offert une rose. • 5. J'ouvris la porte. • 6. Qu'il meure ! • 7. Il faut que tu saches ta leçon. • 8. Assieds-toi ! • 9. Il faut que tu te taises. • 10. Il peut lui parler un peu. • 11. Je cueille des fleurs et j'en fais un bouquet. • 12. Où doit-il aller ? • 13. Nous avons mis un rideau à la fenêtre. • 14. Il naquit à Rome. • 15. Ils avaient demandé un renseignement. • 16. Il nous répondit. • 17. Ils ont été contents. • 18. Il a ri et j'ai pleuré. • 19. Ils coururent. • 20. Je choisis un livre. • 21. Il veut parler. • 22. Il souffrit. • 23. Il faut que tu manges. • 24. Il fallait qu'il me donne un gâteau. • 25. Il boirait un grand verre. • 26. Il grandit.

corrispondenza

On a parfois besoin de rédiger une lettre (***redigere / stendere una lettera***), écrire une carte postale (***scrivere una cartolina***) ou envoyer une carte de visite (***mandare un biglietto da visita***) une carte de vœux (***un biglietto di auguri***) ou un télégramme (***un telegramma***) ; on peut aussi se limiter à un petit mot (***un biglietto***).

1. Une lettre commence par l'indication du lieu suivie d'une virgule et de la date :

Parigi, 27 ottobre 2002.

L'en-tête (***l'intestazione***) dépend naturellement de la personne à qui l'on s'adresse et du degré de familiarité (***la dimestichezza***) que l'on a avec elle.

S'il s'agit d'un parent ou d'un ami on utilise ***caro*** ou ***carissimo*** :

Cara Lisa, Carissimi amici...

S'il s'agit d'un supérieur, une personne d'un certain rang ou un inconnu, on écrit :

Gentile / Gentilissima signora

Chiarissimo / Illustrissimo professore

Egregio dottore

Magnifico rettore…

Si l'on s'adresse à un ecclésiastique, on emploiera :

Reverendo sacerdote / canonico	Monsieur l'Abbé / le Chanoine
Reverendo padre	Mon Révérend Père
Reverenda / Reverendissima madre	Ma (très) Révérende Mère
Reverendo monsignore	pour un prélat
Eccellenza	pour un évèque
Eminenza	pour un cardinal
et *Santo Padre* ou *Santità*	pour le pape

Dans le cas des hiérarchies laïques, on écrira simplement :

Signor presidente della repubblica

Signor ministro

Signor prefetto

Signor generale

Signor sindaco…

2. On peut écrire une lettre à la machine (***scrivere* / *battere a macchina***) mais la signature (***la firma***) est toujours autographe.

3. À la fin de la lettre (***la chiusa***), les formules sont diverses.

   Si l'on attend une réponse, on indique : ***In attesa della tua* / *Sua risposta…*** et l'on envoie ***tanti baci* / *bacioni affettuosi*** ou ***affettuosi* / *fervidi* / *cordiali saluti***.

   Ou bien l'on écrit : ***Ti* / *Vi abbraccio affettuosamente***. / ***Ti* / *Vi saluto di cuore***.

   À un autre niveau on écrira : ***Voglia gradire i miei più affettuosi* / *fervidi* / *cordiali saluti*** ou ***più distinti ossequi***.

4. La lettre se glisse dans une enveloppe (***la busta***) sur laquelle l'expéditeur (***il mittente***) indique, dans l'ordre voulu par la politesse, d'abord le prénom (***il nome***) puis le nom (***il cognome***) du destinataire (***il destinatario***). Ceux-ci sont précédés d'une formule de politesse qui correspond à celle utilisée dans l'en-tête et du titre (***signore***, ***dottore***, ***professore***, ***commendatore…***). Contrairement au français, il n'est pas discourtois, en italien d'utiliser des abréviations pour la formule de politesse et le titre.

   L'adresse (***l'indirizzo***) indique le nom de la rue (***la via***), de l'avenue (***il viale* / *il corso***) ou de la place (***la piazza***) suivi du numéro (***il numero***) ; ceci peut être remplacé par le numéro d'une boîte postale (***la casella postale***). Quelques précisions sont parfois nécessaires comme l'escalier (***la scala***) ou le numéro de l'appartement (***l'interno***).

Le nom de la localité est précédé du code postal (***il codice di avviamento postale ou CAP***) et suivi entre parenthèses de l'indication du chef-lieu (***il capoluogo***) du département (***la provincia***).

Le nom de l'expéditeur (***il mittente***) peut figurer au dos de l'enveloppe qui sera affranchie (***affrancata***) en y mettant un timbre (***un francobollo***).

apocope, élision • *sigles et abréviations* ◆◆◆◆◆◆◆◆◆◆ >

cui

Cui est un pronom relatif invariable.

1. Contrairement à ***che***, il n'est jamais sujet ni complément direct mais toujours complément indirect et donc précédé d'une préposition : ***a cui, con cui, da cui, di cui, in cui***... :

Guarda la persona ***a cui*** *parla !*	Regarde la personne à qui il parle !
L'autore ***di cui*** *ti parlo, è noto.*	L'auteur dont je te parle, est connu.
Vedi la casa ***in cui*** *abito ?*	Vois-tu la maison où j'habite ?
È la ragione ***per cui*** *è venuto.*	C'est la raison pour laquelle il est venu.

2. Il y a cependant deux cas où ***cui*** s'utilise sans préposition :

- lorsqu'il est complément d'attribution, mais il peut aussi la garder :

È la donna ***cui*** *(****a cui*** *) parlo.*	C'est la femme à laquelle je parle.

- pour traduire *dont* suivi d'un nom ; ***cui*** s'intercale alors entre l'article défini et le nom qui suit :

È un'artista il ***cui*** *nome è famoso.*	C'est une artiste dont le nom est célèbre.

3. ***Cui*** peut être précédé d'une préposition et d'un article ou d'un article contracté lorsqu'il est complément d'un nom, lui-même complément indirect d'un verbe :

È un quaderno ***sulle cui*** *pagine ci sono disegni.*	C'est un cahier sur les pages duquel il y a des dessins.

4. ***Cui*** peut avoir une valeur neutre dans l'expression ***per cui*** *c'est pourquoi, donc* :

Non lo voglio vedere ***per cui*** *è meglio che io non venga.*	Je ne veux pas le voir, c'est pourquoi il vaut mieux que je ne vienne pas.

dont • *relatifs (pronoms)* ◆◆◆◆◆◆◆◆◆◆◆◆◆◆◆◆◆◆◆◆◆◆ >

Choisir la forme qui convient parmi celles proposées :

1. È la donna ______ pensiamo.
   a) a cui b) di cui c) per cui
2. Quest'alunna, ______ genitori sono operai, è intelligente.
   a) i cui b) qui c) di cui
3. Non ti sento, ______ mi avvicino.
   a) cui b) a cui c) per cui
4. La casa ______ vivono, è vecchia.
   a) qui b) in cui c) da cui
5. Il cane ______ sei il padrone, è gentile.
   a) il cui b) a cui c) di cui
6. Ecco la persona con ______ ho studiato.
   a) chi b) quale c) cui

da

Da **est une préposition.**

1. *Da* contrairement à *di*, ne s'élide jamais devant voyelle.

2. *Da* se combine avec les articles définis.

3. Avec différentes traductions françaises, *da* indique :

- **la cause :**

  *Tremava **dalla** paura.* — Il tremblait de peur.

  mais sans l'article défini on dira :

  *Tremava **di** paura.*

- **la conséquence :**

  *Fa un caldo **da** morire.* — Il fait une chaleur à mourir.

- **la description, le détail caractéristique :**

  *È un ragazzo **dagli** occhi azzurri.* — C'est un garçon aux yeux bleus.

  mais :

  ***di** un'indole pacifica* — au caractère pacifique

- **la différence :**

  *È diverso **dagli** altri ragazzi.* — Il est différent des autres enfants.

  mais :

  è differente di…

- **le lieu par où l'on passe :**

  *La luce penetra **dalla** vetrata.* — La lumière pénètre par la verrière.

- **la manière liée à une comparaison implicite :**

  *Fa passi **da** gigante.* — Il fait des pas de géant.

  *È vestito **da** borghese.* — Il est en civil.

- le moyen :

Giudica le persone ***dai*** *fatti.*	Il juge les personnes à leurs actions.

en particulier devant un pronom personnel renvoyant au sujet ou devant ***solo*** :

Ci vado ***da*** *me /* ***da*** *solo.*	J'y vais par mes propres moyens / tout seul.

- l'origine dans le temps ou dans l'espace :

Torno ***da*** *Firenze.*	Je reviens de Florence.
Da *due anni abito a Roma.*	Depuis deux ans j'habite à Rome.

- le prix, la valeur :

una cosa ***da*** *nulla*	une chose de rien
un biglietto ***da*** *dieci euro*	un billet de dix euros

mais, car il s'agit d'une estimation, on dira :

un oggetto ***di*** *valore*	un objet de valeur

- l'usage, la destination :

C'è qualcosa ***da*** *mangiare.*	Il y a quelque chose à manger.
la camera ***da*** *letto*	la chambre à coucher

mais il y a des cas où l'on emploie ***di***, comme :

il salotto ***di*** *ricevimento*	le salon de réception

et si le nom complément est précédé de l'article :

il cestino ***del*** *pane*	le panier à pain

- l'obligation :

Ha molto ***da*** *fare.*	Il a beaucoup à faire.

- la période de vie considérée, devant un adjectif ou un nom :

Da *vecchia era buona.*	Dans sa vieillesse elle était bonne.
Da *bambino era simpatico.*	Enfant, il était sympathique.

Il peut être alors renforcé par ***fino*** ou ***sino*** apocopés :

Fin da*ll'infanzia, era carina.*	Dès son enfance, elle était mignonne.

4. ***Da*** introduit le complément d'agent et correspond à *par* :

Fu chiamato ***dalla*** *mamma.*	Il fut appelé par sa mère.

5. ***Da*** est une des traductions de *chez* :

Andiamo ***da*** *Marco !*	Allons chez Marc !
Da*i Greci, la filosofia era importante.*	Chez les Grecs, la philosophie était importante.

mais il est à éviter devant un pronom personnel car il peut créer des ambiguïtés et il n'est possible que si ce pronom ne renvoie pas au sujet, en effet : ***Lo farò da me.*** signifie *Je le ferai par mes propres moyens / tout seul. Je le ferai chez moi* se traduit par ***Lo farò a casa.***

6. Il existe un certain nombre de composés :

- ***dacché*** *depuis que*, conjonction de subordination introduit une temporelle à l'indicatif :

Dacché sono qui, non piove.	Depuis que je suis ici, il ne pleut pas.

- ***dappertutto*** *partout* ;
- ***dapprima*** *d'abord, en premier lieu...*

chez • di • fino, sino et leurs composés • prépositions ◆◆◆◆◆◆◆◆◆◆◆◆◆◆◆◆◆◆◆◆◆◆◆◆◆◆◆◆◆◆◆◆◆◆ >

I. Traduire les phrases suivantes :

1. Da questa collina si vede il mare. • 2. Ho comprato scarpe da estate. • 3. Da quando ci aspettate ? • 4. Non sa comportarsi da adulto. • 5. Non c'è niente da dire né da fare. • 6. La ragazza dal vestito azzurro viene da Milano. • 7. Questa carta da lettera costa molto. • 8. Non l'ho più visto da parecchi anni. • 9. È stato malato e da allora, va dal medico ogni mese. • 10. Non ha parlato ma abbiamo capito tutto dai suoi occhi. • 11. Da uomo pratico della sua città, poiché ci vive da sempre, ci fa da guida. • 12. Da piccolo, aveva i capelli biondi. • 13. La sala da pranzo è più piccola della camera da letto. • 14. Ha da comprarsi un cappotto da inverno, e farà la spesa da sola. • 15. Sono tornati dalle vacanze da tre giorni. • 16. È chiamato dalla mamma per andare dal macellaio poiché bisogna comprare la carne per far da mangiare. • 17. Fin dai suoi dieci anni, è molto alto. • 18. Dappertutto c'era molta gente.

II. Voir exercice sur ***di*** et ***da***.

dans

1. Dans, local, se traduit par :

- ***in*** :

Vivono **nella** *miseria.*	Ils vivent dans la misère.

- ***fra*** ou ***tra***, pour une distance à parcourir :

Fra / Tra *venti metri sarà a casa.*	Dans vingt mètres, il sera à la maison.

- ***per*** :

Gioca **per** *la strada.*	Il joue dans la rue.

2. Dans, temporel, se traduit par :

- ***tra*** ou ***fra*** :

Sarà a scuola ***fra / tra*** *dieci minuti.*	Il sera à l'école dans dix minutes.

- ***entro*** pour l'espace de temps, la limite à ne pas dépasser :

Deve fare il lavoro **entro** *la settimana.*	Il doit faire son travail dans la semaine.

• ***su*** pour l'approximation :

*Costa **sui** trenta euro.* — Ça côute dans les trente euros.

entro • fra, tra • in • per • prépositions • su ••••• >

Traduire les phrases suivantes :

1. Dans deux heures, il sera prêt. • 2. Il doit avoir payer dans le mois. • 3. Dans une quinzaine de jours nous serons aux USA. • 4. Dans vingt kilomètres vous serez arrivés. • 5. Je reviens dans deux heures. • 6. Il tient son crayon dans sa main gauche. • 7. Il va dans la cuisine.

dare

1. ***Dare*** est un verbe irrégulier de la **1re conjugaison.**
Le futur et le conditionnel gardent le -***a*** de l'infinitif.
C'est un des rares verbes à avoir le subjonctif imparfait irrégulier.
Il est irrégulier au passé simple et il a deux formes possibles à la 1re et à la 3e du singulier ainsi qu'à la 3e du pluriel.
La 2e personne de l'impératif affirmatif est monosyllabique.

Ind. présent :	***do**, **dai**, **dà**, diamo, date, **danno***
Ind. imparfait :	*davo, davi, dava, davamo, davate, davano*
Ind. passé simple :	***diedi / detti, desti, diede / dette, demmo, deste, diedero / dettero***
Ind. passé comp. :	*ho dato..., abbiamo dato...*
Ind. futur :	***darò, darai, darà, daremo, darete, daranno***
Conditionnel :	***darei, daresti, darebbe, daremmo, dareste, darebbero***
Sub. présent :	***che dia, dia, dia**, diamo, diate, **diano***
Sub. imparfait :	***che dessi, dessi, desse, dessimo, deste, dessero***
Impératif :	***da' !** (non dare !), diamo !, date !*
Participe passé :	*dato*
Gérondif :	*dando*
Auxiliaire :	*avere*

2. Emplois :

dare correspond au verbe *donner* :

Ti dà da bere.	Il te donne à boire.
data la situazione	étant donné la situation
dato che...	étant donné que...
dare una mano	donner un coup de main, aider
darla a bere	donner à entendre

Mais il existe de nombreuses expressions où ***dare*** se traduit par un autre verbe :

dare del tu	tutoyer
dare del voi	vouvoyer

dare del Lei	parler à la personne de politesse
dare dell'imbecille	traiter d'imbécile
darsi da fare	se démener
darsi in pensiero	s'en faire, se faire du souci
darsela a gambe	prendre ses jambes à son cou
dare un grido	pousser un cri
dare un esame	passer un examen
dare retta a...	prêter attention à...
Dai !	Vas-y !
può darsi che...	il se peut que...
Può darsi !	Cela se pourrait !

Ne pas confondre :

- ***dà***, **3e personne du singulier du présent de l'indicatif de *dare* ;**
- ***da' !***, **2e personne du singulier de l'impératif du même verbe ;**
- ***da***, **préposition.**

conditionnel • conjugaisons • futur • imparfait • impératif

I. Utiliser le verbe *dare* à la forme qui convient :

1. Signore, mi ______ quest'informazione, per favore ! • 2. Bisognava che tu mi ______ una mano. • 3. Sii gentile Gina, ______ gli un consiglio ! • 4. Se tu le ______ un regalo, ti ringrazierà. • 5. Fu necessario che lui ci ______ retta. • 6. ______ i risultati, è molto deluso. • 7. Occorre che tu ______ del tu a Bruno.

II. Traduire les phrases suivantes :

1. Étant donné qu'il fait beau, fais le maximum car il se peut que, plus tard, il pleuve ! • 2. Comme ils ne se connaissent pas bien, ils se parlent à la personne de politesse et ne se tutoient pas. • 3. Quelqu'un a poussé un cri, Lea a eu très peur et s'est enfuie è toutes jambes. • 4. Est-ce que Marco passe un examen ? – Cela se peut. Plutôt, sa mère nous le donne à entendre • 5. Aldo a traité Gino de crétin, cela donne une idée de sa façon de s'exprimer. • 6. Il faut qu'il prête attention à ce que nous lui disons. • 7. Luisa a soif. Ne lui donne pas à manger, mais à boire ! • 8. Donnez-leur votre manteau, Madame ! • 9. Vas-y, c'est le moment d'agir ! • 10. Il suffisait qu'il te donne un peu d'argent. • 11. Il me donna son livre, voici le livre donné. • 12. Étant donné que tu n'as rien compris, je dois tout t'expliquer de nouveau.

datation

1. Pour connaître le **jour**, on demande :

Che giorno è oggi ?	Quel jour sommes-nous aujourd'hui ?

et l'on répond par exemple :

Oggi è domenica.	Aujourd'hui, c'est dimanche.

Noter les expressions :

un giorno festivo	un jour férié
un giorno feriale	un jour ouvrable

2. Pour connaître le **quantième du mois**, on demande :

Quanti ne abbiamo oggi ?	Le combien sommes-nous ?

et l'on répond, par exemple :

Oggi ne abbiamo cinque.	Aujourd'hui nous sommes le 5.
ou *È il primo maggio. È il tre giugno.*	C'est le 1er mai. C'est le 3 juin.

3. Pour indiquer l'**année**, on utilise l'article défini masculin singulier devant le chiffre :

Il *1492 fu l'anno della scoperta dell'America.*	1492 fut l'année de la découverte de l'Amérique.

et l'article se combine avec la préposition :

È vissuto a Roma ***dal*** *1957* ***al*** *1978.*	Il a vécu à Rome de 1957 à 1978.

Lorsqu'on se limite au chiffre des dizaines, on utilise l'apostrophe, après un espace, devant le chiffre :

nel '42

mais si le chiffre des dizaines commence par une voyelle, l'apostrophe de l'article ou de l'article contracté suffit :

l'82	*nell'88*

4. Pour nommer les **siècles** :

- on utilise, comme en français, le nom ***il secolo*** accompagné du numéral ordinal :

il secolo ventunesimo / il ventunesimo secolo	le vingt et unième siècle

- pour les siècles allant du XIIIe au XXe, on peut aussi prendre le chiffre des centaines, écrit avec une majuscule et précédé de l'article défini masculin singulier ; il peut s'abréger :

il Duecento (il '200)	le XIIIe s.
l'Ottocento (l'800)	le XIXe s.
il Novecento (il '900)	le XXe s.

5. On dit :

avanti Cristo (a.C.)	avant Jésus-Christ
dopo Cristo (d.C.)	après Jésus-Christ

articles définis • numéraux cardinaux • numéraux ordinaux >

Traduire les phrases suivantes :

1. Dante est né en 1265 et mort en 1321. • 2. L'Unité italienne a été faite au XIXe siècle. • 3. La République italienne est née en 1946. • 4. En 1969, l'homme a marché sur la lune. • 5. De 1915 à 1918, l'Italie a participé à la Première Guerre mondiale. • 6. Le fascisme a duré de 1922 à 1943. • 7. Hier, c'était le combien ? • 8. La République de Venise a duré du VIIIe au XVIIIe siècle. • 9. Cicéron est né en 106 avant Jésus-Christ. • 10. Le 1er mai est la fête du travail. • 11. L'Amérique a été découverte à la fin du XVe siècle. • 12. Aujourd'hui nous sommes le 15 août, c'est un jour férié car c'est la fête de l'Assomption.

démonstratifs

1. Certains démonstratifs peuvent être **adjectifs et pronoms**

- ***Questo**,-**a** / -**i**,-**e*** s'emploie pour la proximité dans le temps et dans l'espace :

***Quest'**anno lo vedo spesso.*	Cette année je le vois souvent.

- ***Quello*** a des formes irrégulières s'alignant sur celles de l'article contracté ***dello*** lorsqu'il est adjectif et les formes ***quello**,-**a** / -**i**,-**e*** lorsqu'il est pronom.

  Il s'emploie pour l'éloignement dans le temps et dans l'espace :

***Quell'**anno veniva spesso a casa.*	Cette année-là il venait souvent à la maison.

  et, en tant que pronom, devant ***di*** et ***che*** :

*Ha due figli, **quello che** vedi è il minore.*	Il a deux fils, celui que tu vois est le cadet.

- ***Codesto**,-**a** / -**i**,-**e*** est d'un emploi rare, littéraire et toscan ; il est souvent remplacé par ***questo*** car il a la même valeur.

- ***Stesso**,-**a** / -**i**,-**e*** et ***medesimo**,-**a** / -**i**,-**e*** marquent la similitude ou l'identité :

*Hanno gli **stessi** gusti.*	Ils ont les mêmes goûts.

2. Certains ne sont que **pronoms**

- Pour les personnes :
  - ***colui**, **colei** / **coloro*** est souvent associé à ***che***.
  - ***costui**, **costei** / **costoro*** est souvent péjoratif.

  Ils sont tous deux d'un emploi assez limité sauf en Toscane.

- Pour les choses on emploie ***ciò*** :

***Ciò** non mi piace.*	Ceci ne me plaît pas.

Ciò che signifie *ce que* et équivaut alors à ***quel che*** ou ***quello che*** :

So ***ciò che*** *vuol dire.*	Je sais ce qu'il veut dire.

adjectifs démonstratifs • articles contractés • ce qui, ce que • ciò • pronoms démonstratifs •••••••• >

I. Utiliser *questo* puis *quello* devant les noms suivants et mettre au pluriel les noms avec *quello* :

scolaro • aula • zia • zaino • alunno • pane • donna • immagine • libro • amico • soldato • professoressa • studente.

II. Choisir la forme qui convient parmi celles proposées :

1. Non so ______ che desidera.
   a) quegli b) quello c) costui
2. Pensa a ______ che deve dire.
   a) quel b) quella c) quell'
3. ______ di cui parli, è un amico.
   a) Colei b) Questo c) Quello
4. ______ che fa non conviene.
   a) Ciò b) Costoro c) Quelle
5. Chi era ______ ?
   a) costui b) quelle c) ciò

depuis, dès, dès que, depuis que

1. *Depuis*, préposition, indiquant l'origine spatiale et temporelle, se traduit par ***da*** :

Mi telefona ***da*** *Milano.*	Il me téléphone depuis (de) Milan.
Mi aspetta ***da*** *un'ora.*	Il m'attend depuis une heure.

Dès se traduit par ***fin da*** ou ***sin da*** qui sont des renforcements de ***da*** :

fin dal *mattino*	dès le matin

2. *Depuis que* correspond à ***da quando***, ***dacché*** et *dès que* à ***appena / non appena***. Ce sont des conjonctions de subordination qui régissent l'indicatif :

Da quando / Dacché *lo conosco, non è cambiato.*	Depuis que je le connais, il n'a pas changé.
Non appena *finirà, uscirà.*	Dès qu'il aura fini, il sortira.

appena • da • fino, sino et leurs composés • prépositions • subordonnées conjonctives •••••••• >

Traduire les phrases suivantes :

1. Dès qu'il fait beau, Leo sort. • 2. Du matin jusqu'au soir, les camions passent dans la rue. • 3. Ils me parlent depuis leur voiture. • 4. Dès le début de la journée, il pleuvait. • 5. Depuis que les touristes envahissent Venise, les mois d'été y sont moins agréables.

di

Di **est une préposition.**

1. Contrairement à *da*, *di* peut s'élider devant une voyelle :

la carta d'Italia	la carte d'Italie

2. *Di* se combine avec les articles définis.

3. *Di* indique :

- **la cause si le nom n'est pas précédé de l'article défini :**

Trema ***di*** *paura.*	Il tremble de peur.

mais on dira :

Trema ***dalla*** *paura.*

- **le contenu, la mesure :**

la tazza ***di*** *tè*	la tasse de thé

Ne pas confondre avec l'usage, la destination pour lesquels on utilise *da* :

la tazza ***da*** *tè*	la tasse à thé

- **l'estimation, la qualité, la valeur :**

Ha un biglietto ***di*** *prima classe.*	Il a un billet de première classe.
È un oggetto ***di*** *valore.*	C'est un objet de valeur.

mais on utilise *da* pour le prix :

un biglietto ***da*** *dieci euro*

- **la façon :**

Agisce ***di*** *nascosto.*	Il agit en cachette.
Arriva ***di*** *corsa.*	Il arrive en courant.

- **la matière :**

La statua è ***di*** *marmo.*	La statue est en marbre.

- **la mesure, la quantité :**

un grattacielo ***di*** *cento metri*	un gratte-ciel de cent mètres
un sacco ***di*** *dieci chili*	un sac de dix kg

- **l'origine si le nom n'est pas déterminé ou si ce n'est pas un nom propre de lieu :**

Esco ***di*** *casa*	Je sors de chez moi.

mais :

Esco ***dalla*** *casa di Livia.*	
Vengo ***da*** *Parigi.*	Je viens de Paris.

- la possession, l'appartenance, alors que le français utilise *à* :

Di *chi è questa macchina ?*	À qui est cette voiture ?
È ***di*** *Pietro.*	Elle est à Pietro.

- la progression ; ***di*** est alors en corrélation avec ***in*** :

Va ***di*** *città* ***in*** *città.*	Il va de ville en ville.

- le temps :

di *notte,* ***di*** *sabato*	
D'*estate si sta bene.*	En été on est bien.

On dit aussi :

d'*inverno*

mais :

in *primavera,* ***in*** *autunno*

4. ***Di*** s'utilise dans les expressions :

dire ***di*** *sì, pensare* ***di*** *sì*	dire (que) oui, penser que oui
dire ***di*** *no, pensare* ***di*** *no*	dire (que) non, penser que non
dare ***del*** *tu*	tutoyer
dare ***del*** *voi*	vouvoyer
dare ***del*** *Lei*	parler à la personne de politesse

5. ***Di*** introduit :

– le deuxième terme du comparatif de supériorité ou d'infériorité si celui-ci est un nom ou un pronom non précédé d'une préposition :

È più bello ***di*** *te.*	Il est plus beau que toi.

– la subordonnée infinitive qui dépend d'un verbe d'affirmation, de déclaration, d'opinion, de crainte ou d'espérance, si elle a le même sujet que la principale :

Credo ***di*** *sentirlo.*	Je crois l'entendre.

6. ***Di*** s'ajoute aux prépositions ***contro***, ***dentro***, ***dietro***, ***dopo***, ***senza***, ***sopra***, ***sotto***, ***su***, ***verso*** lorsqu'elles précèdent un pronom personnel fort :

Il cane va ***verso di*** *lei.*	Le chien va vers elle.

mais :

Il cane va ***verso*** *la ragazza.*	Le chien va vers la petite fille.

De français ne se traduit pas lorsqu'il précède l'infinitif d'une expression indéfinie ou impersonnelle car cet infinitif est sujet du verbe :

È pericoloso sporgersi.	Il est dangereux de se pencher.
È un errore credere a tutto quel che vien detto.	C'est une erreur que de croire à tout ce qu'on dit.

comparatifs • da • in • infinitif • opinion (verbes d'), de crainte et d'espérance • possession, appartenance • prépositions >

I. Traduire :

1. Questa statua di bronzo è di Gino. • 2. Il prezzo di quest'articolo è di 300 euro. • 3. L'ha fatto di nascosto. • 4. Ha una camicetta di seta che è molto di moda. • 5. Speriamo di cavarcela. • 6. È di Venezia. • 7. È partito di corsa. • 8. Beve una tazza di tè, ogni mattina. • 9. La cassetta delle lettere si trova nell'andito. • 10. Ha una catenina d'oro al collo.

II. Traduire :

1. De jour en jour, elle devient plus mignonne. • 2. Paris est plus grand que Florence. • 3. Crois-tu pouvoir faire ce travail ? • 4. Je n'ai rien contre lui. 5. Ils répondent que oui. • 6. Cette voiture est à son père. • 7. En hiver il peut neiger. • 8. Il te tutoie. • 9. Derrière lui il y a un fauteuil.

III. Traduire (exercice sur ***di*** et ***da***) :

1. Nous tremblons de froid. • 2. Il a une voiture de course et il pense la conduire lui même. • 3. C'est un bracelet de valeur. Il l'a payé avec des billets de dix dollars. • 4. Nous allions chez Livia, mais elle sortait justement de la maison d'à côté. • 5. D'année en année, il se déplace de ville en ville, cette fois-ci, il vient de Pise. • 6. C'est un vêtement d'hiver en laine. • 7. D'un jour à l'autre il change d'humeur. • 8. Il sort de l'école et pas de l'école technique. • 9. En été il fait ici une chaleur à mourir.

diphtongaison des verbes

Certains verbes **diphtonguent sous l'accent**. Ces diphtongaisons sont de deux types :

- -**e**- devient -***ie***- ;
- -**o**- devient -***uo***-.

1. À la **1re conjugaison** : les verbes ***nuotare*** *nager*, ***suonare*** *sonner*, ***tuonare*** *tonner* et ***vuotare*** *vider* ont vu la diphtongaison s'étendre à toute la conjugaison. Pour deux d'entre eux, cela évite une confusion avec ***notare*** *noter* et ***votare*** *vôter*.

2. À la **2e conjugaison** :

- -**e**- devient -***ie***- pour :
  - ***sedere*** *s'asseoir*, au présent de l'indicatif et du subjonctif, 1re, 2e, 3e personne du singulier et 3e du pluriel et à l'impératif 2e personne du singulier :

Ind. présent :	*siedo, siedi, siede, sediamo, sedete, siedono*
Sub. présent :	*che sieda, sieda, sieda, sediamo, sediate, siedano*
Impératif :	*siedi ! (non sedere !), sediamo ! sedete !*

– ***tenere*** *tenir*, à l'indicatif présent 2e, 3e personne du singulier et à l'impératif 2e personne du singulier.

- -**o**- devient -***uo***- pour :
  – ***muovere*** / ***muoversi*** *bouger*, au présent de l'indicatif et du subjonctif 1re, 2e, 3e personne du singulier et 3e du pluriel et à l'impératif 2e personne du singulier mais la diphtongaison peut s'étendre à l'ensemble de la conjugaison, excepté aux 3 formes irrégulières du passé simple et au participe passé irrégulier ;
  – ***nuocere*** *nuire* étend la diphtongaison à d'autres personnes mais pas aux formes irrégulières du passé simple ;
  – ***potere*** *pouvoir* et ***volere*** *vouloir*, à l'indicatif présent 2e et 3e personne du singulier.

Les verbes ***tenere***, ***muovere***, ***nuocere***, ***potere*** et ***volere*** ont d'autres irrégularités.

3. À la **3e conjugaison** :

- ***morire*** *mourir* diphtongue sous l'accent -**o**- donnant -***uo*** (avec parfois disparition du -***r***-) à certaines personnes du présent de l'indicatif et du subjonctif et à la 2e personne du singulier de l'impératif ;
- ***venire*** *venir* diphtongue sous l'accent -**e**- donnant -***ie***- à la 2e et 3e personne du présent de l'indicatif et à la 2e personne du singulier de l'impératif.

Morire et ***venire*** ont d'autres irrégularités.

conjugaisons • morire • nuocere • passé simples et participes passés irréguliers • potere • tenere • venire • volere >

Traduire les phrases suivantes :

1. Il s'assied. • 2. Tu tiens un cahier. • 3. Il veut partir un peu mais il ne peut pas. • 4. Ugo veut venir avec nous. • 5. Il faut toujours qu'il nuise à quelqu'un. • 6. Ils meurent de douleur. • 7. Viens me parler ! • 8. Tu peux tout lui dire. • 9. Ils bougent. • 10. Il vote. • 11. Elle vide son sac à main. • 12. Je nage. • 13. Assieds-toi ! • 14. Tiens-le ! • 15. Je note tout.

dire

Dire qui signifie *dire*, est un verbe irrégulier de la **2e conjugaison** et c'est sur son ancien infinitif †***dicere*** que se forment les personnes régulières.

Verbe en -**cere**, il perd le son doux qu'il a devant -**e** et -***i***, pour un son dur devant -***a*** et -**o**.

La 2e personne du pluriel du présent de l'indicatif et de l'impératif sont irrégulières. La 2e personne du singulier de l'impératif affirmatif est monosyllabique.

L'infinitif étant contracté, le futur et le conditionnel le sont aussi.

Le passé simple et le participe passé sont irréguliers.

Ind. présent :	*dico, dici, dice, diciamo,* ***dite****, dicono*
Ind. imparfait :	*dicevo, dicevi, diceva, dicevamo, dicevate, dicevano*
Ind. passé simple :	***dissi****, dicesti,* ***disse****, dicemmo, diceste,* ***dissero***
Ind. passé comp. :	*ho detto…, abbiamo detto…*
Ind. futur :	***dirò, dirai, dirà, diremo, direte, diranno***
Conditionnel :	***direi, diresti, direbbe, diremmo, direste, direbbero***
Sub. présent :	*che dica, dica, dica, diciamo, diciate, dicano*
Sub. imparfait :	*che dicessi, dicessi, dicesse, dicessimo, diceste, dicessero*
Impératif :	***di'*** *! (non* ***dire*** *!), diciamo !,* ***dite*** *!*
Participe passé :	***detto***
Gérondif :	*dicendo*
Auxiliaire :	*avere*

Notez les expressions :

avere un bel dire	avoir beau dire
dire di sì	dire (que) oui
dire di no	dire (que) non
vale a dire	c'est-à-dire
Dimmi *con chi vai, ti dirò chi sei.*	Dis-moi qui tu hantes, je te dirai qui tu es.
Tra ***il dire*** *e il fare, c'è di mezzo il mare.*	Il y a loin du dire au faire.

-cere, -gere, -scere (verbes en -) • conjugaisons • impératif • infinitif ••••••••••••••••••••••••••• >

Traduire les phrases suivantes :

1. Il était dit qu'ils devaient se rencontrer. • 2. On dit qu'il est très riche. • 3. Je sais qu'il me dira non. • 4. Dis-lui de venir ! • 5. Monsieur dites-nous ce qui s'est passé ! • 6. Son fils vient le voir très souvent, c'est-à-dire tous les deux jours. • 7. Il faut qu'ils disent la vérité. • 8. Je lui dirais bien de partir. • 9. « Bien sûr ! » dit-il. • 10. Tu voulais qu'il dise tout ce qu'il savait. • 11. Dites-nous ce que vous en pensez ! • 12. Il dit toujours oui.

donc

1. Lorsque *donc* a la **valeur explicative** de *c'est pourquoi*, il se traduit par ***dunque***, ***quindi***, ***per cui*** :

Non lo voglio vedere ***per cui / quindi / dunque*** *è meglio che io non venga.*	Je ne veux pas le voir, il vaut donc mieux que je ne vienne pas.

2. Lorsque *donc* a une **valeur de renforcement**, il se traduit par :

- ***mai*** dans une interrogative :

Come ***mai*** *?*	Comment donc ?

- ***pure*** après un impératif ou un subjonctif de politesse :

Entra ***pure*** *!*	Entre donc !
Faccia ***pure****, Signore !*	Faites donc, Monsieur !

impératif • mai et ses composés • pure et ses composés • quindi ◆◆◆◆◆◆◆◆◆◆◆◆◆◆◆◆◆◆◆◆◆◆ >

Traduire :

1. Entrez donc, Madame ! • 2. « Je pense donc je suis » (Descartes) • 3. Où donc se trouve-t-il ? • 4. Lis donc ! • 5. Regardez donc la signalisation, Monsieur ! • 6. Pourquoi donc n'est-t-il pas venu ?

dont

1. Suivi d'un verbe, *dont* se traduit par ***di cui*** ou par ***del (della) quale / dei (delle) quali*** :

Sono le amiche ***di cui (delle quali)*** *ti ho parlato.*	Ce sont les amies dont je t'ai parlé.

2. Suivi d'un nom, il se traduit par ***cui*** qui s'intercale entre l'article défini et ce nom :

È il bambino ***la cui zia*** *vive a Pisa.*	C'est le petit garçon dont la tante vit à Pise.
(È il bambino ***del quale*** *la zia vive a Pisa.)*	

3. Avec le sens de *parmi lesquels (lesquelles)*, *dont* se rend par ***fra cui*** ou ***fra i (le) quali*** :

Ho visto diverse pitture ***fra cui*** *una di De Chirico.*	J'ai vu différentes peintures dont une de De Chirico.

4. *Dont*, se référant à l'origine, se rend par ***da cui*** ou ***dal / dalla quale / dai (dalle) quali*** :

Il paese ***da cui (dal quale)*** *viene, è in Toscana.*	Le village dont il vient, est en Toscane.

5. *Dont* se référant à la manière, se rend par ***in cui***, ***nel (nella) quale*** / ***nei (nelle) quali*** :

*Il modo **in cui (nel quale)** parla, è incomprensibile.* — La façon dont il parle, est incompréhensible.

Les phrases avec ***il quale*** sont beaucoup plus lourdes que celles avec ***cui***.

cui • quale / -i • relatifs (pronoms) ••••••••••••• >

Traduire les phrases suivantes :

1. Les livres dont je t'ai parlé, sont intéressants. • 2. La ville dont il vient est Milan. • 3. J'ai vu beaucoup de films, dont un de Moretti. • 4. L'auteur dont les romans sont sur cette étagère, est anglais. • 5. Tous les documents, dont un concernant sa famille, ont été détruits. • 6. La façon dont il parle, montre qu'il connaît le sujet.

dove, dovunque

1. ***Dove*** se traduit par *où* et est :

- un adverbe employé comme relatif ; il indique **le lieu** et ne se réfère jamais au temps ; il équivaut à ***in cui*** ou ***nel (nella) quale*** / ***nei (nelle) quali*** :

  *La città **dove** abita, è Roma.* — La ville où il habite, est Rome.

- un adverbe interrogatif :

  ***Dove** vai ?* — Où vas-tu ?

  Il peut être accompagné d'une préposition :

  *Di **dove** sei ?* — D'où es-tu ?

  *Da **dove** vieni ?* — D'où viens-tu ?

  et peut introduire une interrogative indirecte :

  *Vorrei sapere **dove** abiti.* — Je voudrais savoir où tu habites.

  ou une locative :

  *Lo seguo **dove** va.* — Je le suis où il va.

2. ***Dovunque*** est une conjonction de subordination qui a le sens de *partout où*, *où que* et est suivie de l'indicatif ou du subjonctif :

*Lo seguo **dovunque** andrà / vada.* — Je le suis où qu'il aille.

adverbes • conjonctions de subordination • interrogatifs • interrogative indirecte • relatifs (pronoms) •••••••••••••••••••••••••• >

Traduire :

1. Pendant le mois où il était en Italie, il faisait très chaud. • 2. Nous savons où il va. • 3. Voulez-vous nous dire où il se trouve ? • 4. La maison où il vit est très moderne. • 5. D'où venez-vous et où allez-vous, Monsieur ? • 6. Je connais le jour où il est né et la ville où il vit.

dovere

1. Conjugaison

Dovere qui signifie *devoir*, est un verbe irrégulier de la **2e conjugaison** caractérisé par une alternance vocalique -**o**- / -**e**- et une alternance consonantique -**v**- / -***bb***- à certaines personnes du présent de l'indicatif et du subjonctif.

L'impératif est inexistant.

Le futur et le conditionnel sont contractés.

Ind. présent :	***devo, devi, deve, dobbiamo***, *dovete*, ***devono***
Ind. imparfait :	*dovevo, dovevi, doveva, dovevamo, dovevate, dovevano*
Ind. passé simple :	*dovei / dovetti, dovesti, dové / dovette, dovemmo, doveste, doverono / dovettero*
Ind. passé comp. :	*ho dovuto…, abbiamo dovuto…*
Ind. futur :	***dovrò, dovrai, dovrà, dovremo, dovrete, dovranno***
Conditionnel :	***dovrei, dovresti, dovrebbe, dovremmo, dovreste, dovrebbero***
Sub. présent :	***che deva / debba, deva / debba, deva / debba, dobbiamo, dobbiate, devano / debbano***
Sub. imparfait :	*che dovessi, dovessi, dovesse, dovessimo, doveste, dovessero*
Participe passé :	*dovuto*
Gérondif :	*dovendo*

2. Emplois

Outre son emploi de verbe transitif :

Dobbiamo soldi. — Nous devons de l'argent.

dovere peut être suivi d'un autre verbe à l'infinif, il est alors :

– **verbe de nécessité** et remplace souvent ***bisognare*** ou ***occorrere*** en utilisant l'auxiliaire ***avere*** :

Ho dovuto venire. — J'ai dû venir. (Il a fallu que je vienne.)

– **verbe servile**

- Le pronom personnel complément peut le précéder au lieu de se souder à l'infinitif :

Gli deve *parlare (****Deve*** *parlar****gli****).* — Il doit lui parler.

- Il peut se conjuguer avec l'auxiliaire de l'infinitif qui le suit :

Maria ***è dovuta*** *venire.* — Marie a dû venir.

en particulier lorsqu'il s'agit d'un verbe réfléchi ou d'un verbe employé avec un pronom personnel, et ce, avec déplacement du pronom personnel :

Livia ***si è dovuta*** *alzare.* — Livia a dû se lever.

Ivo ***ci è dovuto*** *salire.* — Ivo a dû y monter.

alternance vocalique de certains verbes • conjugaisons • enclise du pronom personnel • falloir • serviles (verbes) ••••••••••••••••••••••• >

Traduire les phrases suivantes :

1. D'où doit-il partir ? • 2. Nous devons y aller. • 3. Il croit qu'ils doivent le faire. • 4. Je devrai travailler rapidement. • 5. Vous devez le voir. • 6. Elle a dû se peigner. • 7. Ils devraient se parler. • 8. Ils ont dû se réveiller tôt. • 9. Tu aurais dû y être. • 10. Il a fallu que nous partions. • 11. Il a fallu qu'ils se lèvent. • 12. Ils durent se taire. • 13. Il pense que je dois venir. • 14. Nous devons faire la vaisselle. • 15. Où dut-il aller ?

-durre (verbes en -)

Les verbes en -***durre*** sont des verbes irréguliers de la **2e conjugaison** en †-***ducere***, dont l'infinitif est contracté :

condurre conduire < †*conducere*
dedurre déduire < †*deducere*
introdurre introduire < †*introducere*
produrre produire < †*producere*
sedurre séduire < †*seducere*
tradurre traduire < †*traducere*

Les personnes régulières se forment sur l'ancien infinitif non syncopé, mais le futur et le conditionnel sont contractés.
Verbes en -*cere*, ils perdent le son doux qu'ils ont devant -*e* et -*i*, pour un son dur devant -*a* et -*o*.
Irréguliers, le passé simple est en -*dussi* et le participe passé en -*dotto*.

Modèle de conjugaison : *condurre* :

Ind. présent :	*conduco, conduci, conduce, conduciamo, conducete, conducono*
Ind. imparfait :	*conducevo, conducevi, conduceva, conducevamo, conducevate, conducevano*
Ind. passé simple :	***condussi***, *conducesti*, ***condusse***, *conducemmo, conduceste*, ***condussero***
Ind. passé comp. :	*ho condotto..., abbiamo condotto...*
Ind. futur :	***condurrò, condurrai, condurrà, condurremo, condurrete, condurranno***
Conditionnel :	***condurrei, condurresti, condurrebbe, condurremmo, condurreste, condurrebbero***
Sub. présent :	*che conduca, conduca, conduca, conduciamo, conduciate, conducano*
Sub. imparfait :	*che conducessi, conducessi, conducesse, conducessimo, conduceste, conducessero*
Participe passé :	***condotto***
Gérondif :	*conducendo*

-cere, -gere, -scere (verbes en -) • conjugaisons •••••>

Après avoir revu les verbes en -***cere***, -***gere***, -***scere***, mettre au présent de l'indicatif, au passé simple, au futur et au passé composé les verbes suivants, à la personne indiquée :

dire (io) • tradurre (lui) • convincere (loro) • nascere (loro) • fare (tu) • conoscere (io) • condurre (loro) • produrre (lui) • vincere (io) • cuocere (noi) • dedurre (io) • introdurre (loro).

-e (noms et adjectifs en -)

1. Les noms :

- en -**e au singulier** sont masculins ou féminins et leur pluriel est en -***i*** :

  il cliente > i clienti — *la cliente > le clienti*

  Sauf ***la folgore*** *la foudre*, les noms en -**ore** sont tous masculins :

  il colore > i colori — *l'amore > gli amori*

- en -**e au pluriel** sont féminins et se terminent en -***a*** au singulier :

  le rose < la rosa — *le sere < la sera*

  Les pluriels en -***che*** et -***ghe***, sont féminins et correspondent à un singulier féminin en -*ca* et -*ga* :

  le amiche < l'amica

- en -***ie*** sont invariables :

  la specie > le specie

  Il n'y a qu'une seule exception dont le pluriel est en -***i*** :

  la moglie > le mogli

- en -**è**, accentués sur la dernière syllabe, sont invariables :

  il gilè > i gilè — *il tè > i tè*

2. Les adjectifs en -e :

- au singulier masculin et féminin, sont de la 2e classe et font le pluriel est en -***i*** :

  un ragazzo speciale > ragazzi speciali

  una donna comune > donne comuni

  L'adjectif ***grande***, épithète, ne se termine pas toujours par -**e** au singulier car il a des formes apocopées ou élidées.

- au pluriel féminin, sont des adjectifs de la 1re classe dont le singulier est en -***a*** :

  le ragazze carine < la ragazza carina

- ***marrone*** est un adjectif invariable :

  il guanto marrone > i guanti marrone

  mais l'usage actuel l'accorde très souvent.

adjectifs qualificatifs • grande • noms (pluriel des -) >

Indiquer le genre M ou F et le nombre S ou P des groupes de mots suivants :

1. cane marrone • 2. cameriere cinese • 3. specie comune • 4. moglie umile • 5. grande amore • 6. cliente ungherese • 7. folgore brillante • 8. dolore folgorante • 9. serie interessante • 10. streghe greche • 11. re inglese • 12. colore verde.

e

E **est une conjonction de coordination qui sert à ajouter :**

il gatto **e** *il cane*	le chat et le chien

Elle peut devenir ***ed*** **devant voyelle pour des raisons d'euphonie :**

Lisa **ed** *Eva sono brave alunne.*	Lisa et Eva sont de bonnes élèves.

Elle intervient dans les expressions :

e *due,* **e** *tre,* **e** *quattro...*	et de deux, et de trois, et de quatre...
tutti **e** *due / tutte* **e** *due...*	tous (toutes) les deux...
Nina, Lisa ed Eva sono **tutte e tre** *brave alunne.*	Nina, Lisa et Eva sont toutes les trois de bonnes élèves.

conjonctions de coordination

è

È correspond à la 3e personne du singulier du présent de l'indicatif de ***essere*** **:**

Marisa è *simpatica.*	Marisa est sympathique.

et traduit aussi c'*est* :

È *un bel ragazzo.*	C'est un beau garçon.

Ne pas confondre è qui appartient au verbe essere, avec e *et*, **conjonction de coordination.**

c'est... • essere >

ecco

Ecco signifie *voici* ou *voilà*.

Il suit la règle d'enclise des pronoms personnels COD, forme faible, comme s'il s'agissait d'une forme verbale :

Eccoci !	Nous voici !
Eccolo !	Le voilà !
Eccone !	En voilà !

enclise du pronom personnel ••••••••••••••••••• >

en

1. Préposition, *en* se rend par :

- ***in*** pour le lieu ou le temps :

*Abito **in** Italia.*	J'habite en Italie.
***In** autunno, piove spesso.*	En automne, il pleut souvent.

mais on dira :

d'estate, d'inverno

- ***a*** pour l'aspect, la forme :

*una fotografia **a** colori*	une photo en couleurs
*una scala **a** chiocciola*	un escalier en colimaçon

- ***da*** pour la manière liée à une comparaison implicite :

*È vestito **da** soldato.*	Il est habillé en soldat.

- ***di*** pour la matière :

*La statua è **di** marmo.*	La statue est en marbre.

2. Pronom personnel, *en* se traduit par ***ne*** qui suit la règle d'enclise des pronoms personnels :

*Dei fiori ? Ecco**ne**.*	Des fleurs, en voici.

et celle des pronoms groupés en se plaçant après le pronom complément d'attribution :

Gliene parlo.	Je lui en parle.

L'accord du participe passé employé avec ***avere*** se fait avec ***ne*** COD, placé avant le verbe alors qu'il ne se fait pas en français avec *en* :

*Dei libri ? Glie**ne** ho dati.*	Des livres ? Je lui en ai donné.

On en se traduit par ***se ne*** :

Se ne parla.	On en parle.

Dans certaines expressions, *en* se traduit par ***la***, féminin, qui prend une valeur neutre :

avercela con uno	en vouloir à quelqu'un
cavarsela	s'en tirer
finirla	en finir
Se l'è cavata bene.	Il s'en est bien tiré.

3. ***En*** **français n'est pas traduit en italien :**

- **dans l'expression :**

poco manca	peu s'en faut

- **lorsqu'il précède le gérondif français :**

cantando	en chantant

enclise du pronom personnel • gérondif • la (pronom neutre) • on • participe passé • prépositions • pronoms personnels ◆◆◆◆◆◆◆◆◆◆◆◆◆◆◆ >

Traduire :

1. En regardant devant lui, il avançait d'un pas sûr. • 2. Des bonbons, il en a toujours dans sa poche. • 3. De tes voyages, parles-en ! • 4. Peu s'en fallut qu'il ne tombe. • 5. Des gâteaux, elle en a fait et elle nous en a apporté. • 6. Il en a fini avec toute cette histoire. • 7. En hiver il fait froid. • 8. Sur la façade, il y avait un motif en queue d'aronde.

enclise du pronom personnel

L'enclise du pronom personnel, forme faible, réfléchi, COD ou complément d'attribution, se fait :

1. après le **verbe**, dans 4 cas :

- à l'**infinitif** en supprimant la voyelle finale du verbe :

*chiamar**si***	s'appeler

- à l'**impératif** :

*Scusa**mi** !*	Excuse-moi !

– pour l'impératif négatif 2e personne du singulier, on peut faire l'enclise ou ne pas la faire :

*Non guardar**mi** !/ Non **mi** guardare !*	Ne me regarde pas !

– lorsque l'impératif est monosyllabique, même en cas de pronoms groupés, on double la consonne initiale du pronom sauf pour ***gli*** :

*Va**cci** !*	Vas-y !
*Di**mmelo** !*	Dis-le moi !
*Di**gli** di venire !*	Dis-lui de venir !

– puisqu'il n'y a pas d'impératif à la 3e personne, pour la remplacer la forme de politesse utilise le subjonctif présent, on ne fait donc pas l'enclise :

Mi *scusi, Signore !*	Excusez-moi, Monsieur !

- au **gérondif** :

*guardando**la***	en la regardant

pour la forme progressive, on peut faire ou ne pas faire l'enclise :

*Sta parlando**mi**. /**Mi** sta parlando.*	Il est en train de me parler.

- au **participe passé absolu** :

*Vestita**si** Mara uscì.*	Après s'être habillée, Mara sortit.

– ***Loro*** n'est jamais enclitique mais toujours placé après le verbe :

Di' ***loro*** *di venire !*	Dis-leur de venir !

– Dans les petites annonces ou sur les panneaux publicitaires de vente, l'enclise du pronom personnel ***si*** se fait également, après la 3e personne du singulier ou du pluriel du présent de l'indicatif, suivant l'accord :

*Vende**si** monolocale.*	On vend studio.
*Vendon**si** appartamenti signorili.*	On vend appartements de standing.
*Affitta**si** camera indipendente.*	On loue chambre indépendante.
*Affittan**si** due garage.*	On loue deux garages.

2. après **ecco** *voici, voilà* :

*Ecco**lo** !*	Le voilà !
*Ecco**ne** !*	En voilà !

ecco • forme progressive • gérondif • impératif • infinitif • lui, lei, loro • on • participe passé • politesse (forme de) • pronoms personnels ••••••• >

Traduire les phrases suivantes :

1. En l'écoutant, je pensais à le lui dire. • 2. Après s'être levée, Ada nous dit : « Vous voilà ! Installez-vous ! » • 3. Il faut y aller. Vas-y donc ! • 4. Pour obtenir des informations de Carla, écrivons-lui et demandons-les lui ! • 5. Après t'être aperçue de sa présence, salue-le ! • 6. Ce livre, tu n'as pas à le lui donner. • 7. Le voici avec son camarade, accueillons-les ! • 8. Répondez-leur, Mademoiselle ! • 9. Parlez-en, Monsieur ! • 10. Fais-lui plaisir ! • 11. Ne lui parle pas ! • 12. Fais-le moi voir ! • 13. Elle est en train de me téléphoner. • 14. Après l'avoir suivi, elle le rejoignit. • 15. On loue chambre avec vue.

-enne et -ennio (suffixes -)

Ne pas confondre ces deux suffixes.

1. Le suffixe -***enne*** correspond à l'**âge**.

On forme un nom ou un adjectif en ajoutant ce suffixe au radical du numéral cardinal :

*È una vent***enne**. *È una ragazza vent***enne**.	C'est une fille de vingt ans.

Il s'emploie également après ***maggiore*** et ***minore*** :

*È maggior***enne**.	Il est majeur.
*È minor***enne**.	Il est mineur.

2. Le suffixe -***ennio*** correspond à une **période** :

*un vent***ennio**	une période de vingt ans

âge* • *numéraux cardinaux* • *numéraux collectifs •••>

entro

Entro est une préposition qui indique la période de temps à ne pas dépasser :

Deve recapitare questo lavoro **entro** *la settimana.*	Il doit remettre ce travail dans (d'ici à la fin de) la semaine.

prépositions •••••••••••••••••••••••••••••••••••••>

essere

1. Conjugaison

Ind. présent :	*sono, sei, è, siamo, siete, sono*
Ind. imparfait :	*ero, eri, era, eravamo, eravate, erano*
Ind. passé simple :	*fui, fosti, fu, fummo, foste, furono*
Ind. passé comp. :	*sono stato / -a..., siamo stati / -e...*
Ind. futur :	*sarò, sarai, sarà, saremo, sarete, saranno*
Conditionnel :	*sarei, saresti, sarebbe, saremmo, sareste, sarebbero*
Sub. présent :	*che sia, sia, sia, siamo, siate, siano*
Sub. imparfait :	*che fossi, fossi, fosse, fossimo, foste, fossero*
Impératif :	*sii ! (non essere !), siamo ! siate !*
Participe passé :	*stato,-a / -i,-e* (emprunt *à stare*)
Gérondif :	*essendo*
Auxiliaire :	*essere*

2. Emplois

Outre sa **valeur propre** de verbe autonome :

Lisa **è** *felice.* Lisa est heureuse.

- ***essere*** est **auxiliaire** :
  - de lui-même alors que le français utilise *avoir* :

    Lisa **è** *stata contenta.* Lisa a été contente.
  - des verbes impersonnels :

    È bastato dirglielo. Il a suffi de le lui dire.
  - des verbes réfléchis et pronominaux :

    Marta si **è** *alzata e si* **è** *tuffata nell'acqua della piscina.* Marta s'est levée et a plongé dans l'eau de la piscine.
  - des verbes serviles lorsque l'infinitif qui suit, l'utilise :

    Rita **è** *dovuta venire.* Rita a dû venir

Le participe passé s'accorde avec le sujet.

- ***essere*** traduit *c'est, c'était*... :

  Erano *bei monumenti.* C'étaient de beaux monuments.
- ***essere*** sert à traduire *il y a, il y avait*..., il est alors précédé du pronom personnel de lieu ***ci*** et l'accord se fait avec le sujet postposé qui correspond au COD français :

  Ci ***saranno*** *tre poltrone nel salotto.* Il y aura trois fauteuils dans le salon.

auxiliaires et semi-auxiliaires • c'est... • il y a • serviles (verbes) • verbes • verbes impersonnels • verbes pronominaux ••••••••••••••••••••••••• >

Traduire :

1. Il faut qu'ils soient présents. • 2. Sois sage et ne sois pas méchant ! • 3. Il fallait que nous soyons à la maison avant minuit. • 4. Ce sera une bonne occasion pour être ensemble. • 5. Ils furent heureux. • 6. Les enfants ont été satisfaits. • 7. Elle s'est mise à parler. • 8. Nous serions partis s'il n'avait pas plu.

-eto, -eta et -etto, -etta... (suffixes -)

Eto, **-eta** et **-etto**, **-etta** sont deux suffixes qu'il ne faut pas confondre.

1. -**eto**, parfois -**eta**, ajouté au nom d'une plante, indique un lieu planté de celle-ci :

*l'oliv***eto** l'oliveraie

*il frutt***eto** le verger

*la pin***eta** la pinède

2. -**etto**, -**etta**… est un diminutif :

*il ragazz**etto***	le petit garçon
*la cas**etta***	la petite maison

suffixes ◆◆◆◆◆◆◆◆◆◆◆◆◆◆◆◆◆◆◆◆◆◆◆◆◆◆◆◆◆◆◆◆◆◆◆◆◆ >

exclamatifs

Tous les interrogatifs peuvent être utilisés comme exclamatifs.

1. ***Chi !*** est un pronom invariable qui ne désigne que des personnes :

***Chi** si vede !*	Qui voit-on !

Il peut être précédé d'une préposition :

*A **chi** lo dici !*	À qui le dis-tu !

Ne pas le confondre avec le relatif indéfini ***chi*** *celui qui*, avec le relatif ***cui*** *à qui* ou avec l'adverbe de lieu ***qui*** *ici*.

2. ***Che !*** est invariable ; il peut être employé avec un nom, un adjectif ou un verbe :

***Che** paura !*	Quelle peur !
***Che** bello !*	Que c'est beau / bien ! Comme il est beau !
***Che** vedo !*	Que vois-je !

3. ***Quale / -i !*** *quel…* est adjectif ; il n'est jamais précédé de l'article.

***Quale** sorpresa !*	Quelle surprise !

Ne pas confondre avec le relatif ***il quale***.

4. ***Quanto !***

- Employé comme adverbe, il est invariable :

***Quanto** sei carina !*	Que / Comme tu es mignonne !

- Employé avec un nom, il est adjectif et s'accorde ; aucune préposition ne s'intercale entre l'adjectif et le nom :

***Quanti** soldi !*	Que d'argent !

- Employé comme pronom, il prend le genre et le nombre du nom qu'il représente :

***Quanti** sono morti !*	Combien sont morts !

5. ***Come !*** est un adverbe qui peut remplacer ***quanto*** :

***Com**'è simpatica !*	Comme elle est sympathique !

che • chi • come • interrogatifs • quale / -i • quanto ◆◆◆◆◆◆◆◆◆◆◆◆◆◆◆◆◆◆◆◆◆◆◆◆◆◆◆◆◆◆◆◆◆◆◆ >

Choisir la forme qui convient parmi celles proposées :

1. ______è intelligente Lisa !
   a) Quanto   b) Quanta   c) Che
2. ______fiori ci sono !
   a) Quante   b) I quali   c) Quanti
3. ______è allegra !
   a) Quanta   b) Quale   c) Com'
4. ______gente !
   a) Quanta   b) La quale   c) Quante
5. ______sono gentili queste ragazze !
   a) Quali   b) Come   c) Le quali
6. ______bontà !
   a) Che   b) Come   c) Com'è

fa

Fa est la 3e personne du présent de l'indicatif du verbe ***fare*** qui peut être employée, après l'expression temporelle, comme marqueur du **temps passé par rapport au présent** avec le sens de ***il y a*** et indiquant une action totalement achevée :

Lucia è venuta tre giorni ***fa***.	Lucia est venue il y a trois jours.

Pour indiquer le temps passé par rapport au passé on n'utilise pas ***fa*** mais ***prima*** *auparavant* :

Lucia era venuta tre giorni ***prima***.	Lucia était venue trois jours auparavant.

Ne pas confondre ***fa*** *il y a* avec :

– la préposition ***fra*** *dans* qui indique une période future et précède l'expression temporelle :

Giungeremo ***fra*** *una mezz'ora.*	Nous arriverons dans une demi-heure.

– la traduction de *il y a* indiquant une présence, une quantité qui se rend par **c'è** suivi d'un nom singulier ou ***ci sono*** suivi d'un nom pluriel :

C'è *un fiore.*	Il y a une fleur.
Ci sono *fiori.*	Il y a des fleurs.

– ***da*** traduisant *il y a… que* (= *depuis*) qui indique une action qui dure encore par rapport au présent ou au passé :

Aspettiamo ***da*** *un'ora.*	Il y a une heure que nous attendons. (Nous attendons depuis une heure.)
Aspettavamo ***da*** *un'ora.*	Il y avait une heure que nous attendions. (Nous attendions depuis une heure.)

Traduire les phrases suivantes :

1. Je l'ai vu il y a trois semaines. • 2. Il y avait deux jours qu'il n'avait pas mangé. • 3. Il y a quelques heures, il est parti pour Paris. • 4. Il y a un mois qu'ils sont arrivés. • 5. Nous l'avions rencontré trois jours auparavant. • 6. Il nous a téléphoné, il y a deux minutes, il sera là dans un quart d'heure. • 7. Je suis allée chez elle, il y a six mois. • 8. Il y a des siècles, la vie était difficile pour les pauvres gens.

falloir

1. *Il faut* **suivi d'un nom** se traduit par la 3e personne singulier ou pluriel du verbe ***volerci*** ou de ***occorrere***, tous deux irréguliers.

Le complément d'objet direct français devient sujet postposé en italien et le verbe s'accorde avec son sujet.

- ***Ci vuole*** et ***occorre*** sont suivis d'un nom singulier :

Ci vuole *pazienza.* / ***Occorre*** *pazienza.*	Il faut de la patience.

- ***Ci vogliono*** et ***occorrono*** sont suivis d'un nom pluriel :

Ci vogliono *soldi.* / ***Occorrono*** *soldi.*	Il faut de l'argent.

- Différents temps sont possibles :

Ci vorrà *pazienza.*	***Occorrerà*** *pazienza.*
Ci vorrebbero *soldi.*	***Occorrerebbero*** *soldi...*

Aux temps composés, on emploie, l'auxiliaire ***essere*** et le participe passé s'accorde avec le sujet :

Ci è voluta *pazienza.*	Il a fallu de la patience.

- Avec ***volerci***, le pronom personnel complément d'attribution précède ***ci*** sans modification de forme :

Mi ci è voluta *pazienza.*	Il m'a fallu de la patience.

2. *Il faut* **suivi d'un verbe** se traduit par :

- la 3e personne du singulier des verbes ***bisognare*** ou ***occorrere*** :
  - suivie de l'infinitif :

Bisogna *agire.* / ***Occorre*** *agire.*	Il faut agir.

  - suivie de ***che*** et du subjonctif :

Bisogna *che io agisca.* / ***Occorre*** *che io agisca.*	Il faut que j'agisse.

Il faut appliquer la concordance des temps :

Bisognava / Occorreva *che io* ***agissi.***

Bisognerà / Occorrerà *che io* ***agisca.***

Bisognerebbe / Occorrerebbe *che io* ***agissi.***

Le passé simple de ***bisognare*** et même celui de ***occorrere*** sont peu usuels ainsi que les temps composés qui sont conjugués avec ***essere***.

- le verbe personnel irrégulier **dovere** *devoir* suivi d'un verbe à l'infinitif :

Devo agire *Bisogna / Occorre che io agisca.*	Je dois agir. / Il faut que j'agisse.
Si **dovrebbero** *irrigare i campi.* *Bisognerebbe / Occorrerebbe irrigare i campi.*	On devrait irriguer les champs. / Il faudrait irriguer les champs.

3. La forme négative ***il ne faut pas***, suivie d'un verbe, s'exprime de deux façons. On emploie :

- avec un sens d'obligation :
  - ***non bisogna*** (sens physique) :

In questo momento, **non bisogna** *intervenire ma aspettare.*	En ce moment, il ne faut pas intervenir mais attendre.

  - ***non si deve*** (sens moral) :

Non si deve *mentire.*	Il ne faut pas mentir.

- avec un sens de nécessité : ***non occorre*** (*il n'est pas nécessaire*) :

Non occorre *che tu venga.*	Il n'est pas nécessaire que tu viennes.

Ces nuances d'obligation ou de nécessité existent également à la forme affirmative, elles sont cependant plus nettes à la forme négative.

4. Les verbes impersonnels ***spettare*** et ***toccare*** peuvent prendre le sens de *falloir* :

Ci tocca far da mangiare.	Il nous faut faire à manger.

5. Différentes **expressions** contiennent le verbe *falloir*, leur **traduction** varie.

- *Il s'en faut de beaucoup / de peu* se rend par ***Ci manca assai / poco***.
- *Peu s'en faut* (*il s'en faut de peu*) équivaut à :
  - ***poco manca*** suivi de ***che*** et du subjonctif en respectant la concordance des temps :

Poco mancò *che non cadesse.*	Peu s'en fallut qu'il ne tombât.

  - ***per poco*** suivi de l'indicatif :

    Per poco *non cadde.*

  - ***quasi quasi*** suivi de l'indicatif :

    Quasi quasi *cadeva.*

- *Comme il faut* :
  - portant sur un verbe se traduit par ***a modo***, ***a dovere*** ou mieux ***come si deve*** :

Agisce sempre **come si deve**.	Il agit toujours comme il faut.

– portant sur un nom, se rend par ***a modo***, ***a dovere*** ou mieux ***per bene*** :

Ada è una persona ***per bene****.* Ada est une personne comme il faut.

bisognare • ***concordance des temps*** • ***dovere*** • ***occorrere*** • ***toccare, spettare*** • ***verbes impersonnels*** • ***volere*** ◆◆◆◆◆◆◆◆◆◆◆◆◆◆◆◆◆◆◆◆◆◆◆◆◆◆◆◆◆◆◆◆◆ >

I. Utiliser, selon le cas, *bisognare* ou *volerci* dans les phrases suivantes :

1. Domani, ______ pensare alla mamma. • 2. Se tu volessi scrivere, ti ______ un foglio di carta. • 3. ______ andarci ieri. • 4. Adesso ______ una penna e una matita. • 5. Ora ______ volontà. • 6. Oggi ______ ridere e non piangere. • 7. ______ che parta rapidamente. • 8. ______ che facesse un dolce.

II. Traduire de deux façons :

1. Il faudrait qu'ils comprennent. • 2. Il fallait qu'il travaille. • 3. Il faudra deux kilos de farine de maïs pour la polenta. • 4. Il faudrait deux mois pour faire un tel voyage. • 5. Il faut un peu de rigueur. • 6. Il fallait en parler. • 7. Il faudrait faire ce travail avant l'hiver. • 8. Il faut 10 000 euros pour acheter ce produit.

III. Traduire les phrases suivantes :

1. Sa mère, c'est vraiment une femme comme il faut. • 2. Il agit toujours comme il faut. • 3. Peu s'en fallut que son cheval ne gagne la course. • 4. Pour la santé, il ne faut pas fumer. • 5. Il faudrait que l'on construise des maisons. • 6. Il faudrait qu'il y ait des arbres sur le flan des montagnes.

fare

I. ***Fare*** est un verbe irrégulier de la **2e conjugaison** car son ancien infinitif est †***facere***.

L'infinitif étant contracté, le futur et le conditionnel le sont aussi.

Certaines formes doublent le -**c**-.

Le passé simple et le participe passé sont irréguliers.

La 2e personne du singulier de l'impératif est monosyllabique.

Ind. présent :	***faccio, fai, fa, facciamo, fate, fanno***
Ind. imparfait :	*facevo, facevi, faceva, facevamo, facevate, facevano*
Ind. passé simple :	***feci****, facesti,* ***fece****, facemmo, faceste,* ***fecero***
Ind. passé comp. :	*ho fatto…, abbiamo fatto…*
Ind. futur :	***farò, farai, farà, faremo, farete, faranno***
Conditionnel :	***farei, faresti, farebbe, faremmo, fareste, farebbero***
Sub. présent :	***che faccia, faccia, faccia, facciamo, fate, facciano***
Sub. imparfait :	*che facessi, facessi, facesse, facessimo, faceste, facessero*
Impératif :	***fa'*** *! (non* ***fare*** *!),* ***facciamo*** *!* ***fate*** *!*
Participe passé :	***fatto***
Gérondif :	*facendo*
Auxiliaire :	*avere*

2. Emplois

Outre son emploi normal qui correspond à celui de *faire*, ***fare*** a d'autres emplois.

- La 3e personne du présent de l'indicatif, ***fa***, peut être employée comme marqueur du temps passé par rapport au présent avec le sens de *il y a*, et se place après l'expression temporelle :

*Lucia è venuta tre giorni **fa**.*	Lucia est venue il y a trois jours.

Poco fa traduit *il y a peu de temps.*

Ne pas confondre ***fa*** *il y a* qui suit l'expression temporelle et se réfère à une période passée et ***fra*** *dans*, suivi de l'expression temporelle, qui se réfère à une période future.

- Il existe un certain nombre d'expressions formées avec le verbe ***fare*** :

farcela	réussir
fare un esame	passer un examen
fare il medico, l'architetto…	être médecin, architecte…
fare da	servir de
farla finita	en finir
fare a meno di	se passer de
farsi vivo	se manifester
fare la doccia, il bagno	prendre une douche, un bain
fare la prima colazione…	prendre son petit-déjeuner…
fare presto / tardi	arriver tôt / tard
Chi fa da sé fa per tre.	On n'est jamais aussi bien servi que par soi-même.

- ***Fare*** peut être substantivé :

avere un bel fare	avoir beau faire
il fai da te	le bricolage
Tra il dire e il fare c'è di mezzo il mare.	Il y a loin entre dire et faire.

conditionnel • conjugaisons • fa • fra, tra • futur • il y a • impératif • passés simples et participes passés irréguliers >

Traduire :

1. Je n'y arrive pas. • 2. Ils prendront leur petit-déjeuner à 8 heures. • 3. Nous faisons notre travail. Faites donc le vôtre, Madame ! • 4. Il fit des erreurs. • 5. Il faut qu'ils fassent un bon repas. • 6. Nous ferions bien un beau voyage. Vous en avez fait un, il y a un an. • 7. Il fera beau demain. • 8. Fais-le moi voir ! • 9. Ils prennent une douche matin et soir. • 10. Cela fait trois jours qu'ils ne se sont pas manifestés. • 11. Il a été instituteur mais il y a deux ans, il a cessé de travailler.

féminin des noms (formation du)

La différence entre masculin et féminin n'a de sens que pour les personnes et les animaux. Un certain nombre de noms de choses ont une forme masculine et une féminine sans qu'il y ait de lien entre eux :

il baleno	l'éclair	*la balena*	la baleine
il cero	le cierge	*la cera*	la cire
il foglio	la feuille de papier	*la foglia*	la feuille de l'arbre
il limo	le limon	*la lima*	la lime
il modo	la manière	*la moda*	la mode
il panno	le tissu de drap	*la panna*	la crème
il porto	le port	*la porta*	la porte

Certains noms de choses sont identiques, seul le genre est différent :

il capitale	le capital	*la capitale*	la capitale
il fine	le but	*la fine*	la fin
il fronte	le front (guerre)	*la fronte*	le front (visage)
il pianeta	la planète	*la pianeta*	la chasuble
il radio	le radium	*la radio*	la radio

La plupart des noms de personnes et d'animaux ont une forme masculine et une féminine, leur **formation** varie.

1. Les noms semblables au masculin et au féminin, sont :

- en -***a***, -***cida*** et -***ista*** :

il / la collega	le / la collègue
il / la giornalista	le / la journaliste
il / la pediatra	le / la pédiatre
il / la suicida	le suicidé / la suicidée

- en -**e** :

il cantante	le chanteur	*la cantante*	la chanteuse
il parente	le parent	*la parente*	la parente

2. Les noms qui ont des terminaisons différentes, sont :

- en -***a*** au masculin ; ils forment le féminin en -***essa*** :

il duca	le duc	*la duchessa*	la duchesse
il poeta	le poête	*la poetessa*	la poêtesse
il papa	le pape	*la papessa*	la papesse

- en -**e** au masculin ; ils forment le féminin :
  - en -***a*** :

l'infermiere	l'infirmier	*l'infermiera*	l'infirmière
il signore	le monsieur	*la signora*	la dame

  - en -***essa*** :

il leone	le lion	*la leonessa*	la lionne
il professore	le professeur	*la professoressa*	
lo studente	l'étudiant	*la studentessa*	l'étudiante

mais certains noms en -***tore*** au masculin, font -***trice*** au féminin :

l'imperatore	l'empereur	*l'imperatrice*	l'impératrice
l'attore	l'acteur	*l'attrice*	l'actrice

- en -**o** au masculin ; ils forment le féminin :
  - en -***a*** :

il cavallo	le cheval	*la cavalla*	la jument
il maestro	le maître	*la maestra*	la maîtresse
lo zio	l'oncle	*la zia*	la tante

  - en -***essa*** :

l'avvocato	l'avocat	*l'avvocatessa*	l'avocate
il diavolo	le diable	*la diavolessa*	la diablesse

3. Certains noms ont une formation du féminin particulière, ce sont :

l'abate	l'abbé	*la badessa*	l'abbesse
il cane	le chien	*la cagna*	la chienne
il dio	le dieu	*la dea*	la déesse
il doge	le doge	*la dogaressa*	la dogaresse
l'eroe	le héros	*l'eroina*	l'héroïne
il fante	le valet	*la fantesca*	la servante
il gallo	le coq	*la gallina*	la poule
il re	le roi	*la regina*	la reine
lo stregone	le sorcier	*la strega*	la sorcière
lo zar	le tsar	*la zarina*	la tsarine

4. D'autres noms ont des racines totalement différentes au masculin et au féminin :

il celibe	le célibataire	*la nubile*	la célibataire
il frate	le frère (religieux)	*la suora*	la sœur (religieuse)
il fratello	le frère	*la sorella*	la sœur
il fuco	le faux-bourdon	*l'ape*	l'abeille
il genero	le gendre	*la nuora*	la bru
il marito	le mari	*la moglie*	la femme
il maschio	le mâle	*la femmina*	la femelle
il montone	le mouton	*la pecora*	la brebis
il padre	le père	*la madre*	la mère
il papà / il babbo	le papa	*la mamma*	la maman
il porco	le porc	*la scrofa*	la truie
lo scapolo	le célibataire	*la zitella*	la célibataire
il toro	le taureau	*la vacca / la mucca*	la vache
l'uomo	l'homme	*la donna*	la femme

5. Quelques noms d'animaux ont une forme unique, soit masculine, soit féminine, pour le mâle et la femelle ; dans ce cas, pour les distinguer on ajoute soit ***maschio*** soit ***femmina*** au nom de l'animal :

la lepre maschio	le lièvre mâle
il leopardo femmina	le léopard femelle

noms (pluriel des -) >

Trouver le féminin des noms suivants :

il duca • il cliente • il marchese • il figlio • il cane • il montone • il signore • il capro • il ragazzo • il dio • il gatto • il padrone • l'operaio • il re • il principe • il pittore • il gallo • lo scapolo • il collega • lo scrittore • il dottore.

fino, sino et leurs composés

1. ***Fino*** et ***sino*** peuvent avoir une fonction de renforcement avec valeur :

- de préposition :

fino a, sino a	jusqu'à
Resta a Roma ***fino a*** *dicembre.*	Il reste à Rome jusqu'en décembre.
fin da, sin da	depuis, dès
Sin da*ll'infanzia era gentile.*	Dès l'enfance il était gentil.

- d'adverbe :

finora, sinora	jusqu'à maintenant
Finora *non si è fatto vedere.*	Jusqu'à maintenant il ne s'est pas montré.
perfino, persino	jusqu'à, y compris, même, aussi
È poco coraggioso, lo dice ***perfino*** *sua madre.*	Il est peu courageux, même sa mère le dit.

2. ***Fino*** et ***sino*** entrent dans la composition de conjonctions de subordination.

- ***Finché***, ***sinché*** *tant que*, ***finché non***, ***sinché non*** *jusqu'à ce que* introduisent une temporelle à l'indicatif ou au subjonctif :

Finché *c'è vita, c'è speranza.*	Tant qu'il y a de la vie, il y a de l'espoir.
Mario aspetterà ***finché*** *Lia* ***non*** *si faccia vedere.*	Mario attendra jusqu'à ce que Lia n'arrive.

- ***Affinché*** *afin que, pour que* introduit une subordonnée finale (de but), dont le verbe est au subjonctif :

Gli telefono ***affinché*** *venga.*	Je lui téléphone pour qu'il vienne.

adverbes • conjonctions de subordination • prépositions >

Choisir la forme qui convient parmi celles proposées :

1. È salito ______ settimo piano.
   a) fino b) fino al c) perfino
2. Viene ______ io possa parlargli.
   a) affinché b) persino c) finché
3. Legge ______ gli torni il sonno.
   a) fino a b) finché non c) sino
4. Resta fuori ______ fa bel tempo.
   a) fino b) finché c) sinora
5. ______ non ha parlato.
   a) Finora b) Sinché c) Perfino

forme progressive

Elle correspond à *être en train de* et s'exprime avec :

1. le verbe ***stare***, aux différents temps, suivi du gérondif :

*Mara **sta mangiando**.*	Mara est en train de manger.
*Lina e Franco **stavano parlando**.*	Lina et Franco étaient en train de parler.

L'enclise du pronom personnel n'est pas obligatoire :

*Elena sta pettinando**si**. / Elena **si** sta pettinando.*	Hélène est en train de se peigner.

2. parfois, les verbes ***andare*** et ***venire*** qui insistent sur le déroulement graduel ou la répétition lente de l'action :

*L'inquinamento **va crescendo**.*	La pollution est en train (ne cesse) d'augmenter.
***Veniva spiegando** la sua teoria.*	Il est en train d'expliquer sa théorie.

andare • enclise du pronom personnel • gérondif • stare • venire

Traduire les phrases suivantes :

1. Ils étaient en train de courir. • 2. Demain, à la même heure, nous serons en train de leur parler. • 3. Nous sommes en train de nous lever. • 4. Depuis quelques jours, le niveau de l'eau est en train de monter. • 5. Vous étiez en train de le regarder.

fra, tra

Fra et ***tra*** sont deux prépositions synonymes qui traduisent :

1. *entre, parmi* et ont un sens spatial :

Torna ***tra*** *noi.*	Il revient parmi nous.
Fra *voi c'è la pace.*	Entre vous c'est la paix.

2. *dans, d'ici* et indiquent la distance à parcourir, l'intervalle de temps (sens spatial et temporel) :

Fra *cento metri sarò a casa.*	Dans cent mètres je serai chez moi.
Arriverà ***fra*** *un'ora.*	Il arrivera dans / d'ici une heure.

Ne pas confondre ***fra***, suivi d'une expression temporelle, qui se réfère à une période future avec ***fa*** *il y a*, qui suit une expression temporelle et se réfère à une période passée.

La préposition ***di*** peut s'intercaler entre ***tra*** ou ***fra*** et un pronom personnel fort :

Torna ***tra di*** *noi /* ***tra*** *noi.*

dans • di • fa • il y a • prépositions >>

I. Choisir parmi les formes proposées, celle qui convient :

1. Si trova ______ voi.
   a) tra b) fa c) nel
2. Ci incontreremo ______ due ore.
   a) in b) fra c) farà
3. ______ un anno, farà il medico.
   a) Fa b) Fra di c) Fra
4. Due giorni ______ è venuto a casa nostra.
   a) fra b) tra c) fa

II. Traduire les phrases suivantes :

1. Il a connu l'entre-deux-guerres. • 2. Elle a été choisie entre cent. • 3. Dans un an il reviendra des États-Unis. • 4. Entre eux il y a toujours eu de l'affection. • 5. Il est assis entre Lisa e Maria. • 6. Ils arriveront dans une heure.

fractions

Ce sont des substantifs formés d'un nombre cardinal et d'un ordinal :

un quarto	1 / 4
un terzo	1 / 3
cinque dodicesimi	5 / 12
tre centesimi	3 / 100

Pour indiquer la division de l'unité en deux parties on utilise ***una metà*** ou ***un mezzo*** :

Tre è la metà (il mezzo) di sei.	Trois est la moitié de six.
Due mezzi formano un'unità.	Deux demis font une unité.

heure (expression de l') • mezzo • numéraux cardinaux • numéraux ordinaux ◆◆◆◆◆◆◆◆◆◆◆◆◆◆◆ >

Écrire en toutes lettres :

2 / 17 • 7 / 20 • 2 / 4• 7 / 8 • 4 / 200 • 1 / 2 • 2 / 3 • 20 / 100 • 100 / 1 000.

futur

Il existe une relation étroite entre la formation du futur et celle du conditionnel.

Le futur est formé de l'infinitif apocopé auquel s'ajoute le présent de l'indicatif de ***avere*** en partie altéré. Cette formation explique l'accentuation tonique du verbe et les deux -***n***- de la 3e personne du pluriel.

Les verbes de la Ire conjugaison ont vu le -***a***- de -***are*** se transformer en -**e**- sauf pour ***dare*** et ***stare*** qui gardent la voyelle de l'infinitif (***darò***., ***starò***...). ***Fare***, verbe de la deuxième conjugaison, présente aussi un -***a***- (***farò***...) mais celui-ci vient du radical de l'ancien infinitif : †***facere***.

parl ***are***	*vend* ***ere***	*sent* ***ire***	*cap* ***ire***
parl **er ò**	*vend* **er ò**	*sent* **ir ò**	*cap* **ir ò**
parl **er ai**	*vend* **er ai**	*sent* **ir ai**	*cap* **ir ai**
parl **er à**	*vend* **er à**	*sent* **ir à**	*cap* **ir à**
parl **er emo**	*vend* **er emo**	*sent* **ir emo**	*cap* **ir emo**
parl **er ete**	*vend* **er ete**	*sent* **ir ete**	*cap* **ir ete**
parl **er anno**	*vend* **er anno**	*sent* **ir anno**	*cap* **ir anno**

Le verbe ***essere*** a un futur irrégulier : ***sarò***... (le conditionnel l'est aussi).

Le futur des verbes :

- en -***care*** et -***gare*** se forme en intercalant un -***h***- après -***c***- et -***g***- devant -**e** et -***i***, pour garder le son dur :

  caricare > caricherò... ; pagare > pagherò...

- en -***ciare***, -***giare***, -***sciare*** perdent le -***i***- après -***c***- et -***g***- devant le -**e**, le son restant doux :

  cominciare > comincerò... ; viaggiare > viaggerò... ; lasciare > lascerò...

Certains verbes ont un **futur contracté**.

Si l'infinitif est contracté, le futur et le conditionnel le sont aussi :

dire > *dirò*... (et *direi*...)

bere > *berrò*... (et *berrei*...)

Mais plusieurs verbes ont un futur contracté (et un conditionnel contracté) sans que l'infinitif le soit :

andare aller > *andrò*... *(et andrei...)*

-care et -gare (verbes en -) • -ciare, -giare, -gliare et -sciare (verbes en -) • conditionnel • conjugaisons • dare • fare • futurs et conditionnels contractés • stare >

Mettre au futur, à la personne indiquée, les verbes suivants :

fare (voi) • pagare (tu) • lasciare (loro) • bere (lui) • dire (loro) • mangiare (voi) • legare (tu) • essere (loro) • amare (noi) • dare (lei) • preferire (io) • temere (lei) • contare (tu) • giocare (noi) • stare (lui) • cantare (io) • fare (loro) • lavorare (lei) • lavare (io) • desiderare (tu)

futur dans le passé

Le futur dans le passé se rend en italien par le conditionnel passé alors qu'en français on utilise le conditionnel présent :

Leo credeva che ***sarei venuto*** *più tardi.*	Leo croyait que je viendrais plus tard.

Le conditionnel passé en français ne se justifie que dans le cas où une proposition hypothétique est exprimée ou sous-entendue :

Leo credeva che sarei venuto, se mi avesse chiamato.	Leo croyait que je serais venue, s'il m'avait appelée.

concordance des temps • conditionnel >

Voir l'exercice sur l'ensemble des futurs proposé après les **futurs et conditionnels contractés**.

futur dans l'hypothétique

Contrairement au français qui utilise le présent, en italien on utilise le futur dans la subordonnée hypothétique (ou conditionnelle) qui dépend d'un verbe principal au futur :

Se ***pioverà****, resterò a casa.*	S'il pleut, je resterai à la maison.

L'emploi du présent est strictement limité à une condition réellement liée au présent :

Se oggi non faccio questo lavoro, domani dovrò farlo.	Si aujourd'hui je ne fais pas ce travail, demain je devrai le faire.

concordance des temps ◆◆◆◆◆◆◆◆◆◆◆◆◆◆◆◆◆◆◆◆◆◆◆◆ >

Voir l'exercice sur l'ensemble des futurs proposé après les **futurs et conditionnels contractés**.

futur hypothétique (ou de probabilité)

Outre sa valeur propre, le futur peut exprimer l'incertitude, c'est le futur hypothétique (ou de probabilité) qui en français se rend souvent par *pouvoir* ou *devoir* :

*Che ora **sarà** ?* *– **Saranno** le tre.*	Quelle heure peut-il bien être ? – Il doit être trois heures.

futur proche (ou immédiat)

Il correspond à *aller, être sur le point de*. On n'utilise jamais le verbe ***andare*** qui correspond à un mouvement. Plusieurs possibilités d'expression existent.

1. Le verbe ***stare***, aux différents temps, suivi de la préposition ***per*** et de l'infinitif est la forme la plus courante :

Sto per partire.	Je suis sur le point de partir.
Stava per mangiare.	Il était sur le point de manger.

2. Le futur, ou plus familièrement le présent, associé aux adverbes ou locutions de temps ***ora***, ***adesso***, ***fra poco*** est une autre possibilité :

Arriverà fra poco.	Il va arriver.
Ora te lo dico.	Je vais te le dire.

mais uniquement pour exprimer le futur proche par rapport au présent (*je vais, je suis sur le point de*) et non pas par rapport au passé (*j'allais, j'étais sur le point de*).

3. Il existe d'autres possibilités moins courantes, parmi lesquelles :

- ***essere** / **stare lì lì per*** *être à deux doigts de* suivi de l'infinitif, insiste sur l'imminence :

Era lì lì per partire.	Il allait partir. / Il était à deux doigts de partir.

- ***essere in procinto di*** suivi de l'infinitif, indique qu'il y a eu préparation :

  Era in procinto di partire per l'Italia.

- ***essere vicino a*** suivi d'un nom, correspond à une proximité relative :

  Era vicina alla partenza. Elle allait partir (dans quelques instants).

- ***essere in punto di*** ou ***essere sul punto di***, suivis de l'infinitif, sont du registre de la langue parlée.

adverbes de temps • aller • stare >

Voir l'exercice sur l'ensemble des futurs proposé après les **futurs et conditionnels contractés**.

futurs et conditionnels contractés

Ont un futur et un conditionnel contractés les verbes suivants ainsi que leurs composés ou dérivés :

1. les **6 verbes** de la 2e conjugaison **syncopés** à l'infinitif car un infinitif syncopé entraîne un futur et un conditionnel contractés :

infinitif	futur	conditionnel
bere boire	*berrò*	*berrei*
condurre conduire	*condurrò*	*condurrei*
dire dire	*dirò*	*direi*
fare faire	*farò*	*farei*
porre poser	*porrò*	*porrei*
trarre tirer	*trarrò*	*trarrei*

bere prend deux -***r***- au futur et au conditionnel.

2. d'autres verbes sont contractés uniquement au futur et au conditionnel sans l'être à l'infinitif :

- 1re conjugaison :

andare aller	*andrò*	*andrei*

• 2e conjugaison :

avere avoir	*avrò*	*avrei*
cadere tomber	*cadrò*	*cadrei*
dovere devoir	*dovrò*	*dovrei*
godere jouir	*godrò*	*godrei*
parere paraître	*parrò*	*parrei*
potere pouvoir	*potrò*	*potrei*
rimanere rester	*rimarrò*	*rimarrei*
sapere savoir	*saprò*	*saprei*
tenere tenir	*terrò*	*terrei*
valere valoir	*varrò*	*varrei*
vedere voir	*vedrò*	*vedrei*
vivere vivre	*vivrò*	*vivrei*
volere vouloir	*vorrò*	*vorrei*

• 3e conjugaison :

morire mourir	*morrò*	*morrei*
venire venir	*verrò*	*verrei*

morire a aussi le futur et le conditionnel réguliers : ***morirò***..., ***morirei***...

conditionnel* • *conjugaisons* • *futur ••••••••••••• >

I. Mettre au futur :

condurre (loro) • cadere (tu) • fare (noi) • parere (voi) • trarre (tu) • vedere (lui) • andare (lei) • vivere (noi) • volere (loro) • morire (tu) • tenere (lei) • venire (loro) • bere (noi) • comporre (io).

II. Traduire (exercice portant sur l'ensemble des futurs) :

1. Je vais te le dire tout de suite. • 2. S'ils partent, je serai très triste. • 3. Je pensais qu'ils seraient heureux quelques jours après. • 4. Si tu veux les rencontrer, tu devras faire le voyage jusqu'à Palerme. • 5. Nous étions à deux doigts de prendre cette route et non cette autre. • 6. Si vous partez maintenant, vous arriverez à l'heure. • 7. Ils travailleront, si vous leur donnez du travail. • 8. Il croyait que ses amies partiraient le lendemain.

gente (la)

La gente est un collectif féminin singulier qui signifie *les gens*. Les accords se font au singulier et au féminin :

La gente *è contenta.*	Les gens sont contents.

Tutta la gente traduit *tout le monde* qui peut également se rendre par l'indéfini masculin pluriel ***tutti*** :

Tutta la gente *è venuta. / **Tutti** sono venuti.*	Tout le monde est venu.

Ne pas confondre avec ***tutto il mondo*** qui signifie *le monde entier* :

Ha viaggiato per tutto il mondo.	Il a voyagé dans le monde entier.

gérondif

1. Le gérondif se forme avec la désinence :

- -***ando*** pour la 1re conjugaison :

  *parlare > parl**ando*** en parlant

- -***endo*** pour la 2e et la 3e conjugaison :

  *vendere > vend**endo*** en vendant

  *capire > cap**endo*** en comprenant

2. Il est toujours invariable et régulier.

3. Les 6 verbes syncopés de la 2e conjugaison ***bere***, ***condurre***, ***fare***, ***dire***, ***porre***, ***trarre***, et leurs dérivés ont, eux aussi, le gérondif régulier, c'est-à-dire formé sur l'ancien infinitif régulier non contracté :

*bere (< †bevere) > bev**endo***
*condurre (†conducere) > conduc**endo***
*fare (< †facere) > fac**endo***
*dire (< †dicere) > dic**endo***
*porre (< †ponere) > pon**endo***
*trarre (< †traere) > tra**endo***

4. Les verbes en -***ciare*** et -***giare*** intercalent, comme à l'infinitif, un -***i***- entre le radical et la terminaison pour garder le son doux :

mangiare > mangiando

5. Avec le gérondif, on fait l'enclise des pronoms personnels faibles, sauf ***loro*** :

*guardando**li***	en les regardant
parlando loro	en leur parlant

6. Le gérondif peut être renforcé par ***pure*** qui le précède et est apocopé :

Pur leggendo *il giornale, si beve il caffè.*	Tout en lisant le journal, il boit son café.

7. Le gérondif, utilisé après le verbe ***stare***, correspond à la **forme progressive** (*être en train de*) :

Sta *cominci**ando**.*	Il est en train de commencer.

L'enclise du pronom personnel n'est pas, alors, obligatoire :

*Sta guardando**lo**. /* *Lo sta guardando.*	Il est en train de le regarder.

-ciare, -giare, -gliare et -sciare (verbes en -) • conjugaisons • enclise du pronom personnel • forme progressive • infinitif • pure et ses composés • stare >

Traduire :

1. Tout en buvant son thé, il nous parle. • 2. Nous sommes en train de prendre notre petit-déjeuner. • 3. En lui disant de venir, il lui a fait plaisir. • 4. En venant nous voir et en choisissant le dimanche, il a pu voir toute la famille en train de fêter l'anniversaire de grand-mère. • 5. Ils sont en train de se lever pour partir en nous saluant.

già, giacché

1. ***Già*** est un adverbe de temps qui signifie *déjà* :

*Gino è **già** pronto.*	Gino est déjà prêt.

- Placé devant un nom, il prend le sens de ex :

*Cossiga, **già** presidente della Repubblica...*	Cossiga, ex-président de la République...

- Dans une phrase affirmative, ***già*** renforce l'affirmation :

*– Sei d'accordo con me. – **Già** !*	– Es-tu de mon avis ? – Bien sûr !

- Dans une phrase négative, ***già*** atténue la négation :

*Non **già** che abbia studiato, ma non è stato promosso.*	Ce n'est pas qu'il n'ait pas travaillé, mais il n'a pas été reçu.

2. ***Giacché*** *puisque* est une conjonction de subordination qui introduit une causale à l'indicatif :

***Giacché** erano tutti presenti, si misero a tavola.*	Puisque tout le monde était présent, ils se mirent à table.

adverbes de temps • conjonctions de subordination >

-gliere, -gnere (verbes en -)

Les verbes ***cogliere*** *cueillir*, ***scegliere*** *choisir*, ***sciogliere*** *dissoudre*, ***togliere*** *ôter*, ***spegnere*** *éteindre* transforment -***gli***- en -***lg***- ou -***gn***- en -***ng***- devant -***a*** et -***o*** :

scegliere > scelgo, scelga	*spegnere > spengo, spenga*

Les verbes en ***-gliere*** perdent le *-i-* du radical devant le ***-i*** de la terminaison :

cogliere > *cogli* tu cueilles

Les passés simples et les participes passés de tous ces verbes sont irréguliers :

cogliere > colsi, colto

scegliere > scelsi, scelto

sciogliere > sciolsi, sciolto

togliere > tolsi, tolto

spegnere > spensi, spento

Exemple de conjugaison aux temps concernés : ***cogliere*** :

Ind. présent :	*colgo, cogli, coglie, cogliamo, cogliete, colgono*
Ind. passé simple :	*colsi, cogliesti, colse, cogliemmo, coglieste, colsero*
Sub. présent :	*che colga, colga, colga, cogliamo, cogliate, colgano*
Impératif :	*cogli ! (non cogliere !), cogliamo ! cogliete !*
Participe passé :	*colto*

conjugaisons •••••••••••••••••••••••••••••••••• >

Mettre au présent de l'indicatif, du subjonctif, au passé simple et au passé composé, les verbes suivants, à la personne indiquée :

scegliere (loro) • spegnere (lui) • cogliere (io) • togliere (loro) • sciogliersi (il burro).

grande

Grande est un adjectif qualificatif.

1. Épithète :

- au singulier :
  - devant voyelle, il s'élide fréquemment :

*una **grand**'amica*	une grande amie
*un **grand**'uomo*	un grand homme

  - devant consonne normale, il peut s'apocoper en ***gran*** mais la forme pleine est la plus courante :

*un **gran** libro* ou *un **grande** libro*	un grand livre
*una **gran** barca* ou *una **grande** barca*	une grande barque

- au pluriel, il garde la forme pleine ***grandi*** dans tous les cas.

2. Attribut, il a toujours la forme pleine :

*Il palazzo è **grande**.*	L'immeuble est grand.

3. ***Grande***, apocopé en ***gran***, peut renforcer l'adjectif qui le suit :

una ***gran*** *bella cosa* — une bien / fort belle chose

4. L'expression ***(un) gran che (granché)*** signifie *grand-chose* :

Non ha capito ***(un) gran che***. — Il n'a pas compris grand-chose.

5. L'adjectif ***grande*** a un comparatif et un superlatif irréguliers :

maggiore (comp.) > *il maggiore* (sup. relatif) > *massimo* (sup. absolu)

adjectifs qualificatifs ◆◆◆◆◆◆◆◆◆◆◆◆◆◆◆◆◆◆◆◆◆◆◆◆◆◆◆◆ >

Compléter les phrases suivantes avec l'adjectif grande à la forme qui convient ou avec son comparatif ou son superlatif :

1. Michelangelo fu un ______ pittore, un ______ scultore e anche un ______ architetto. • 2. Dante è un ______ poeta, anzi il ______ poeta italiano per non dire il ______ • 3. Questo ______ uomo politico ha sempre avuto una ______ ambizione per il paese. • 4. Questo cane è una ______ brava bestia. • 5. Il suo fratello ______ è un ______ amico. • 6. Non conosce ______ che alla matematica.

h

H est une lettre qui ne représente pas un son mais n'est qu'un signe graphique.

1. ***H*** indique que le son de **c** et **g** devant **e** et ***i*** est dur :

il chilo, il ghetto

2. ***H*** sert, devant quatre personnes du présent de l'indicatif du verbe ***avere*** : ***ho***, ***hai***, ***ha***, ***hanno***, à éviter une confusion avec la conjonction **o**, l'article contracté ***ai***, la préposition ***a*** et le nom ***anno***. En dehors de ces cas ***h*** n'est jamais à l'initiale.

3. ***H*** renforce certaines interjections :

ah !, oh !, ahi !, ohi !, ahimé !, ohimé !...

heure (expression de l')

1. On demande :

Che ora è ? / Che ore sono ? — Quelle heure est-il ?

On peut aussi utiliser le futur hypothétique :

Che ora sarà ?... — Quelle heure peut-il être ?

2. On répond en sous-entendant le nom ***ora*** ou ***ore*** *heure / heures* et en le remplaçant par l'article défini féminin singulier ou pluriel, suivant le nombre d'heures en question :

È l'una.	Il est une heure.
Sono le due.	Il est deux heures.
Sarà l'una. Saranno le tre.	Il doit être une heure / trois heures.

Mais ***mezzogiorno*** *midi* et ***mezzanotte*** *minuit* ne sont jamais précédés de l'article et s'emploient avec le verbe au singulier :

È mezzogiorno.	Il est midi.
È mezzanotte.	Il est minuit.

3. Pour ajouter des minutes à l'heure on emploie la coordination **e** ; pour les retrancher on utilise ***meno*** ; dans les deux cas, le nom ***minuto*** / *-**i*** est sous-entendu, comme en français :

Sono le quattro **e** *venti.*	Il est quatre heures vingt.
Sono le otto **meno** *dieci.*	Il est huit heures moins dix.

Les noms ***il minuto*** *la minute* et ***il secondo*** *la seconde* sont du masculin.

4. ***Quarto*** *quart* (employé au singulier) est précédé de l'article indéfini qui a valeur de numéral :

È l'una e un quarto.	Il est une heure et quart.
Sono le quattro meno un quarto.	Il est quatre heures moins le quart.

5. ***Mezzo*** *demi* (contrairement à l'usage actuel), doit rester invariable quand il suit le chiffre de l'heure :

Sono le sette e mezzo.

Mais on dit :

una mezz'ora.	une demi-heure

6. On peut avoir recours à la précision ***in punto*** :

Giunge alle otto in punto.	Il arrive à huit heures précises / pile.

ou à l'approximation ***quasi*** *presque* ou ***circa*** *environ* :

Sono quasi le sette.	Il est presque sept heures.

7. À la question :

A che ora… ?	À quelle heure… ?

on répond par exemple :

… alle cinque	… à cinq heures

8. Noter les expressions :

essere in orario	être à l'heure
giungere in tempo	arriver à l'heure

alzarsi per tempo, molto per tempo	se lever de bonne heure, de très bonne heure

approximation • futur hypothétique • mezzo • ora ••• >

I. Répondre à la question : ***Che ora è ?***

a. 1.10 • b. 10-1/4 • c. 12.15 • d. 8.20 • e. 1.1/2 • f. 7.25 • g. 5-20 • h. 6.05 • i. 2.1/2 • j. 3.-05.

II. Traduire :

1. Lea et Leo arriveront à six heures et quart. • 2. Il était neuf heures, quand il revint à la maison. • 3. Il est allé au lit à minuit et demi. • 4. À trois heures et quart, le réveil sonnera. • 5. Dans une demi-heure, il sera midi dix. • 6. À huit heures moins le quart, il y aura quinze minutes qu'il sera parti. • 7. Il était une heure et quart, il y a trente secondes. • 8. Le train part à dix-huit heures quarante. • 9. Je serai au travail de neuf heures à douze heures et de treize heures à quinze heures. • 10. Je vous attends à dix heures environ.

-i (noms et adjectifs en -)

I. Les noms qui se terminent :

- par -***i*** au singulier et au pluriel, viennent presque tous du grec et sont invariables :

  la tesi > le tesi *la crisi > le crisi*

- par -***i*** au pluriel, ont le singulier :
  - en -***o***
    - Ils sont masculins :

      i libri < il libro *gli sportivi < lo sportivo*

      un seul est féminin :

      le mani < la mano
    - Les noms en -***chi*** et -***ghi***, perdent le -***h***- de la terminaison au singulier qui est en -***co*** et -***go*** :

      i fianchi < il fianco
    - Au pluriel, la terminaison :
      - -***i*** peut correspondre à un singulier en -***io*** dont le -***i*** n'est pas accentué :

        i maschi < il maschio
      - -***ii*** correspond à un singulier en -***io*** dont le -***i*** est accentué :

        i ronzii < il ronzio

À côté du pluriel masculin en -***i***, certains noms en -***o*** ont un autre pluriel féminin en -***a*** :

i muri < il muro > le mura

i ginocchi < il ginocchio > le ginocchia

– en -**e** ; ils sont masculins ou féminins :

i preti < il prete — *le classi < la classe*

– en -***a*** ; ils sont masculins :

i climi < il clima — *i duchi < il duca*

2. Les adjectifs en -***i***

– 3 sont invariables : *pari, impari, dispari.*

– Pour les autres, la forme en -***i*** correspond au pluriel masculin de la 1re classe (singulier -**o**) et de la 2e classe (singulier -**e**) :

brutti < brutto — *originali < originale*

– Les remarques faites pour les noms à pluriel en -***chi*** et -***ghi*** et en -***ii*** et -***i*** sont valables pour les adjectifs :

turchi < turco — *larghi < largo*

seri < serio — *natii < natio*

adjectifs qualificatifs • noms (pluriel des -) •••••• >

Mettre au singulier :

gli uomini antipatici • le crisi internazionali • i valori bollati • i sindaci competenti • i colleghi interessanti • le classi sociali • le insegnanti francesi • i vecchi patriarchi • le mogli ungheresi • i duchi inglesi • le sintesi convincenti • i buchi larghi • gli amici simpatici.

-iare (verbes en -)

1. Si le verbe en -***iare*** est formé sur un substantif ou un adjectif non accentué sur le -***i***-, le -***i***- du radical qui est atone, tombe devant les désinences -***i, -iamo***, -***iate*** et -***ino***, c'est-à-dire :

- à la 2e personne du singulier de l'indicatif présent et aux 3 personnes du singulier du subjonctif présent :

  invecchiare vieillir *(< vecchio) > invecchi*

- à la 1re personne du pluriel du présent de l'indicatif et du subjonctif et de l'impératif :

  annoiare ennuyer *(< la noia) > annoiamo*

- à la 2e et à la 3e personne du pluriel du subjonctif présent :

  studiare étudier *(< lo studio) > studiate, studino*

Modèle de conjugaison aux temps concernés : ***studiare*** :

Ind. présent :	*studio, studi, studia, studiamo, studiate, studiano*
Sub. présent :	*che studi, studi, studi, studiamo, studiate, studino*
Impératif :	*studi ! (non studiare !), studiamo ! studiate !*

2. Si le verbe en -***iare*** est formé sur un substantif accentué sur le -*i*-, le ***i*** tonique du radical :

- se maintient devant les désinences -***i*** et -***ino*** c'est-à-dire :
  - à la 2e personne du singulier de l'indicatif présent ;
  - aux 3 personnes du singulier et à la 3e du pluriel du subjonctif présent.
- mais disparaît devant -***iamo***, c'est-à-dire à la 1re personne du pluriel du présent de l'indicatif et du subjonctif et de l'impératif et devant -***iate***, c'est-à-dire à la 2e personne du pluriel du subjonctif présent :

  spiare épier (< *la spia*) > *spii, spiino* **mais** *spiamo, spiate*

  inviare envoyer (< *la via*) > *invii, inviino* **mais** *inviamo, inviate*

Modèle de conjugaison aux temps concernés : ***spiare*** :

Ind. présent :	*spio, spii, spia, spiamo, spiate, spiano*
Sub. présent :	*che spii, spii, spii, spiamo, spiate, spiino*
Impératif :	*spia ! (non spiare !), spiamo ! spiate !*

-ciare, -giare, gliare et -sciare (verbes en -)* • *conjugaisons >

Mettre au présent de l'indicaif et du subjonctif les verbes suivants à la personne demandée, après avoir vu les verbes en -***ciare***, -***giare***, -***gliare*** et -***sciare*** :

annoiarsi (io) (la noia) • cambiare (loro) (il cambio) • mangiare (tu) • cominciare (loro) • rovesciare (lui) • rinunciare (noi) • studiare (voi) (lo studio) • avviare (io) (la via) • sciare (lei).

il y a

Il y a peut avoir deux sens : un sens quantitatif et un sens temporel.

1. Sens **quantitatif**

- *Il y a* se traduit par **c'è** (ou **v'è**) s'il est suivi d'un nom singulier :

  *C'***è** *un uccello sull'albero.* — Il y a un oiseau sur l'arbre.

- *Il y a* se traduit par ***ci sono*** (ou ***vi sono***) s'il est suivi d'un nom pluriel :

  Ci sono *uccelli sull'albero.* — Il y a des oiseaux sur l'arbre.

- Le COD français devient sujet en italien et le verbe s'accorde avec son sujet.
- L'expression se met aux différents temps :

  Ci furono *uccelli.* — Il y eut des oiseaux.

  Speriamo che ***ci siano*** *uccelli.* — Nous espérons qu'il y a des oiseaux.

- *Il y en a* se rend par ***ce ne*** (ou ***ve ne***) suivi du verbe ***essere*** à la 3e personne du singulier ou du pluriel, suivant le cas, ***ci*** et ***vi*** devenant **ce** et **ve** devant ***ne*** ; ***ne*** s'élide devant voyelle :

*Uccelli ? **Ce n'erano** e **ce ne saranno**.*	Des oiseaux ? Il y en avait et il y en aura.

2. Sens **temporel**

- *Il y a* indiquant que **l'action est achevée** par rapport au présent, se traduit par ***fa*** qui suit l'expression temporelle :

*L'ho incontrato tre giorni **fa**.*	Je l'ai rencontré il y a trois jours.

Par rapport au passé, le français n'utilise plus *il y a* mais *auparavant* qui se traduit par ***prima*** précédé de l'expression temporelle :

*L'avevo incontrato tre giorni **prima**.*	Je l'avais rencontré trois jours auparavant.

- *Il y a... que* (*depuis*) indiquant une **action qui dure encore** se traduit par la préposition ***da*** qui précède l'expression temporelle ; le verbe peut être à différents temps :

*Lavora **da** un'ora.*	Il y a une heure qu'il travaille.
*Lavorava **da** due ore.*	Il y avait deux heures qu'il travaillait.

ci • da • essere • fa • prima • y •••••••••••••••• >

Traduire les phrases suivantes :

1. Il y a quinze jours que nous sommes à Florence. • 2. Il a acheté ce meuble il y a trois ans ; il y en a d'autres qu'il a acquis plus récemment. • 3. Des gâteaux ? Il y en a eu beaucoup pour cette fête. • 4. Il y aurait beaucoup d'argent à gagner, s'il y avait d'autres conditions économiques. Trois ans auparavant tout le monde en avait profité. • 5. Il y aura deux heures qu'il attendra quand nous arriverons.

imparfait

L'imparfait de l'indicatif et du subjonctif se forme en gardant la voyelle initiale de la terminaison de l'infinitif, caractéristique de chaque conjugaison.

On a donc :

parl **are**	*vend* **ere**	*cap* **ire**
indicatif		
*parl**avo***	*vend**evo***	*cap**ivo***
*parl**avi***	*vend**evi***	*cap**ivi***
*parl**ava***	*vend**eva***	*cap**iva***
*parl**avamo***	*vend**evamo***	*cap**ivamo***
*parl**avate***	*vend**evate***	*cap**ivate***
*parl**avano***	*vend**evano***	*cap**ivano***
subjonctif		
*parl**assi***	*vend**essi***	*cap**issi***
*parl**assi***	*vend**essi***	*cap**issi***
*parl**asse***	*vend**esse***	*cap**isse***
*parl**assimo***	*vend**essimo***	*cap**issimo***
*parl**aste***	*vend**este***	*cap**iste***
*parl**assero***	*vend**essero***	*cap**issero***

L'imparfait de l'indicatif est toujours régulier, sauf pour :

essere :	*ero, eri, era, eravamo, eravate, erano*

L'imparfait du subjonctif est toujours régulier sauf pour :

essere :	*che fossi, fossi, fossi, fosse, fossimo, foste, fossero*
dare :	*che dessi, dessi, desse, dessimo, deste, dessero*
stare :	*che stessi, stessi, stesse, stessimo, steste, stessero*

Les 6 verbes syncopés ***bere***, ***condurre***, ***fare***, ***dire***, ***porre***, ***trarre*** et leurs dérivés ont l'imparfait de l'indicatif et du subjonctif régulier, c'est-à-dire formé sur l'ancien infinitif non contracté qui est en ***-ere*** :

fare (< †facere) > facevo... ; facessi...

bere* • *conjugaisons* • *dare* • *dire* • *-durre (verbes en -)* • *essere* • *fare* • *infinitif* • *porre* • *stare* • *trarre ◆◆◆ >

Mettre à l'imparfait de l'indicatif et du subjonctif, à la personne indiquée, les verbes suivants :

fare (loro) • lavorare (tu) • ripetere (io) • finire (noi) • dire (voi) • condurre (lui) • udire (io) • stare (lui) • dare (tu) • bere (loro) • seguire (noi) • tradurre (lei) • porre (io) • morire (lui).

impératif

L'impératif exprime l'ordre, la défense, l'exhortation ou l'invocation.

1. **L'impératif régulier** a des formes semblables à celles des personnes correspondantes de l'indicatif présent, sauf la 2ᵉ personne du singulier de la 1ʳᵉ conjugaison qui est en *-**a***.

   L'impératif négatif, 2ᵉ personne du singulier, correspond à **l'infinitif précédé de *non***.

parl **are**	*vend* **ere**	*serv* **ire**	*cap* **ire**
parl ***a***	*vend* ***i***	*serv* ***i***	*cap* ***isc i***
(non parlare)	*(non vendere)*	*(non servire)*	*(non capire)*
parl ***iamo***	*vend* ***iamo***	*serv* ***iamo***	*cap* ***iamo***
parl ***ate***	*vend* ***ete***	*serv* ***ite***	*cap* ***ite***

2. À la **2ᵉ personne du singulier** :
   - 5 verbes ont un **impératif affirmatif monosyllabique** :

     andare > va' !
     dare > da' !
     dire > di' !
     fare > fa' !
     stare > sta' !
   - 5 sont **irréguliers** :

     avere > abbi !
     essere > sii !
     sapere > sappi !
     tenere > tieni !
     volere > vogli !

3. Pour 5 verbes, la **2ᵉ personne du pluriel** vient du subjonctif :

   avere > abbiate !
   essere > siate !
   potere > possiate !
   sapere > sappiate !
   volere > vogliate !

4. Quelques verbes, comme ***dovere***, ***parere***, ***potere***, ***volere*** n'ont pas toutes les personnes de l'impératif ou n'ont pas d'impératif du tout.

5. À l'impératif on fait l'**enclise du pronom personnel** :

   *Scusa**mi**, Carlo !* — Excuse-moi, Carlo !

   Lorsque l'impératif est monosyllabique, on double la consonne initiale du pronom enclitique :

   Vacci ! — Vas-y !

même s'il s'agit de pronoms personnels groupés :

Fammelo ! Fais-le moi !

sauf pour ***gli***, et ***loro*** qui n'est jamais enclitique :

Digli ! Dis-lui !

Da' loro ! Donne-leur !

L'enclise est facultative à l'impératif négatif, 2e personne du singulier :

Non dirlo ! / Non lo dire ! Ne le dis pas !

6. À **la personne de politesse**, pour remplacer l'impératif défaillant, on utilise le présent du subjonctif à la 3e personne, on ne fait donc pas l'enclise du pronom personnel :

Mi scusi, Signore ! Excusez-moi, Monsieur !

7. La **2e personne du singulier de l'impératif** affirmatif peut être **répétée**, elle exprime alors une condition grâce à laquelle ou en dépit de laquelle quelque chose se produit :

Cerca cerca *e troverai.* À force de chercher, tu trouveras.

conjugaisons • dovere • enclise du pronom personnel • parere et ses composés • politesse (forme de) • potere • pronoms personnels • volere >

Traduire :

1. Regarde-moi et ne parle pas ! • 2. Donne-lui des bonbons ! • 3. Fais-leur comprendre ce texte ! • 4. Piero et Carlo, ayez de la patience et veuillez nous excuser ! • 5. Anna e Chiara, puissiez-vous les entendre ! • 6. Ne le lui dis pas ! • 7. Sois gentil ! • 8. Ne me le donne pas ! • 9. Fais-le-lui voir ! • 10. Levez-vous, Monsieur ! • 11. Aie du courage ! • 12. Donne-le-leur ! • 13. Regardez-le, Madame !

in

In est une préposition qui correspond, le plus souvent, à *en* ou *dans*. Suivie d'un article défini, elle se combine avec celui-ci.

Elle s'emploie pour indiquer :

1. la **façon**, la **manière** :

L'ha fatto ***in*** *quattro e quattr'otto.* Il l'a fait en moins de deux.

2. le **lieu où l'on est** :

Abita ***in*** *via Tornabuoni, cioè* ***in*** *città.* Il habite rue Tornabuoni, c'est-à-dire en ville.

3. le **mouvement vers un lieu** :

La mamma va ***in*** *cucina.* Maman va à la cuisine.

4. le **moyen** :

Ci va **in** *macchina.*	Il y va en voiture.
Paga **in** *contanti.*	Il paie comptant.

5. la **quantité de personnes** formant un groupe, devant un numéral ou un indéfini :

Viaggiarono **in** *dieci.*	Ils voyagèrent à dix.
Erano **in** *pochi a venire.*	Ils étaient peu nombreux à venir.

6. la **situation** :

Studia **in** *cattive condizioni.*	Il étudie dans de mauvaises conditions.

7. le **temps déterminé ou nécessaire** pour une action :

L'ha fatto **in** *due ore.*	Il l'a fait en deux heures.
È nato **nel** *1952,* **in** *febbraio.*	Il est né en 1952, en janvier.

On dit :

in *primavera*	**in** *autunno*

mais :

d'*estate*	**d'***inverno*

8. parfois la **matière** à la place de ***di*** :

Questo libro è rilegato **in** *cuoio.*	Ce livre est relié en cuir.

articles définis • datation • en • prépositions •••••>

Traduire les phrases suivantes :

1. Il a une maison à la campagne et une autre à la montagne. • 2. Je descends à la cave. • 3. Il a lu ce livre en peu de temps. • 4. Il a coupé le pain en deux. • 5. Il viendra en habit de soirée. • 6. Il s'est trouvé en danger. • 7. Nous changeons des euros en dollars. • 8. Il se promène dans le parc. • 9. Ils ont acheté des meubles en acajou. • 10. Je finirai ce travail en trois semaines.

indéfinis

On ne trouvera ici qu'un résumé, pour plus de détails voir les différentes rubriques.

1. Les articles indéfinis n'existent qu'au singulier. Leurs formes sont :

- au masculin :
  - ***un*** devant consonne normale ou voyelle :

un *ragazzo*	un garçon	**un** *alunno*	un élève

  - ***uno*** devant **s**- impur ou **z**- :

uno *scolaro*	un écolier	**uno** *zio*	un oncle

- au féminin :
  - ***una*** devant consonne :

una *ragazza*	une fille	***una*** *scolara*	une écolière

  - ***un'*** devant voyelle :

un'*alunna*	une écolière

2. Les adjectifs et pronoms indéfinis

- **Les adjectifs invariables** sont :

ogni	chaque
qualche	quelque(s)
più	plusieurs, plus de
meno	moins de
abbastanza	assez de
qualunque, qualsiasi	n'importe quel

- **Les adjectifs et pronoms** variables sont :

alcuno,-a / -i,-e	*nessuno,-a*
alquanto,-a / -i,-e	*poco,-ca / -chi,-che*
molto,-a / -i,-e	*parecchio,-chia / -chi,-chie*
tanto,-a / -i,-e	*altrettanto,-a / -i,-e*
troppo,-a / -i,-e	*tutto,-a / -i,-e*
altro,-a / -i,-e	*tale / -i*

- **Les pronoms indéfinis** :
  - invariables sont :

chi	celui qui
chiunque, chicchessia	quiconque
qualcosa	quelque chose
niente, nulla	rien

  - variables sont :

uno,-a / -i,-e	chacun
ognuno,-a	"
ciascuno,-a	"
qualcuno,-a	quelqu'un

adjectifs indéfinis • *articles indéfinis* • *pronoms indéfinis* >

I. Utiliser la forme correcte de l'article indéfini devant les noms suivants :
zucchero • studentessa • soldato • amica • figlio • amico • città • quaderno • figlia • nipote • stile • sciame • iogurt • albero • erba • sasso • uomo.

II. Choisir la forme correcte parmi celles proposées :

1. ______ragazzo è perfetto.
   a) Poco b) Ognuno c) Nessun
2. Lavora ______giorno.
   a) ogni b) tutto c) alcuno

3. Non ha capito ______.

a) niente | b) qualunque | c) qualche

4. ______ pensa a sé.

a) Ogni | b) Ognuno | c) Qualche

5. Sono venute ______ persone.

a) parecchie | b) ogni | c) tutte

infinitif

1. La désinence de l'infinitif est en :

- -***are*** pour la 1re conjugaison : ***parlare*** ;
- -***ere*** pour la 2e : ***vendere*** ;
- et -***ire*** pour la 3e : ***servire*** et ***capire***.

2. En outre 6 verbes, auxquels s'ajoutent leurs composés ou dérivés, ont un **infinitif contracté** ou **syncopé** : ***bere*** *boire*, ***condurre*** *conduire*, ***dire*** *dire*, ***fare*** *faire*, ***porre*** *poser*, ***trarre*** *tirer*.

Ils appartiennent à la 2e conjugaison car leur ancien infinitif non contracté était : †***bevere***, †***conducere***, †***dicere***, †***facere***, †***ponere***, †***traere***.

3. **L'enclise du pronom personnel** a lieu à l'infinitif après suppression de sa voyelle finale :

chiamarsi, guardarlo, parlargli

4. L'infinitif précédé de ***non*** est utilisé comme **impératif négatif** à la 2e personne du singulier :

Non venire, Carlo ! — Ne viens pas, Charles !

5. Lorsqu'il est sujet d'une expression impersonnelle, l'infinitif n'est jamais précédé d'une préposition ; il forme une complétive sujet : l'infinitif est sujet de l'expression impersonnelle :

È pericoloso sporgersi. — Il est dangereux de se pencher.

(équivaut à : *Sporgersi è pericoloso.*)

6. L'infinitif peut être **introduit par les prépositions** :

- ***a*** quand :
  - il suit un verbe de mouvement :

    Va a fargli visita. — Il va lui rendre visite.
  - il suit un verbe d'état :

    Resta a guardarla. — Il reste à la regarder.
  - il équivaut à un gérondif avec valeur temporelle ou de supposition indéterminée :

    « A stare zitti non si sbaglia mai. » (Manzoni) — En se taisant on ne se trompe jamais.

    (équivaut à : quand on se tait / si on se tait...)

- ***da*** pour marquer la conséquence, la destination, l'obligation, l'usage :

  Ha preparato da mangiare. — Il y a quelque chose à faire.

- ***di*** après un verbe d'affirmation, de crainte, de déclaration, d'espérance ou d'opinion, lorsque principale et infinitive ont le même sujet :

  Afferma di conoscerlo. — Il affirme le connaître.

  Temo di giungere in ritardo. — Je crains d'arriver en retard.

  Gli dici di venire. — Tu lui dis de venir.

  Spero di vincere la partita. — J'espère gagner le match.

  Si le sujet est différent dans la principale et la subordonnée, on utilise ***che*** suivi de l'indicatif pour les verbes de certitude et de déclaration ou du subjonctif pour les verbes d'opinion, de crainte et d'espérance.

- ***per***, après le verbe ***stare***, pour indiquer le **futur proche** :

  Sta per dormire. — Il est sur le point de dormir.

7. L'**infinitif substantivé** est d'usage courant en italien :

Tra il dire e il fare c'è di mezzo il mare. — Entre dire et faire, il y a une belle distance.

a • conjugaisons • da • di • enclise du pronom personnel • futur proche (ou immédiat) • impératif • mouvement (verbes de) • opinion (verbes d'), de crainte et d'espérance • per • prépositions >>

Traduire les phrases suivantes :

1. Il court nous avertir. • 2. C'est difficile de ne pas se tromper. • 3. Ne pars pas, Elena ! • 4. Je crois le voir. • 5. Il pense à le faire venir. • 6. Il y a beaucoup de choses à faire. • 7. Il est interdit de fumer. • 8. Il pense ne pas le connaître. • 9. Il va chanter. • 10. Nous espérons pouvoir l'entendre.

interjections

1. Elles ont des formations très différentes. Ce sont :

- des **voyelles écrites** avec un -***h*** pour éviter la confusion avec les voyelles elles-mêmes :

  ah ! eh ! ih ! oh ! uh !

- des **monosyllabes** :

  beh ! ehm ! mah !

- des **disyllabes** :

  ahi ! ehi ! ohi ! uhi !

• **deux mots** accolés :

ahimé ! ohimé !	hélas !
ehilà !	hé là !
ohibò !	fi donc !

• des **adjectifs** qui s'accordent avec la personne à qui l'on s'adresse :

Attento,-a / -i,-e !	Attention !
Bravo,-a / -i,-e !	Bravo !
Fermo,-a / -i,-e !	Ne bouge pas !/Ne bougez pas !
Zitto,-a / -i,-e !	Silence ! Chut !

ou qui restent invariables :

Pronto !	Allô !

• des **adverbes** :

Avanti !	En avant ! Entrez !
Bene !	Bien !
Certo !	Bien sûr !
Ecco !	Voilà !
Fuori !	Dehors !
Piano !	Doucement !
Presto !	Vite !
Via !	Hors d'ici !...

• des **noms** :

Accidenti !	Sapristi !
Aiuto !	Au secours ! À l'aide !
Animo ! Coraggio ! Forza !	Courage !
Guai !	Gare ! Malheur !
Pazienza !	Tant pis !
Peccato !	Dommage !...

• des **verbes** :

– qui sont des impératifs :

Basta !	Assez ! Ça suffit !

– et peuvent, pour certains, changer de personne :

Figurati !	Penses-tu !
Figuratevi !	Pensez-vous !
Smettila !	Arrête !
Smettetela !	Arrêtez !...

• des **locutions** :

Al diavolo !	Au diable !
Beati,-e voi !	Quelle chance !
Chissà !	Qui sait !
Dio mio ! Mamma mia ! Santo cielo !	Mon Dieu

Dio ce ne scampi e liberi !	Dieu nous garde !
Forza e coraggio !	Bon courage !
In bocca al lupo !	Bonne chance !
Per carità !	Par pitié !
Per l'amor di Dio !	Pour l'amour de Dieu !
Poveri,-e noi !	Pauvres de nous !

2. Elles expriment :

- l'**approbation** :

Bene !	Bien !
Bravo,-a / -i,-e !	Bravo !
Meno male !	Heureusement ! À la bonne heure !

- le **désir** ou le **consentement** :

Magari !	Si seulement ! Volontiers !

- le **dégoût** :

Ih ! Puah !

- la **douleur** :

Ahi ! Ohi !	Aïe !
Ahimé ! Ohimé !	Hélas !

- le **doute** :

eh ! ehm ! uhm ! mah !

- l'**encouragement** :

Animo !	Courage !
Dai ! Su !	Allons ! Allez !

- l'**ennui**, l'**énervement** :

Uffa !	Pff ! Quelle barbe !

- l'**étonnement** :

Guarda !	Tiens !

- l'**impatience** :

Basta !	Ça suffit ! Assez !
Presto !	Vite !

- la **joie** :

Evviva !	Vive !
Urrà !	Hourra !

- la **menace** :

Abbasso !	À bas !
Attento !	Attention !
Guai !	Gare !
Ohé !	Holà !

• un **ordre** :

Alt !	Stop !
Avanti !	Entrez !
Basta !	Ça suffit !

• la **prière** :

Dio ci aiuti !	Que Dieu nous aide !

• un **salut** :

Ciao ! Salve !	Salut !
Addio !	Adieu !

• le **regret** :

Pazienza !	Tant pis !
Peccato !	Dommage !
Purtroppo !	Malheureusement !

Traduire les phrases suivantes :

1. Allons, courage ! • 2. Allons, n'y pense plus ! • 3. Silence, les enfants ! • 4. Au secours, je meurs ! • 5. Mince, je ne trouve plus mon porte-monnaie ! • 6. Allô ! Qui est à l'appareil ? • 7. Vive la liberté ! • 8. Quel dommage ! • 9. Arrête de faire un tel bruit. • 10. Entrez tous ! • 11. Reste tranquille, Marthe ! • 12. Arrête de parler, Marco ! • 13. Quelle chance tu as, Lina ! • 14. Pauvre de vous ! • 15. Bravo, les enfants ! • 16. Il n'est pas venu. Quel dommage !

interrogatifs

Ils sont adjectifs, pronoms ou adverbes.

1. ***Chi ?*** *qui ?* est un **pronom** invariable qui ne désigne que des **personnes**. Il s'emploie comme sujet ou complément et peut être précédé d'une préposition :

Chi *siete ?*	Qui êtes-vous ?
A ***chi*** *ti rivolgi ?*	À qui t'adresses-tu ?

Il ne faut pas le confondre avec :
– le relatif indéfini ***chi*** *celui qui* ;
– le relatif ***cui*** *à qui* ;
– l'adverbe de lieu ***qui*** *ici*.

2. ***Che ?*** est invariable et ne désigne que des **choses**.

• **Pronom**, il signifie *quoi ? que ?* :

Che *succede ?*	Que se passe-t-il ?
In ***che*** *t'interessa ?*	En quoi cela t'intéresse-t-il ?

Il est souvent remplacé par ***Che cosa ?*** :

Che cosa succede ? — Que se passe-t-il ?

- **Adjectif**, il signifie *quel ?* et est plus usité que ***quale ?*** :

  Che strada prende ? — Quelle route prend-il ?

3. ***Quale ?*** fait au pluriel ***quali ?*** Il se réfère à des **personnes** ou à des **choses** et n'est jamais précédé de l'article (ne pas le confondre avec le relatif ***il quale***...).

Il sert à poser une question sur la qualité ou l'identité.

Au singulier, il subit l'apocope du -**e** devant voyelle et parfois même devant consonne :

Qual è la tua opinione ? — Quelle est ton opinion ?

Qual buon vento ti porta ? — Quel bon vent t'amène ?

- **Pronom**, il signifie *lequel ?* :

  Qual è ? — Lequel est-ce ?

  Fra le città che conosci, quale preferisci ? — Parmi les villes que tu connais, laquelle préfères-tu ?

- **Adjectif**, il signifie *quel ?* mais il vaut mieux employer ***che ?*** :

  Quali intenzioni hai ? — Quelles intentions sont les tiennes ?

4. ***Quanto,-a / -i,-e ?*** s'utilise pour demander une quantité se référant à des **personnes** ou à des **choses**.

- **Pronom**, il prend le genre et le nombre du nom qu'il représente et signifie *combien ?* :

  Quanti erano presenti ? — Combien étaient présents ?

- **Adjectif**, il s'accorde avec le nom et signifie *combien de* ; aucune préposition ne s'intercale entre l'adjectif et le nom :

  Quante amiche ha Nina ? — Combien d'amies a Nina ?

5. Les adverbes interrogatifs sont :

- ***come ?*** pour la façon :

  Come stai ? — Comment vas-tu ?

- ***dove ?*** pour le lieu :

  Dove va, Signore ? — Où allez-vous, Monsieur ?

- ***perché ?*** pour la cause :

  Perché non dice nulla ? — Pourquoi ne dit-il rien ?

- ***quando ?*** pour le temps :

  Quando pensi di venire ? — Quand penses-tu venir ?

Tous ces interrogatifs peuvent introduire une interrogative indirecte :

Dimmi a che conclusione sei giunto ? — Dis-moi à quelle conclusion tu es parvenu.

adjectifs interrogatifs • che • chi • come • dove, dovunque • interrogative indirecte • perché • pronoms interrogatifs • quale / -i • quanto • relatifs (pronoms) >

Traduire :

1. Combien de personnes y avait-il ? • 2. En quel siècle a vécu Boccace ? • 3. Je lui demandai combien d'argent il pouvait dépenser. • 4. Quel jour sommes-nous ? • 5. Combien de portes a la maison ? • 6. Quel âge ont-ils ? • 7. Où habitez-vous, Monsieur ? • 8. Dans quelle rue travaillent-ils ? • 9. Pourquoi s'est-il mis en colère ? • 10. À quelle heure mangerez-vous ? • 11. Je me demande quel est son motif pour agir ainsi. • 12. En quoi te sens-tu concerné ? • 13. Quel était son choix ?

interrogative indirecte

Elle correspond à une question ou un doute et est introduite par ***che cosa***, ***chi***, ***come***, ***perché***, ***quando***, ***quanto***, ***se***... :

elle peut être à l'indicatif :

Dimmi com' è successo l'incidente.	Dis-moi comment l'accident est arrivé.
Non so se partirò.	Je ne sais pas si je partirai.

ou, de préférence, au subjonctif :

Non sapevo chi fosse.	Je ne savais pas qui il était.

adverbes interrogatifs • che • chi • come • interrogatifs • perché • quanto • se >

invariables (noms et adjectifs)

1. Les **noms** invariables sont :

- les abréviations en -**o** qui sont du féminin :

  l'auto > le auto

  la foto > le foto

  Les 2 exceptions qui varient sont du masculin :

  il chilo le kilo > *i chili* — *l'etto* l'hectogramme > *gli etti*

- les monosyllabes :

  il tè le thé > *i tè* — *la gru* la grue > *le gru*

- les noms terminés par une consonne, pour la plupart, d'origine étrangère :

  il bar > i bar — *il camion > i camion*

- **les noms terminés par -*i* :**

  il brindisi (fare) un toast (porter -) > *i brindisi*

  la crisi la crise > *le crisi*

- **les noms féminins terminés par -*ie* :**

  la specie l'espèce > *le specie* — *la serie* la série > *le serie*

  sauf une exception :

  la moglie la femme > *le mogli*

- **les noms tronqués accentués sur la dernière syllabe :**

  la bontà la bonté > *le bontà* — *la virtù* la vertu > *le virtù*

- **quelques noms masculins :**
  - **en -*ia* :**

    il boia le bourreau > *i boia* — *il paria* le paria > *i paria*

    il sosia le sosie > *i sosia* — *il vaglia* le mandat > *i vaglia*

  - **et en -*a* :**

    il delta > i delta

    dont une abréviation :

    il cinema > i cinema

    et quelques noms d'animaux :

    il boa > i boa — *il gorilla > i gorilla*

    il lama > i lama — *il panda > i panda*

- **un nom masculin de création récente :**

  l'euro > gli euro

2. Les **adjectifs** invariables sont :

- **les monosyllabes : *blu* *bleu* :**

  Questi jeans sono blu. — Ces jeans sont bleus.

- **les adjectifs terminés par -*i* : *pari* *pair*, *dispari*, *impari* *impair* :**

  il numero pari le nombre pair > *i numeri pari*

- **certains adjectifs de couleur dont le nom vient d'une fleur ou d'un fruit : *rosa* *rose*, *viola* *violet*, *arancione* *orange*, *marrone* *marron* (ce dernier est maintenant souvent accordé) :**

  Sono vestiti rosa. — Ce sont des vêtements roses.

- **les adjectifs de couleur précisés par un adjectif ou un nom :**

  Hanno giacche **rosso scuro**. — Ils ont des vestes rouge foncé.

  Indossano pantaloni **verde smeraldo**. — Ils portent des pantalons vert émeraude.

***-a* (noms et adjectifs en -) • adjectifs • -*i* (noms et adjectifs en -) • noms (pluriel des -)** ◆◆◆◆◆◆◆◆◆◆◆◆◆ >

la (pronom neutre)

Le pronom personnel ***la***, en plus de sa fonction de COD féminin singulier :

La vedo.	Je la vois.

peut avoir une valeur de pronom neutre, se référant à un substantif non exprimé (***la cosa*** *la chose*, ***la faccenda*** *l'affaire*, ***la storia*** *l'histoire*, ***la vita*** *la vie*...).

On le rencontre avec différents verbes dans les expressions :

*aver**la** vinta*	avoir gain de cause
*dar**la** a bere*	faire croire
*far**la** brutta*	jouer un sale tour
*far**la** corta*	abréger
*far**la** finita*	en finir
*far**la** lunga*	ne plus en finir
*pagar**la** salata*	le payer cher
*saper**la** lunga*	en savoir long
*scampar**la** bella*	l'échapper belle...

Parfois au pronom ***la*** s'ajoute le réfléchi ***si*** ; la règle des pronoms groupés s'applique :

*aver**sela** a male*	se vexer
*aver**sela** con*	en vouloir à
*cavar**sela***	s'en tirer
*dar**sela** a gambe*	prendre ses jambes à son cou
*goder**sela***	prendre du bon temps, profiter
*prender**sela** con*	s'en prendre à
*non sentir**sela** di*	ne pas avoir envie (le courage) de
*sbrigar**sela***	se débrouiller
*spassar**sela***	se payer du bon temps...

pronoms personnels ◆◆◆◆◆◆◆◆◆◆◆◆◆◆◆◆◆◆◆◆◆◆◆◆◆◆◆ >

Traduire :

1. Je ne travaille pas et pourtant je me débrouille. • 2. Je n'ai pas envie de faire ce travail. • 3. Il parle depuis deux heures, vraiment il n'en finit plus. • 4. Abrégeons ! • 5. En fin de compte, il a eu de la chance : il l'a échappé belle. • 6. Ils ne disaient rien mais ils en savaient long. • 7. Ils se paient du bon temps. • 8. Tu le payes cher. • 9. J'ai eu des difficultés mais je m'en suis bien tiré. • 10. Il lui fait croire tout ce qu'il veut. • 11. Vous avez joué un sale tour à Marco. • 10. Tu en veux à un collègue mais ne t'en prends pas à lui, ce n'est pas sa faute.

le (pronom neutre)

Le, pronom neutre français, se rapportant à toute une proposition ou à un adjectif :

1. ne se traduit pas si le **sujet** est **indéfini** :

– Chi è venuto ? – Non si sa.	– Qui est venu ? – On ne le sait pas.

2. se traduit par ***lo*** si le **sujet** est **défini** :

– Chi è venuto ? – Non ***lo*** *so.*	– Qui est venu ? – Je ne le sais pas.
Lisa si crede bella ma non ***lo*** *è.*	Lisa se croit belle mais elle ne l'est pas.

On le traduit également s'il représente une personne ou une chose, mais dans ce cas il n'a plus une valeur neutre :

Questo slogan, ***lo*** *si sente di continuo.*	Ce slogan, on l'entend constamment.

pronoms personnels >>

lui, lei, loro

1. Ce sont des **pronoms personnels** utilisés uniquement pour les **personnes**. ***Lui*** correspond au masculin singulier, ***lei*** au féminin singulier et ***loro*** au pluriel des deux genres.

- Ils peuvent avoir la fonction de sujet et leur utilisation, comme pour tous pronoms personnels sujets, correspond à une insistance :

Loro *sono ragazzi intelligenti.*	Eux, ce sont des garçons intelligents.

Pour mettre encore plus en relief le sujet, on le place après le verbe :

L'ha detto ***lei****.*	C'est elle qui l'a dit.

- En tant que compléments, ils correspondent à la forme forte du pronom :
  - COD :

Loro*, li vedo.*	Eux, je les vois.

  - complément indirect :

Parlo a ***loro****.*	C'est à eux que je parle.

- ***Lei***, dans les mêmes fonctions, correspond à la **personne de politesse**, singulier, masculin ou féminin :

Lei*, Signore, è una persona importante.*	Vous, Monsieur, vous êtes une personne importante.

2. ***Loro*** invariable, utilisé avec les articles ***il***, ***la*** / ***i***, ***le*** est, en outre, **pronom ou adjectif possessif** :

*È **il loro** cane.* — C'est leur chien.

On ne supprime pas l'article devant le possessif ***loro*** lorsqu'il précède un nom de parenté :

*Parlano **alla loro** figlia.* — Il parle à leur fille.

On supprime cependant l'article devant le possessif ***loro*** dans certaines expressions usuelles :

*Marco va a casa **loro**.* — Marc va chez eux.

adjectifs possessifs • c'est... • politesse (forme de) • pronoms possessifs • pronoms personnels ••••••• >

Traduire les phrases suivantes :

1. Eux, ils parlent bien. • 2. C'est leur faute. • 3. Lui, il nous connaît. • 4. À leur avis, c'est un livre intéressant. • 5. C'est à vous que je m'adresse, Monsieur. • 6. Eux, je les vois souvent. • 7. Elle, c'est une amie. • 8. C'est de vous qu'il s'agit, Madame. • 9. Lui, il dictait, elle, elle écrivait ; • 10. Lui aussi était absent. • 11. C'étaient eux qui riaient.

magari

Magari **est un mot très courant, surtout dans la langue orale, son sens n'est pas toujours facile à appréhender car il varie suivant le contexte. Il peut être :**

1. un **adverbe** avec le sens de *peut-être*, *même*, *à la rigueur* :

***Magari** non verrà.*	Peut-être ne viendra-t-il pas.
*È **magari** capace di vincere.*	Il est même capable de gagner.
*Vorrei una macchina, **magari** la meno potente.*	Je voudrais une voiture, à la rigueur la moins puissante.

2. une **conjonction de subordination**, introduisant une concessive au subjonctif, avec le sens de *même si* :

*Parlerò **magari** dovesse costarmi un occhio.*	Je parlerai même si cela devait me coûter très cher.

3. une **interjection**. Elle exprime :

- **un désir** avec le sens de *si seulement* en étant employée seule :

*– Tante belle cose a te. – **Magari !***	– Beaucoup de bonnes choses pour toi ! – Si seulement !

ou en prenant la valeur d'une conjonction introduisant une hypothétique au subjonctif imparfait (la principale au conditionnel est sous-entendue) :

Magari *venisse ! (sarei contento)*	Si seulement il venait ! (je serais content)

- **le consentement** avec le sens de *volontiers* :

– Prendi un'aranciata ? – ***Magari !***	– Prends-tu un jus d'orange ? – Volontiers !

adverbes • conjonctions de subordination • interjections ◆◆◆◆◆◆◆◆◆◆◆◆◆◆◆◆◆◆◆◆◆◆◆◆◆◆◆◆◆◆◆◆ >

Traduire les phrases suivantes :

1. Magari sarà partito. • 2. Magari pensasse a me ! • 3. Posso invitarLa al cinema ? – Magari ! • 4. Ci andrò magari non dovessi trovarlo. • 5. Gli scrivi ; magari non ti risponderà. • 6. Lei mi pare in ottima salute. – Magari ! • 7. Vuole un bel gelato ? – Magari ! • 8. Magari potessi andare in Australia. • 9. Magari facesse bel tempo ! • 10. È magari pronto per partire.

mai et ses composés

1. ***Mai*** *jamais* est un adverbe qui, employé devant le verbe, se suffit à lui-même pour donner une valeur négative, mais qui, placé après le verbe, exige la négation ***non*** devant le verbe :

Non l'ho ***mai*** *visto.*	Je ne l'ai jamais vu.
Mai *aveva visto un paesaggio così bello.*	Il n'avait jamais vu un paysage aussi beau.

2. Après un interrogatif, ***mai*** sert à renforcer l'interrogation et se traduit par *donc* :

Dove mai *l'aveva messo ?*	Où donc l'avait-il mis ?

3. ***Mai e poi mai*** correspond à *au grand jamais, jamais de la vie* :

Gli dice che ***mai e poi mai*** *l'avrebbe sospettato.*	Il lui dit que jamais de la vie, il ne l'aurait soupçonné.

4. ***Semmai*** (***se mai***) et ***caso mai*** suivis :

- de l'indicatif, ont le sens de *le cas échéant, à la rigueur, en tous cas* :

Lia potrebbe, ***caso mai (semmai)****, badare ai bambini.*	Lia pourrait, le cas échéant, surveiller les enfants.

- du subjonctif, ont le sens de *au cas où, si jamais, si par hasard* :

Caso mai (Semmai) *arrivasse, devi dirmelo.*	Si jamais il arrivait, tu dois me le dire.

adverbes • conjonctions de subordination • négation ◆◆◆◆◆◆◆◆◆◆◆◆◆◆◆◆◆◆◆◆◆◆◆◆◆◆◆◆◆◆◆◆◆ >

Traduire les phrases suivantes :

1. Peux-tu venir ? – Comment donc ! • 2. Si jamais il pouvait voyager, il en serait heureux. • 3. Je dois penser, le cas échéant, à écrire à Dino. • 4. Il n'a jamais pu aller à Venise. • 5. Si jamais il pleuvait, il ne pourrait pas travailler au jardin. • 6. Je ne l'ai jamais rencontré.

même

1. Démonstratif, adjectif ou pronom, *même* se traduit par ***stesso,-a / -i,-e*** ou ***medesimo,-a / -i,-e*** :

*Hanno gli **stessi** gusti.*	Ils ont les mêmes goûts.
*Non è più **lo stesso**.*	Il n'est plus le même.
io stesso	moi-même
lei stessa	elle-même

2. Adverbe, *même* se traduit par :

• ***anche*** ou ***pure*** :

anch'*io / io* ***pure***	même moi (moi aussi)
*Passeggio **anche** quando fa freddo.*	Je me promène même quand il fait froid.

La **négation** est ***neanche***, ***neppure***, ***nemmeno***, annoncée par ***non*** devant le verbe lorsque les adverbes le suivent :

*Non l'ha **neppure** salutata.*	Il ne l'a même pas saluée.
*senza **neppure***	sans même

• ***anzi***, qui signifie *et même*, corrige et précise :

*Devi promettere, **anzi** giurare.*	Tu dois promettre, et même jurer.

• ***magari*** :

*È **magari** capace di vincere.*	Il est même capable de gagner.

• ***perfino*** ou ***persino***, qui insistent un peu plus :

*Sono saliti **perfino** al settimo piano.*	Ils sont montés même au septième étage.

3. *Même si*, *quand bien même* se rend par les conjonctions de subordination ***anche se***, ***magari***, ***quand'anche*** suivies du subjonctif :

Anche se *potessi, non vorrei.*	Même si je pouvais, je ne le voudrais pas.
*Parlerò **magari** dovesse costarmi un occhio.*	Je parlerai même si cela devait me coûter très cher.

4. Noter les **locutions** :

• *quand même, tout de même* : ***lo stesso***, ***nondimeno*** :

Verrò lo stesso.	Je viendrai tout de même

• *la même chose* : ***lo stesso*** :

Farò lo stesso.	Je ferai la même chose.

- *être à même de* : ***essere in grado di*** ;
- *ne plus être le / la même* peut se traduire aussi par ***non essere più quello / quella*** ;
- *à même le sol* : ***direttamente per terra*** ;
- *c'est du pareil au même* : ***se non è zuppa è pan bagnato***.

adverbes • anche, neanche • anzi • conjonctions de subordination • démonstratifs • magari • négation ♦♦♦♦♦♦♦♦♦♦♦♦♦♦♦♦♦♦♦♦♦♦♦♦♦♦♦♦♦♦♦♦♦♦ >

Traduire les phrases suivantes :

1. Ils ont le même professeur que l'année dernière. • 2. Tu viendras, moi-même je ferai de même. • 3. Ils sont du même âge. • 4. C'est un voleur, on dit même qu'il a volé un milion d'euros. • 5. Cet homme, c'est la bonté même. • 6. Il était à même de préparer le repas mais il n'a pas voulu. • 7. Il a eu un gros problème et le soir même, il n'était plus le même. • 8. Quand bien même il me parlerait, je ne lui répondrais pas.

meno, più

Meno et ***più*** ont différents emplois.

1. ***Più*** s'utilise pour le **comparatif de supériorité** et ***meno*** pour l'**infériorité** ; ils peuvent se construire avec ***di*** ou avec ***che*** suivant les cas :

*Marina è **più** bella **di** Lisa.*	Marina est plus belle que Lisa.
*Livio è **meno** gentile **che** bello.*	Livio est moins gentil que beau.
***Più che** cattivo **è** stupido.*	Plus que méchant il est stupide.

2. Le **superlatif relatif** emploie ***più*** ou ***meno*** :

*È il **più** simpatico dei ragazzi.*	C'est le plus sympathique des garçons.
*È il ragazzo **più** simpatico.*	C'est le garçon le plus sympathique.

3. ***Più*** ou ***meno*** sont aussi des **indéfinis invariables** :

*Da **più** giorni, piove.*	Depuis plusieurs jours, il pleut.

4. Pour les opérations on a recours à ***più*** pour l'addition et à ***meno*** pour la soustraction :

*tre **più** cinque uguale otto*	$3 + 5 = 8$
*undici **meno** sei uguale cinque*	$11 - 6 = 5$

5. ***Più*** et ***meno*** peuvent être substantivés :

*È l'opinione dei **più**.*	C'est l'opinion du plus grand nombre.

6. Noter les expressions :

almeno	au moins
di più	davantage

né più né meno	ni plus ni moins
parlare del più e del meno	parler de choses et d'autres
per lo meno	au moins
per lo più	au plus
più o meno	plus ou moins
Meno male !	Heureusement ! À la bonne heure !

adjectifs indéfinis • adverbes de quantité • comparatifs de supériorité ou d'infériorité • indéfinis • opérations • pronoms indéfinis • superlatifs ◆◆◆◆◆◆◆◆◆◆◆◆◆◆◆◆◆◆◆◆◆◆◆◆◆◆◆◆◆◆◆ >

Traduire les phrases suivantes :

1. Il a fait ce voyage au moins cinquante fois. • 2. Il faut étudier davantage. • 3. Ce garçon est moins courageux que sa sœur. • 4. C'est le moins cher des restaurants. C'est le restaurant le moins cher. • 5. Il reste à la campagne plusieurs mois dans l'année. • 6. Il doit parler davantage. • 7. J'ai frappé au moins trois fois. • 8. Je l'aime mieux avec les cheveux courts. • 9. 2 + 6 = 8 • 10. 10 – 4 = 6.

mentre

Mentre est une conjonction de subordination qui signifie *pendant que*, *alors que*, *tandis que* et prend deux valeurs :

1. une valeur **adversative** (*alors que*) :

È scontento, ***mentre*** *dovrebbe essere felice.*	Il est mécontent, alors qu'il devrait être heureux.

2. une valeur **temporelle** (*pendant que*) :

Legge ***mentre*** *mangia.*	Il lit pendant qu'il mange.

Mentre n'est jamais suivi de ***che***.

conjonctions de subordination ◆◆◆◆◆◆◆◆◆◆◆◆◆◆◆◆◆◆ >

mesures

Elles s'expriment en se plaçant directement derrière :

• un verbe (***distare***, ***misurare***, ***pesare***…) :

Questa donna pesa cento chili.	Cette femme pèse cent kilos.
Il tavolo misura due metri.	La table mesure deux mètres.

- un adjectif (***alto***, ***distante***, ***largo***, ***lungo***, ***profondo***...) :

Matteo è alto un metro novanta.	Matteo mesure un mètre quatre-vingt-dix.
Questo paese è distante cinquanta chilometri dal mare.	Ce village est à cinquante kilomètres de la mer.

adjectifs qualificatifs* • *numéraux cardinaux ••••• >

mezzo

1. Mezzo peut être :

- un **nom** :

il mezzo	le moyen, la moitié, le demi, le milieu
il mezzo della strada	le milieu de la route
un mezzo di vino	un demi de vin
i mezzi di comunicazione / i mezzi di produzione	les moyens de communication / les moyens de production

On l'utilise pour les fractions :

un mezzo	un demi
Due mezzi formano un'unità.	Deux demis font une unité.

Pour l'expression de l'heure, on emploie la forme féminine :

la mezza	la demie
Pranziamo alla mezza.	Nous mangeons à la demie.

Pour indiquer la division de l'unité en deux parties on emploie :

la metà / il mezzo	la moitié
Tre è la metà (il mezzo) di sei.	Trois est la moitié de six.

- un **adjectif** :
  - s'il précède le nom, il s'accorde avec ce nom utilisé sans article, et peut s'élider :

Ha bevuto mezza bottiglia.	Il a bu une demi-bouteille.
Fra mezz'ora sarò pronta.	Dans une demi-heure je serai prête.

  - s'il suit le nom, il est invariable :

una bottiglia e mezzo	une bouteille et demie

Mezzo doit donc, contrairement à l'usage courant, rester invariable quand il suit le chiffre de l'heure :

Sono le sette e mezzo.

- un **adverbe**, donc invariable :

La cassa è mezzo piena.	La caisse est à moitié pleine.

2. Locutions :

in mezzo a / nel mezzo di	au milieu de

scegliere una via di mezzo	choisir un compromis
non c'è via di mezzo	il n'y a pas de milieu
andarci di mezzo	payer les pots cassés, essuyer les plâtres
levarsi di mezzo	s'écarter
togliersi di mezzo qualcuno	se débarrasser de quelqu'un
per mezzo di	par l'intermédiaire de, grâce à, au moyen de

3. Les noms composés avec *mezzo* s'accordent avec le nom qui suit :

la mezzaluna > *le mezzelune*
il mezzobusto > *i mezzibusti*
il mezzosoprano > *i mezzisoprani*

mais il y a des exceptions :

il mezzogiorno > *i mezzogiorni*
il mezzofondista le coureur de demi-fond > *i mezzofondisti*

et même certains de ces noms sont totalement invariables :

il mezzosangue le métis > *i mezzosangue*

***adjectifs* • *fractions* • *heure (expression de l')* ••••• >**

Traduire :

1. Au milieu du village, il y a une fontaine. • 2. « La fin justifie les moyens » (Machiavel) • 3. Quatre demis font deux unités. • 4. Il est trois heures et demie. • 5. Il boit une tasse et demie de thé, le matin. • 6. La carafe est à moitié pleine. • 7. Au beau milieu de la route, il y a une grosse pierre. • 8. Écarte-toi rapidement ! • 9. Il a pu rejoindre la rive au moyen d'une barque. • 10. Tous les midis, il fait courir ses demi-sang.

mica

À l'origine un nom, comme le français *mie*, *goutte* qui lui correspond, ***mica*** a pris la valeur d'un adverbe qui renforce la négation. Familier et parfois régional, il se traduit par *pas*, *point*, *pas du tout*, *absolument pas* :

Non ci vedo mica.	Je n'y vois mie / goutte / point.
Mica tanto !	Pas tellement !
Mica male !	Pas mal ! Pas mal du tout !

***adverbes* •••••••••••••••••••••••••••••••••••••• >**

mille

Mille est un numéral cardinal variable, contrairement au français.

Son pluriel est irrégulier :

mille > due mila...

Il est parfois substantivé :

la spedizione dei Mille	l'expédition des Mille

numéraux cardinaux ◆◆◆◆◆◆◆◆◆◆◆◆◆◆◆◆◆◆◆◆◆◆◆◆◆ >

monde (traduction de -)

1. *Le monde* se traduit par ***il mondo,*** lorsqu'il s'agit du monde **physique** :

Ha viaggiato per ***tutto il mondo****.*	Il a voyagé dans le monde entier.

2. S'il s'agit des **gens**, *tout le monde* se rend par ***tutta la gente***, ***tutti*** :

Ho visto ***tutta la gente****.*	J'ai vu tout le monde.
Li ho visti ***tutti****.*	

3. *Le monde*, avec le sens de **milieu**, correspond à ***l'ambiente*** :

l'ambiente *degli affari*	le monde des affaires

gente (la) • *pronoms indéfinis* ◆◆◆◆◆◆◆◆◆◆◆◆◆◆◆◆◆◆◆ >

morire

Morire qui signifie *mourir*, est un verbe irrégulier de la **3e conjugaison**.

Il diphtongue sous l'accent au présent de l'indicatif, du subjonctif et de l'impératif ; son futur et son conditionnel peuvent être contractés ; le participe passé est irrégulier.

Ind. présent :	***muoio***, ***muori***, ***muore***, *moriamo, morite,* ***muoiono***
Ind. passé comp. :	*sono morto / a..., siamo morti / e...*
Ind. futur :	*morirò /* ***morrò****, morirai /* ***morrai****, morirà /* ***morrà****, moriremo /* ***morremo****, morirete /* ***morrete****, moriranno /* ***morranno***
Conditionnel :	*morirei /* ***morrei****, moriresti /* ***morresti****, morirebbe /* ***morrebbe****, moriremmo /* ***morremmo****, morireste /* ***morreste****, morirebbero /* ***morrebbero***
Sub. présent :	*che muoia, muoia, muoia, moriamo, moriate, muoiano*
Impératif :	***muori*** *! (non morire !), moriamo ! morite !*
Participe passé :	***morto***
Auxiliaire :	*essere*

conjugaisons • *diphtongaison des verbes* >>

Traduire :

1. Botticelli mourut en 1510. • 2. Tu meurs de peur. • 3. Il est possible qu'ils meurent sans souffrir. • 4. S'ils n'avaient pas assez à manger, ils mourraient de faim. • 5. Soigne-toi et tu ne mourras pas. • 6. Il est mort le poête. • 7. Traître, meurs donc !

mouvement (verbes de -)

Après un verbe de mouvement, devant un infinitif, on utilise la préposition ***a*** :

*Scendo **a** guardare la tivù.*	Je descends regarder la télévision.

Andare ne s'emploie que pour le mouvement et pas pour le futur proche (*aller, être sur le point de*), ainsi la phrase : ***Vado a dormire*** implique un déplacement tandis que ***Sto per dormire*** correspond au futur proche.

a • *futur proche (ou immédiat)* >>

ne, né

Ne *en* est un pronom personnel.

1. Si ***ne*** est COD, l'accord du participe passé employé avec ***avere*** se fait, contrairement au français :

Dei soldi ? **Ne** *ha tanti.*	De l'argent ? Il en a beaucoup.

2. La règle des pronoms groupés s'applique :

Dei soldi ? **Gliene** *do tanti.*	De l'argent ? Je lui en donne tant.

Mais *on en* se traduit par ***se ne*** :

Se ne *mangia.*	On en mange.

3. ***Ne*** ne traduit pas le *en* du gérondif français :

Parlando mi guardava.	En parlant il me regardait.

Ne pas confondre ***ne*** *en*, pronom personnel et ***né*** *ni*, conjonction de coordination qui sert à retrancher :

Non ha visto Luca né Nina.	Il n'a pas vu Luca ni Nina.

en • *négation* • *on* • *pronoms personnels* >>

négation

Elle s'exprime par des adverbes ou locutions adverbiales dont le plus courant est ***no*** *non* :

– Sei d'accordo ? – ***No !***

Ne pas confondre ***no*** *non* avec ***non*** *ne... pas*.

Mais il y a d'autres adverbes ou locutions adverbiales : ***né*** *ni*, ***neanche***, ***neppure***, ***nemmeno*** *même pas, non plus*, ***mai*** *jamais*, ***per niente*** *pas du tout*, plus familièrement ***mica*** *pas, point...*

– L'hai già incontrato ?	– L'as-tu déjà rencontré ?
– ***Mai.*** */* ***Neanche*** *per sogno.*	– Jamais. / Jamais de la vie.

Neanche, ***nemmeno***, ***neppure***, placés après le verbe, exigent l'emploi de ***non***, s'ils précèdent le verbe, ***non*** est omis :

Neppure *Franco è venuto.*	Pas même Franco n'est venu.
Non *è venuto* ***neppure*** *Franco.*	

Les indéfinis ***nessuno***, ***niente***, ***nulla*** suivent la même règle ainsi que ***mai*** :

Nessuno *è venuto.*	Personne n'est venu.
Non *è venuto* ***nessuno.***	Il n'est venu personne.

Affatto *pas du tout* peut renforcer la négation :

Questo dolce non mi piace ***affatto.***	Ce gâteau ne me plaît pas du tout.

adverbes • affatto • mai et ses composés • mica • ne, né • conjonctions de coordination .... >

Choisir la forme qui convient parmi celles-ci : ***affatto*** – ***mai*** – ***né*** – ***neanche***.

1. Non parla tedesco ______ inglese. • 2. Non ha dormito ______ questa notte. • 3. Non l'ha ______ detto. • 4. Non conosce l'Italia, infatti non ci è ______ andato. • 5. Luca non ride ______ piange. • 6. Non abbiamo visto i suoi genitori e ______ i nonni.

noms (pluriel des -)

Outre quelques **noms invariables** la majorité des **noms** italiens sont **variables.**

Ils sont terminés au singulier par -***a***, -**e** ou -**o** et ne sont ni tronqués ni monosyllabes ni terminés par une consonne.

1. Les noms en -*a*

- **Féminins**, ils font leur pluriel en -**e** :

  la casa la maison > *le case*

  Deux exceptions ont le pluriel en -***i*** :

  l'ala l'aile > *le ali*   *l'arma* l'arme > *le armi*

- **Masculins**, ils font leur pluriel en -***i*** :

  il fascista > *i fascisti*   *il poeta* > *i poeti*

  il sistema > *i sistemi*

- Les noms en -***ca*** et -***ga***
  - **Masculins**, ils font leur pluriel est en -***chi*** et -***ghi*** :

    il monarca le monarque > *i monarchi*

    Il existe une seule exception :

    il Belga le Belge > *i Belgi*

    Ne pas confondre ***il Belga*** *le Belge* et ***il Belgio*** *la Belgique*.

  - **Féminins**, leur pluriel est en -***che*** et -***ghe*** :

    la Belga > *le Belghe*   *la Greca* > *le Greche*

    la barca > *le barche*   *la raffica* la rafale > *le raffiche*

- Les noms en -***cia*** et -***gia*** sont féminins.
  - Si le -***i***- est accentué, il se maintient, le pluriel est donc -***cie*** et -***gie*** :

    la farmacia > *le farmacie*

  - Si le -***i***- n'est pas accentué :
    - et que -***cia*** ou -***gia*** est précédé d'une consonne, le pluriel est -***ce*** et -***ge*** :

      la provincia > *le province*   *la spiaggia* la plage > *le spiagge*

    - et que -***cia*** ou -***gia*** est précédé d'une voyelle, le pluriel est -***cie*** et -***gie*** :

      la camicia la chemise > *le camicie*   *la valigia* la valise > *le valigie*

    Mais cette dernière règle n'est pas absolue.

2. Les noms en -*e*

- Ils sont **masculins ou féminins** :

  il padre, la madre

  il cantante, la cantante

  Mais les noms en -**ore** sont tous masculins :

  l'amore l'amour   *l'orrore* l'horreur

  sauf :

  la folgore la foudre

- Leur **pluriel** est en -***i*** :

  il cantante > *i cantanti*   *la cantante* > *le cantanti*

Mais les noms en -***ie*** sont invariables :

la specie l'espèce > *le specie*

sauf *la moglie* l'épouse > *le mogli*

Il existe **un pluriel irrégulier** :

il bue le bœuf > *i buoi*

3. Les noms en -o

- Ils sont **masculins** :

l'aiuto l'aide — *l'Egitto* l'Égypte

C'est aussi le cas des noms de mers :

il Mediterraneo la Méditerranée — *lo Ionio* la mer Ionienne

Il y a quelques **exceptions** :
- ***la mano*** *la main* ;
- certaines abréviations invariables :
  la foto, la moto, la radio…
- les noms de villes :
  la vecchia Napoli, la nebbiosa Milano, la dotta Bologna
  bien que quelques-uns soient masculins :
  il Cairo, il Pireo

- Ils font leur **pluriel** en -***i*** :

il bambino > i bambini — *la mano > le mani*

y compris les deux abréviations :

il chilo le kg > *i chili* — et *l'etto* l'hg > *gli etti*

Les autres abréviations en -**o** sont invariables :

la radio > le radio

L'uomo *l'homme* fait ***gli uomini.***

L'eco *l'écho* est féminin au singulier
et masculin au pluriel : ***gli echi***.

- Les noms en -**co et -go** :
  - accentués sur l'avant-dernière syllabe, font leur pluriel en -***chi*** et -***ghi*** :

    l'albicocco l'abricot > *gli albicocchi* — *il lago* le lac > *i laghi*

    mais il y a quatre exceptions :

    l'amico l'ami > *gli amici* — *il nemico* l'ennemi > *i nemici*

    il Greco le Grec > *i Greci* — *il porco* le porc > *i porci*
  - accentués sur l'antépénultième, ils font leur pluriel en -***ci*** et -***gi*** :

    il sindaco le maire > *i sindaci*

    mais les exceptions sont nombreuses :

    l'arcipelago l'archipel > *gli arcipelaghi*

    il carico la charge > *i carichi*

    il catalogo le catalogue > *i cataloghi*

il dialogo le dialogue > *i dialoghi*

il monologo le monologue > *i monologhi*

il naufrago le naufrage > *i naufraghi*

il profugo le réfugié > *i profughi*…

- Les noms en -***io*** font leur pluriel :
  - en -***ii***, si le -***i***- de -***io*** est accentué :

    il mormorio le murmure > *i mormorii*
  - en -***i***, si le -***i***- de -***io*** n'est pas accentué :

    lo studio l'étude > *gli studi*

  Il y a 2 noms à **pluriel irrégulier** :

  il dio le dieu > *gli dei*

  il tempio le temple > *i tempii* ou mieux *i templi*

  pour le distinguer de :

  il tempo le temps > *i tempi*

- certains noms sont **masculins en -*o* / -*io* au singulier et féminins en -*a* / -*ia* au pluriel** :

  il centinaio la centaine > *le centinaia*

  il migliaio le millier > *le migliaia*

  il miglio le mille (distance) > *le miglia*

  il paio la paire > *le paia*

  lo staio le stère > *le staia*

  l'uovo l'œuf > *le uova*

- D'autres noms masculins en -***o*** / -***io*** ont un **double pluriel** : régulier masculin en -***i*** et irrégulier féminin en -***a*** / -***ia*** :

  Les deux pluriels peuvent avoir le même sens :

  il ginocchio le genou > *i ginocchi* ou *le ginocchia* les genoux

  il sopracciglio le sourcil > *i sopraccigli* ou *le sopracciglia* les sourcils

  Mais le plus souvent deux sens coexistent au singulier et, chacune des deux formes du pluriel prend un des sens. Elles correspondent à :
  - l'appartenance à l'animal ou la chose (-***i***) et à l'homme (-***a***) :

    il grido le cri > *i gridi* (animal), *le grida*

    l'urlo le hurlement > *gli urli* (animal), *le urla*

    lo strido > *gli stridi* les bruits stridents, *le strida* les cris
  - la différence entre le sens figuré et le sens propre :

la différence entre	le sens figuré	et le sens propre :
il braccio le bras >	*i bracci* (d'un fleuve)	*le braccia*
il calcagno le talon >	*(voltar) le calcagna* (tourner les talons)	*i calcagni*
il ciglio le cil, le bord >	*i cigli* les bords	*le ciglia* les cils
il filo le fil >	*le fila* (d'une conjuration)	*i fili*
il frutto le fruit >	*i frutti* (du travail)	*le frutta**

il gesto le geste >	*le gesta* (exploits)	*i gesti*
il labbro >	*i labbri* les bords	*le labbra* les lèvres
il membro le membre >	*i membri* (d'une société)	*le membra* (du corps)

– **des éléments pris séparément (-*i*) ou collectivement (-*a*) :**

il dito le doigt >	*i diti*	*le dita*
il lenzuolo le drap >	*i lenzuoli*	*le lenzuola* (la paire)
il muro le mur >	*i muri*	*le mura* les remparts
l'osso l'os >	*gli ossi* (boucherie)	*le ossa* (du squelette)

– **des sens différents :**

il corno le cor, la corne > *i corni* les cors, *le corna* les cornes

il fondamento > *i fondamenti* les fondements, *le fondamenta* les fondations

il fuso le fuseau > *i fusi*, *le fusa* (*fare le fusa* ronronner)

il legno le bois > *i legni* (matière), *le legna** (bois à brûler)

il sacco le sac > *i sacchi* (contenant), *le sacca* (contenu)

* À partir des deux pluriels *le frutta* et *le legna* ont été recréés deux collectifs féminins singuliers :
la frutta les fruits de dessert et *la legna* le bois de chauffage.

invariables (noms et adjectifs) >

I. Mettre au pluriel :

il braccio dell'uomo • il sindaco del luogo • il sopracciglio • il ronzio dell'ape • il banco nel collegio • il membro della società • il turco e la turca • il dio del fiume • il lenzuolo del letto • il paio • la moglie dell'amico • il centinaio • il delta del fiume • l'ala dell'uccello • la diagnosi del medico • il chilo • la mano del duca • la ruga della fronte • il comunista del borgo • l'orrore della guerra • l'uovo della cornacchia • il muro della città • lo strido del tram • Il fico è un frutto.

II. Mettre au singulier :

i ginocchi dei tedeschi • i nemici dei belgi • Le tinche sono pesci. • le migliaia • le ossa degli scheletri • i buoi e le mucche • i re e i patriarchi • i templi degli dei greci • le spiagge dei mari • i buchi nei gilè • i climi di questi paesi • i pianisti nei caffè • i viaggi dei colleghi • le serie • gli orologi • i bracci dei laghi • gli affreschi degli artisti • le tesi e le analisi dei filosofi • i piloti degli aerei • le tasche delle giacche • gli echi sonori nei boschi.

noms composés

Ils sont nombreux et écrits généralement en un seul mot.
Pour le pluriel, en cas de doute, il convient de consulter le dictionnaire.
On peut cependant donner quelques règles, suivant la composition de ces noms.

1. Substantif et **substantif** :

seul le second se met au pluriel :

l'arcobaleno l'arc-en-ciel > *gli arcobaleni*

la ferrovia le chemin de fer > *le ferrovie*

la madreperla la nacre > *le madreperle*

il capoluogo le chef-lieu > *i capoluoghi*

mais d'autres noms formés avec ***capo*** ne se comportent pas toujours ainsi :

il capofamiglia le chef de famille > *i capifamiglia*

il caposquadra le chef d'équipe > *i capisquadra*

il capostazione le chef de gare > *i capistazione*

et au féminin ils restent invariables :

la caposquadra > *le caposquadra*

2. Substantif et **adjectif** :

en général, les deux se mettent au pluriel :

la cassaforte le coffre-fort > *le casseforti*

la piazzaforte la place-forte > *le piazzeforti*

3. Adjectif et **substantif** :

en général, seul le nom se met au pluriel :

l'altoparlante le haut-parleur > *gli altoparlanti*

il bassorilievo le bas-relief > *i bassorilievi*

il francobollo le timbre-poste > *i francobolli*

mais : *il purosangue* le pursang > *i purosangue*

Les noms composés avec l'adjectif ***mezzo*** sont traités à cette rubrique.

4. Verbe et **substantif** :

- si le substantif est pluriel, le nom composé reste invariable :

  l'accendisigari l'allume-cigare > *gli accendisigari*

  il lustrascarpe le cireur de chaussures > *i lustrascarpe*

  lo stuzzicadenti le cure-dent > *gli stuzzicadenti*

- si le substantif est singulier, le nom composé se met généralement au pluriel :

  il parafango le garde-boue > *i parafanghi*

  il passaporto le passeport > *i passaporti*

  mais le nom composé d'un substantif féminin reste invariable :

  l'aspirapolvere l'aspirateur > *gli aspirapolvere*

  il salvagente la bouée de sauvetage > *i salvagente*

5. Verbe et **verbe** ou **verbe** et **adverbe** :

le nom composé est invariable :

il dormiveglia le demi-sommeil > *i dormiveglia*

il saliscendi le loquet > *i saliscendi*

6. **Préposition** et **substantif** ou **adverbe** et **substantif** :

- certains noms composés sont **invariables** :

  il senzatetto le sans-logis > *i senzatetto*

  il sottoscala la soupente > *i sottoscala*

- d'autres sont **variables** :

  il sottopassaggio le passage souterrain > *i sottopassaggi*

  la sottoveste la combinaison > *le sottovesti*

mezzo • noms (pluriel des -) ••••••••••••••••••••• >

numéraux cardinaux

0 *zero*	10 *dieci*	20 *venti*	
1 *uno*	11 *undici*	21 *ventuno*	
2 *due*	12 *dodici*	22 *ventidue*	
3 *tre*	13 *tredici*	23 *ventitré*	30 *trenta*
4 *quattro*	14 *quattordici*	24 *ventiquattro*	40 *quaranta*
5 *cinque*	15 *quindici*	25 *venticinque*	50 *cinquanta*
6 *sei*	16 *sedici*	26 *ventisei*	60 *sessanta*
7 *sette*	17 *diciassette*	27 *ventisette*	70 *settanta*
8 *otto*	18 *diciotto*	28 *ventotto*	80 *ottanta*
9 *nove*	19 *diciannove*	29 *ventinove*	90 *novanta*
100 *cento*	200 *duecento*	300 *trecento*...	
1 000 *mille*	2 000 *duemila*...	10 000 *diecimila*...	100 000 *centomila*
1 000 000 *un milione*		2 000 000 *due milioni*...	
1 000 000 000 *un miliardo*		2 000 000 000 *due miliardi*...	

1. Les numéraux cardinaux sont **invariables** sauf : ***zero***, ***uno*** et ***mille***.

2. Remarques sur certains numéraux cardinaux :

- ***Zero*** est variable :

  uno zero > due zeri

- ***Uno***

  – Il varie comme l'article indéfini :

  un quaderno, uno scolaro, un albero, una ragazza, un'aula

  – Uni à un autre nombre et placé devant un nom, il ne s'accorde pas et, en général, s'apocope :

  ventun anni, trentun giorni

  – Dans la langue administrative, il suit le substantif et garde sa forme pleine :

  una donna di anni trentuno

– Relié à ***cento*** ou à ***mille*** par la conjonction **e**, il s'accorde avec le nom qui reste au singulier :

« Le mille e una notte » « Les mille et une nuits »

- Les composés de ***tre*** ont l'accent écrit :

ventitré, sessantatré

- Le chiffre des dizaines, à partir de ***venti***, perd sa voyelle finale devant ***uno*** et ***otto*** :

ventuno vingt et un *quarantotto* quarante-huit

- ***Mille*** a comme pluriel ***mila*** :

mille persone *duemila persone*

- Les nombres constitués de plusieurs éléments s'écrivent groupés sans traits d'union par tranches comprenant centaine, dizaine et unité :

duecentosettantatremila seicentoventiquattro
deux cent soixante-treize mille six cent vingt-quatre

- ***Milione*** et ***miliardo*** sont des noms masculins qui s'accordent régulièrement et les chiffres qui les précèdent s'écrivent détachés :

un milione *due miliardi*

Ils se construisent avec ***di*** sauf s'ils sont suivis d'un autre nombre :

due milioni d'euro *un milione cinquecentomila euro*

3. Les numéraux cardinaux :

- se placent généralement devant le nom :

i dieci comandamenti

Placés derrière le nom, ils prennent la valeur d'ordinaux :

Aprite il libro a pagina venti. Ouvrez le livre à la page vingt.

- peuvent, dans certaines **expressions**, prendre une **valeur indéterminée** :

Te lo dico in due parole. Je te le dis en deux mots.
Faccio quattro passi. Je fais quelques pas.
Te l'ha detto cento volte. Il te l'a dit cent fois.
Ho mille cose da fare. J'ai un tas de choses à faire

- prennent une **valeur d'approximation** lorsqu'ils sont précédés de l'article indéfini :

Ci sono un venti persone. Il y a environ vingt personnes.

- sont souvent **substantivés** pour :

– la date :

il 20 giugno

– l'heure :

Sono le tre. Il est trois heures.

– parfois les siècles :

il Novecento	le XXe siècle

– les pourcentages :

il dieci per cento	10 %

– mais aussi dans d'autres expressions :

la spedizione dei Mille	l'expédition des Mille

datation* • *heure (expression de l')* • *pourcentages ◆◆◆◆◆◆◆◆◆◆◆◆◆◆◆◆◆◆◆◆◆◆◆◆◆◆◆◆◆◆◆ >

Voir après les **numéraux ordinaux.**

numéraux collectifs

Les numéraux collectifs désignent un ensemble numérique de personnes ou de choses.

1. Ce sont des **noms** pour la plupart.

- Ils peuvent avoir une valeur précise :

il paio	la paire
la coppia	le couple

ou approximative :

*Ha **una cinquantina** di anni.*	Il a une cinquantaine d'années.

- Ils correspondent à :

– une quantité :

il paio (> le paia)	la paire
la coppia	le couple
la decina ou *la diecina*	la dizaine
la dozzina	la douzaine
la ventina	la vingtaine
la trentina...	la trentaine
il centinaio (> le centinaia)	la centaine
il migliaio (> le migliaia)	le millier

– une période

- de 2, 3, 4 ans ou plus et ont le suffixe -***ennio*** :

il biennio	*il triennio*
il quadriennio...	*il decennio*
il ventennio	*il millennio...*

- de 2, 3, 4 ou 6 mois et ont le suffixe -***estre*** :

il bimestre	*il trimestre*
il quadrimestre	*il semestre*

– un ensemble musical ; ils ont souvent le suffixe -**etto** :

il duetto / il duo	le duo
il trio	le trio
il quartetto	le quator
il quintetto	le quintette
il sestetto	le sextuor

– des termes de métrique ; ils ont souvent le suffixe -***ina*** :

la terzina	le tercet
la quartina	le quatrain
l'ottava	l'octave

2. Ce sont aussi des **adjectifs** ou **pronoms** littéraires et vieillis qui signifient *tous les deux.* Adjectifs, ils précèdent l'article qui accompagne le nom auquel ils se rapportent :

- ***ambo*** et ***ambedue*** sont invariables :

ambedue *i fratelli*	les deux frères

- ***entrambi***,-**e** varie en genre :

entrambe *le mani*	les deux mains
Ambedue *le opere mi piacciono.*	Les œuvres me plaisent toutes les deux.

-enne, -ennio (suffixes -)

Choisir la forme qui convient parmi celles proposées :

1. Ha comprato due ______ di uova.
   a) dodici b) diecina c) dozzine
2. Siamo passati ad un altro ______.
   a) millennio b) migliaia c) millenne
3. Il fascismo corrisponde a un ______.
   a) decennio b) ventenne c) ventennio
4. Questo poeta sta componendo ______.
   a) una quartina b) un quartetto c) un quadriennio
5. ______ gli articoli sono a questo prezzo.
   a) Ambedue b) Entrambe c) Tutte e due
6. Ha comprato due ______ di scarpe.
   a) paia b) paio c) coppie
7. Gli insetti vengono ______.
   a) a migliaia b) a miglia c) a mila

numéraux distributifs

1. Les distributifs sont des locutions formées des prépositions ***a***, ***in*** et ***per*** et des nombres cardinaux qui indiquent la façon dont sont distribuées les personnes ou les choses :

ad uno ad uno, a due a due...	un à un, deux à deux...
uno a testa, due a testa...	un par personne, deux par personne...
uno alla volta, due alla volta...	un à la fois, deux à la fois...
in due, in tre...	à deux, à trois...
uno per uno, due per due...	un par un, deux par deux...
uno per ciascuno, due per ciascuno...	un pour chacun, deux pour chacun...

in due, ***in tre***... ***in dieci***... indiquent une quantité de personnes formant un groupe (2, 3... 10) :

*Andiamo **in quattro** a fare una passeggiata.*	Nous allons, à quatre, faire une promenade.

On utilise la même construction avec les indéfinis de quantité :

*Siamo **in pochi** a parlare greco.*	Nous sommes peu nombreux à parler grec.

2. S'y ajoutent des expressions avec l'indéfini ***ogni*** suivi d'un cardinal et d'un nom pluriel :

***Ogni due giorni** viene a trovarmi.*	Tous les deux jours, il vient me voir.

ou avec les indéfinis de quantité :

essere in pochi / in molti...	être peu / beaucoup...

a • in • indéfinis • numéraux cardinaux • ogni, ognuno • per >

Traduire les phrases suivantes :

1. Ils marchent trois par trois. • 2. Les enfants viennent quatre à quatre pour avoir une glace, il y en aura une pour chacun. • 3. J'en verrai cinq à la fois. • 4. Des livres, il y en aura six par personne. • 5. Tous les deux jours il vient nous rendre visite.

numéraux multiplicatifs

Ce sont des adjectifs de deux sortes.

1. ***Doppio***, ***triplo***, ***quadruplo***... ***decuplo***... ***centuplo***, indiquent une quantité 2, 3, 4..., 10..., 100 fois plus grande qu'une autre :

Mi bevo un cognac doppio (un doppio cognac).	Je bois un double cognac.

2. ***Duplice***, ***triplice***, ***quadruplice***..., indiquent qu'une chose est composée de 2, 3, 4... éléments et ne s'emploient qu'avec un nom singulier :

La Triplice Alleanza fu firmata dall'Italia, la Germania e l'Austria.	La Triple Alliance fut signée par l'Italie, l'Allemagne et l'Autriche.

numéraux ordinaux

I *primo*	XI *undicesimo*
II *secondo*	XII *dodicesimo*
III *terzo*	XIII *tredicesimo...*
IV *quarto*	
V *quinto*	XXIII *ventitreesimo...*
VI *sesto*	XXVI *ventiseiesimo...*
VII *settimo*	XXXVI *trentaseiesimo...*
VIII *ottavo*	
IX *nono*	C *centesimo*
X *decimo*	M *millesimo...*

1. Les dix premiers ordinaux ont chacun une forme particulière.
Tous les autres se forment en ajoutant le suffixe -***esimo*** au cardinal qui perd sa voyelle finale :

trentaquattro > trentaquattresimo.

Cependant :

- les composés de ***tre*** gardent leur voyelle finale, puisque accentuée :

  trentatré > trentatreesimo

- les composés de ***sei*** tendent à garder la voyelle finale bien que celle-ci ne soit pas accentuée :

  quarantasei > quarantaseiesimo

Les composés de ***mille*** se forment sur ***mille*** et non pas sur ***mila***.

2. Les ordinaux sont des adjectifs qui s'accordent avec le nom :

Te lo dico per la terza volta.	Je te le dis pour la troisième fois.

Ils se placent généralement devant le nom :

C'è un vagone di prima classe.	Il y a un wagon de 1re classe.
Abita al terzo piano.	Il habite au 3e étage.

Cependant ils se placent derrière le nom pour indiquer l'ordre de succession des papes, des souverains (dans ce cas ils s'écrivent en chiffres romains) ou le numéro d'ordre des chapitres, des paragraphes, des actes, des scènes... et parfois des siècles :

Papa Giovanni Paolo II (secondo)
Vittorio Emanuele III (terzo)
atto secondo, scena prima
il secolo ventesimo ou *il ventesimo secolo*

Primo (de même que ***ultimo*** et ***altro***), précède le cardinal :

i primi due paragrafi	les deux premiers paragraphes

Ils sont souvent substantivés :

la tredicesima	le 13e mois de salaire

datation • numéraux cardinaux .... >

I. Écrire en lettres les cardinaux correspondants et les transformer en ordinaux :

5 • 229 • 3 088 • 1 000 • 1204 • 200 000 • 56 • 423 • 231 • 17.

II. Compléter les phrases suivantes avec l'ordinal ou le cardinal écrit en toutes lettres :

1. Il minuto è la ______(60) parte dell'ora. • 2. Ha vinto ______(2 000 000) d'euro. • 3. È giovane, è il suo ______ (17) compleanno. • 4. Siamo nel ______(21) secolo. • 5. Mi ha fatto uno sconto del ______(19 %). • 6. Hanno mangiato per ______(133) euro. • 7. Ha percorso i ______ 2/3 del cammino. • 8. Il cinema è la ______(7) arte.

III. Traduire après avoir étudier l'ensemble des numéraux :

1. Février a 28 ou 29 jours, les 11 autres mois en ont 30 ou 31. • 2. Nous les voyons toutes les deux semaines. • 3. Le premier jour de la semaine est le dimanche et le septième est le samedi. • 4. Il y a 365 jours et 12 mois dans l'année mais aussi 4 saisons. • 5. Tu descends les escaliers 4 à 4. • 6. Il a payé 2 000 euros par personne pour ce voyage. • 7. Il habite au 9e étage. • 8. Ils vont à 3 au théâtre. • 9. Mettez-vous 2 par 2 ! • 10. Il lit le 9e chapitre de ce livre, il est arrivé à la page 103, il ne reste que les 20 dernières pages. • 11. Il joue à l'acte 3, scène 4.

nuocere

Nuocere qui signifie *nuire*, est un verbe irrégulier en -**cere** de la **2e conjugaison** ; il a donc les caractéristiques de ces verbes. Il redouble la consonne -**c**- du radical à certaines personnes ; au passé simple ce redoublement prend la forme -***cq***-. Il diphtongue sous l'accent sauf aux 3 personnes irrégulières du passé simple et cette diphtongaison peut être étendue à d'autres formes non accentuées :

Ind. présent :	***n(u)occio**, nuoci, nuoce, n(u)ociamo, n(u)ocete, **n(u)occiono***
Ind. imparfait :	*n(u)ocevo, n(u)ocevi, n(u)oceva, n(u)ocevamo, n(u)ocevate, n(u)ocevano*
Ind. passé simple :	***nocqui**, n(u)ocesti, **nocque**, n(u)ocemmo, n(u)oceste, **nocquero***
Ind. futur :	*n(u)ocerò, n(u)ocerai, n(u)ocerà, n(u)oceremo, n(u)ocerete, n(u)oceranno*
Conditionnel :	*n(u)ocerei, n(u)oceresti, n(u)ocerebbe, n(u)oceremmo, n(u)ocereste, n(u)ocerebbero*
Sub. présent :	*che **nuoccia, nuoccia, nuoccia**, n(u)ociamo, n(u)ociate, **nuocciano***
Sub. imparfait :	*che n(u)ocessi, n(u)ocessi, n(u)ocesse, n(u)ocessimo, n(u)oceste, n(u)ocessero*
Impératif :	*nuoci ! (non nuocere !), n(u)ociamo ! n(u)ocete !*
Participe passé :	*n(u)ociuto*
Gérondif :	*n(u)ocendo*
Auxilaire :	*avere*

-cere, -gere et scere (verbes en -) • *conjugaisons* •••• >

Traduire :

1. Ne leur nuis pas ! • 2. Il faut toujours qu'il nuise à quelqu'un. • 3. Ils nous nuirent longtemps. • 4. Ils nuisent constamment. • 5. Il vous nuirait, si vous leur faisiez confiance. • 6. Il a nui à sa famille.

-o (noms et adjectifs en -)

1. Les noms en -*o*

- Ils sont **masculins** pour la plupart :

  l'aiuto l'aide *l'Egitto* l'Égypte

  Quelques-uns sont **féminins** :
  - ***la mano*** *la main* ;
  - certaines abréviations invariables :

    la foto, la moto, la radio…
  - **l'eco** au singulier (mais masculin au pluriel) ;
  - la plupart des noms de villes :

    la Bergamo alta

- Leur **pluriel** est en -***i*** :

  il quaderno > i quaderni *la mano > le mani*

  sauf pour les abréviations invariables du féminin, dont le pluriel reste en -**o** :

  la moto > le moto

  l'uomo > gli uomini

- Les noms en -**co** et -**go** :
  - accentués sur l'avant-dernière syllabe, font leur pluriel en -***chi*** et -***ghi*** :

    il fungo le champignon > *i funghi* *l'eco* > *gli echi*

    mais il y a quatre exceptions parmi lesquelles :

    l'amico l'ami > *gli amici*
  - accentués sur l'antépénultième, ils font leur pluriel en -***ci*** et -***gi*** :

    il medico le médecin > *i medici*

    mais les exceptions sont nombreuses.
- Les noms en -***io*** font leur pluriel :
  - en -***ii***, si le -***i***- de -***io*** est accentué :

    lo zio l'oncle > *gli zii*
  - en -***i***, si le -***i***- de -***io*** n'est pas accentué :

    il bacio le baiser > *i baci*

  Deux **pluriels** sont **irréguliers** :

  il dio le dieu > *gli dei*

  il tempio le temple > *i tempii* ou mieux *i templi*
- Certains noms **masculins en -*o* / -*io* au singulier** sont **féminins en -*a* / -*ia* au pluriel** :

  il paio la paire > *le paia* *l'uovo* l'œuf > *le uova*...
- D'autres noms masculins en -***o*** / -***io*** ont un **double pluriel** régulier masculin en -***i*** et irrégulier féminin en -***a*** / -***ia***.

  Si au singulier les deux sens coexistent, chaque nom prend, au pluriel, un des deux sens et le plus souvent les deux formes correspondent à :
  - la différence entre le sens figuré et le sens propre :

    il braccio le bras > *i bracci* (d'un fleuve), *le braccia* (du corps)

    il ciglio le cil, le bord > *i cigli* les bords, *le ciglia* les cils...
  - des éléments pris séparément (-***i***) ou collectivement (-***a***) :

    il muro le mur > *i muri* (de la maison), *le mura* les remparts

    l'osso l'os > *gli ossi* (pris séparément), *le ossa* (du squelette)...
  - l'appartenance à l'animal ou la chose (-***i***) et à l'homme (-***a***) :

    il grido le cri > *i gridi* (animal), *le grida*

    lo strido > *gli stridi* les bruits stridents, *le strida* les cris stridents...
  - des sens différents :

    il corno > *i corni* les cors (musique), *le corna* les cornes

    il sacco le sac > *i sacchi* (contenant), *le sacca* (contenu)...

  Si, au singulier, le nom n'a qu'un sens, les deux pluriels ont le même sens :

  il ginocchio le genou > *i ginocchi, le ginocchia*

  il sopracciglio le sourcil > i *sopraccigli, le sopracciglia*

2. La terminaison -**o** des **adjectifs** correspond à celle du masculin singulier de la deuxième classe, le pluriel est en -***i*** :

il vestito azzurro le vêtement bleu > *i vestiti azzurri*

Les adjectifs en -**co** et -**go**, ainsi que ceux en -***io*** suivent les mêmes règles que les noms :

il figlio unico le fils unique > *i figli unici*

il testo lungo le texte long > *i testi lunghi*

il ragazzo serio le garçon sérieux > *i ragazzi seri*

il paese natio le pays natal > *i paesi natii*

adjectifs qualificatifs* • *noms (pluriel des -) ••••••• >

Mettre au pluriel :

il figlio ricco • il mormorio del rio • lo strido del tram • la radio dell'amico • il fungo selvatico • il profugo nemico • il luogo natio • il riso asiatico • l'uovo fresco • il dio antico • l'epilogo drammatico • il catalogo greco • Il valico è poco largo. • Sento il grido lungo dell'uomo. • Il lenzuolo bianco è nel letto. • È il braccio morto del fiume.

occorrere

Occorrere est un verbe de nécessité qui sert à traduire *falloir*. **Occorrere** peut être **suivi** :

1. **d'un verbe** :

- à l'infinitif :

Occorre tacere.	Il faut se taire.

- au subjonctif :

Occorre che io parta.	Il faut que je parte.

Les règles de concordance des temps s'appliquent :

Occorreva che io partissi.	Il fallait que je parte.

2. **d'un nom** et l'accord du verbe se fait avec ce sujet postposé ; on a donc :

- ***occorre*** suivi d'un nom singulier :

Occorre coraggio.	Il faut du courage.

- ***occorrono*** suivi d'un nom pluriel :

Occorrono libri per studiare.	Il faut des livres pour étudier.

Il s'utilise aux différents temps mais est irrégulier au passé simple : ***occorse*** et au participe passé : ***occorso***, et forme ses temps composés avec l'auxiliaire ***essere*** :

Sono occorsi diversi aiuti.	Il a fallu différentes aides.

Les autres verbes de nécessité sont :

– ***bisognare*** qui est suivi d'un verbe :

Bisogna tacere. — *Bisogna che io parta.*

– ***volerci*** qui est suivi d'un nom :

Ci vuole coraggio. — *Ci vogliono libri.*

– **dovere** :

Devo partire.

bisognare • concordance des temps • dovere • falloir • volere ♦♦♦♦♦♦♦♦♦♦♦♦♦♦♦♦♦♦♦♦♦♦♦♦♦♦♦♦♦♦ >

Transformer les phrases suivantes en utilisant ***occorrere*** :

1. Bisogna che tu venga. • 2. Ci vogliono mezzi di trasporto. • 3. Bisognava che parlasse. • 4. Ci vorrà pazienza. • 5. Bisogna che loro siano presenti. • 6. Ci vorrebbero tanti soldi. • 7. Ci volle la presenza di un amico. • 8. Ci volevano forza e coraggio.

ogni, ognuno

Ogni et **ognuno** sont deux indéfinis.

1. ***Ogni*** *chaque* est adjectif.

• Il est suivi d'un nom singulier :

Ogni gatto miagola. — Chaque chat miaule.

Il équivaut à l'adjectif pluriel ***tutti*,-e** suivi du nom employé avec l'article défini :

Tutti i gatti miagolano. — Tous les chats miaulent.

Attention à l'accord du verbe.

Le possessif employé avec ***ogni*** perd son article :

Ogni suo gesto è elegante. — Chacun de ses gestes est élégant.

• Mais dans deux cas ***ogni*** est suivi d'un nom pluriel :

– lorsque ce nom est précédé d'un numéral pluriel :

ogni due giorni — tous les deux jours

– dans le nom composé **Ognissanti** *la Toussaint.*

2. Ognuno, *-a* *chacun* est un pronom singulier :

Ognuno è responsabile delle proprie azioni. — Chacun est responsable de ses propres actions.

Il est l'équivalent du pronom pluriel ***tutti*,-e** :

Tutti sono responsabili delle proprie azioni.

Transformer les phrases suivantes en employant l'indéfini équivalent :

1. Tutti i ragazzi verranno. • 2. D'estate tutti i giorni sono belli. • 3. Tutte le bambine sembrano carine. • 4. Tutte le sue amiche erano simpatiche. • 5. Tutti paiono felici. • 6. Tutte le settimane, Luca viene dai nonni. • 7. Tutte le persone incontrate ci salutano. • 8. Tutti i tuoi compagni sono in vacanza.

on

Le pronom *on* peut se traduire de différentes façons.

1. Le pronom personnel réfléchi *si* est la traduction la plus courante.

- S'il n'y a pas de COD français, le verbe est employé impersonnellement et se met à la 3e personne du singulier :

  Si parte. — On part.

  S'il y a un COD français, celui-ci devient sujet en italien et le verbe, employé à la forme personnelle, s'accorde avec ce sujet postposé :

  Si sente il cantante. — On entend le chanteur.

  Si sentono i cantanti. — On entend les chanteurs.

  L'accord se fait même si un infinitif s'intercale entre le verbe et son sujet :

  Si sentono parlare due uomini. — On entend parler deux hommes.

- Aux **temps composés** on utilise l'auxiliaire ***essere***.
  - Si la tournure est personnelle, le COD français est sujet en italien et le **participe passé** s'accorde avec le sujet italien :

    ***Si è** guardat**a** la campagna.* — On a regardé la campagne.
  - Si la tournure est impersonnelle en italien (pas de COD français) le **participe passé** :
    - se met au masculin, pluriel si le verbe se conjugue avec ***essere*** à la forme personnelle :

      ***Si è partiti** a Roma.* (forme personnelle : ***siamo** partiti*),
    - reste invariable, si le verbe se conjugue avec ***avere*** à la forme personnelle :

      ***Si è dormito** tardi.* (forme personnelle : ***abbiamo** dormito*).

- **L'attribut** de la tournure impersonnelle est toujours au pluriel bien que le verbe soit au singulier :

  ***Si è** felici.* — On est heureux.

- **La négation** précède ***si*** :

  ***Non si** fuma in un luogo pubblico.* — On ne fume pas dans un lieu public.

- ***Si*** précède immédiatement le verbe et les autres **pronoms personnels** compléments de forme faible se placent devant lui :

  Gli si parla. On lui parle.
  Lo si prepara. On le prépare.

  Seul le pronom ***ne*** précède ***si*** et le groupe formé est alors ***se ne*** :

  Se ne parla. On en parle.

  Ne pas confondre :

  Lo si prepara (il lavoro). On le prépare (le travail)
  et *Se lo prepara (il lavoro).* Il se le prépare (le travail).

  Le groupe ***ci si*** (et parfois ***vi si***), correspond à la tournure réellement réfléchie *on se* :

  Ci si guarda. On se regarde.

  L'association ***ci si*** (***vi si***) peut avoir différentes valeurs et seul le contexte permettra de ne pas les confondre.

  Ci si guarda. **peut signifier :** On se regarde.
  On y regarde.
  On nous regarde.
  Il / elle s'y regarde.

- ***Il proprio*, *la propria* / *i propri*, *le proprie*** est le seul possessif que l'on puisse employer avec ***si*** :

  *Si è contenti della **propria** sorte.* On est content de son sort.

2. **La 1re ou la 3e personne du pluriel** peut traduire *on* :

- la 1re personne du pluriel, lorsque celui qui parle peut participer à l'action :

  Cantiamo tutti. On chante tous.

- la 3e personne du pluriel, lorsque celui qui parle ne participe pas à l'action :

  Mi hanno parlato di te. On m'a parlé de toi.

3. **L'indéfini *uno*** peut être une traduction de *on* :

   ***Uno** è felice quando sa accontentarsi.* On est heureux quand on sait se contenter.

4. **La tournure passive** peut correspondre à la traduction de *on* mais uniquement si le verbe français a un COD capable de devenir sujet en italien :

   *Il negozio **sarà aperto** domani.* On ouvrira le magasin demain.

ci* • *ne* • *participe passé* • *pronoms possessifs* • *pronoms personnels* • *proprio* • *si* • *uno ◆◆◆◆◆◆◆◆◆◆ >

I. Traduire avec *si* :

1. On aperçoit les toits. • 2. On regardait entrer les enfants. • 3. Quand on est jeune, on est heureux. • 4. On bavarde et on n'écoute pas. • 5. Dans cette école on étudie deux langues vivantes. • 6. En Italie on parle encore de nombreux dialectes. • 7. Pour faire une promenade en montagne, on se lève tôt et on met des chaussures confortables. • 8. On va et on vient. • 9. On pense aux autres, du moins on le dit. • 10. De ce travail, on n'en voit pas la fin. • 11. Quand on est las, on va au lit. • 12. Dans ce wagon-lit, on y dort bien. • 13. Quand on s'amuse, on ne voit pas passer le temps.

II. Transformer les phrases suivantes en employant *si* :

1. Mi dicono che restano a casa. • 2. Scriviamo tante lettere. • 3. Vogliamo comprare una macchina e ne chiediamo il prezzo. • 4. Spieghiamo la lezione. • 5. Se uno si diverte bene, è felice. • 6. Lo fanno quando ci pensano. • 7. Se uno ha un cane, ne prende la responsabilità. • 8. Leggiamo questi libri e ne parliamo. • 9. Le vediamo. • 10. In Italia, mangiano tanta pasta. • 11. Preparavano i bagagli.

opérations

Ce sont :

1. *l'addizione* :

2 + 3 = 5	*due più tre uguale / fa cinque*

2. *la sottrazione* :

6 – 4 = 2	*sei meno quattro uguale / fa due*

3. *la moltiplicazione* :

5 x 2 = 10	*cinque per due uguale / fa dieci*

4. *la divisione* :

8 : 2 = 4	*otto diviso due uguale / fa quattro*

numéraux cardinaux •••••••••••••••••••••••••• >

opinion (verbes d'), de crainte et d'espérance

Les verbes d'opinion se construisent comme les verbes de crainte et les verbes d'espérance.

1. Si le sujet est le même dans la principale et la subordonnée, on utilise ***di*** suivi de l'infinitif :

*Pensa **di fare** un bel viaggio.*	Il pense faire un beau voyage.
*Teme **di giungere** in ritardo.*	Il craint d'arriver en retard.
*Spero **di poter** venire.*	J'espère pouvoir venir.

2. Si le sujet n'est pas le même dans la principale et la subordonnée, on utilise ***che*** suivi du subjonctif :

Penso ***che*** *Aldo* ***possa*** *fare questo lavoro.* — Je pense qu'Aldo peut faire ce travail.

Teme ***che io giunga*** *in ritardo.* — Il craint que j'arrive en retard.

Spero ***che Lia sia*** *contenta.* — J'espère que Lia est contente.

Il faut appliquer les règles de concordance des temps :

Pensavo che *Aldo* ***potesse*** *fare questo lavoro.*

concordance des temps • di • infinitif • parere et ses composés • subjonctif •••••••••••••••••••• >

Traduire les phrases suivantes :

1. Nous pensons faire un beau voyage cet été. • 2. Il pensait que sa grand-mère était encore à la maison. • 3. Il crut que ses parents devaient venir. • 4. Ils estimèrent que le moment ne convenait pas pour agir. • 5. Je crus mourir. • 6. Ils croient devenir des champions mais je pense qu'ils se trompent et se font des illusions. • 7. Je crains de ne pas pouvoir venir. • 8. Il espère que Lia est contente. • 9. Ils espèrent vous voir souvent.

ora

Ora peut être :

1. un adverbe de temps avec le sens de *maintenant* :

Ora *facciamo da mangiare !* — Maintenant faisons à manger !

Il sert à exprimer :

– le passé immédiat par rapport au présent :

Sono arrivati ***ora.*** — Ils viennent d'arriver.

Or ora s'utilise pour insister :

Sono arrivati ***or ora.*** — Ils viennent d'arriver à l'instant.

– le futur proche par rapport au présent :

Ora *me lo dicono.* — Ils vont me le dire.

2. un nom : ***l'ora*** *l'heure.*

Che ***ora*** *è ?* — Quelle heure est-il ?

adverbes • futur proche (ou immédiat) • heure (expression de l') • passé proche (ou immédiat) •••• >

Traduire :

1. Maintenant il est trop tard pour y penser. • 2. Quelle heure était-il ? • 3. Il est trois heures un quart et il vient de partir. • 4. Je vais leur parler. • 5. Il commence maintenant son travail car on vient de le lui apporter. • 6. Dans une heure, il sera six heures et dans une demi-heure cinq heures et demie. • 7. Maintenant qu'il est parti, nous pouvons parler.

où

1. *Où*, interrogatif, se traduit par **dove** :

Dove *vai ?*	Où vas-tu ?

qui peut être précédé d'une préposition :

Di dove *sei e* ***da dove*** *vieni ?*	D'où es-tu et d'où viens-tu ?

Dove peut également introduire une interrogative indirecte, de préférence au subjonctif :

Mi chiedo **dove** *sia.*	Je me demande où il est.

2. *Où*, relatif, se traduit :

- pour **le lieu,** par ***dove***, ***in cui*** ou ***nel quale*** (***nella quale / nei quali***, ***nelle quali***) :

Firenze è la città ***dove / in cui / nella quale*** *vive.*	Florence est la ville où il vit.

- pour **le temps**, par ***in cui*** ou ***nel quale*** (***nella quale***...) et jamais par **dove** :

Lunedì è il giorno ***in cui / nel quale*** *i negozi sono chiusi.*	Lundi est le jour où les magasins sont fermés.

Che peut aussi parfois prendre la valeur temporelle de *où* :

Il giorno **che** *venne la mamma, fu un bel giorno.*	Le jour où vint maman, fut un beau jour.
Paese **che** *vai, usanza che trovi.*	Pays où tu vas, usage que tu trouves.

3. *Où que* correspond à **dovunque** suivi du subjonctif :

Dovunque *vada, è sempre accolto bene.*	Où qu'il aille, il est toujours bien accueilli.

che • conjonctions de subordination • dove, dovunque • interrogatifs • quale / -i • relatifs (pronoms) •••••• >

Traduire :

1. Où se rendent-ils ? • 2. Je vais dans la ville où habitent mes grands-parents. • 3. Le jour où il est venu, il faisait très beau. • 4. Où que tu partes, cet ami te suivra. • 5. Où êtes-vous allés hier ? • 6. Je me demande où il est né. • 7. Je ne sais pas où les enfants se trouvent. • 8. Savez-vous où il a garé la voiture ? • 9. Où que je sois je leur téléphone au moins une fois par semaine. • 10. D'où viennent-ils ?

parere et ses composés

1. Conjugaison

- ***Parere*** qui signifie *paraître*, est un verbe irrégulier de la **2e conjugaison**.

Ind. présent	***paio***, *pari*, *pare*, ***paiamo***, *parete*, ***paiono***
Passé simple	***parsi*** / ***parvi***, *paresti*, ***parse*** / ***parve***, *paremmo*, *pareste*, ***parsero*** / ***parvero***
Futur	***parrò***, ***parrai***, ***parrà***, ***parremo***, ***parrete***, ***paranno***
Passé composé	***sono parso,-a***..., ***siamo parsi,-e***...
Cond. présent	***parrei***, ***parresti***, ***parrebbe***, ***parremmo***, ***parreste***, ***parebbero***
Sub. présent	*che* ***paia***, ***paia***, ***paia***, ***paiamo***, *paiate*, ***paiano***
Part. passé	***parso***

- Ses **composés** sont de la **3e conjugaison** et irréguliers :

  – ***apparire*** *apparaître* :

Ind. présent :	***appaio*** / *apparisco*, *appari* / *apparisci*, *appare* / *apparesce*, *appariamo*, *apparite*, ***appaiono*** / *appariscono*
Passé simple :	*apparii* / ***apparsi*** / ***apparvi***, *apparisti*, ***apparì*** / ***apparse*** / ***apparve***, *apparimmo*, *appariste*, *apparirono* / ***apparsero*** / ***apparvero***
Sub. présent :	*che* ***appaia*** / *apparisca*..., *appariamo*, *appariate*, ***appaiano*** / *appariscano*
Impératif :	*appari !* / *apparisci !* (*non apparire !*), *appariamo !* *apparite !*
Part. passé :	***apparso***

  – ***comparire*** *comparaître* :

Ind. présent :	***compaio***, *compari*...
Passé simple :	*comparii* / ***comparsi*** / ***comparvi***...
Sub. présent :	*che* ***compaia***...
Part. passé :	***comparso***

  – ***scomparire*** *disparaître* :

Ind. présent :	***scompaio*** / *scomparisco*, *scompari* / *scomparisci*...
Passé simple :	*scomparii* / ***scomparsi*** / ***scomparvi***...
Sub. présent :	*che* ***scompaia*** / *scomparisca*...
Part. passé :	***scomparso*** / *scomparito*

  – ***sparire*** *disparaître* :

Ind. présent :	*sparisco*, *sparisci*...
Passé simple :	*sparii* / ***sparvi***, *sparisti*, *sparì* / ***sparve***, *sparimmo*, *spariste*, *sparirono* / ***sparvero***
Sub. présent :	*che sparisca*...
Part. passé :	*sparito*

Le passé simple ***sparsi*** et le participe passé ***sparso*** sont utilisés pour le verbe ***spargere***.

– ***trasparire*** *transparaître* :

Ind. présent :	***traspaio*** / *trasparisco...*
Passé simple :	*trasparii* / ***trasparsi*** / ***trasparvi****...*
Sub. présent :	*che* ***traspaia*** / *trasparisca...*
Part. passé :	*trasparito* / ***trasparso***

2. Emplois

Parere est un **verbe d'opinion** qui se construit de la même façon que ***sembrare***.

- Quand il est **personnel**, avec ou sans complément, il est suivi de l'infinitif sans préposition :

  Lisa (mi) pareva studiare. — Lisa (me) semblait étudier.

- Quand il est **impersonnel**, il existe 3 constructions :
  - si principale et subordonnée se réfèrent à la même personne, ***parere*** et ***sembrare*** sont suivis de ***di*** et de l'infinitif :

    Mi pare di essere arrivata. — Il me semble que je suis arrivée.

    (***mi*** est le sujet réel de ***pare***.)
  - si principale et subordonnée ne se réfèrent pas à la même personne, ***parere*** et ***sembrare*** sont suivis de ***che*** et du subjonctif :

    (Mi) pare che Ugo sia arrivato. — Il (me) semble que Ugo est arrivé.
  - si ***parere*** et ***sembrare***, verbes d'état, sont suivis d'un adjectif attribut, ils forment une locution impersonnelle suivie de l'infinitif sans préposition (l'infinitif est sujet réel de l'expression impersonnelle) :

    (Vi) sembra inutile aspettarlo. — Il (vous) semble inutile de l'attendre.

concordance des temps • conjugaisons • opinion (verbes d'), de crainte et d'espérance • verbes impersonnels •••••••••••••••••••••••••••••••• >

Traduire les phrases suivantes :

1. Les enfants paraissent contents de le voir. • 2. Il lui parut intéressant de lire ce livre. • 3. Vous semblez tomber de la lune. • 4. Il lui parut qu'il avait de grands yeux brillants. • 5. Il a comparu au tribunal. • 6. Elle disparaîtra dès que le jour se lèvera. • 7. Il apparut et disparut en un clin d'œil. • 8. Il semblerait utile qu'il disparaisse. • 9. Il nous semble que nous connaissons déjà ce village. • 10. Il leur semblait qu'ils étaient enfin arrivés.

participe passé

1. Les formes régulières sont en :

– ***ato,-a*** / ***-i,-e*** pour la 1re conjugaison : ***parlato*** ;

– ***uto,-a*** / ***-i,-e*** pour la 2e conjugaison : ***venduto*** ;

– ***ito,-a*** / ***-i,-e*** pour la 3e conjugaison : ***capito, servito***.

mais le participe passé est souvent irrégulier, surtout à la 2e conjugaison.

2. Il s'utilise avec l'auxiliaire pour former les **temps composés** :

Abbiamo lavorato.	Nous avons travaillé.
Aveva ripetuto.	Il avait répété.
Avranno servito.	Ils auront servi.
Erano partiti.	Ils étaient partis.

3. Son **accord** dépend de l'auxiliaire :

– employé avec ***essere***, il s'accorde avec le sujet :

Maria è venuta.	Marie est venue.

– employé avec ***avere***, il reste normalement invariable :

Ha venduto due libri.	Il a vendu deux livres.

Il peut cependant s'accorder avec le COD placé devant le verbe mais cet accord n'est obligatoire qu'avec les pronoms personnels : ***lo***, ***la***, ***li***, ***le*** et ***ne*** :

la torta che ho fatto (fatta)	la tarte que j'ai faite
*Dolci ? Ne ho fatt**i** tanti.*	Des gâteaux ? J'en ai fait beaucoup.

4. Cas particuliers

- Lorsque ***si*** traduit *on*, les temps composés du verbe se forment avec l'auxiliaire ***essere***. Le participe passé s'accorde avec le sujet italien qui correspond au COD français :

*Si è cantat**a** una canzone.*	On a chanté une chanson.

S'il n'y a pas de COD français, le verbe n'a pas de sujet en italien, il est donc employé à la forme impersonnelle et le participe passé :

– est invariable si le verbe se conjugue avec l'auxiliaire ***avere*** à la forme personnelle :

*Si è cenat**o** alle dieci.*	On a soupé à dix heures.

(forme personnelle : *abbiamo cenato*)

– se met au pluriel si le verbe se conjugue avec l'auxiliaire ***essere*** à la forme personnelle :

Si è andati a Milano.	On est allé à Milan.

(forme personnelle : *siamo andati*)

- Lorsque un verbe est réfléchi, il se conjugue avec l'auxiliaire ***essere*** aux temps composés.

– Pour les verbes réfléchis propres (le pronom réfléchi correspond au sujet), aux temps composés, le participe passé s'accorde en genre et en nombre avec le sujet :

I giovani si sono bagnati.	Les jeunes se sont baignés.

– Pour les verbes réfléchis apparents (les pronoms réfléchis ne sont pas COD mais complément d'attribution), aux temps composés, le participe passé peut s'accorder avec le sujet ou avec le complément d'objet direct :

Lara si è guardata (guardato) il viso.	Lara a regardé son visage.

5. Le participe passé fait souvent fonction d'**adjectif** :

il presidente eletto	le président élu

ou de **substantif** :

i vinti	les vaincus

6. Le **participe passé absolu** remplace une proposition temporelle et exprime une action complètement achevée, ayant eu lieu avant celle de la principale. Il se place en tête de la proposition participe et s'accorde avec son sujet :

***Tornati** al porto, i pescatori vendono il pesce.*	De retour au port, les pêcheurs vendent le poisson. (Après être revenus…)

On fait l'**enclise** du pronom personnel :

***Voltatasi**, Rita ci guardò.*	Après s'être retournée, Rita nous regarda.

7. Certains verbes de la 1re conjugaison et un de la 3e possèdent **un participe passé et un adjectif verbal**.

L'adjectif verbal indique un état et s'emploie avec l'auxiliaire ***essere***.

Le participe passé indique le résultat d'une action et utilise l'auxiliaire ***avere*** :

*Lia è **stanca**.*	Lia est fatiguée (lasse).
*Questo lavoro l'ha **stancata**.*	Ce travail l'a fatiguée (lassée).

adjectifs verbaux • conjugaisons • enclise du pronom personnel • on • passé simples et participes passés irréguliers >

I. Mettre au passé composé les phrases suivantes :

1. La direttrice esce di scuola, gli scolari la vedono e la salutano. • 2. Gli spettatori si alzano per applaudire. • 3. Lisa si mette il cappotto e va via. • 4. Gli mostro giornali e gliene do parecchi. • 5. I ragazzi vengono a Roma e Ugo li riceve a casa sua. • 6. Compro tre paste e ne mangio due. • 7. Si leggono libri. • 8. Si guarda la tivù ogni sera. • 9. Si dorme di notte. • 10. Si esce alle tre. • 11. Maria prova due gonne e le compra. • 12. I ragazzi si lavano le mani.

II. Transformer chaque proposition temporelle en utilisant un participe passé absolu :

1. Quando la notte è caduta, andiamo a letto. • 2. Quando i visitatori si sono presentati, hanno potuto entrare. • 3. Quando le nuvole sono apparse, il sole non si è più visto. • 4. Quando la giornata è finita, si torna a casa. • 5. Quando si è guardata nello specchio, Eva ha visto che era spettinata.

participe présent

Il n'est pratiquement plus employé en tant que forme verbale sauf dans la langue administrative :

*Bisogna recapitare i documenti **riguardanti** la sua famiglia.*	Il faut présenter les documents concernant sa famille.

Actuellement il est ou substantivé ou adjectivé :

un cantante sorridente	un chanteur souriant

Certains verbes n'en possèdent pas.

Il a une même forme au masculin et au féminin singulier et une pour le pluriel.

Pour la 1re conjugaison, il est en -*ante* / -*anti* :

l'insegnante interessante > gli insegnanti interessanti

Pour la 2e et la 3e, il est en -*ente* / -*enti* et parfois en -*iente* / -*ienti* :

un prezzo attraente e conveniente > prezzi attraenti e convenienti	un prix attrayant et satisfaisant

Noter les expressions :

*gli **abbienti***	les possédants
*seduta **stante***	séance tenante
***stante** il fatto che*	étant donné le fait que...

Le participe présent français se traduit par une subordonnée relative ou temporelle :

*L'ha veduta **che / mentre entrava** nella casa di Mario.*	Il l'a vue, entrant dans la maison de Mario.

conjugaisons

Substituer à la proposition relative, le participe présent substantivé ou adjectivé correspondant :

1. È la luna che cresce. • 2. È uno che ama. • 3. È un uomo che vince. • 4. È uno che studia. • 5. È uno che insegna. • 6. Sono quelli che emigrano. • 7. Sono quelli che partono. • 8. È uno che dirige. • 9. È un ragazzo che ubbidisce. • 10. È un sole che splende.

passé proche (ou immédiat)

Il traduit *venir de* mais ne se construit jamais avec le verbe ***venire*** qui est un verbe de mouvement.

Il s'exprime par rapport à :

- un **temps présent**, en utilisant le passé composé précédé des adverbes ou locutions de **temps *ora*, *or ora*, *proprio ora*, *poco fa*** ou accompagné de ***appena*** qui s'intercale entre auxiliaire et participe :

Leo è arrivato ora / (or ora / proprio ora / poco fa.)	Leo vient d'arriver.
Leo è appena arrivato.	

- un **temps passé**, en utilisant le plus-que-parfait précédé des adverbes ou locutions de temps ***allora***, ***proprio allora***, ***poco prima*** ou accompagné de ***appena*** qui s'intercale entre auxiliaire et participe :

Leo era arrivato allora / (proprio allora / poco prima.)	Leo venait d'arriver.
Leo era appena arrivato.	

appena • *fa* • *ora*

Utiliser ***poco fa*** à la place de ***appena*** dans les phrases suivantes puis les transformer en utilisant ***poco prima*** :

1. I ragazzi sono appena partiti. • 2. Ho appena finito di mangiare. • 3. Il sole è appena calato. • 4. Abbiamo appena letto questo libro. • 5. Hai appena chiuso la porta. • 6. Marco è appena entrato in questo negozio. • 7. Vi siete appena alzati.

passé simple

1. Formes régulières :

*parl**are***	*vend**ere***	*cap**ire***
*parl**ai***	*vend**ei** / vend**etti***	*cap**ii***
*parl**asti***	*vend**esti***	*cap**isti***
*parl**ò***	*vend**é** / vend**ette***	*cap**ì***
*parl**ammo***	*vend**emmo***	*cap**immo***
*parl**aste***	*vend**este***	*cap**iste***
*parl**arono***	*vend**erono** / vend**ettero***	*cap**irono***

On note que la 2e conjugaison possède deux formes à 3 personnes :

- 1re du singulier en -***ei*** ou -***etti*** ;
- 3e du singulier en -***é*** ou -***ette*** ;
- 3e du pluriel en -***erono*** ou -***ettero***.

Cependant la forme en -***etti***... ne s'utilise pas si le radical du verbe a déjà un -***t***- :

vendere fait ***vendei*** ou ***vendetti***...

mais ***ripetere*** ne fait que ***ripetei***...

2. Formes irrégulières

- **Seuls 3 verbes sont entièrement irréguliers** au passé simple :
  - ***essere*** connaît une alternance vocalique -***u***- / -***o***- : ***fui***, ***fosti***, ***fu***, ***fummo***, ***foste***, ***furono***.
  - ***dare*** a 2 formes à la 1re et à la 3e du singulier ainsi qu'à la 3e du pluriel : ***diedi*** / ***detti***, ***desti***, ***diede*** / ***dette***, ***demmo***, ***deste***, ***diedero*** / ***dettero***.
  - ***stare*** fait : ***stetti***, ***stesti***, ***stette***, ***stemmo***, ***steste***, ***stettero***.
- **Tous les autres verbes ne sont irréguliers qu'à 3 personnes** : la 1re et la 3e du singulier et la 3e du pluriel.

  Les 3 personnes régulières se conjuguent sur le radical de l'infinitif ; les 3 irrégulières s'alignent sur le radical de la 1re personne, leurs terminaisons sont :
  - -***i*** à la 1re du singulier ;
  - -***e*** à la 3e du singulier ;
  - -***ero*** à la 3e du pluriel.

avere	*leggere*
*ebb**i***	*less**i***
*av**esti***	*legg**esti***
*ebb**e***	*less**e***
*av**emmo***	*legg**emmo***
*av**este***	*legg**este***
*ebb**ero***	*less**ero***

3. Le passé simple exprime, comme en français, un fait limité et achevé dans le passé sans relation avec le présent :

*Quell'autore **nacque** a Firenze e **morì** a Roma.*	Cet auteur naquit à Florence et mourut à Rome.

C'est surtout un temps de l'écrit mais, dans le sud de l'Italie, il est souvent employé à la place du passé composé.

conjugaisons • passé simples et participes passés irréguliers ······························ >

Voir après **passés simples et participes passés irréguliers**.

passés simples et participes passés irréguliers

En dehors des 3 verbes totalement irréguliers au passé simple, les autres verbes ne sont irréguliers qu'à 3 personnes de ce temps, ce sont ces verbes qui seront considérés ici.

1. De nombreux verbes ne sont **irréguliers qu'au passé simple et au participe passé**.

- **2e conjugaison** :
  - verbes à passé simple en -***si*** / -***ssi***… et participe passé en -***so*** / -***sso*** :

infinitif	passé simple	participe passé
accendere, allumer	*accesi*	*acceso*
accludere, inclure	*acclusi*	*accluso*
affiggere, afficher	*affissi*	*affisso*
alludere, faire allusion	*allusi*	*alluso*
appendere, accrocher	*appesi*	*appeso*
ardere, brûler	*arsi*	*arso*
aspergere, asperger	*aspersi*	*asperso*
chiudere, fermer	*chiusi*	*chiuso*
comprimere, comprimer	*compressi*	*compresso*
concedere, concéder	*concessi*	*concesso*
correre, courir	*corsi*	*corso*
decidere, décider	*decisi*	*deciso*
difendere, défendre	*difesi*	*difeso*
discutere, discuter	*discussi*	*discusso*
dividere, diviser	*divisi*	*diviso*
elidere, élider	*elisi*	*eliso*
espellere, expulser	*espulsi*	*espulso*
esplodere, exploser	*esplosi*	*esploso*
evadere, s'évader	*evasi*	*evaso*
fondere, fondre	*fusi*	*fuso*
immergere, immerger	*immersi*	*immerso*
incidere, graver	*incisi*	*inciso*
invadere, envahir	*invasi*	*invaso*
mordere, mordre	*morsi*	*morso*
muovere, bouger	*mossi*	*mosso*
percuotere, heurter	*percossi*	*percosso*
perdere, perdre	*persi*	*perso*
persuadere, persuader	*persuasi*	*persuaso*
prendere, prendre	*presi*	*preso*

radere, raser	*rasi*	*raso*
rendere, rendre	*resi*	*reso*
ridere, rire	*risi*	*riso*
rodere, ronger	*rosi*	*roso*
scendere, descendre	*scesi*	*sceso*
scuotere, secouer	*scossi*	*scosso*
spargere, répandre	*sparsi*	*sparso*
spendere, dépenser	*spesi*	*speso*
tendere, tendre	*tesi*	*teso*
tergere, essuyer	*tersi*	*terso*
uccidere, tuer	*uccisi*	*ucciso*

– verbes à passé simple en -***si***(-***ssi***)… et participe passé en -***to***(-***tto***) :

accorgersi, s'apercevoir	*mi accorsi*	*accorto(si)*
affliggere, affliger	*afflissi*	*afflitto*
assumere, assumer	*assunsi*	*assunto*
cingere, ceindre	*cinsi*	*cinto*
cuocere, cuire, faire cuire	*cossi*	*cotto*
dipingere, peindre	*dipinsi*	*dipinto*
dirigere, diriger	*diressi*	*diretto*
distinguere, distinguer	*distinsi*	*distinto*
distruggere, détruire	*distrussi*	*distrutto*
ergere, dresser	*ersi*	*erto*
fingere, feindre	*finsi*	*finto*
frangere, briser	*fransi*	*franto*
friggere, frire	*frissi*	*fritto*
giungere, arriver	*giunsi*	*giunto*
leggere, lire	*lessi*	*letto*
negligere, négliger	*neglessi*	*negletto*
piangere, pleurer	*piansi*	*pianto*
porgere, présenter, tendre	*porsi*	*porto*
proteggere, protéger	*protessi*	*protetto*
pungere, piquer	*punsi*	*punto*
reggere, soutenir	*ressi*	*retto*
scorgere, apercevoir	*scorsi*	*scorto*
spegnere, éteindre	*spensi*	*spento*
spingere, pousser	*spinsi*	*spinto*
tingere, teindre	*tinsi*	*tinto*
torcere, tordre	*torsi*	*torto*
ungere, graisser	*unsi*	*unto*
vincere, vaincre	*vinsi*	*vinto*

– verbes à passé simple en -***si***… et participe passé en -***sto*** :

chiedere, demander	***chiesi***	***chiesto***
nascondere, cacher	***nascosi***	***nascosto***
rispondere, répondre	***risposi***	***risposto***

– verbes à passé simple et participe passé à radical différent :

mettere, mettre	***misi***	***messo***
stringere, serrer	***strinsi***	***stretto***

– verbes qui redoublent une consonne autre que le -***s***- au passé simple et parfois au participe passé :

conoscere, connaître	***conobbi***	*conosciuto*
crescere, croître, grandir	***crebbi***	*cresciuto*
nascere, naître	***nacqui****	***nato***
rompere, rompre	***ruppi***	***rotto***

piovere, pleuvoir n'a que la 3e personne du singulier et du pluriel et fait ***piovve*** et ***piovvero*** au passé simple avec redoublement du -***v***- ; il a le participe passé régulier : *piovuto*.
* -***cq***- correspond au redoublement de -***q***-.

- **3e conjugaison :**
verbes qui ont le passé simple régulier et irrégulier et le participe passé irrégulier (ou régulier) :

aprire, ouvrir	*aprii* / ***apersi***	***aperto***
coprire, couvrir	*coprii* / ***copersi***	***coperto***
offrire, offrir	*offrii* / ***offersi***	***offerto***
soffrire, souffrir	*soffrii* / ***soffersi***	***sofferto***
costruire, construire	*costruii* / ***costrussi***	***costrutto*** / *costruito*

2. D'autres verbes à **irrégularités multiples** ont souvent le **passé simple irrégulier** aux 3 personnes **et parfois le participe passé**.

- **2e conjugaison** :

avere, avoir	***ebbi***	*avuto*
*****bere***, boire	***bevvi***	*bevuto*
cadere, tomber	***caddi***	*caduto*
cogliere, cueillir	***colsi***	***colto***
condurre, conduire	***condussi***	***condotto***
*****dire***, dire	***dissi***	***detto***
*****fare***, faire	***feci***	***fatto***
nuocere, nuire	***nocqui***	*nociuto*
parere, paraître	***parsi / parvi***	***parso***
piacere, plaire	***piacqui***	*piaciuto*
*****porre***, poser	***posi***	***posto***
rimanere, rester	***rimasi***	***rimasto***

sapere, savoir	***seppi***	*saputo*
scegliere, choisir	***scelsi***	***scelto***
sciogliere, défaire	***sciolsi***	***sciolto***
tacere, se taire	***tacqui***	*taciuto*
tenere, tenir	***tenni***	*tenuto*
togliere, ôter	***tolsi***	***tolto***
**trarre*, tirer	***trassi***	***tratto***
valere, valoir	***valsi***	***valso***
vedere, voir	***vidi***	***visto***
vivere, vivre	***vissi***	***vissuto***
volere, vouloir	***volli***	*voluto*

* Pour ces verbes qui sont contractés, les personnes régulières se forment sur l'ancien infinitif :
bere (< †*bevere*) > *bevvi, bevesti, bevve, bevemmo, beveste, bevvero*).

- **3e conjugaison** :
  - ***morire*** a le passé simple régulier mais le participe passé irrégulier : ***morto***.
  - ***venire*** double la consonne -***n***- aux 3 personnes irrégulières du passé simple : ***venni***... et a le participe passé d'un verbe de la 2e conjugaison : ***venuto***.
  - les composés de ***parere*** ont les formes suivantes :

apparire	*apparii* / ***apparsi*** / ***apparvi***	***apparso***
comparire	*comparii* / ***comparsi*** / ***comparvi***	***comparso***
scomparire	*scomparii* / ***scomparsi*** / ***scomparvi***	***scomparso*** / *scomparito*
*sparire**	*sparii* / ***sparvi***	*sparito*
trasparire	*trasparii* / ***trasparsi*** / ***trasparvi***	*trasparito* / ***trasparso***

* Les formes ***sparsi*** (passé simple) et ***sparso*** (participe passé) sont réservées au verbe *spargere*.

avere • bere • cadere • conjugaisons • dire • essere • fare • nuocere • parere et ses composés • piacere • porre • rimanere • sapere • tacere • tenere • trarre • valere • vedere • vivere • volere ••••••••••••••••••••••••••••••••••••• >

Mettre au passé simple et au passé composé les verbes suivants, à la personne demandée :

tacere (io) • parere contento (loro) • sciogliersi (la neve) • discutere (io) • stare tranquillo (lei) • spingere la porta (tu) • vincere la partita (loro) • mettere i guanti (io) • crescere (lei) • nascere a Roma (Lisa) • accorgersi di lei (loro) • perdere soldi (lui) • chiudere la finestra (noi) • correre un cento metri (io) • cogliere fiori (io) • mordere la mela (lei) • rendere il libro (loro) • cuocere (la pasta) • alludere a questa storia (voi) • spendere cento euro (loro) • dipingere (il pittore) • fingere (loro) • scorgere la stella (lui) • proteggere la bandiera (noi) • aprire gli occhi (loro) • apparire (lui) • dare una caramella (tu) • avere paura (loro) • condurre (lei) • stare in piedi (noi) • sparire (loro) • nascondere il fazzoletto (io) • morire (lei) • venire (loro).

per

Per est une **préposition**.

1. ***Per*** traduit *pour*, qui indique :

- l'**attribution** :

Fa un disegno **per** *me.*	Il fait un dessin pour moi.

- le **but** :

Ha combattuto **per** *la libertà.*	Il a combattu pour la liberté.

- la **cause** :

È condannato **per** *omicidio.*	Il est condamné pour homicide

- la **destination** :

Partono **per** *Bari.*	Ils partent pour Bari.

- le **prix** :

L'ha comprato **per** *venti euro.*	Il l'a acheté pour vingt euros.

- le **temps** :

Fa da mangiare **per** *stasera.*	Elle fait à manger pour ce soir.

2. ***Per*** traduit *par*, qui indique :

- la **distribution** :

I ragazzi sono in fila **per** *due.*	Les enfants sont en rang par deux.

- le **lieu** par où l'on passe :

Passa **per** *Parigi.*	Il passe par Paris.

- le **moyen** (*à cause de, grâce à*) :

Comunicano **per** *telefono.*	Ils communiquent par téléphone.

- l'opération mathématique de la multiplication :

Sei **per** *due uguale dodici.*	Six par deux égale douze.

3. ***Per*** indique la **durée** :

Ha studiato **per** *tutta la notte.*	Il a étudié pendant toute la nuit.

4. Placé entre le verbe ***stare*** et l'infinitif qui suit, ***per*** sert à former le futur proche (*aller*, *être sur le point de*) :

Sta ***per*** *partire.* — Il est sur le point de partir.

5. ***Per*** suivi d'un adjectif et de ***che*** avec le subjonctif prend une valeur concessive de même que ***per quanto*** suivi du subjonctif :

Per *intelligente* ***che*** *sia, non riesce a convincerli.* — Bien qu'il soit intelligent, il ne réussit pas à les convaincre.

Per quanto *sia intelligente, non riesce a convincerli.*

Par contre ***per quanto*** suivi de l'indicatif a une valeur limitative :

per quanto mi riguarda — en ce qui me concerne

6. Un certain nombre d'expressions sont formées avec ***per*** :

perciò	c'est pourquoi
perfino	même
per favore ! per cortesia ! per piacere !	s'il vous plaît !
per filo e per segno	par le menu
per poco non...	peu s'en faut que...
per tempo	à temps

conjonctions de subordination • futur proche (ou immédiat) • opérations • prépositions •••••••• >

Traduire :

1. Questo negozio è chiuso per ferie. • 2. È l'aereo da Roma e non per Roma. • 3. Ci chiama per ordine alfabetico. • 4. Tre per due uguale sei. • 5. Parte per l'Australia. • 6. Fa il possibile per aiutare la sua amica. • 7. È troppo bello per esser vero. • 8. Gli alunni sono divisi per classi. • 9. Per oggi, basta ! • 10. Mi ha raccontato tutto per filo e per segno. • 11. Per tutta la vita ha combattuto per la libertà.• 12. Milva stava per uscire, quando Ivo è arrivato. • 13. Si trova a Firenze per poco tempo. • 14. Per tutti è un bravo ragazzo. • 15. Per poco urtò la vetrina con la testa, per fortuna non è successo così. • 16. Ha camminato per tutta la notte per le vie di Milano e per finire è tornato a casa.

perché

Perché peut être :

1. une **conjonction** de subordination suivie :

- de l'indicatif avec une valeur causale (*parce que*) :

  È venuto ***perché*** *voleva vedermi.* — Il est venu parce qu'il voulait me voir.

- du subjonctif avec une valeur finale (*pour que*) :

  Te lo dico ***perché*** *tu lo sappia.* — Je te le dis pour que tu le saches.

ou consécutive :

È troppo abile **perché** *si faccia prendere.* — Il est trop habile pour se faire prendre.

2. un **interrogatif** :

Perché *lo guarda ?* — Pourquoi le regarde-t-il ?

et peut alors introduire une interrogative indirecte, de préférence au subjonctif :

Non riesco a sapere **perché** *lui non possa / può venire.* — Je ne réussis pas à savoir pourquoi il ne peut pas venir.

Noter le sens de :

perché no — pourquoi pas

conjonctions de subordination • interrogatifs ••••• >

Mettre au mode et au temps correct le verbe des phrases suivantes :

1. Mi telefona perché io ______(venire) a trovarlo. • 2. Non sapeva perché la figlia ______(dovere) partire. • 3. Gliene parlò perché ______(conoscere) tutta la storia. • 4. Mi era caro perché ______(essere) un ragazzo simpaticissimo. • 5. Non sappiamo perché Leo non ______(partecipare) alla festa. • 6. Non può lavorare perché non ______(stare) bene. • 7. Potete fare questo viaggio perché ______ (avere) abbastanza soldi. • 8. Non puoi guidare la macchina perché ______(essere) troppo giovane.

piacere

Piacere est un verbe irrégulier de la **2e conjugaison** qui signifie *plaire*.

Il double la consonne -**c**- du radical à certaines personnes du présent de l'indicatif, du subjonctif et de l'impératif ; la consonne -**c**- du radical prend la forme -**cq**- aux 3 personnes irrégulières du passé simple.

Ind. présent :	***piaccio***, *piaci, piace,* ***piacciamo***, *piacete,* ***piacciono***
Ind. imparfait :	*piacevo, piacevi, piaceva, piacevamo, piacevate, piacevano*
Ind. passé simple :	***piacqui***, *piacesti,* ***piacque***, *piacemmo, piaceste,* ***piacquero***
Ind. futur :	*piacerò, piacerai, piacerà, piaceremo, piacerete, piaceranno*
Conditionnel :	*piacerei, piaceresti, piacerebbe, piaceremmo, piacereste, piacerebbero*
Sub. présent :	*che* ***piaccia, piaccia, piaccia, piacciamo, piacciate, piacciano***
Sub. imparfait :	*che piacessi, piacessi, piacesse, piacessimo, piaceste, piacessero*
Impératif :	*piaci ! (non piacere !),* ***piacciamo*** *! piacete !*
Participe passé :	*piaciuto*
Gérondif :	*piacendo*
Auxiliaire :	*essere*

Il s'utilise pour traduire *aimer* lorsqu'il s'agit d'une chose ou de faire quelque chose :

Mi ***piacciono*** *le caramelle.*	J'aime les bonbons.
A Marco non ***piace*** *giocare.*	Marc n'aime pas jouer.

Son composé ***dispiacere*** est une des traductions de *regretter* :

Mi **è** *molto* ***dispiaciuto.***	J'ai beaucoup regretté.

***aimer* • *-cere, -gere, -scere (verbes en -)* • *regretter* ••>**

Traduire :

1. Elle plaît toujours beaucoup. • 2. Elle aime beaucoup le cinéma. • 3. J'aimerais tant voir Syracuse. • 4. Tu aimeras la cuisine de ma grand-mère. • 5. Nous aimons les films du néo-réalisme. • 6. Il faut que ces fleurs lui plaisent. • 7. Ils aimèrent les lacs italiens. • 8. Il faut que vous plaisiez à ses parents. • 9. Il a aimé cette histoire.

pluriel des noms et des adjectifs qualificatifs

Tableau récapitulatif

I. Pluriel des noms :

• noms en -**a** :

singulier	pluriel	
	masculin	féminin
-a	*-i*	*-e*
-ca, -ga	*-chi, -ghi*	*-che, -ghe*
-cia,-gia	précédés d'une voyelle :	*-cie, -gie*
	précédés d'une consonne :	*-ce, -ge*

• noms en -**e** :

singulier	pluriel	
	masculin	féminin
-e	*-i*	*-i*

• noms en -**o** :

singulier	pluriel	
	masculin	féminin
-o	*-i*	*-i*
-co, -go ▶	*parole piane : chi, ghi*	
▶	*parole sdrucciole : -ci, -gi*	
-io	*-ii*	
-io	*-i*	

2. Pluriel des adjectifs qualificatifs :

		singulier	pluriel
1re classe	masculin	-o	*-i*
	féminin	*-a*	-e
2e classe, masculin et féminin		-e	*-i*

-a (noms et adjectifs en -) • adjectif qualificatifs • -ca, -ga (noms et adjectifs en -) • -co, -go (noms et adjectifs en -) • -e (noms et adjectifs en -) • -i (noms et adjectifs en -) • -io (noms et adjectifs en -) • noms (pluriel des -) •••••••••••••• >

Mettre au pluriel :

la donna italiana • il libro interessante • il ribes nero • il fiore bianco • il profugo tedesco • il chirurgo greco • l'amico vietnamita • il problema economico • il dialogo tragico • l'amica turca • l'uomo comico • il dio pagano • la rosa rosa • il guanto marrone • il film neorealistico • la moglie ricca • il pendio pericoloso • il figlio unico • il cuoco belga • il sindaco del borgo • il fungo porcino • il raggio solare • l'uovo sodo • la città belga • il bel lago • la novità artistica • l'arma fatale • la faccia sporca • la figlia antipatica • il bilancio annuale • il bambino buono • la corrente artistica • l'anno finanziario • lo spazio libero • la mano larga • la strada vecchia • la cifra pari • l'auto veloce • il vecchio albergo • la camicia blu.

politesse (forme de)

En italien on utilise la 3e personne de politesse lorsqu'on parle à une personne que l'on ne tutoie pas.

On utilise l'expression ***dare del Lei*** pour *parler à la personne de politesse*, de même ***dare del tu*** correspond à *tutoyer.*

1. Le **verbe** est à la 3e personne du singulier :

Può entrare, Signore. Vous pouvez entrer Monsieur.

L'impératif défaillant est remplacé par la 3e personne du singulier du subjonctif présent, utilisée sans ***che*** :

Faccia pure, Signore ! — Faites donc, Monsieur !

puisqu'il s'agit d'un subjonctif, on ne fait donc pas l'enclise du pronom personnel :

Mi scusi, Signorina ! — Excusez-moi, Mademoiselle !

2. Les **pronoms personnels** sont aussi ceux de la 3e personne ; ils sont au féminin car ils remplacent l'expression ***Vostra Signoria*** *Votre Seigneurie.*

Le sujet ***Lei*** est souvent sous-entendu :

*(**Lei**) può venire.* — Vous pouvez venir.

Les compléments sont :

– à la forme faible :

- ***La*** pour le COD :

  ***La** capisco, Signore.* — Je vous comprends, Monsieur.

- ***Le*** pour le complément d'attribution :

  ***Le** parlo, Signore.* — Je vous parle, Monsieur.

- ***Si*** pour le réfléchi :

  ***Si** accomodi, Signore !* — Asseyez-vous, Monsieur !

La règle des pronoms groupés s'applique :

***Glie**lo dico io, Signore.* — C'est moi qui vous le dis, Monsieur.

– à la forme forte :

- ***Lei*** pour les compléments :

  *Pago per **Lei**, Signore.* — Je paye pour vous, Monsieur.

- ***Sé*** pour le réfléchi :

  *Deve pensare a **sé**, Signore.* — Vous devez penser à vous, Monsieur.

3. Les **possessifs** sont également ceux de la 3e personne :

*Mi dia **il Suo** parere, Signore !* — Donnez-moi votre opinion, Monsieur !

4. L'**attribut** et le **participe passé** s'accordent en genre avec la personne à qui l'on s'adresse, bien que le sujet ***Lei*** soit du féminin :

Lei è stato buono, Signore. — Vous avez été bon, Monsieur.

Lei è stata buona, Signora. — Vous avez été bonne, Madame.

5. La majuscule pour le pronom personnel est préférable, même en position enclitique (***Verrò a trovarLa***. *Je viendrai vous voir*), mais de moins en moins courante ; elle est rare pour le possessif et le réfléchi.

6. On peut établir un **tableau comparatif** : ***tu*** / ***Lei*** en reprenant les exemples vus plus haut :

tu	Lei
(Tu) puoi ***entrare****, Ugo.*	***(Lei) può*** *entrare, Signore.*
Fa' *pure, Ugo !*	***Faccia*** *pure, Signore !*
Scusami *!*	***Mi scusi****, Signore !*
Ti *capisco, Ugo.*	***La*** *capisco, Signore.*
Ti *parlo, Ugo.*	***Le*** *parlo, Signore.*
*Accomoda****ti****, Ugo !*	***Si*** *accomodi, Signore !*
Pago per ***te****, Ugo.*	*Pago per* ***Lei****, Signore.*
Devi pensare a ***te,*** *Ugo.*	*Deve pensare a* ***sé,*** *Signore.*
Dammi ***il tuo*** *parere, Ugo !*	*Mi dia* ***il Suo*** *parere, Signore !*
Tu sei ***stato buono****, Ugo.*	*Lei è* ***stato buono****, Signore.*
Sei ***stata buona****, Lia*	*Lei è* ***stata buona****, Signora.*

7. La personne de politesse se retrouve également dans la façon de saluer, on dit :

ArrivederLa, Signore. Au revoir, Monsieur.

8. Bien que, maintenant, on lui préfère nettement le ***voi***, la forme de politesse existe également au **pluriel** son emploi se réduit à un auditoire ou à une clientèle.

Les règles d'emploi sont les mêmes qu'au singulier :

*(**Loro**)* ***possono*** *entrare, Signori.*
Facciano *pure, Signori !*
Mi scusino*, Signori !*
Le *capisco, Signori.*
Parlo ***Loro****, Signori.*
Si *accomodino, Signori !*
Pago per ***Loro****, Signori.*
Devono pensare a ***sé****, Signori.*
Mi diano ***il Loro*** *parere, Signori !*
Loro sono ***stati buoni****, Signori.*
Loro sono ***state buone****, Signore.*

9. Il faut noter que :

– dans la langue commerciale, on emploie ***Voi*** au lieu de ***Lei***.
– le fascisme imposa le ***Voi*** à la place du ***Lei***.

adjectif possessifs • pronoms personnels • subjonctif •••••••••••••••••••••••••••••••• >

Passer de la forme ***tu*** à la forme ***Lei*** dans les phrases suivantes :

1. Come stai ? • 2. Dov'è il tuo cane ? • 3. Dove vai ? • 4. Ti ho parlato e adesso ti scrivo. • 5. Ti guardi nel tuo specchio. • 6. Non guardare questo brutto spettacolo ! • 7. Dammi il tuo numero di telefono ! • 8. Sono venuti i tuoi genitori. • 9. Ti ringrazio per il tuo regalo. • 10. È colpa tua. • 11. Non posso dirti quello che è successo, te l'avevo detto prima. • 12. Tua moglie è simpatica, te l'assicuro. • 13. Pensa a te stessa e non a lei !

porre

Porre est un verbe irrégulier de la **2ᵉ conjugaison,** qui correspond à *poser*.

Il est syncopé ou contracté à l'infinitif, donc également au futur et au conditionnel ; il intercale un -**g**- devant -***a*** et -***o*** ; le passé simple est irrégulier ainsi que le participe passé ; les temps réguliers se forment sur l'ancien infinitif non contracté †**ponere**.

Ind. présent :	***pongo***, *poni*, *pone*, *poniamo*, *ponete*, ***pongono***
Ind. imparfait :	*ponevo…*
Ind. passé simple :	***posi***, *ponesti*, ***pose***, *ponemmo*, *poneste*, ***posero***
Ind. passé comp. :	*ho posto…, abbiamo posto…*
Ind. futur :	***porrò***, ***porrai***, ***porrà***, ***porremo***, ***porrete***, ***porranno***
Conditionnel :	***porrei***, ***porresti***, ***porrebbe***, ***porremmo***, ***porreste***, ***porrebbero***
Sub. présent :	*che* ***ponga***, ***ponga***, ***ponga***, *poniamo*, *poniate*, ***pongano***
Sub. imparfait :	*che ponessi*, *ponessi*, *ponesse*, *ponessimo*, *poneste*, *ponessero*
Impératif :	*poni ! (non porre !), poniamo ! ponete !*
Gérondif :	*ponendo*
Part. passé :	***posto***
Auxiliaire :	*avere*

Traduire :

1. Je pose le pied sur le tapis. • 2. Il posa sa main sur la table. • 3. Il faut qu'ils posent leurs livres. • 4. Nous poserons notre verre. • 5. Tu posas tes affaires sur le lit. • 6. Vous avez posé les paquets sur le divan. • 7. Posez votre sac, Madame ! • 8. Ils poseraient leur panier, s'il était plein.

conjugaisons ••••••••••••••••••••••••••••••••• >

possession, appartenance

Elles s'expriment par :

- l'article défini qui suffit à lui seul, lorsque le rapport de possession est évident :

Guido ***la*** *macchina.*	Je conduis ma voiture.

- le possessif :

Questo libro è ***(il) suo.***	Ce livre est le sien.

- la préposition ***di*** :

Di *chi è questo libro ? È* ***di*** *Pietro o è* ***di*** *loro.*	À qui est ce livre ? Il est à Pierre ou à eux.

- le pronom personnel faible réfléchi qui remplace le possessif :

Mi *metto il cappotto.*	Je mets mon manteau.

adjectif possessifs • articles définis • di • pronoms personnels • pronoms possessifs >>

Choisir la forme qui convient parmi celles proposées :

1. Pensa spesso ______ mamma.
   a) alla — b) a sua — c) la
2. ______ chi sarà questa borsetta ?
   a) A — b) Di — c) Ø
3. ______ toglie ______ cappello.
   a) Si… il — b) Si… suo — c) Ø… suo
4. Questa macchina è ______ padre.
   a) a mio — b) al mio — c) di mio

potere

I. **Potere** est un verbe irrégulier de la **2e conjugaison** qui signifie *pouvoir.*

Il diphtongue sous l'accent à l'indicatif présent 2e et 3e personne du singulier ; -**t**- devient -***ss***- à 3 personnes du présent de l'indicatif et au subjonctif présent et disparaît après la diphtongaison au présent de l'indicatif ; son futur et son conditionnel sont contractés.

Ind. présent :	***posso, puoi, può, possiamo,*** *potete,* ***possono***
Ind. imparfait :	*potevo, potevi, poteva..., potevano*
Ind. passé simple :	*potei, potesti, poté, potemmo, poteste, poterono*
Ind. passé comp. :	*ho potuto..., abbiamo potuto...*
Ind. futur :	***potrò, potrai, potrà, potremo, potrete, potranno***
Conditionnel :	***potrei, potresti, potrebbe, potremmo, potreste, potrebbero***
Sub. présent :	*che* ***possa, possa, possa, possiamo, possiate, possano***
Sub. imparfait :	*che potessi, potessi, potesse, potessimo, poteste, potessero*
Impératif :	***possiate*** *!*
Gérondif :	*potendo*
Part. passé :	*potuto*

2. Emplois

- Outre sa fonction de verbe autonome :

  Non ne posso più. — Je n'en peux plus.

- ***Potere*** devient **verbe servile** lorsqu'il est suivi d'un infinitif ; dans ce cas :
  - le pronom personnel complément peut le précéder au lieu de se souder à l'infinitif :

    Gli può *parlare. (****Può*** *parlar****gli****.)* — Il peut lui parler.
  - il peut utiliser l'auxiliaire de l'infinitif qui le suit :

    Maria ***è potuta*** *venire.* — Marie a pu venir.

    (Maria ha potuto venire.)

  en particulier lorsqu'il s'agit d'un verbe réfléchi ; il y a alors déplacement du pronom personnel :

  Livia ***si è potuta*** *alzare.* — Livia a pu se lever.

  Livia ***ha potuto*** *alzar****si****.*

conjugaisons • diphtongaison des verbes • enclise du pronom personnel • serviles (verbes) •••••••••• >

Traduire les phrases suivantes (donner les 2 possibilités si c'est le cas) :

1\. Il put le voir. • 2. Elle pourra se peigner. • 3. Il pourrait le lui dire. • 4. Il faut qu'il puisse le faire. • 5. Puissiez-vous venir tous les deux ! • 6. Puissiez-vous venir, Monsieur ! • 7. Ils ont pu se regarder. • 8. Nous avons pu partir. • 9. Il fallait que nous puissions leur parler.

pourcentages

Pour indiquer les pourcentages on utilise le numéral cardinal précédé, de l'article masculin singulier bien que le nom ***la percentuale*** / *le pourcentage* soit féminin.

Le verbe se met au singulier.

On emploie :

- l'article défini, si le pourcentage est précis :
  Mi farà il 20 % (il venti per cento) di sconto.
  lo 0,5 % (lo zero virgola cinquanta per cento)
  l'8 % (l'otto per cento)
- l'article indéfini, si le pourcentage est approximatif :
  un 10 % (un dieci per cento) di persone

articles définis • articles indéfinis • cento • numéraux cardinaux •••••••••••••••••••••••••• >

Traduire les phrases suivantes en écrivant en lettres les pourcentages :
1. 10 % est la ristourne qu'il nous consent. • 2. Le pourcentage de votants a été de 55 %. • 3. L'Italie possède 60 % du patrimoine artistique européen et 40 % du patrimoine mondial. • 4. Le cours de la bourse a baissé de 1,8 %. • 5. L'inflation a augmenté de 0,9 %.

prépositions

I. Les prépositions simples

- Les plus courantes sont ***a***, ***da***, ***di***, ***in***, ***su***, ***con*** qui peuvent se combiner avec l'article défini, et ***per***.
- Parmi les autres notons :

avanti	avant
contro	contre
dentro	dans
dietro	derrière
dopo	après
durante	pendant
eccetto, salvo, tranne	sauf
entro	dans, d'ici, avant
fra, tra	entre, dans
lungo	le long de
mediante	au moyen de
nonostante, malgrado	malgré
oltre	outre
secondo	selon
senza	sans
sopra	sur
sotto	sous
verso	vers

*Passeggia **lungo** il fiume, **durante** le belle giornate.*
Il se promène le long de la rivière, durant les beaux jours.

- Lorsque les prépositions ***contro***, ***dentro***, ***dietro***, ***dopo***, ***senza***, ***sopra***, ***sotto***, ***su***, ***verso*** précèdent un pronom personnel fort, elles sont suivies de la préposition ***di*** :

Il cane va ***verso di*** *lei.*	Le chien va vers elle.

mais :

Il bambino va verso la mamma.	Le petit enfant va vers sa maman.

Fra et ***tra*** peuvent s'employer seul ou être suivi de ***di*** :

Tra (di) *noi tutto va bene.*	Entre nous tout va bien.

- Certaines de ces prépositions peuvent entrer en composition avec des noms :

il lungofiume	la berge du fleuve
l lungopò	la berge du Pô
il lungomare	le bord de la mer
il lungolago	la rive du lac
l'oltremare	l'outremer
l'oltrepò padano...	

2. Les prépositions composées

Les plus courantes sont :

accanto a, vicino a	à côté de
davanti a	devant
di fronte a	en face de
fin da, sin da	à partir de, dès
fino a, sino a	jusqu'à
fuori di	hors de
in fondo a	au fond de
in mezzo a, nel mezzo di...	au milieu de...
intorno a	autour de
invece di	au lieu de
lontano da	loin de
per mezzo di	au moyen de
prima di	avant de

Luigi è ***davanti a****lla casa.*	Luigi est devant la maison.
Fin da*ll'età più tenera* ***fino a****lla morte ha viaggiato.*	Dès son plus jeune âge jusqu'à sa mort, il a voyagé.

a • articles contractés • avant • con • da • dans • di • fra, tra • in • per • su ◆◆◆◆◆◆◆◆◆◆◆◆◆◆◆◆◆◆◆◆ >

Choisir la forme qui convient parmi celles proposées :

1. È passato ______.
   a) la lunga muraglia. b) lungo la muraglia. c) il lungomuraglia.
2. La macchina è parcheggiata ______ fontana.
   a) accanto alla b) davanti la c) avanti

3. ______ te non posso far niente.
a) Senza b) Senza di c) Senso

4. ______ lei, Livio è un ragazzo interessante.
a) Secondo di b) Seconda c) Secondo

5. Si trova ______ finestra.
a) avanti b) davanti alla c) prima

6. Viene ______ Bergamo e va ______ Brescia ______ nonna.
a) da... a... dalla b) a... da... alla c) da... in... con

7. ______ tutto, ha potuto venire.
a) Salvo b) Per mezzo di c) Malgrado

8. Andrà ______ Roma.
a) fino a b) fina c) fino

présent

1. Il existe une relation étroite entre les formes du présent de l'**indicatif** :

-are	-ere	-ire	
parl**o**	vend**o**	sent**o**	cap**isco**
parl**i**	vend**i**	sent**i**	cap**isci**
parl**a**	vend**e**	sent**e**	cap**isce**
parl**iamo**	vend**iamo**	sent**iamo**	cap**iamo**
parl**ate**	vend**ete**	sent**ite**	cap**ite**
parl**ano**	vend**ono**	sent**ono**	cap**iscono**

et celles du présent du **subjonctif** :

-are	-ere	-ire	
parl**i**	vend**a**	sent**a**	cap**isca**
parl**i**	vend**a**	sent**a**	cap**isca**
parl**i**	vend**a**	sent**a**	cap**isca**
parl**iamo**	vend**iamo**	sent**iamo**	cap**iamo**
parl**iate**	vend**iate**	sent**iate**	cap**iate**
parl**ino**	vend**ano**	sent**ano**	cap**iscano**

- La forme inchoative (sur ***capire***) existe au présent de l'indicatif et au présent du subjonctif.
- Quelle que soit la conjugaison, la 1re personne du pluriel du présent de l'indicatif et celle du subjonctif sont identiques : la terminaison est -***iamo***.

2. Les verbes irréguliers au présent de l'indicatif et du subjonctif sont nombreux. Ils sont à examiner séparément. Cependant on peut déterminer certaines constantes :

– si la Ire personne du présent de l'indicatif est irrégulière, la 3e du pluriel l'est aussi, ainsi que les 3 personnes du singulier et la 3e du pluriel du présent du subjonctif ; le radical est semblable :

cogliere :	*colgo, colgono / colga…, colgano*
tenere :	*tengo, tengono / tenga…, tengano*

Il y a pourtant 7 exceptions :

essere :	*sono, sono / sia…, siano*
avere :	*ho, hanno / abbia…, abbiano*
andare :	*vado, vanno / vada…, vadano*
dare :	*do, danno / dia…, diano*
stare :	*sto, stanno / stia…, stiano*
fare :	*faccio, fanno / faccia…, facciano*
sapere :	*so, sanno / sappia…, sappiano*

– les verbes qui ont un infinitif contractés ont les formes du présent de l'indicatif et du subjonctif formées sur l'ancien infinitif non contracté :

condurre (< †conducere) > conduco…, conduca…

Mais il y a 2 exceptions pour la 2e personne du pluriel de l'indicatif présent : ***dite*** de ***dire*** (*†**dicere***) et ***fate*** de ***fare*** (*†**facere***).

andare • avere • conjugaisons • dare • dire • -durre (verbes en -) • essere • fare • sapere •••••• >

Utiliser la forme du verbe qui convient au présent de l'indicatif ou du subjonctif dans les phrases suivantes :

1. ______(bisognare) che voi ______(fare) il vostro dovere. • 2. Tu ci ______ (condurre) a scuola. • 3. Io ______(pensare) che Lia gli ______(dare) una mano. • 4. Io ______(tenere) un bicchiere. • 5. Io ______(andare) al liceo e ______ (credere) che lui ______ (andare) alla scuola media. • 6. Chi lo ______(sapere) ! • 7. Voi ______(dire) « grazie » alla nonna e le ______ (dare) un bacio. • 8. Voi ______(fare) un esercizio. • 9. Io ______(volere) che loro ______ (andare) a fare una passeggiata. • 10. ______ (essere) necessario che Marco ______(togliersi) il cappello.

presso

Presso est une préposition simple qui peut avoir le sens de :

• *près, près de* :

*Cammina **presso** il canale.* — Il marche près du canal.

- *chez* :

  *Abita **presso** i nonni.* — Il habite chez ses grands-parents.

  ***Presso** i Romani gli dei erano numerosi.* — Chez les Romains les dieux étaient nombreux.

  Notez les expressions :

  a un di presso — à peu de chose près

  nei pressi di — dans les environs de

prima

1. ***Prima*** est le féminin de l'ordinal ***primo*** *premier* :

*È venuto per la **prima** volta.* — Il est venu pour la première fois.

2. ***Prima*** est un **adverbe** qui signifie *auparavant, avant* :

*Era venuto pochi giorni **prima**.* — Il était venu quelques jours auparavant.

- Devant ***prima*** le deuxième membre du comparatif de supériorité et d'infériorité est ***di*** :

  *Mi piace più **di prima**.* — Il me plaît plus qu'avant.

- Situé après l'expression temporelle, ***prima*** sert à exprimer le **passé proche** par rapport à un temps passé :

  *Era giunto poco **prima**.* — Il était arrivé peu de temps auparavant. / Il venait d'arriver.

- En corrélation avec ***poi*** ou ***dopo***, il signifie *d'abord* :

  ***Prima** vieni a casa nostra, poi torni dai genitori.* — D'abord tu viens chez nous et puis tu rentres chez tes parents.

3. ***Prima di*** *avant* est une **préposition** :

- qui s'utilise devant un nom ou un pronom :

  ***Prima di** tutto beviamo un caffè !* — Avant toute chose, buvons un café !

  *È partito **prima di** Leo.* — Il est parti avant Leo.

- suivie d'un infinitif, elle correspond à *avant de* :

  *L'ho visto **prima di** partire.* — Je l'ai vu avant de partir

4. ***Prima che*** *avant que...* (*ne*) est une **locution conjonctive** suivie du subjonctif :

*L'ho visto **prima che** partisse.* — Je l'ai vu avant qu'il (ne) parte.

adverbes • comparatifs d'infériorité et de supériorité • conjonctions de subordination • numéraux ordinaux • passé proche (ou immédiat) • prépositions >

Traduire les phrases suivantes :

1. Questa casa, prima non c'era. • 2. Prima di partire Ada indossa il cappotto. • 3. Torna a casa prima di sera. • 4. Prima che sia troppo tardi, si è fatto curare. • 5. Ha finito prima del tempo previsto. • 6. È molto cambiato, non è più quello di prima. • 7. Ci penso più di prima. • 8. Prima di tutto, ti voglio salutare. • 9. È meno bella di prima. • 10. Era venuto due giorni prima.

pronoms démonstratifs

1. Certains ont une **forme semblable à celle de l'adjectif** :

- ***questo***,-***a*** / -***i***,-***e*** ;
- ***quello***,-***a*** / -***i***,-***e*** ;
- ***codesto***,-***a*** / -***i***,-***e*** ;
- ***stesso***,-***a*** / -***i***,-***e*** ;
- ***medesimo***,-***a*** / -***i***,-***e***.

Les pronoms démonstratifs ***questo***, ***codesto*** et ***quello***, comme les adjectifs correspondants, ont une fonction bien précise.

- ***Questo*** indique la proximité dans le temps ou dans l'espace ; il n'est jamais suivi de ***che***.
- ***Quello*** indique l'éloignement dans le temps ou dans l'espace et, pronom, il a toujours la forme pleine :

Dei due quadri, preferisci ***questo*** *o* ***quello*** *?*	Des deux tableaux, préfères-tu celui-ci ou celui-là ?

Cependant ***quello***, devant le pronom relatif ***che***, peut s'élider en ***quel*** avec la valeur neutre de *ce qui*, *ce que* :

Ricorda ***quello (quel) che*** *ti ho detto !*	Rappelle-toi ce que je t'ai dit !

- ***Codesto***, rare, est d'usage toscan, littéraire ou bureaucratique.
- ***Stesso*** se construit comme l'adjectif et peut prendre une valeur neutre :

Fa' quello che vuoi, per noi è lo ***stesso*** *!*	Fais ce que tu veux, pour nous c'est la même chose !

2. Les autres sont **seulement pronoms** :

- désignant des **personnes** ce sont :
  - ***colui*** (m. sg.), ***colei*** (f. sg.), ***coloro*** (pl.) ;
  - ***costui*** (m. sg.), ***costei*** (f. sg.), ***costoro*** (pl.).

Ils ont un usage restreint, sauf en Toscane ; on leur préfère ***quello*** et ***questo*** ; ils ne s'emploient que pour les personnes avec, souvent, une nuance littéraire ou péjorative :

Non parlarmi di ***costui*** *!*	Ne me parle pas de celui-là !

L'usage le plus courant de ***colui*** est en association avec le relatif ***che*** :

La patria deve ricordarsi di ***coloro che*** *sono morti per lei.*	La patrie doit se souvenir de ceux qui sont morts pour elle.

- désignant une **chose**, ***ciò*** est invariable, a une valeur neutre et peut s'associer à ***che*** :

Non credo a ***ciò che*** *dici.*	Je ne crois pas à ce que tu dis.

adjectifs démonstratifs • ce qui, ce que • ciò • démonstratifs >

I. Utiliser le pronom démonstratif *questo* ou *quello* dans les phrases suivantes :

1. Fra i diversi libri che ho letto, ______ è interessante ma ______ molto meno. • 2. Dimmi tutto ______ che hai fatto. • 3. Di queste due vie, non prendere ______ ma ______ in fondo alla strada. • 4. È molto cambiato, non è più ______ di una volta. • 5. Fra gli alunni che vediamo, ______ sono bravi ma ______ no.

II. Choisir la forme qui convient parmi celles proposées :

1. Fra i diversi periodi della storia di questo paese ______ antico è il più tetro.
   a) questo — b) quel — c) quello
2. ______ che vogliono partire, possono.
   a) Quegli — b) Quelli — c) Questi
3. Delle sue due amiche, ______ è toscana.
   a) quella — b) quell' — c) quale
4. ______ che non ha mai peccato scagli la prima pietra !
   a) Questo — b) Ciò — c) Colui
5. Tutto ______ che dice non è sempre vero.
   a) quello — b) questo — c) costui
6. Di questi tre cappotti, ______ è mio.
   a) quel — b) questo — c) costui
7. ______ che arriverà in ritardo, non potrà entrare.
   a) Ciò — b) Quel — c) Colui
8. La madre è ______ che ti è sempre affezionata.
   a) quelle — b) questa — c) quella
9. ______ che parlano sono professori.
   a) Coloro — b) Colui — c) Colei
10. ______ è una ragazza poco simpatica.
    a) Quelle — b) Quello — c) Questa
11. ______ di cui ti parlo, è una donna molto bella.
    a) Questa — b) Colui — c) Quella
12. Chi era ______ ?
    a) coloro — b) colei — c) costoro

pronoms exclamatifs

1. ***Chi***, pronom invariable, ne désigne que des personnes ; il est sujet ou complément et peut être précédé d'une préposition :

*A **chi** lo dici !*	À qui le dis-tu !

2. Les autres pronoms exclamatifs, identiques aux adjectifs, sont :

- ***che***, invariable, qui se réfère à des choses :

***Che** vedo !*	Que vois-je !

- ***quanto**,-**a** / -**i**,-**e*** qui s'utilise pour la quantité, en référence à des personnes ou à des choses, et prend le genre et le nombre du nom qu'il représente :

***Quanti** sono !*	Combien ils sont !

adjectifs exclamatifs • che • chi • exclamatifs • quanto ••••••••••••••••••••••••••••••••••• >

Utiliser l'exclamatif qui convient dans les phrases suivantes :

1. Oggi ci sono pochi alunni, ______ sono assenti ! • 2. A ______ parli ! • 3. Deve venire ? – ______ sa ! • 4. ______ si vede ! • 5. ______ sento !

pronoms indéfinis

1. Certains pronoms indéfinis ont la **même forme que les adjectifs**.

- Deux composés de ***uno*** gardent la forme pleine et n'ont pas de pluriel :
  - ***ciascuno**,-**a*** *chacun* s'emploie dans des phrases de valeur partitive ou distributive :

***Ciascuna** delle candidate ha superato l'esame.*	Chacune des candidates a été reçue à son examen.
*La zia ha dato alle nipoti un libro **ciascuna** (per **ciascuna**).*	La tante a offert un livre à chacune de ses nièces.

  - ***nessuno**,-**a*** *personne*, placé devant le verbe, évite l'emploi de la négation ***non***, celle-ci est rétablie lorsqu'il est derrière :

***Nessuno** è venuto.* ***Non** è venuto **nessuno**.*	Personne n'est venu.

- ***Alcuni**,-**e*** *quelques-uns* ne s'emploie qu'au pluriel :

***Alcuni** sono venuti.*	Quelques-uns sont venus.

- Les quantitatifs sont :

molto,-a / -i,-e	beaucoup
tanto,-a / -i,-e	beaucoup, tant
poco,-ca / -chi,-che	peu
troppo,-a / -i,-e	trop

altrettanto,-a / -i,-e	autant
alquanto,-a / -i,-e	peu
parecchio,-chia / -chi,-chie	pas mal

*Dei miei amici, **molti** sono venuti, ne ho visti **parecchi**.* — De mes amis, beaucoup sont venus, j'en ai vu pas mal.

Tanto et ***altrettanto*** s'utilisent en corrélation avec ***quanto*** pour la comparaison d'égalité :

*Delle caramelle, Eva ne ha mangiate **tante quante** aveva.* — Des bonbons, Eva en a mangé autant qu'elle en avait.

- ***Altro**,-**a** / -**i**,-**e*** signifie *autre* :

*Se non lo farai tu, lo farà un **altro**.* — Si toi tu ne le fais pas, un autre le fera.

Employé avec le cardinal, il le précède :

gli altri due — les deux autres

Utilisé au masculin singulier sans article, il prend un valeur neutre :

Desidera altro ? — Désirez-vous autre chose ?

- ***Certo**,-**a** / -**i**,-**e*** *certain* est habituellement accompagné de l'article indéfini au singulier :

*Ne conosce **un certo**.* — Il en connaît un certain.

mais ne prend pas d'article au pluriel :

*Ne conosco **certi** che non hanno pagato.* — J'en connais certains qui n'ont pas payé.

- ***Tale** / -**i***, précédé :
  - de l'article indéfini, a le sens de *quelqu'un* :

    *Ha telefonato **un tale**.* — Quelqu'un a téléphoné.

  - de l'adjectif démonstratif ***quello***, indique une personne connue qu'il est inutile de nommer :

    *È tornato **quel tale**.* — Cet homme-là est revenu.

L'expression ***il (la) tal dei tali*** indique une personne connue mais que l'on ne veut pas nommer :

*Mi ha detto chi era **il tal dei tali**.* — Il m'a dit qui était un tel.

- ***Tutto**,-**a** / -**i**,-**e*** signifie *tout* :

*Ha bevuto **tutto**.* — Il a tout bu.

2. Certains indéfinis sont **seulement pronoms**. Ils peuvent être :

- invariables :
  - se référant seulement aux **personnes**
    - ***Chi*** *quiconque*, *celui qui* est un relatif indéfini qui contient lui-même son antécédent ; le verbe dont il est le sujet est au singulier ; il entre très souvent dans les proverbes :

      Chi dorme, non piglia pesci. (Celui qui dort ne prend pas de poissons.)
      > Renard qui dort la matinée, n'a pas la gueule emplumée.

Répété, il a le sens de *les uns*..., *les autres*... :

Chi *canta,* ***chi*** *balla.*	Les uns chantent, les autres dansent.

- ***Chiunque*** et ***chicchessia***, plus rares, *quiconque*, *n'importe qui* ne s'emploient qu'au singulier :

Lo capirebbe ***chiunque***.	N'importe qui le comprendrait.

Chiunque peut également introduire une concessive au subjonctif avec le sens de *qui que ce soit qui* :

Chiunque *venga, non aprire la porta !*	Qui que ce soit qui vienne, n'ouvre pas la porte !

– se référant uniquement à des **choses**

- ***Qualcosa*** signifie *quelque chose* :

Posso dirti ***qualcosa*** *?*	Puis-je te dire quelque chose ?

- ***Niente*** / ***nulla*** *rien* s'utilisent sans la négation ***non*** lorsqu'ils précèdent le verbe, et avec s'ils le suivent :

Non *succede* ***niente***. ***Niente*** *succede.*	Rien ne se passe.

Précédés de l'article, ils peuvent être substantivés :

Basta ***un niente*** *per farlo felice.*	Il suffit d'un rien pour le rendre heureux.

• variables :

il s'agit de ***uno*** et de ses composés ***ognuno*** et ***qualcuno***.

– ***Uno,-a*** / ***-i,-e*** signifie *un*..., *quelqu'un*...

C'è ***uno*** *che ti vuol incontrare.*	Il y a quelqu'un qui veut te rencontrer.

Il n'est pas précédé de l'article :

Ha comprato due libri, ***uno*** *è di De Carlo.*	Il a acheté deux livres, l'un est de De Carlo.

sauf lorsqu'il est en corrélation avec ***l'altro*** :

Compro due libri, ***l'uno*** *è di De Carlo,* ***l'altro*** *di Tamaro.*	J'achète deux livres, l'un est de De Carlo, l'autre de Tamaro.

ou lorsqu'il marque la réciprocité :

Si guardano ***l'un l'altro***.	Ils se regardent l'un l'autre.

Uno peut avoir la valeur impersonnelle de *on* :

Uno *non vive di solo pane.*	On ne vit pas que d'amour et d'eau fraîche.

– ***Ognuno,-a*** *chacun* ne s'emploie qu'au singulier :

Ognuno *fa il proprio dovere.*	Chacun fait son devoir.

– ***Qualcuno,-a*** *quelqu'un* ne s'emploie qu'au singulier :

C'è qualcuno ?	Y a-t-il quelqu'un ?

Il peut cependant parfois indiquer une quantité limitée :

Solo ***qualcuno*** *è riuscito a scappare.*	Quelques-uns seulement ont réussi à fuir.

Choisir la forme qui convient parmi celles proposées :

1. ______ delle candidate ha superato l'esame.
   a) Ciascuna b) Ognuno c) Certa
2. ______ è stato ancora deciso.
   a) Tale b) Niente c) Nulla non
3. ______, al suo posto, avrebbe fatto lo stesso.
   a) Chiunque b) Tutti c) Certi
4. Posso fare ______ per te.
   a) niente b) nulla c) qualcosa
5. Spera di diventare ______.
   a) qualcuno b) alcuno c) niente
6. Dei libri ne ha ______ ma ne ha letti ______.
   a) poco... parecchio b) alcuni... qualcosa c) parecchi... pochi
7. ______ di questi giorni verrò a trovarti.
   a) Alcuni b) L'uno c) Uno
8. ______ sono d'accordo, ______ no.
   a) Alcuni ... altri b) Altri... uni c) Chiunque... altri
9. ______ è chiaro.
   a) Ciascuna b) Tutto c) Tale
10. ______ è riuscito ad entrare.
   a) Una b) Qualcuno c) Poco
11. Ha lavorato per ______.
   a) niente b) l'uno c) troppo
12. Vi dovete aiutare ________.
   a) gli uni gli altri b) uni altri c) alcuni uno
13. Ha sposato ______ del suo paese.
   a) altra b) una c) nessuno
14. A Venezia, dei turisti ce ne sono ______ e talvolta ______.
   a) tanto... troppo b) parecchi... tanto c) tanti... troppi

pronoms interrogatifs

1. *Chi* n'est que pronom et s'utilise pour les personnes ; il peut être précédé d'une préposition :

Chi è venuto ? — Qui est venu ?
Con chi parli ? — Avec qui parles-tu ?

2. Certains sont identiques aux adjectifs :

- ***che* se réfère à des choses :**

Che vuoi ? — Que veux-tu ?

*A **che** pensi ?* — À quoi penses-tu ?

- ***quale** / -**i*** se réfère à des personnes ou à des choses :

*Di questi quadri, **quali** preferisci ?* — De ces tableaux, lesquels préfères-tu ?

- ***quanto**,-**a** / -**i**,-**e*** s'utilise pour la quantité en référence à des personnes ou à des choses :

***Quanti** erano presenti ?* — Combien étaient présents ?

adjectifs interrogatifs • che • chi • interrogatifs • quale / -i • quanto >

Utiliser le pronom interrogatif qui convient dans les phrases suivantes :

1. Di queste due bambole, ______ hai scelta ? • 2. Poiché hai fame, vuoi della pasta. ______? • 3. ______ è venuto ? • 4. Per ______ lavori ? • 5. Di ______ state parlando ? • 6. Di questi libri, ______ sono i tuoi preferiti ? • 7. Non so con ______ partire ? • 8. ______ è stata ? • 9. Hai ricevuto tanti regali per il tuo compleanno ; ______? • 12. Con ______ hai mangiato ? • 13. Pronto ! ______ parla ? • 13. Ti piacciono certi fiori ; ______? • 14. ______ stavate dicendo ?

pronoms personnels compléments

1. Formes faibles :

personnes		singulier 1re	singulier 2e	singulier 3e	pluriel 1re	pluriel 2e	pluriel 3e
COD	mas.	mi	ti	lo	ci	vi	li
	fém.			la			le
compl. d'attribution	mas.	mi	ti	gli	ci	vi	loro
	fém.			le			
neutres	ci vi ne						

- Ces formes faibles précèdent le verbe, sauf ***loro*** qui le suit toujours.

__Lo__ vedi e __gli__ parli. — Tu le vois et tu lui parles.

*Parli **loro**.* — Tu leur parles.

Il faut noter que dans la langue actuelle ***gli*** remplace fréquemment ***loro***.

Lo et ***la*** peuvent s'élider devant voyelle et devant le ***h***- du présent de ***avere*** :

L'ho visto. — Je l'ai vu.

- Elles se soudent aux verbes, formant **enclise**, sauf ***loro*** :
  - à l'**infinitif**, après apocope de la voyelle finale :

*Preferisco guardar**ti**.*	Je préfère te regarder.
*Ho preferito aver**ti** guardato.*	J'ai préféré t'avoir regardé.

Avec les verbes serviles il y a deux constructions possibles : on peut faire l'enclise après l'infinitif ou placer le pronom devant le verbe servile :

*Vuole parlar**ti**. / **Ti** vuole parlare.*	Il veut te parler.

  - à l'**impératif** :

*Guarda**mi** !*	Regarde-moi.
*Scusa**mi** !*	Excuse-moi !

À l'impératif négatif, 2e personne du singulier, le pronom peut se souder au verbe ou le précéder :

*Non guardar**lo** ! / Non **lo** guardare !*	Ne le regarde pas

Avec les 5 impératifs monosyllabiques ***da' ! di' ! fa' ! sta' ! va' !*** on double la consonne initale du pronom enclitique, sauf s'il s'agit de ***gli*** :

*Da**mmi** !*	Donne-moi !	*Di**llo** !*	Dis-le !
*Fa**llo** !*	Fais-le !	*Sta**cci** !*	Restes-y !
*Va**cci** !*	Vas-y !	*Di**gli** !*	Dis-lui !

La forme de politesse n'ayant pas d'impératif, le subjonctif présent qui le remplace ne demande pas l'enclise du pronom :

***Mi** scusi, Signore !*	Excusez-moi, Monsieur !

  - au **gérondif** :

*Parlando**le** pensava ad altro.*	En lui parlant, il pensait à autre chose.

À la forme progressive, on peut faire l'enclise mais il est préférable de placer le pronom devant le verbe ***stare*** :

***Ti** sto aspettando. / Sto aspettando**ti**.*	Je suis en train de t'attendre.

  - au **participe passé absolu** :

*Alzato**si** mi venne incontro.*	S'étant levé, il vint au devant de moi.

- Les pronoms faibles remplacent souvent l'adjectif possessif :

***Ti** faccio il compito.*	Je fais ton devoir.

- Ils se soudent aussi à **ecco** *voici*, *voilà* :

*Ecco**lo** !*	Le voilà !

- Certains de ces pronoms peuvent prendre une **valeur neutre** :
  - ***lo*** peut se rapporter à toute une proposition ou à un adjectif, il correspond alors à *le* :

*– Ha detto la verità ? – Non **lo** so.*	– A-t-il dit la vérité ? – Je ne le sais pas.

Si crede bella ma non ***lo*** *è.* — Elle se croit belle mais elle ne l'est pas.

mais *le*, pronom neutre ne se traduit pas si le sujet est indéfini :

È vero ? Non si sa. — Est-ce vrai ? On ne le sait pas.

– ***la*** **est mis pour *la cosa*, *la faccenda*, *la storia*... dans un certain nombre d'expressions.**

La *sa lunga.* — Il en sait trop.

Se ***la*** *prende con me.* — Il s'en prend à moi.

– ***ci*** **et *vi* peuvent prendre le sens de *y* :**

Ci *vai.* — Tu y vas.

et entre dans un certain nombre d'expressions en particulier pour traduire *il y a*, au sens quantitatif :

C'*è una mela sulla tavola.* — Il y a une pomme sur la table.

Ci *sono mele sulla tavola.* — Il y a des pommes sur la table.

et pour traduire *il faut* :

Ci vuole pazienza. — Il faut de la patience.

– ***ne*** **a le sens de *en* :**

– Dice la verità ? — – Est-ce qu'il dit la vérité ?
– ***Ne*** *dubito.* — – J'en doute.

2. Formes fortes :

	singulier			pluriel		
personnes	1re	2e	3e	1re	2e	3e
masculin			*lui, esso*			*essi*
	me	*te*		*noi*	*voi*	*loro*
féminin			*lei, essa*			*esse*

- **Ces formes fortes :**
  - **ne se soudent jamais au verbe ;**
  - **s'emploient surtout comme complément indirect introduit par une préposition :**

C'è un regalo per ***te****.* — Il y a un cadeau pour toi.

Ridono di ***noi****.* — Ils rient de nous.

L'aereo è veloce, con ***esso*** *si percorrono grandi distanze.* — L'avion est rapide, avec lui on parcourt de grandes distances.

  - **se réfèrent toujours à une personne différente du sujet :**

Lisa pensa spesso alla nonna, non si dimenticherà mai di ***lei****.* — Lisa pense souvent à sa grand-mère, elle ne l'oubliera jamais.

car si la personne est la même que le sujet, on emploie le pronom réfléchi :

Pensa solo a ***sé****.* — Il ne pense qu'à lui(-même).

– peuvent être remplacées, avec une insistance moindre, par le pronom de forme faible correspondant :

Sto vicino a **te**. / ***Ti*** *sto vicino.*	Je me tiens à côté de toi.

• ***Lui***, ***lei*** et ***loro***, correspondent uniquement à des personnes et, en plus de la fonction de complément indirect, s'emploient :

– comme complément direct, donc sans préposition, pour mettre en relief le pronom et avec le sens de *c'est moi, toi... que* :

Amo **te**.	C'est toi que j'aime.

– avec valeur de sujet, donc sans préposition, dans les exclamations elliptiques :

Misero **me** !	Pauvre de moi !
Beato **lui** !	Comme il a de la chance !

– après ***come*** et ***quanto***, dans les comparaisons, et ils peuvent être précédés d'une préposition :

Pensa a me come ***a*** **te**.	Il pense à moi comme à toi.
Lavoro quanto **te**.	Je travaille autant que toi.

• ***Esso***, ***essa***, ***essi***, ***esse*** ne s'emploient que pour les animaux et les choses et n'ont que la fonction de complément indirect précédé d'une préposition.

ci • en • enclise du pronom personnel • falloir • il y a • la (pronom neutre) • pronoms personnels réfléchis • y >

I. Remplacer le nom complément en gras par le pronom faible correspondant :

1. Guardo **Luca**. • 2. Telefona **a Marta** ! • 3. Vado **a Roma**. • 4. Sentiamo **i ragazzi**. • 5. Di' **a Pietro** di venire ! • 6. Voglio **una cartolina**. • 7. Portiamo **un pacco**. • 8. Non conosco **queste ragazze**. • 9. Guardiamo **la tivù**. • 10. Vedi **i bambini**. • 11. Parli **alla tua amica**. • 12. Pulisci **la tavola** ! • 13. Guardando **la sorella**, sorrise **alla sorella**. • 14. Sta scorgendo **Lisa**. • 15. Devo vedere **Mara**. • 16. Ecco **i ragazzi**. • 17. Vorrei conoscere **il risultato**.

II. Utiliser le pronom fort dans les phrases suivantes à la place des noms en gras :

1. Scrive al**la nonna**. • 2. Parlo a **Nina** come a **Dino**. • 3. Guardate **Luca e Filippo**. • 4. Prepariamo da mangiare per **i cani** e per **le gatte**. • 5. Questo regalo è per **i bambini**. • 6. Lina si trova accanto a **Nino**.

III. Traduire :

1. Il y a du travail à faire. Faisons-le ! • 2. En te regardant il lui parlait. • 3. Nous travaillons pour toi et pas seulement pour lui. • 4. Vous connaissez ces amis, je vous écrirai si nous partons en voyage avec eux. • 5. Ces chansons, tu sais les chanter. • 6. C'est à moi qu'il racontera toute cette histoire. • 7. Je travaille comme lui et autant qu'eux.

pronoms personnels groupés

1. Les pronoms personnels groupés se forment avec :

	lo	*la*	*li*	*le*	*ne*
mi	*me lo*	*me la*	*me li*	*me le*	*me ne*
ti	*te lo*	*te la*	*te li*	*te le*	*te ne*
si	*se lo*	*se la*	*se li*	*se le*	*se ne*
gli	*glielo*	*gliela*	*glieli*	*gliele*	*gliene*
le	*glielo*	*gliela*	*glieli*	*gliele*	*gliene*
ci	*ce lo*	*ce la*	*ce li*	*ce le*	*ce ne*
vi	*ve lo*	*ve la*	*ve li*	*ve le*	*ve ne*

2. Les pronoms compléments d'attribution, sauf ***loro***, se placent devant les pronoms COD et devant ***ne*** :

- ***mi***, ***ti***, ***si***, ***ci***, ***vi***, changent leur -***i*** en -**e** pour devenir : **me**, **te**, **se**, **ce**, ***ve*** ;
- ***gli*** et ***le*** deviennent tous deux ***glie*** et se soudent au pronom COD, le pronom groupé ainsi obtenu, s'élide devant une voyelle ou le ***h***- du présent de l'indicatif de ***avere*** :

Gliel'*hai detto.*	Tu le lui as dit.

3. La place des pronoms groupés est identique à celle des pronoms simples de forme faible :

Ieri non ti ho detto la verità, adesso ***te la*** *dico.*	Hier je ne t'ai pas dit la vérité, maintenant je te la dis.
*Mandagli**e**lo !* → *Manda**glielo** !*	Envoie-le-lui !
*Parlando**mene**, guardava Carla.*	En m'en parlant, il regardait Carla.

4. Après les impératifs monosyllabiques ***da' ! di' ! fa' ! sta' ! va' !*** les pronoms groupés, sauf ceux commençant par ***gli***, redoublent leur consonne initiale :

*Di**mmelo** !*	Dis-le-moi !
mais : *Di**glielo** !*	Dis-le-lui !

Avec les verbes serviles on peut faire l'enclise après l'infinitif ou placer les pronoms devant le verbe servile :

*Vuole parlar**tene**. /* ***Te ne*** *vuole parlare.*	Il veut t'en parler.

5. ***Loro*** se dissocie toujours des autres pronoms et se place :

- derrière le verbe :

La *compro* ***loro****.*	Je la leur achète.

- ou derrière le pronom enclitique :

*Da**llo** **loro** !*	Donne-le-leur !

Il faut noter que dans la langue actuelle ***gli*** remplace fréquemment ***loro***.

6. Les pronoms ***mi***, ***ti***, ***gli***, ***le***, ***ci***, ***vi*** ne modifient pas leur forme lorsqu'ils précèdent ***ci*** *y* ou ***si*** *on* :

Ti ci *metti.*	Tu t'y mets.

Lorsque ***si*** correspond à *on*, il se place immédiatement devant le verbe et les autres pronoms de forme faible, sauf ***ne***, se mettent devant lui :

Lo si *sente.*	On l'entend.
mais : ***Se ne*** *parla.*	On en parle.

Attention aux groupes de pronoms formés avec ***si*** car, suivant le contexte, ils peuvent avoir des sens différents :

Ci si vede. peut signifier : On se voit.
On y voit.
On nous voit.
Il / Elle s'y voit.

7. Le pronom réfléchi précède le pronom ***la*** ayant une valeur neutre et s'associe à lui en transformant son ***-i*** en ***-e*** dans certaines expressions :

cavarsela	s'en tirer
darsela a gambe	s'enfuir à toutes jambes
godersela	se donner du bon temps, en profiter
intendersela con	être de mêche avec
prendersela con	s'en prendre à
ridersela	rire de bon cœur
sbrigarsela	se débrouiller
sentirsela di fare qualcosa	avoir envie de faire quelque chose
spassarsela	se donner du bon temps
svignarsela	filer à l'anglaise
vedersela brutta	passer un mauvais quart d'heure
Me la sono cavata.	Je m'en suis tiré.

8. ***Ci*** a souvent une valeur d'insistance dans la langue parlée, cette valeur se retrouve avec les pronoms groupés :

Un paio di scarpe di questo tipo, ***ce*** *l'ha in negozio ?*	Avez-vous, en magasin, une paire de chaussures de ce genre-ci ?

ci* • *enclise du pronom personnel* • *impératif* • *ne* • *on >

I. Remplacer les noms en gras par les pronoms personnels groupés correspondants, si possible :

1. Compra **dei fiori alla mamma**. • 2. Mando **delle lettere alle amiche**. • 3. Da' **un bel gelato a Lina e Marco** ! • 4. Offri **la mela a Luisa** ! • 5. Telefoniamo **la notizia ai compagni** ! • 6. Porta **il pacco a Carlo !** • 7. Ho detto **la verità a Andrea**. • 8. Comprando **quest'oggetto al negoziante**, era contento.

II. Traduire les phrases suivantes en utilisant des pronoms groupés, si possible :

1. C'est un beau bijou ; fais-le-lui voir et offre-le-moi ! • 2. Il se jeta à son cou. • 3. Elle s'approcha de lui. • 4. Donnez-nous un conseil ! • 5. Des livres, il t'en a pris trois et m'en a rendu deux. • 6. Des bonbons, nous lui en avons donné. • 7. Ils n'ont pas été très gentils, je le leur dirai. • 8. Cette nouvelle, nous te la donnons. • 9. Nous nous en sommes bien tirés. • 10. Finissons-en ! • 11. Cet objet lui plaît beaucoup, il veut se le procurer. • 12. Allez-vous-en !

pronoms personnels réfléchis

	singulier			pluriel		
personnes	1re	2e	3e	1re	2e	3e
formes faibles	*mi*	*ti*	*si*	*ci*	*vi*	*si*
formes fortes	*me*	*te*	*sé*	*noi*	*voi*	*sé*

1. Les pronoms réfléchis de **forme faible** :

- sont complément d'objet direct ou complément d'attribution :
  - *Bruno **si** pettina.* — Bruno se peigne.
  - *Il gatto **si** lecca la zampa.* — Le chat se lèche la patte.
- s'emploient parfois de façon familière pour renforcer la phrase :
  - ***Ti** mangi un bel gelato.* — Tu manges une bonne glace.
- remplacent souvent l'adjectif possessif :
  - ***Mi** metto la giacca.* — Je mets ma veste.

Si traduit souvent le français *on* :

- *Si vede la montagna.* — On voit la montagne.
- *Si vedono le montagne.* — On voit les montagnes.

La tournure réellement réfléchie correspond à ***ci si*** *on se* :

- *Ci si risveglia.* — On se réveille.

2. Les pronoms réfléchis de **forme forte** :

- renvoient toujours au sujet de la proposition :
  - *Maria pensa solo a* **sé**. — Maria ne pense qu'à elle(-même).

et ils peuvent être renforcés par l'adjectif **stesso** ; dans ce cas **sé** ne porte pas l'accent :

Maria pensa solo a **se stessa**.	Maria ne pense qu'à elle-même.

- ne s'emploient pas pour une action réciproque où ***loro*** remplace **sé** :

Le persone parlano tra **loro**.	Les personnes parlent entre elles.

adjectifs possessifs • *on* ◆◆◆◆◆◆◆◆◆◆◆◆◆◆◆◆◆◆◆◆◆◆◆◆ >

Traduire les phrases suivantes :

1. Nous nous sommes regardés. • 2. Ils se parlent et ils parlent d'eux (-mêmes). • 3. Tu ôtes ton chapeau pour saluer les dames. • 4. Tournez-vous ! • 5. Il a très faim, il mange sa soupe. • 5. Il travaille pour lui(-même). • 6. On mange des spaghetti. • 7. On se lève.

pronoms personnels sujets

		singulier	pluriel
1re personne		*io*	*noi*
2e personne		*tu*	*voi*
3e personne	masculin	*egli, lui, esso*	*essi*
			loro
	féminin	*ella, lei, essa*	*esse*

À la 3e personne du singulier, on emploie :

- au masculin : ***egli*** et ***lui*** pour les personnes, **esso** pour les animaux et les choses ;
- au féminin : ***ella*** (vieilli), ***lei*** et ***essa*** pour les personnes ; ***essa*** pour les animaux et les choses.

À la 3e personne du pluriel, on emploie : ***loro*** pour les personnes, ***essi*** et **esse** pour les animaux et les choses et / ou pour éviter une ambiguïté :

Loro *erano tutti italiani,* **essi** *di Torino,* **esse** *di Milano.*	Ils étaient tous italiens, eux de Turin, elles de Milan.

1. Le pronom personnel sujet est **normalement omis** en italien car la forme du verbe suffit à différencier les personnes.

Cependant il est **exprimé** pour :

– éviter une confusion sur le sujet, en particulier quand les formes verbales sont semblables, c'est-à-dire au subjonctif :

Pensava che **tu** *amassi Lisa.*	Il pensait que tu aimais Lisa.
Pensava che **io** *amassi Lisa.*	Il pensait que j'aimais Lisa.

– insister :

***Io** lavoro e **tu** ti diverti.*	Moi je travaille et toi tu t'amuses.

Pour insister encore plus fortement, c'est-à-dire pour traduire *c'est moi, toi…, c'est moi, toi… qui*, on place le pronom sujet après le verbe :

*Sono **io**.*	C'est moi.
*Ti telefono **io**.*	C'est moi qui te téléphone.

Dans ce cas, à la 3ᵉ personne, on n'emploie jamais *egli*, *essa*, *ella*, *essi*, *esse*, mais toujours *lui*, *lei* et *loro* :

*È **lui**.*	C'est lui.
*Telefonano **loro**.*	C'est eux qui téléphonent.

2. Ces mêmes formes *lui*, *lei* et *loro* sont également obligatoires à la 3ᵉ personne :

- **quand le pronom a fonction d'attribut :**

*Non sembrava più **lui**.*	Il ne semblait plus lui-même.

- **après *come* et *quanto* :**

*Sei alto come **lei**.*	Tu es aussi grand qu'elle.

- **dans les oppositions :**

***Lui** parla, **lei** ascolta.*	Lui il parle, elle elle écoute.

- **quand le verbe est au gérondif ou au participe passé absolu :**

*Parlando **lui**, tutto divenne chiaro.*	Comme il parlait, tout devint clair.
*Partiti **loro**, rimase solo.*	Eux une fois partis, il resta seul.

- **après *anche*, *pure*, *neanche*, *neppure*, *nemmeno* :**

*Non lo sa neanche **lei**.*	Elle ne le sait pas elle-même.

3. Les pronoms personnels sujets sont employés dans l'ordre de succession des personnes, il n'est pas discourtois de faire passer la première personne avant les autres, c'est au contraire l'habitude :

***Io** abito a Roma, **tu** abiti a Firenze e **lei** a Napoli.*	Toi tu habites à Florence, elle à Naples et moi à Rome.

***anche, neanche* • *gérondif* • *participe passé* ••••••>

I. Compléter les phrases suivantes avec le pronom personnel sujet :

1. Vengono ______ • 2. Te lo dico ______ • 3. Partono anche ______ • 4. ______ cantiamo mentre ______ leggete. • 5. Vieni anche ______? • 6. Nemmeno ______ sappiamo di che cosa si tratta. • 7. Sono state ______ a partire. • 8. Carla è una buona cuoca, questo dolce, l'ha fatto ______ • 9. Non vado d'accordo con Ugo, però ha ragione ______ e non ______.

II. Remplacer le nom sujet par le pronom personnel correspondant :

1. Claudia cammina sul lungofiume. • 2. Parla Sandra. • 3. I galli cantano al mattino. • 4. Luca telefona a Lucia. • 5. Le ragazze passeggiano, i ragazzi chiacchierano. • 6. L'artista dipinge. • 7. I giovani si divertono. • 8. Non è venuta neanche la mamma.

III. Traduire :

1. Qui vient avec moi ? Toi ou lui ? • 2. Nous nous travaillons, eux aussi. • 3. Tu es aussi gentille qu'elle. • 4. Lui et moi nous partons, vous aussi. • 5. C'est eux qui agissent et pas vous. • 6. Qui veut répondre ? – Nous. • 7. C'était elle qui avait parlé. • 8. Nous sommes invités ma femme et moi.

pronoms possessifs

Leurs formes sont identiques à celles des adjectifs possessifs. Ils s'utilisent toujours avec l'article :

*Mio padre è più ricco **del tuo**.*	Mon père est plus riche que le tien.
*Questo libro è **il mio**.*	Ce livre est le mien.

(***Questo libro è mio***. est une phrase correcte mais ***mio*** est alors adjectif attribut et n'est pas pronom.)

adjectifs possessifs >

proprio

1. ***Proprio*** est un adverbe qui signifie *exactement, précisément, vraiment* :

È proprio il contrario.	C'est exactement le contraire.
Non ho proprio fame.	Je n'ai vraiment pas faim.

2. Précédé de l'article, ***il proprio*** est un possessif de la 3e personne toujours accompagné de l'article, il s'emploie avec un sujet indéfini ou dans une phrase impersonnelle :

Ognuno difende la propria opinione.	Chacun défend son opinion.
Bisogna fare il proprio dovere.	Il faut faire son devoir.

ou pour insister ou préciser :

L'ha visto con i propri occhi.	Il l'a vu de ses propres yeux.
Gino guida la propria macchina.	Gino conduit sa propre voiture.

Il est préférable de l'employer seul et non pas avec un autre possessif.

adverbes de manière • *adjectifs possessifs* •
pronoms possessifs >

pure et ses composés

1. ***Pure*** :

- équivaut à ***anche*** *aussi*, mais se place après le nom ou le pronom sur lequel il porte :

io **pure** *(anch'io)*	moi aussi

Neppure *pas même, même pas* correspond à la forme négative et équivaut à ***neanche***, ***nemmeno***. S'il est placé devant le verbe, on n'utilise pas la négation ***non*** mais on la rétablit, s'il est derrière :

Neppure *per le vacanze è venuto. /* **Non** *è venuto* **neppure** *per le vacanze.*	Il n'est pas même venu pour les vacances.

- équivaut à ***però*** *pourtant, cependant, malgré cela* :

Piove, **pure** *uscirò.*	Il pleut, pourtant je sortirai.

Il peut alors entrer en composition avec la conjonction de coordination **e** et devient ***eppure*** :

« **Eppure** *si muove ! » (Galileo Galilei)*	« Et pourtant elle tourne ! » (Galilée)

- prend une valeur d'insistance :
  - après un impératif ou un subjonctif de politesse, il se traduit par *donc* :

Entra **pure** *!*	Entre donc !
Faccia **pure**, *Signore !*	Faites donc, Monsieur !

  - apocopé devant un gérondif, il a le sens de *tout en* :

Lavorava **pur** *cantando.*	Il travaillait tout en chantant.

  - en composition avec **o**, il devient ***oppure***, signifie *ou bien* et équivaut à ***ossia***, ***ovvero*** :

Per le vacanze andrà in Italia **oppure** *in Spagna.*	Pour les vacances il ira en Italie ou bien en Espagne.

2. ***Pur di*** suivi de l'infinitif et ***purché*** suivi du subjonctif ont le sens de *pourvu que, à condition que* :

Il mio cane sta tranquillo **pur di** *sentir che sono vicino a lui.*	Mon chien reste tranquille pourvu qu'il me sente à côté de lui.
Verrò con te **purché** *mi accompagni con la macchina.*	Je viendrai avec toi, pourvu que tu m'emmènes en voiture.

Ne pas confondre avec ***magari*** suivi du subjonctif imparfait qui exprime un souhait :

Magari venisse !	Pourvu qu'il vienne !

3. ***Purtroppo !*** signifie *hélas ! malheureusement !*

Purtroppo *non è venuto !*	Malheureusement il n'est pas venu !

4. ***Seppure*** *bien que* est une conjonction de subordination qui introduit une concessive au subjonctif :

Seppure faccia freddo, Luca esce. Bien qu'il fasse froid, Luca sort.

anche, neanche* • *conjonctions de coordination* • *conjonctions de subordination* • *gérondif* • *impératif* • *magari •••••••••••••••••••••••••••• >

Traduire les phrases suivantes :

1. Lui aussi est allemand. • 2. Pourvu qu'il fasse beau ! • 3. Il ne passera même pas chez nous. • 4. Pourvu que tu promettes de ne plus agir ainsi, je te pardonne. • 5. Son patron l'apprécie, pourvu que Leo travaille. • 6. Malheureusement il est arrivé trop tard. • 7. Tout en parlant il nous regardait. • 8. Je ferai tout, pourvu qu'il soit content. • 9. Entrez donc, Monsieur, et mettez-vous à votre aise ! • 10. Il parle bien italien et pourtant il ne l'étudie que depuis un an.

qualche, qualcuno

Qualche et ***qualcuno*** sont deux indéfinis.

1. ***Qualche*** *quelque* est adjectif ; il est toujours suivi d'un nom singulier :

Qualche ragazzo è venuto. Quelques garçons sont venus.

Il est l'équivalent de l'adjectif indéfini ***alcuni,-e*** suivi d'un nom pluriel :

Alcuni ragazzi sono venuti.

Attention à l'accord du verbe.

2. ***Qualcuno*** *quelqu'un* est pronom singulier ; s'il est sujet, le verbe est au singulier :

Qualcuno parla. Quelqu'un parle.

Le pronom indéfini pluriel ***alcuni,-e*** *quelques-uns*, s'il est sujet, commande un verbe au pluriel :

Alcuni parlano. Quelques-uns parlent.

indéfinis ••••••••••••••••••••••••••••••••••••• >

Utiliser les indéfinis ***qualche, qualcuno*** ou ***alcuni / -e,*** suivant le cas, dans les phrases suivantes :

1. ______ persone sono presenti. • 2. Fra questi uomini, ______ viaggiano molto. • 3. ______ sono italiane. • 4. ______ragazzo non studia bene. • 5. ______donne parlavano all'angolo della via. • 6. ______ è venuto. • 7. Leo è andato a Napoli per ______giorno. • 8. Hai visto ______?

quale / -i

1. ***Quale*** subit l'apocope du -**e** devant voyelle et parfois consonne.

- Interrogatif, il sert à demander la qualité ou l'identité et est :
  - adjectif :

Qual buon vento ti porta ?	Quel bon vent t'amène ?

  - ou pronom :

Qual è il tuo nome ?	Quel est ton nom ?

- Exclamatif, on lui préfère ***che*** :

Quale gioia ! (Che gioia !)	Quelle joie !

2. Relatif, avec l'article défini, ***il quale***, ***la quale / i quali***, ***le quali*** peut être utilisé comme :

- sujet mais uniquement pour éviter une confusion ou une succession de ***che*** :

Il ragazzo che parla, ***il quale*** *è di Parma, è un amico.*	Le garçon qui parle et qui est de Parme, est un ami.

- COD mais on lui préfère ***che*** ;
- complément indirect mais ***cui*** est préférable :

Il libro di cui / ***del quale*** *ti ha parlato, è di Camilleri.*	Le livre dont / duquel il t'a parlé, est de Camilleri.

exclamatifs • interrogatifs • relatifs (pronoms) •••• >

Utilisez la forme correcte de ***quale*** ou ***il quale*** dans les phrases suivantes, en adaptant si nécessaire :

1. La città da ______ viene è Roma. • 2. In ______ stato ti sei ridotto ! • 3. In ______ città sei stato trasferito ? • 4. ______ medico è venuto ? • 5. ______ era la Sua opinione, Signore ? • 6. ______ è il paese in ______ è nato ? • 7. Le sedie su ______ sono seduti, sono vecchie. • 8. Di ______ amici parli ?

quanto

1. ***Quanto*** peut avoir différentes natures.

- Adverbe, il est invariable :

Quanto *è contenta Maria !*	Comme Maria est contente !

- Adjectif et pronom interrogatif ou exclamatif, il se réfère à une personne ou à une chose ; adjectif, il s'accorde avec le nom ; pronom, il prend le genre et le nombre du nom qu'il représente :

Quanti *anni hai ?*	Quel âge as-tu ?
Quanti *sono !*	Comme ils sont nombreux !

• Il contribue à former le comparatif d'égalité en corrélation avec ***tanto*** qui peut être sous-entendu sauf si l'on compare deux adjectifs ou deux verbes :

*Lisa è tanto bella **quanto** simpatica.*	Lisa est aussi belle que sympathique.

Devant un nom il est adjectif et s'accorde :

*Cinzia ha tante bambole **quante** amiche.*	Cinzia a autant de poupées que d'amies.

• Il peut être relatif indéfini et traduit *ce qui…, ce que…* en insistant sur la quantité ; il est adjectif ou pronom :

*Ha detto (tutto) **quanto** pensava.*	Il a dit tout ce qu'il pensait.
*Ha detto **quante** cose aveva in testa.*	Il a dit tout ce qu'il avait dans la tête.

2. ***Quanto*** peut être utilisé avec différentes prépositions :

• ***da quanto*** correspond à *d'après ce qui / ce que (à ce que)* :

***Da quanto** mi hanno raccontato…*	D'après ce qu'on m'en a dit…

• ***in quanto*** signifie *en tant que* :

***In quanto** professore, ha potuto spiegarci questo.*	En tant que professeur, il a pu nous expliquer cela.

• ***(in) quanto a*** a le sens de *quant à, en ce qui me concerne* :

*Vanno in Italia, (in) **quanto a** me, parto per il Brasile.*	Ils vont en Italie, quant à moi, je pars pour le Brésil.

• ***per quanto*** *quoi que, bien que, pour autant que…*, suivi :

– de l'indicatif a une valeur limitative :

*per **quanto** mi riguarda*	en ce qui me concerne (pour autant que cela me concerne)

– du subjonctif, introduit une concessive, et, suivi d'un nom, il s'accorde :

***Per quanto** Leo sia bello, non piace a Mina.*	Bien que Leo soit beau, il ne plaît pas à Mina.
***Per quante** parole abbia detto, non ha spiegato niente.*	Quelques mots qu'il ait dits, il n'a rien expliqué.

adverbes de quantité • ce que, ce qui • comparatif d'égalité • conjonctions de subordination • exclamatifs • interrogatifs • subordonnées conjonctives •••••••• >

Traduire les phrases suivantes :

1. Je me demande combien elle pèse. • 2. Comme je suis malheureuse ! • 3. Quant à partir demain, ce n'est pas sûr. • 4. Il travaille autant que toi. • 5. Il a autant de maisons que de voitures. • 6. Quant à cela, c'est une autre affaire. • 7. Elle est aussi bonne que belle. • 8. Aussi vrai que Dieu existe ! • 9. Pour intelligent qu'il soit, il a agi d'une manière stupide. • 10. En tant que médecin, il a pu établir un diagnostic.

quasi

Quasi a deux valeurs.

1. Adverbe, il signifie *presque* :

Siamo ***quasi*** *arrivati.*	Nous sommes presque arrivés.

Répété, il insiste sur l'approximation ou l'imminence :

– Avete finito di lavorare ?	– Avez-vous fini de travailler ?
– ***Quasi quasi.***	– Presque. / Il s'en faut de peu.

2. Conjonction de subordination, il équivaut à ***come se***, signifie *comme si* et est suivi du subjonctif imparfait :

Parlava ***quasi*** *fosse un oratore.*	Il parlait comme si c'était un orateur.

adverbes • conjonctions de subordination .... >

Traduire les phrases suivantes :

1. Ha quasi finito. • 2. Sono quasi tre anni che vive in Italia. • 3. È venuto quasi subito. • 4. Non parla quasi mai. • 5. Quasi quasi gli diceva tutto ma ha smesso di parlare. • 6. È quasi l'una. • 7. Afferma certe cose quasi fossero vere.

quelque(s), quelqu'un

1. L'adjectif *quelque(s)* se traduit par :

- ***qualche*** suivi du singulier :

Qualche *allievo non sapeva la lezione.*	Quelques élèves ne savaient pas leur leçon.

- ***alcuni*** / **-e** suivi du pluriel :

Alcuni allievi non sapevano la lezione.

2. Les pronoms :

- *quelqu'un* se traduit par ***qualcuno*** singulier :

Qualcuno *non sapeva parlare italiano.*	Quelqu'un ne savait pas parler italien.

- *quelques-uns* se traduit par ***alcuni,-e*** pluriel :

Alcuni *non sapevano parlare italiano.*	Quelques-uns ne savaient pas parler italien.

3. ***Pochi*** / ***-che***, pluriel, adjectif ou pronom, peut avoir le sens de *quelques* / *quelques-uns* lorsque la quantité est réduite :

Aspettava diverse persone, solo ***poche*** *sono venute.*	Il attendait plusieurs personnes, seulement quelques-unes sont venues.

indéfinis .... >

Choisir la forme qui convient parmi celles proposées :

1. I ragazzi erano quasi tutti presenti, ______ erano assenti.
   a) pochi b) alcuno c) alcune
2. Era giorno di festa, però, fra gli scolari, ______ non furono contenti.
   a) poche b) alcuni c) qualche
3. Le ragazze furono invitate tutte ma solo ______ vennero.
   a) qualcuno b) poca c) alcune
4. ______ partecipa alla gara.
   a) Qualche b) Qualcuno c) Poco
5. ______ corridore si fermò nella salita.
   a) Qualche b) Poche c) Alcuno

qui, qua / lì, là

Qui et ***qua*** sont des adverbes de lieu synonymes qui signifient *ici*.

Ils indiquent la proximité, correspondent au démonstratif **questo**. Ils sont le contraire de ***lì*** et ***là*** signifient *là*, qui expriment l'éloignement et correspondent au démonstratif ***quello*** :

I suoi genitori sono separati : qui vive la mamma e là il papà.	Ses parents sont séparés : ici vit sa mère et là son père.

Qua a deux composés ***quaggiù*** *ici en bas* et ***quassù*** *ici en haut*.
Là a deux composés ***laggiù*** *là en-bas* et ***lassù*** *là-haut*.

adverbes de lieu • démonstratifs •••••••••••••••• >

quindi

Quindi a deux valeurs :

1. adverbe il signifie *puis, ensuite, de là* :

*Ha mangiato in fretta, **quindi** è uscito.*	Il a mangé rapidement puis il est sorti.

2. conjonction, il a le sens de *donc, par conséquent, c'est pourquoi* :

*Gli ha spiegato tutto, **quindi** ha potuto capire.*	Il lui a tout expliqué, donc il a pu comprendre.

adverbes • conjonctions de coordination • donc •••• >

regretter

Ce verbe se traduit de différentes façons suivant les nuances qu'il veut exprimer.

1. Regretter une action ou un fait.

- ***Dispiacere*** (ou ***spiacere***) équivaut à une simple formule de politesse (*être désolé, être au regret*) :

Mi dispiace di averti fatto aspettare.	Je regrette de t'avoir fait attendre.
Mi spiace di vedere tanta ingratitudine.	Je regrette de voir tant d'ingratitude.

On utilise également ***essere spiacente di*** :

« Siamo spiacenti di... » è il titolo di un libro di Buzzati.	« Nous sommes au regret de... » est le titre d'un livre de Buzzati.

- ***Rincrescere*** (*être sincèrement désolé*) est plus fort que ***dispiacere*** :

Mi rincresce di non poter venire.	Je regrette (sincèrement) de ne pas pouvoir venir.
Mi rincresce di constatare che è ancora in ritardo.	Je regrette (vraiment) de constater que vous êtes encore en retard.

- ***Dolere*** exprime une nuance de regret sincère et est un peu vieilli :

Mi duole di non poter far nulla per Lei.	Je regrette (vraiment) de ne rien pouvoir faire pour vous.

Ces trois verbes, qui sont employés à la forme impersonnelle, se conjuguent avec **essere** aux temps composés :

*Mi **è** assai dispiaciuto.*	J'ai beaucoup regretté.

2. Regretter une personne ou une chose du passé ou lointaine, se traduit par ***rimpiangere*** :

Rimpiange il tempo perduto.	Il regrette le temps perdu.

3. Regretter une faute, dans le sens de *se repentir de*, se traduit par ***rammaricarsi di*** et vient du nom ***il rammarico*** *le remords* :

Si rammarica del suo gesto incontrollato.	Il regrette (se repent de) son geste incontrôlé.

conjugaisons • piacere • verbes impersonnels ••••• >

Traduire les phrases suivantes :

1. Je regrette de ne pas avoir vu plus souvent mes parents. • 2. Il regrette d'avoir été imprudent et d'avoir provoqué un accident. • 3. Il a regretté de ne pas avoir pu passer à la maison. • 4. Nous regrettons d'arriver en retard. • 5. Viendrez-vous demain, Monsieur ? – Non, je regrette. • 6. Il regrette l'époque où il pouvait faire tout ce qu'il voulait. • 7. Je regrette de ne pas avoir répondu plus tôt à votre lettre. • 8. Ils regrettent leur enfance heureuse.

relatifs (pronoms)

Les pronoms relatifs sont : ***che***, ***cui***, ***il quale*** (***la quale*** / ***i quali***, ***le quali***) ; on y ajoute **dove** qui est un adverbe mais correspond souvent à un relatif par son emploi.

1. *Che*

- Il est sujet :

  La ragazza **che** *parla, è italiana.* — La fille qui parle, est italienne.

  ou complément d'objet direct :

  L'uomo **che** *sento, è slavo.* — L'homme que j'entends, est slave.

- ***Che*** peut prendre parfois, dans la langue parlée, la valeur temporelle ou locale de *où* :

  Il giorno **che** *ci siamo incontrati.* — Le jour où nous nous sommes rencontrés.

  Paese **che** *vai, usanza che trovi.* — À chaque pays, ses usages. (littéralement : pays où tu vas...)

- ***Il che*** (***del che***) peut résumer une proposition entière avec la valeur neutre de *ce qui*, *ce que ce dont* :

  L'ho visto, **il che** *mi ha fatto piacere.* — Je l'ai vu, ce qui m'a fait plaisir.

  Non ti ho salutato, **del che** *ti chiedo scusa.* — Je ne t'ai pas salué, ce dont je te demande de m'excuser.

Lorsque *ce qui*, *ce que* ne correspondent pas à la reprise d'une proposition complète, ils se traduisent par ***ciò che***, ***quel che***, ***quello che*** :

Non capisco **ciò** */* **quello** */* **quel che** *dici.* — Je ne comprends pas ce que tu dis.

ou par (***tutto***) ***quanto*** lorsque l'on veut insister sur la quantité :

Fa **(tutto) quanto** *può.* — Il fait (tout) ce qu'il peut.

2. *Cui*

- Il n'est jamais sujet ni complément direct mais toujours complément indirect et donc précédé d'une préposition : ***a cui***, ***con cui***, ***da cui***, ***di cui***, ***in cui***...

  Mais ***a cui*** peut perdre sa préposition :

  È la donna ***a cui*** */* **cui** *parlo.* — C'est la femme à laquelle je parle.

- Pour traduire *dont* :
  - suivi d'un nom, ***cui*** s'intercale entre l'article défini et le nom qui suit :

    È un'artista il **cui** *nome è famoso.* — C'est une artiste dont le nom est célèbre.

– suivi d'un verbe, on utilise ***di cui*** :

Il libro ***di cui*** *ti parlo, è noto.* — Le livre dont je te parle est connu.

– avec le sens de *parmi lesquels* (*les quelles*), on emploie ***fra cui*** :

Ti ho dato dei giocattoli ***fra cui*** *una bambola.* — Je t'ai donné des jouets dont une poupée.

– pour l'origine on emploie ***da cui*** :

La città ***da cui*** *viene, è Palermo.* — La ville dont il vient, est Palerme.

– pour la manière, on utilise ***in cui*** :

Il modo ***in cui*** *agisce, non mi piace.* — Je n'aime pas la façon dont il agit.

- ***Cui*** peut être aussi précédé d'une préposition et d'un article ou d'un article contracté lorsqu'il est complément d'un nom, lui-même complément indirect d'un verbe :

  È un quaderno ***sulle cui*** *pagine ci sono disegni.* — C'est un cahier sur les pages duquel il y a des dessins.

- ***Per cui*** peut prendre la valeur neutre de *c'est pourquoi* :

  Non saremo mai d'accordo, ***per cui*** *me ne vado.* — Nous ne serons jamais d'accord, c'est pourquoi je m'en vais.

3. ***Il quale***... peut avoir toutes les fonctions, surtout celles de complément indirect, l'article se combinant, alors, avec la préposition, si c'est possible ; il est donc l'équivalent de ***che*** et de ***cui*** mais est beaucoup plus lourd :

È la donna ***alla quale*** *parlo.*

È un'artista ***del quale*** *il nome è famoso.*

Il libro ***del quale*** *ti parlo, è noto.*

Ti ho dato dei giocattoli fra ***i quali*** *una bambola.*

La città ***dalla quale*** *viene, è Palermo.*

Il modo ***nel quale*** *agisce, non mi piace.*

È un quaderno sulle pagine ***del quale*** *ci sono disegni.*

Il permet cependant d'éviter les répétitions ou les ambiguïtés de genre et de nombre, il vaut mieux ne l'utiliser que dans ces cas-là :

Il ragazzo che parla, ***il quale*** *è italiano, è un amico.*
Le garçon qui parle, qui est italien, est un ami.

Ne pas confondre le relatif ***il quale*** avec l'interrogatif et l'exclamatif ***quale***.

4. **Dove** *où* s'utilise pour le lieu, à côté de ***in cui*** ou ***nel quale*** (***nella quale***...) :

È la città ***dove*** *è nato.* — C'est la ville où il est né.

mais jamais pour le temps pour lequel on ne peut employer que ***in cui*** ou ***nel quale*** (***nella quale***...).

5. Remarque : ***chi*** n'est pas un pronom relatif mais un relatif indéfini avec la valeur double d'antécédent et de relatif, il se réfère à des personnes, correspond à ***colui che*** et a le sens de *quiconque, tout homme qui, celui qui.* Il est fréquent dans les proverbes :

Chi *vivrà, vedrà.*	Qui vivra, verra.

Ne pas confondre avec ***chi*** *qui*, interrogatif ou exclamatif.

ce qui, ce que • *che* • *chi* • *cui* • *dove, dovunque* • *exclamatifs* • *interrogatifs* • *quale / -i* >

Voir plus bas à **relatives**.

relatives (propositions)

Les propositions relatives sont introduites par un pronom relatif.

1. Elles sont normalement à l'**indicatif** :

La persona che ***vedi*** *è un'amica.*	La personne que tu vois est une amie.

2. Elles sont aussi, parfois, au **subjonctif** :

- lorsqu'elles expriment la possibilité, l'hypothèse ou le désir :

Darei una ricompensa a quello che mi ***ritrovasse*** *il cane.*	Je donnerais une récompense à celui qui retrouverait mon chien.

Noter en français l'utilisation du conditionnel.

- après un superlatif relatif :

È una malattia più grave di quello che si ***possa*** *pensare.*	C'est une maladie plus grave qu'on peut penser.

- après une comparaison d'égalité qui est irréelle :

La macchina fugge come un animale che ***corra*** *a nascondersi*	La voiture fuit comme un animal qui courrait se cacher.

Noter le conditionnel en français.

- après ***primo***, ***solo***, ***ultimo***, ***unico*** :

Sei il solo amico di cui io ***possa*** *fidarmi.*	Tu es le seul ami en qui je puisse avoir confiance.

Toutefois, s'il s'agit d'un fait vraiment unique et précis (historique), c'est l'indicatif que l'on emploie :

Nerone è il primo imperatore che ***ha perseguitato*** *i cristiani.*	Néron est le premier empereur qui a persécuté les chrétiens.

- **s'il s'agit de relatives à sens indéfini :**

Ogni lago che io ***veda*** *mi ricorda il Lario.*	Tout lac que je vois, me rappelle le lac de Côme.

- **s'il s'agit de relatives à sens final :**

Vorrei trovare un amico che mi ***aiutasse****.*	Je voudrais trouver un ami qui m'aide.

- **s'il s'agit d'une relative à sens consécutif quand la principale est négative ou interrogative :**

Non vedo nessuno che lo ***possa*** *aiutare.*	Je ne vois personne qui puisse l'aider.
Ci sono persone che ***vogliano*** *intervenire ?*	Y a-t-il des personnes qui veuillent intervenir ?

3. Elles peuvent être, parfois, au **conditionnel** :

È una cosa che ti ***direi*** *volentieri. (ma non posso)*	C'est une chose que je te dirais volontiers. (mais je ne peux pas)

concordance des temps • conditionnel • relatifs (pronoms) • subjonctif >

Traduire :

1. L'envie est le défaut le plus grave qui puisse toucher le cœur de l'homme. • 2. Je voudrais trouver quelqu'un qui m'aime. • 3. C'est le tableau dont je t'ai parlé. • 4. Il n'y a personne qui puisse comprendre l'utilité de ce travail. • 5. Le jour où il est né, il faisait un temps magnifique. • 6. C'est le seul moment où il puisse venir. • 7. Les amis dont le fils est médecin, sont arrivés. • 8. J'ai pu voir le lac dont tu m'as parlé. • 9. Il n'y a pas une seule personne qui le comprenne. • 10. C'est une œuvre plus intéressante qu'il ne paraît. • 11. Il y a cinq personnes dans la voiture, dont un enfant. • 12. Je l'ai vu pour la dernière fois, l'année où je suis allée en vacances à Capri. • 13. Les gens qui parlent, sont de Milan. • 14. L'homme à qui tu penses est de Marseille. • 15. L'ami avec qui tu as loué cette villa, arrivera demain. • 16. C'est un auteur qui plaît et dont les livres se vendent bien.

rimanere

Rimanere est un verbe irrégulier de la **2e conjugaison** qui a le sens de *rester*.

Il ajoute un -**g**- devant -***a*** et -**o** ; le passé simple est irrégulier ainsi que le participe passé ; le futur et le conditionnel sont contractés.

Ind. présent :	***rimango***, *rimani, rimane, rimaniamo, rimanete,* ***rimangono***
Ind. passé simple :	***rimasi***, *rimanesti,* ***rimase***, *rimanemmo, rimaneste,* ***rimasero***
Ind. passé comp. :	*sono* ***rimasto / -a***..., *siamo* ***rimasti / -e***...
Ind. futur :	***rimarrò, rimarrai, rimarrà, rimarremo, rimarrete, rimarranno***
Conditionnel :	***rimarrei, rimarresti, rimarrebbe, rimarremmo, rimarreste, rimarrebbero***
Sub. présent :	*che* ***rimanga, rimanga, rimanga***, *rimaniamo, rimaniate,* ***rimangano***
Participe passé :	***rimasto***
Auxiliaire :	*essere*

conjugaisons ◆◆◆◆◆◆◆◆◆◆◆◆◆◆◆◆◆◆◆◆◆◆◆◆◆◆◆◆◆◆◆◆◆ >

Traduire :

1. Je restai à la maison. • 2. Ils resteront chez eux. • 3. Il veut que je reste. • 4. Nous sommes restés à Rome. • 5. Ils resteraient volontiers en Italie. • 6. Nous restâmes quelque temps. • 7. Il fallait que tu restes ici. • 8. S'il reste, je resterai aussi. • 9. Je reste à l'attendre. • 10. Elles étaient restées quelques jours. • 11. S'il restait, je serais content. • 12. Il faut qu'ils restent.

salire

Salire est un verbe irrégulier de la **3e conjugaison** qui signifie *monter*. Il ajoute un -**g** devant -***a*** et -**o**.

Indicatif présent :	***salgo***, *sali, sale, saliamo, salite,* ***salgono***
Subjonctif présent :	*che* ***salga, salga, salga***, *saliamo, saliate,* ***salgano***
Auxiliaire :	*avere* lorsque le verbe est transitif *essere* lorsque le verbe est intransitif

conjugaisons ◆◆◆◆◆◆◆◆◆◆◆◆◆◆◆◆◆◆◆◆◆◆◆◆◆◆◆◆◆◆◆◆◆ >

santo

1. Au singulier :

- épithète :
  - au masculin, devant un prénom commençant par une consonne normale, il s'apocope en ***san*** :

    San *Pietro* — Saint Pierre

    mais pas devant un nom commun :

    il ***Santo*** *Padre* — le Saint Père

    il ***santo*** *patrono* — le saint patron

    En Vénétie il s'apocope aussi devant **s** impur ou **z**- :

    San ***Stefano*** — *San* ***Zeno***

– au masculin et au féminin, devant un nom commun ou propre commençant par une voyelle, il s'élide en ***sant'*** :

Sant'*Antonio*	Saint Antoine
Sant'*Anna*	Sainte Anne
un ***sant'****uomo*	un saint homme

– dans tous les autres cas, il a la forme pleine :

Santa *Maria*	Sainte Marie
Santo *Stefano*	Saint Étienne

- attribut, il a la forme pleine ainsi que lorsqu'il est substantivé :

Quest'uomo è ***santo*** */* ***un santo****.*	Cet homme est saint / un saint.

2. Au pluriel il a toujours la forme pleine :

i ***Santi*** *Apostoli*	les Saints Apôtres

adjectifs qualificatifs • apocope, élision >

Mettre la forme de l'adjectif qui convient :

1. I ______ Cosimo e Damiano sono venerati in Italia. • 2. A Venezia c'è un'isola chiamata ______ Francesco del deserto. • 3. ______ Domenico era spagnolo. • 4. La chiesa di ______ Agata è vicina a quella di ______ Agostino. • 5. Il duomo di Firenze è consacrato a ______ Maria del Fiore e il battistero a ______ Giovanni Battista. • 6. Questo ______ uomo ha potuto incontrare il ______ Padre a ______ Pietro in Vaticano. • 7. ______ Gennaro è il ______ patrono di Napoli. • 8. ______ Rosalia è la ______ patrona di Palermo. • 8. La bellissima chiesa romanica di ______ Ambrogio si trova a Milano.

sapere

1. ***Sapere*** *savoir* est un verbe irrégulier de la 2ᵉ **conjugaison** :

Ind. présent :	***so****,* ***sai****,* ***sa****,* ***sappiamo****, sapete,* ***sanno***
Ind. imparfait :	*sapevo, sapevi, sapeva, sapevamo, sapevate, sapevano*
Ind. passé simple :	***seppi****, sapesti,* ***seppe****, sapemmo, sapeste,* ***seppero***
Ind. passé comp. :	*ho saputo..., abbiamo saputo...*
Ind. futur :	***saprò, saprai, saprà, sapremo, saprete, sapranno***
Conditionnel :	***saprei, sapresti, saprebbe, sapremmo, sapreste, saprebbero***
Sub. présent :	*che* ***sappia, sappia, sappia, sappiamo, sappiate, sappiano***
Sub. imparfait :	*che sapessi, sapessi, sapesse, sapessimo, sapeste, sapessero*
Impératif :	***sappi*** *! (non sapere !)* ***sappiamo*** *!* ***sappiate*** *!*
Part. passé :	*saputo*
Gérondif :	*sapendo*

2. Emplois

Outre sa fonction de verbe autonome qui utilise l'auxiliaire ***avere*** aux temps composés :

Ho saputo *la lezione.*	J'ai su ma leçon.

sapere est également un **verbe servile**, lorsqu'il précède un autre verbe à l'infinitif. Il peut se conduire comme un verbe ordinaire, mais peut aussi se comporter différemment :

– le pronom personnel complément peut le précéder :

Gli sa *parlare. (**Sa** parlar**gli**.)*	Il sait lui parler.

– il peut se conjuguer avec l'auxiliaire de l'infinitif qui le suit, en particulier lorsqu'il s'agit d'un verbe réfléchi, et ce, avec déplacement du pronom personnel :

*Livia **si è saputa** pettinare.* *(**ha saputo** pettinar**si**)*	Livia a su se peigner.

Notez l'expression ***sapere di*** qui signifie *sentir* :

Sa di bruciato.	Ça sent le brûlé.

conjugaisons • serviles (verbes) >>

Traduire les phrases suivantes :

1. Il saura leur parler. • 2. Je sus partir à temps. • 3. Il faut qu'il sache quelle route prendre. • 4. Saches que je t'écoute ! • 5. Sachons nous taire ! • 6. Ils ont su se lever à son arrivée. • 7. Il fallait que les acteurs sachent leur texte. • 8. Vous sauriez votre leçon, si vous l'aviez apprise. • 9. Ils savent se parler avec courtoisie. • 10. Elle sentait le parfum.

se

1. *Se* est une **conjonction de subordination** qui peut **introduire** une **subordonnée** :

• **causale** à l'indicatif :

Se viene, vuol dire che ha qualcosa da dirmi.	S'il vient, c'est qu'il a quelque chose à me dire.

• **concessive** au subjonctif :

Non accetterei se tu me lo regalassi.	Je n'accepterais pas, si tu me le donnais.

• **conditionnelle (ou hypothétique)** :

– à l'indicatif :

Se viene, sono contenta.	S'il vient, je suis contente.
Se verrà, sarò contenta.	S'il vient, je serai content.

Futur en italien, présent en français.

Se veniva, ero contenta.	S'il venait, j'étais content.

– ou au subjonctif :

Se venisse, sarei contenta.	S'il venait, je serais contente.
Se fosse venuto, sarei stata contenta.	S'il était venu, j'aurais été contente.

Subjonctif en italien, indicatif en français.

- **interrogative indirecte**, de préférence au subjonctif :

Non so se sia presente.	Je ne sais pas s'il est présent.

mais aussi à l'indicatif :

Non so se verrà.	Je ne sais pas s'il viendra.

2. Pour éviter une confusion entre l'hypothétique et l'interrogative indirecte, introduites par **se**, il convient d'examiner le tableau suivant qui résume l'ensemble des cas et établit une comparaison avec le français :

hypothétique	principale	interrogative indirecte
Se piove, S'il pleut,	*Maria va a vedere* Marie va voir	*se c'è / ci sia un ombrello.* s'il y a un parapluie.
Se pioverà, S'il pleut,	*Maria andrà a vedere* Marie ira voir	*se c'è / ci sia un ombrello.* s'il y a un parapluie.
Se pioveva, S'il pleuvait,	*Maria andava a vedere* Marie allait voir	*se ci fosse un ombrello.* s'il y avait un parapluie
Se piovesse, S'il pleuvait,	*Maria andrebbe a vedere* Marie irait voir	*se ci fosse un ombrello.* s'il y avait un parapluie.
Se fosse piovuto, S'il avait plu,	*Maria sarebbe andata a vedere* Marie serait allée voir	*se ci fosse un ombrello.* s'il y avait un parapluie.

concordance des temps • conjonctions de subordination • interrogative indirecte • subjonctif • subordonnées conjonctives ••••••••••• >

Compléter les phrases suivantes :

1. Se ______(studiare), sarà promosso. • 2. Non sa se voi ______(avere) l'intenzione di partire. • 3. Se io ______(ridere), sarei felice. • 4. Non lo vorrei se lui me l'______(offrire). • 5. Se lui ______(partire), Maria sarebbe andata via anche lei. • 6. Mi chiedevo se io ______(potere) entrare. • 7. Se non ______(essere) vero, è ben trovato.

sé

Sé est un pronom personnel réfléchi, complément, de forme forte. L'accent tonique est écrit pour le différencier de la conjonction de subordination **se** mais on supprime l'accent lorsqu'il est suivi de ***stesso*** :

Marco è un egoista, pensa solo a **sé** / *a* **se stesso.** — Marco est un égoïste, il ne pense qu'à lui / à lui-même.

Ne pas confondre avec le pronom personnel non réfléchi car l'italien fait la différence alors que le français ne la fait pas :

Marco pensa a lui (a Luca).

serviles (verbes)

Ils sont **4** :

- ***dovere*** ;
- ***potere*** ;
- ***sapere*** ;
- ***volere***.

En tant que verbes autonomes ils se conjuguent *avec* ***avere*** aux temps composés ; mais lorsqu'ils sont suivis d'un infinitif, ces verbes deviennent serviles, c'est-à-dire que si l'infinitif qui les suit utilise ***essere*** comme auxiliaire dans sa propre conjugaison, celui-ci peut leur être imposer, en particulier en cas de verbes réfléchis ; la place des pronoms personnels varie alors.

Lucia ha dovuto mangiare alle undici. *(mangiare > Lucia ha mangiato)*	Lucia a dû manger à onze heures.
Maria ha voluto partire. / Maria è voluta partire. *(partire > Maria è partita)*	Maria a voulu partir.
Lina ha dovuto pettinarsi. / Lina si è dovuta pettinare. *(pettinarsi > Lina si è pettinata)*	Lina a dû se peigner.

dovere • potere • sapere • volere ››››››››››››››››››› >

Voir chacun de ces verbes.

seulement

Seulement se rend par ***solo*** ou ***soltanto*** qui traduisent également *ne... que* :

Ho ***solo / soltanto*** *venti euro.*	J'ai seulement (Je n'ai que) vingt euros

Si seulement se traduit par ***se almeno*** ou ***magari*** suivis du subjonctif imparfait ou plus-que-parfait :

Se almeno / ***Magari*** *fossi in buona salute !*	Si seulement j'étais en bonne santé !

si

Si est un pronom personnel réfléchi de forme faible :

*Lea **si** alza alle sei.* — Lea se lève à six heures.

Il sert à traduire *on* :

***Si** guarda un bel film.* — On regarde un beau film.

Ne pas le confondre avec ***sì*** *oui.*

on • *pronoms personnels réfléchis* ••••••••••••••• >

sigles et abréviations

Ils sont nombreux en italien, certains sont les mêmes qu'en français. Nous nous contenterons d'en citer quelques-uns parmi les plus courants.

A.C.	*avanti Cristo*
ACI	*Automobil Club Italiano* ou *Azione Cattolica Italiana*
AGIP	*Azienda Generale Italiana Petroli*
AIDS	*Acquiered ImmunoDeficiency Syndrome* sida
ALFA ROMEO	*Anonima Lombarda Fabbrica Automobili Romeo* fondée par N. Romeo
ALITALIA	*Aerolinee Italiane Internazionali* compagnie italienne de transport aérien fondée en 1946
a.m. et **ant.**	*antemeridiano*
AN	*Alleanza nazionale* parti d'extrême droite issu du MSI en 1995
ANAS	*Azienda Nazionale Autonoma delle Strade statali*
avv.	*avvocato*
M	*abbasso*
B.I.	*Banca d'Italia*
BOT	*Buono Ordinario del Tesoro* bon du trésor
BR	*Brigate Rosse* organisation terroriste des années 1960 (*gli anni di piombo*)
B.U.	*Bollettino Ufficiale*
ca	*circa*
cap.	*capitolo* ou *capitano*

C.A.P.	*Codice di avviamento postale*
c.c.	*conto corrente*
c.c.p.	*conto corrente postale*
C.E.E.	*Comunità Economica Europea* fondée à Rome en 1957, siège à Bruxelles
CENSIS	*Centro Studi Investimenti Sociali* institut de sondage
C. ia	*compagnia*
CdG	*Compagnia di Gesù*
CGIL	*Confederazione Italiana del Lavoro* syndicat d'inspiration communiste
c / o	*presso*
CISL	*Confederazione Italiana Sindacati Lavoratori* syndicat d'inspiration démocrate-chrétienne
CIT	*Compagnia Italiana di Turismo*
COBAS	*Comitati di Base* associations autonomes de différentes catégories de travailleurs pour une lutte syndicale à outrance
CONFINDUSTRIA	*Confederazione Generale dell'Industria Italiana*
CONI	*Comitato Olimpico Nazionale Italiano*
C.P.	*Casella Postale*
CRI	*Croce Rossa Italiana* fondée en 1864
c.s.	*come sopra*
D.C.	*dopo Cristo*
DC	*Democrazia cristiana* parti politique au pouvoir de 1948 à 1994
dir.	*direttore*
dott.	*dottore*
dott. essa	*dottoressa*
ecc.	*etc.*
Ecc.	*Eccellenza*
Egr.	*egregio*
EI	*Esercito Italiano*
Em.	*Eminenza*
ENI	*Ente Nazionale Idrocarburi* organisme fondé en 1953
ENIT	*Ente Nazionale Italiano di Turismo*
es.	*esempio (p. es.)*

EUR	*Esposizione Universale di Roma* nom d'un quartier au sud de Rome créé pour l'exposition qui devait avoir lieu en 1942 mais annulée à cause de la guerre
E.P.T.	*Ente Provinciale per il Turismo* Office de tourisme
f.	*foglio*
FAO	*Food and Agriculture Organisation* crée en 1943 et dont le siège est à Rome depuis 1951
fem.	*femminile*
FFSS ou **FS**	*Ferrovie dello Stato*
FIAT	*Fabbrica Italiana Automobili di Torino* fondée en 1899 par Giovanni Agnelli
F. gli	*Figli*
F. lli	*Fratelli*
F.P.	*fermo in posta* poste restante
GAP	*Gruppi di Azione Partigiana* formés pendant la Seconde Guerre mondiale pour lutter contre les fascistes
G.C.	*Gesù Cristo*
gen.	*generale*
ICI	*Imposta Comunale degli Immobili* impôt créé en 1993
ILOR	*Imposta Locale sui Redditi* impôts locaux créés en 1973
INA	*Istituto Nazionale delle Assicurazioni*
I.N.P.S.	*Istituto Nazionale Previdenza Sociale* organisme d'État créé en 1933
ing.	*ingegnere*
INVIM	*Imposta Nazionale sull'Incremento di Valore degli Immobili* impôt créé en 1972
IRI	*Istituto per la Ricostruzione Industriale* organisme d'État créé en 1933
IRPEF	*Imposta sul Reddito delle Persone Fisiche* impôt créé en 1973
ISTAT	*Istituto centrale di Statistica* organisme d'État créé en 1926
IVA	*Imposta sul Valore Aggiunto* créé en 1972 : TVA
M.	*monte* ou *Maestà*
M.E.	*Medio Evo*

MEC	*Mercato Comune europeo*
mitt.	*mittente* expéditeur
mons.	*monsignore* titre donné à un évêque
M.S.I.	*Movimento Sociale Italiano* prononcé « mis », parti d'extrême droite fondé en 1946 et dissous en 1995
NATO	*North Atlantic Treaty Organisation* créé en 1949 : OTAN
NN	*paternità ignota* né sous X
N.S.	*Nostro Signore*
N.U.	*Nettezza urbana* service de nettoiement
OECE	*Organizzazione Europea per la Cooperazione Economica* OCDE
on.	*onorevole* titre donné à un député
op. cit.	*opera citata*
OVRA	*Opera Volontaria per la Repressione dell'Antifascismo* police politique secrète du fascisme
p. ou **pag.**	*pagina*
P.C.I.	*Partito comunista italiano* fondé en 1921
P.D.S.	*Partito Democratico della Sinistra* parti politique majoritaire né en 1991 de la scission du PCI
p.e.	*per esempio*
P.I.	*Pubblica Istruzione*
PIL	*Prodotto Interno Lordo* PIB
P.L.I.	*Partito Liberale Italiano*
P.P.I.	*Partito Popolare Italiano* parti politique formé en 1919, son héritage sera recueilli par la DC après la Deuxième Guerre mondiale ; renaîtra en 1994 de l'ex DC
p. le	*piazzale*
P.M.	*Pubblico Ministero* ou *Polizia Militare*
p.m.	*pomeridiano*
prof.	*professore*
prof. ssa	*professoressa*

P.S.	*poscritto* ou *Pubblica Sicurezza* ou *Pronto Soccorso* *post-scriptum* ; sécurité publique ; Police secours
P.S.I.	*Partito Socialista Italiano*
P.T. ou **PP. TT.**	*Poste e Telegrafi*
p. zza	*piazza*
RAI	*Radiotelevisione Italiana*
rag.	*ragioniere*
R.I.	*Repubblica Italiana*
RIF COM	*Rifondazione Comunista* parti politique minoritaire né en 1991 de la scission du PCI
S.	*Santo*
s. ou **sec.**	*secolo*
S.E.	*Sua Eccellenza*
S. Em.	*Sua Eminenza*
sen.	*senatore*
sig.	*signore*
sig. a	*signora*
sig. na	*signorina*
sigg.	*signori*
SISDE	*Servizio per le Informazioni e la Sicurezza Democratica* Services secrets, créé en 1977
SME	*Sistema Monetario Europeo*
SNAM	*Società Nazionale Metanodotti* contrôlée par l'ENI
STANDA	*Società Tutti Articoli Necessari Dell'Abbigliamento e arredamento* chaîne de grands magasins
spett.	*spettabile*
S.P.M.	*recapitare in Sue Proprie Mani* remettre en mains propres
SPQR	*Senatus Populus Que Romanus* Le sénat et le peuple romain
S.S.	*santissimo* ou *Sua Santità*
tel.	*telefono*
TFR	*Trattamento di Fine Rapporto* indemnité versée à tout travailleur au moment de sa retraite, appelée couramment *la liquidazione*
TV	*tivù, TeleVisione*
uff.	*ufficiale*
UIL	*Unione Italiana del Lavoro* syndicat à majorité socialiste

UPIM	*Unico Prezzo Italiano di Milano* chaîne de grands magasins
urg.	*urgente*
v. le	*viale*
V.E.	*Vostra Eccellenza*
V. Em.	*Vostra Eminenza*
V.F.	*Vigili del Fuoco* pompiers
vs.	*vostro*
W	*evviva*
W.L.	*carrozza letto*

stare

1. ***Stare*** est un verbe irrégulier de la **1re conjugaison** :

Ind. présent :	*sto, **stai**, sta, stiamo, state, **stanno***
Ind. imparfait :	*stavo, stavi, stava…*
Ind. passé simple :	***stetti, stesti, stette, stemmo, steste, stettero***
Ind. passé comp. :	*sono stato / -a…, siamo stati / -e…*
Ind. futur :	***starò, starai, starà, staremo, starete, staranno***
Conditionnel :	***starei, staresti, starebbe, staremmo, stareste, starebbero***
Sub. présent :	*che **stia, stia, stia, stiamo, stiate, stiano***
Sub. imparfait :	*che **stessi, stessi, stesse, stessimo, steste, stessero***
Impératif :	***sta'** ! (non stare !), stiamo ! state !*
Part. passé :	*stato*
Gérondif :	*stando*
Auxiliaire :	*essere*

2. ***Stare*** a des sens et des **emplois** variés.

- Il indique l'endroit où l'on est, où l'on habite :

– Dove sta di casa ?	– Où habite-t-il ?
– Sta in via Roma.	– Il habite rue de Rome.

- Suivi d'un adjectif ou d'un complément d'attitude, il correspond au sens de *se tenir*, *rester* dans un certain nombre d'expressions :

stare attento	faire attention / être attentif
stare buono	être / rester sage
stare calmo / quieto / tranquillo	rester tranquille
stare fermo	ne pas bouger / rester immobile
stare zitto	se taire / rester silencieux
stare a bocca aperta	rester bouche bée
stare in piedi	rester debout

stare sulle sue	rester sur son quant-à-soi
non stare in sé...	ne pas pouvoir se contenir...

- Il traduit *aller* pour la santé :

Come stai ?	Comment vas-tu ?

et dans le sens de *seoir* :

Questo vestito ti sta bene.	Ce vêtement te va bien / te sied.

- ***Stare*** suivi du **gérondif** correspond à la forme progressive *être en train de* ; le pronom personnel peut être enclitique ou précéder ***stare*** :

Stanno parlandosi / Si stanno parlando.	Ils sont en train de se parler.

- ***Stare per*** suivi de l'**infinitif** s'utilise pour exprimer le futur proche (ou immédiat) *aller, être sur le point de* :

Sto per uscire.	Je vais sortir. /Je suis sur le point de sortir.

- ***Stare*** sous une forme impersonnelle suivi d'un complément d'attibution et d'un infinitif sans préposition équivaut à ***toccare***, ***spettare*** et correspond à *c'est à moi, à toi.../c'est mon / ton... tour* :

Sta a te giocare.	C'est à toi de jouer. (C'est ton tour...)

aller • c'est... • conjugaisons • forme progressive • futur proche (ou immédiat) • gérondif • toccare (spettare) •••••••••••••••••••••••••••• >

Traduire les phrases suivantes :

1. De joie, elle ne pourra plus se contenir. • 2. Hier il allait bien, aujourd'hui il ne va pas très bien, demain il ira mieux. • 3. Ce manteau lui irait très bien, si elle était plus grande. • 4. C'est à lui de parler. Attention ! • 5. Ils habitèrent rue Garibaldi, au numéro 7. • 6. Ils allaient finir leur travail quand deux autres camarades sont arrivés. • 7. Ne restez pas debout, Monsieur ! • 8. Il fallait qu'ils restent calmes. • 9. Taisez-vous les filles et toi, ne reste pas ainsi bouche bée.

style direct et style indirect

Le style indirect est introduit par les verbes ***dire***, ***affermare***, ***dichiarare***, ***domandare***, ***chiedere***, ***rispondere***, ***spiegare***...

Le passage d'un style à l'autre implique, dans certains cas, des changements.

1. **Les pronoms personnels** de la 1re et de la 2e personne, **les formes verbales** correspondantes et **les possessifs** passent à la 3e lorsque le verbe de la principale est à cette personne :

Si dans le discours direct on a :	dans le discours indirect on a :
Dice : « Io me ne vado da casa mia. »	*Dice che egli / lei se ne va da casa sua.*

2. Quand le **verbe** de la principale est au présent ou au futur, il n'y a pas de changement de temps :

Si dans le discours direct on a :	dans le discours indirect on a :
Dice : « Me ne vado. »	*Dice che se ne va.*
Dice : « Me ne andai. »	*Dice che se ne andò.*
Dice : « Me ne andrò. »	*Dice che se ne andrà.*
Dirà : « Me ne vado. »	*Dirà che se ne va.*

Il y a cependant changement si on a un impératif au style direct, au style indirect on a ***che*** suivi du subjonctif :

Dice : « Vattene ! »	*Dice che lui / lei se ne vada.*

3. Quand le verbe de la principale est au passé :

Si dans le discours direct on a :	dans le discours indirect on a :
– l'indicatif présent *Disse : « Me ne vado. »*	– l'indicatif imparfait *Disse che se ne andava.*
– un temps passé de l'indicatif *Disse : «Me ne andavo. »*	– le plus-que-parfait de l'indicatif *Disse che se n'era andato.*
– le futur *Disse : «Me ne andrò. »*	– le conditionnel passé *Disse che se ne sarebbe andato.*
– l'impératif *Disse : « Vattene ! »*	– le subjonctif imparfait *Disse che se ne andasse.*

4. Pour une hypothèse, au style direct on a :

Disse : « Se vorrai, te ne andrai. »
« Se tu volessi, te ne andresti. »
« Se avessi voluto, te ne saresti andato. »

Au style indirect on a le conditionnel passé dans la principale et le subjonctif plus-que-parfait dans la subordonnée conditionnelle :

Disse che se avesse voluto, se ne sarebbe andato.

5. Le passage de l'interrogative directe à l'interrogative indirecte implique souvent le passage de l'indicatif au subjonctif qui, tout en étant préférable, n'est pas obligatoire, l'indicatif restant possible :

Chiese : « Dove vai ? »	*Chiese dove andava / andasse.*

6. Une adaptation des **marqueurs de temps** est également nécessaire, si le verbe principal est à un temps passé :

au style direct on a :	au style indirect on a :
ora, adesso	*allora*
oggi	*quel giorno*
domani	*l'indomani*
ieri	*il giorno prima*
(poco) fa	*(poco) prima*
fra (poco)	*(poco) dopo*

7. Le **démonstratif *questo*** du style direct devient ***quello*** au style indirect.

adjectifs possessifs • conditionnelles ou hypothétiques (subordonnées) • démonstratifs • interrogative indirecte • pronoms personnels • subjonctif ◆◆◆◆◆◆◆◆◆◆◆◆◆◆◆◆◆◆◆◆◆◆◆◆◆◆◆◆◆◆◆◆◆ >

Passer du style direct au style indirect dans les phrases suivantes :

1. Lia dice a Nina : « Ho fatto da mangiare » e le chiede : « Tu che cosa hai fatto ieri ? » • 2. « Hai fame Luca ? » chiese Ugo, « Vuoi mangiare ? » • 3. « Dove sei Tina e come stai ? » domanda Barbara. • 4. Renata dice a Marco : « Vado al cinema senza di te. » • 5. Mario diceva : « Se potrò, farò questo viaggio. » • 6. Carla mi dice : « Vado subito a fare la spesa. » • 7. Gli hai chiesto : « Dove stai andando ? » • 8. Disse : « Me ne vado. » • 9. Dichiarava : « Farò piacere alla mamma. » • 10. Affermò : « Non mi piace questo vaso. »

su

Su peut avoir deux valeurs.

1. Adverbe, il a le sens de *dessus*, *au-dessus*, *en haut* :

Vado **su**.	Je vais en haut / Je monte.

Notez les expressions :

lassù	là-haut
quassù	ici en-bas
mettere su casa	s'installer
su per giù	environ, plus ou moins
Tirati su !	Secoue-toi un peu !

d'où le nom du gâteau ***il tiramisù*** qui est censé donner de l'énergie.

2. Préposition, elle se combine avec l'article et a, le plus souvent, le sens de *sur* :

Il ragazzo è seduto **sul***la panchina.*	Le garçon est assis sur le banc.

Elle se double de ***di*** devant un pronom personnel fort :

Conto **su di** *te.*	Je compte sur toi.

Il arrive que ***su*** ne se traduise pas par *sur* mais par :

– *dans* :

Ho letto questa notizia **sul** *giornale.*	J'ai lu cette nouvelle dans le journal.

– *près de* :

Ha una casa **sul** *mare.*	Il a une maison près / au bord de la mer.

– *vers* avec nuance temporelle :

sull*'imbrunire*	vers le soir

– *environ* car il peut marquer l'approximation :

È un uomo ***sui*** *cinquant'anni.*	C'est un homme d'environ 50 ans.
Costa ***sui*** *duecento euro.*	Cela coûte environ 200 euros.

Notez les expressions :

su due piedi	immédiatement
sul serio	pour de vrai

adverbes • approximation • di • prépositions •••••>

Traduire les phrases suivantes :

1. Sul far del mattino è arrivato. • 2. Ci vediamo sul tardi. • 3. Dieci persone su cento erano assenti. • 4. La pioggia batte sui vetri. • 5. Cosa metti su di te con questa pioggia ? • 6. Avrà sugli ottant'anni. • 7. Non siamo più bambini, ormai le cose, le facciamo sul serio. • 8. Ha deciso di mettere su casa quest'anno. • 9. Andiamo su ! • 10. Lassù sulle montagne, c'è molta neve d'inverno.

subjonctif

1. La **conjugaison** du subjonctif **présent** et celle du subjonctif **imparfait** sont à voir à ces rubriques.

2. Emplois

Le subjonctif est le mode de la possibilité, du désir, de la crainte, de l'opinion subjective, du doute, de l'irréel, du vraisemblable, alors que la certitude s'exprime toujours par l'indicatif.

Tous les verbes qui sont au subjonctif en français se traduisent par un subjonctif en italien, **en respectant la concordance des temps**.

Mais l'italien utilise plus le subjonctif que ne le fait le français.

• Le **subjonctif dans l'indépendante** est utilisé pour :

– donner un ordre à la forme de politesse car le présent du subjonctif vient remplacer l'impératif défaillant à la 3e personne :

Mi ***scusi****, Signore !*	Excusez-moi, Monsieur !

– exprimer un désir intense :

Potesse *guarire !*	S'il pouvait guérir !

• Le **subjonctif dans la complétive**

– **Complétive sujet** :

il est commandé par une expression impersonnelle comme :

basta che	il suffit que
bisogna che, conviene che, occorre che	il faut que

mi dispiace che	je regrette que
(mi) pare che, (mi) sembra che	il (me) semble que
peccato che	dommage que
può darsi che	il se peut que
si dice che	on dit que
si racconta che	on raconte que...

*Può darsi che non **abbia finito** di studiare.*	Il se peut qu'il n'ait pas fini d'étudier.

ou par une expression constituée d'un verbe d'état suivi d'un adjectif ou d'un adverbe, comme :

è *giusto che*	il est juste que
è *importante che*	il est important que
è *indispensabile che*	il est indispensable que
è *meglio che*	il vaut mieux que
è *naturale*, è *ovvio che*	il est naturel / normal que
è *necessario che*	il est nécessaire que
è *possibile che*	il est possible que
è *preferibile che*	il est préférable que
è *probabile che*	il est probable que
è *utile che*	il est utile que...

*Era / Pareva necessario che **intervenisse**.*	Il était / semblait nécessaire qu'il intervienne.

– **Complétive objet :**

le subjonctif s'utilise :

- **après un verbe de crainte, d'espérance et d'opinion comme *credere*, *pensare*, *sperare*, *temere*... :**

*Credevo che **fosse arrivato**.*	Je pensais qu'il était arrivé.

Lorsque le sujet de la principale est le même que celui de la subordonnée, on n'emploie pas le subjonctif mais l'infinitif précédé de la préposition *di* :

Credo di esserci andato.	Je crois que j'y suis allé.

Les verbes *parere* et *sembrare* ont des constructions particulières.

- **pour exprimer le désir, le doute, l'ignorance, l'incertitude, l'ordre, la volonté avec des verbes comme *desiderare*, *dubitare*, *esigere*, *ignorare*, *volere*... :**

*Voglio che tu **scriva** al nonno.*	Je veux que tu écrives à ton grand-père.

- **pour introduire la proposition complément du comparatif de supériorité ou d'infériorité :**

*È più ricco che (non) si **creda**.*	Il est plus riche qu'on (ne le) croit.

- **après une principale négative :**

*Non vedo che tu **possa** fare altro.*	Je ne vois pas que tu puisses faire autrement.

- Le **subjonctif dans la subordonnée circonstancielle**
  - Il s'utilise après un certain nombre de conjonctions de subordination comme ***accioché***, ***affinché***, ***a meno che***, ***a patto che***, ***benché***, ***come se***, ***quasi***, ***perché*** (final), ***sebbene***... :

Gli telefonavo perché ***venisse****.*	Je lui téléphonais pour qu'il vienne.
Parla come se ***fosse*** *informato.*	Il parle comme s'il était informé.

Certaines autres conjonctions sont suivies uniquement de l'indicatif (***poiché***, ***siccome***...) et d'autres soit de l'indicatif soit du subjonctif (***appena***, ***dopo che***, ***finché***, ***quand'anche***...).

Pour la subordonnée hypothétique introduite par ***se***, on emploie l'indicatif pour la réalité et le subjonctif pour le potentiel ou l'irréel.

  - Dans l'interrogative indirecte il est préférable d'utiliser le subjonctif mais l'indicatif et le conditionnel sont également courants :

Mi chiese se ***fosse*** *vero.*	Il me demanda si c'était vrai.
Gli domandai se ***era*** *vero.*	Je lui demandai si c'était vrai.
Ti chiedevo se Marco ***sarebbe tornato****.* (futur dans le passé)	Je te demandais si Marco reviendrait.

Ne pas confondre l'hypothétique et l'interrogative indirecte qui peuvent toutes deux être introduites par la conjonction ***se***.

- Le **subjonctif dans la proposition relative**

  La relative est normalement à l'indicatif, parfois au conditionnel, mais, dans certains cas, on utilise le subjonctif :
  - lorsque la principale exprime un désir, une hypothèse ou une possibilité :

Vorrei trovare una persona che mi ***capisca****.*	Je voudrais trouver une personne qui me comprenne.

  - lorsque la principale contient ***primo***, ***ultimo***, ***solo*** ou ***unico*** :

Sei la prima che io ***senta*** *parlare così.*	Tu es la première que j'entends parler ainsi.

  - après un superlatif relatif :

È la più bella ragazza che io ***conosca****.*	C'est la plus belle fille que je connaisse.

  - après une comparaison d'égalité qui ne correspond pas à la réalité :

È pallido come uno che ***muoia****.*	Il est pâle comme quelqu'un qui meurt / mourrait.

  - lorsque la relative à un sens indéfini :

Non c'è nessuno che lo ***capisca****.*	Il n'y a personne qui le comprenne.

– **lorsque la relative a une valeur consécutive ou finale :**

Vorrei trovare uno che mi ***aiutasse.***	Je voudrais trouver quelqu'un qui m'aide / m'aiderait.
Cerca una macchina che ***sia*** *bella e poco cara.*	Il cherche une voiture qui soit / serait belle et peu chère.

Noter, dans certains cas, l'emploi possible du conditionnel en français, dans la relative.

comparatifs de supériorité et d'infériorité • complétives (subordonnées) • concordance des temps • conditionnel • conditionnelles ou hypothétiques (subordonnées) • conjonctions de subordination • interrogative indirecte • opinion (verbes d'), de crainte et d'espérance • parere et ses composés • relatives (propositions) • se • subordonnées conjonctives • superlatifs ••••••••• >

I. Traduire :

1. Bien qu'il cherche, il ne trouve pas. • 2. Que Dieu t'aide ! • 3. Mettez-vous à votre aise, Monsieur ! • 4. Il est possible qu'il ne connaisse pas la route. • 5. Il cherchait un ouvrier qui accepte ce travail. • 6. Il nous semble que tu n'étudies pas assez. • 7. Nous ne savions pas qui il était. • 8. C'est la seule personne qu'il fréquente. • 9. Je ne vois pas de cuisinière qui pourrait faire ce repas. • 10. Ils ne réussissaient pas à comprendre ce qui pouvait les intéresser. • 11. Il pensait qu'il s'agissait de lui parler. • 12. Dommage que l'on ne puisse pas partir aujourd'hui. • 13. C'est l'homme le plus intéressant que je connaisse. • 14. Il écoute comme s'il était intéressé. • 15. Ils ne savaient pas où nous étions. • 16. Ici, chaque personne que je rencontre me semble étrange. • 17. Ainsi soit-il !

II. Compléter les phrases suivantes avec la forme qui convient :

1. Bisognava che tu ______ (venire). • 2. Niente impedisce che lui ______ (partire). • 3. È possibile che lui ______ (comprare) una casa. • 4. Spero che Lisa ______ (finire) ora il suo lavoro. • 5. Temo che Marco non ci ______ (andare). • 6. Se Lina ______ (volere) riuscire, farebbe uno sforzo. • 7. Domandò che cosa Dino ______ (fare). • 8. Bastava che Nina ______ (uscire). • 9. Può darsi che ______ (essere) promosso.• 10. Che Dio ti ______ ______ (benedire) ! • 11. Tacque come uno che non ___________ (avere) niente da dire. • 12. Bisogna che lui ci ______ (offrire) un caffè. • 13. Volevate che io ______ (telefonare) ai genitori. • 14. Può darsi che tu non ______ (potere) venire. • 15. Ci portavano in macchina affinché noi ______ (giungere) in tempo.• 16. Prima che ______ (andare) a dormire, gli parliamo a lungo. • 17. Sebbene la notte ______ (essere) chiara, non ritrovarono il loro cammino. • 18. Non vuole che la figlia ______ (sposare) quest'uomo. • 19. Se tu ______ (trovare) un lavoro, la mamma sarebbe contenta. • 20. Bisognerebbe che Luigi ______ (venire).

subordonnées conjonctives

1. Les causales sont introduites par ***perché***, ***poiché***, ***giacché***, ***siccome***, ***visto che***, ***dal momento che***, ***dato che***, ***per il fatto che***... et sont suivies de l'**indicatif** ou, si la cause est niée, du **subjonctif** :

Leo si annoia non perché non abbia niente da fare ma perché non vuol far nulla.	Leo s'ennuie non parce qu'il n'a rien à faire mais parce qu'il ne veut rien faire.

Ne pas confondre la subordonnée de cause à l'indicatif, introduite par ***perché*** signifiant *parce que* avec la subordonnée de but au subjonctif introduite par ***perché*** signifiant *pour que*.

Ne pas confondre la subordonnée de cause introduite par ***siccome*** *comme* avec les subordonnées de comparaison et de manière introduite par **come** *comme*.

2. Les comparatives :

- **d'égalité** sont introduites par (***così***)... ***come***, (***tanto***)... ***quanto***, (***tale***)... ***quale*** et sont à l'**indicatif** quand l'action est sentie comme certaine :

Non siamo così stanchi come si poteva temere.	Nous ne sommes pas aussi fatigués qu'on pouvait le craindre.

ou au **conditionnel** quand l'action est sentie comme possible :

Il figlio non è (tale) quale lo vorrebbe.	Son fils n'est pas tel qu'il le voudrait.

Ne pas confondre la subordonnée de comparaison introduite par ***così***... ***come*** et ***tanto***... ***quanto*** avec la subordonnée de conséquence introduite par ***così***... ***che*** et ***tanto***... ***che***.

- **de supériorité ou d'infériorité** sont introduites par ***più***... ***che***, ***meno***... ***che***, ***più***... ***di quanto***, ***meno***... ***di quanto***, ***più***... ***di quello che***, ***meno***... ***di quello che*** et sont à l'**indicatif**, au **subjonctif** ou au **conditionnel** :

La vita è più cara di quanto pensavo / (non) pensassi.	La vie est plus chère que je ne pensais.
Questo lavoro è meno penoso di quanto si sarebbe creduto.	Ce travail est moins pénible qu'on ne l'aurait cru.

3. Les complétives sont introduites par la conjonction de subordination ***che*** et il convient de se reporter à ces rubriques.

4. Les concessives sont introduites par ***benché***, ***seppure***, ***sebbene***, ***ancorché***, ***per quanto***, ***quantunque***, ***malgrado che***, ***nonostante*** (***che***), ***anche se***, ***magari*** et sont toujours au **subjonctif** :

Per quante amiche abbia, si sente sola.	Bien qu'elle ait des amies, elle se sent seule.

5. **Les conditionnelles** sont introduites surtout par **se** qui régit soit l'indicatif, soit le subjonctif, mais aussi par ***purché***, ***qualora***, ***a condizione che***, ***a patto che***, ***nel caso che***... qui régissent le **subjonctif** alors que le français emploie le conditionnel :

Qualora non potesse venire, telefonerebbe.	Au cas où il ne pourrait pas venir, il téléphonerait.

6. **Les consécutives** sont introduites par ***così***... ***che***, ***tanto***... ***che***, ***sicché***, ***cosicché***, ***di modo che***, ***a tal punto che***... qui commandent l'**indicatif** ou, si la conséquence n'est que possible, le **subjonctif** ou le **conditionnel** :

Non ho mangiato, sicché ho molta fame.	Je n'ai pas mangé, si bien que j'ai très faim.
Gli parlerà in modo che sia avvertito.	Il lui parlera de façon à ce qu'il soit averti.
È così gentile che non farebbe male a una mosca.	Il est si gentil qu'il ne ferait pas de mal à une mouche.

Ne pas confondre la subordonnée de conséquence introduite par ***così***... ***che*** ou ***tanto***... ***che*** avec la subordonnée de comparaison introduite par ***così***... ***come*** ou ***tanto***... ***quanto***.

7. **Les finales** sont introduites par ***affinché***, ***perché***, ***acciocché***, ***che***... et sont toujours au **subjonctif** :

Le racconta tutto, affinché sia al corrente.	Il lui raconte tout afin qu'elle soit au courant.

Ne pas confondre la subordonnée de cause, introduite par ***perché*** *parce que*, à l'indicatif avec la subordonnée de but introduite par ***perché*** *pour que* au subjonctif.

8. **Les interrogatives indirectes**, introduites par **se**, ***come***, ***dove***, ***quando***, ***perché***, ***quanto***..., sont **de préférence au subjonctif** :

Mi chiedeva dove potessi andare.	Il me demandait où je pouvais aller.

9. **Les locatives** sont introduites par ***dove***, ***dovunque*** et sont à l'**indicatif** ou au **subjonctif** :

Dovunque vada, è come a casa sua.	Où qu'il aille, il est comme chez lui.

10. **Les modales** sont introduites par ***come***, ***come se***, ***quasi***, ***nel modo che***... et sont :

- à l'**indicatif** pour exprimer un fait certain :

Sei libero di agire come ti pare.	Tu es libre d'agir comme bon te semble.

- au **subjonctif** pour un fait hypothétique ou irréel :

Lavora come se fosse il padrone.	Il travaille comme s'il était le patron.

Ne pas confondre les subordonnées de manière et de comparaison introduites par ***come*** *comme* avec la subordonnée de cause introduite par ***siccome*** *comme*.

11. Les temporelles sont introduites par :

- ***quando***, ***come***, ***allorché***, ***mentre*** régissant l'**indicatif** pour la simultanéité des deux actions, celle de la principale et celle de la subordonnée :

Guarda la tivù, mentre la moglie fa da mangiare.	Il regarde la télévision, pendant que sa femme fait à manger.

- ***dopo che*** régissant l'**indicatif** pour la postériorité :

Dopo che ebbero cenato, Lia uscì.	Après qu'ils eurent mangé, Lia sortit.

- ***prima che*** régissant le **subjonctif** pour indiquer l'antériorité :

Prima che arrivassero, Ada aveva preparato tutto.	Avant qu'ils n'arrivent, Ada avait tout préparé.

- ***dacché***, ***da quando***, ***ogni volta che***, (***non***) ***appena*** régissant l'**indicatif** :

Appena arriva, ha già voglia di partire.	Dès qu'il arrive, il a déjà envie de partir.

- ***finché***, ***finché non***, ***fino a quando*** régissant l'**indicatif** si le fait est certain :

Finché c'è vita, c'è speranza.	Tant qu'il y a de la vie, il y a de l'espoir.

et le **subjonctif** si le fait n'est que possible :

Lisa aspetterà Luca, finché non si faccia vedere.	Lisa attendra Luca, tant qu'il n'apparaîtra pas.

che • comparatif d'égalité • comparatifs de supériorité et d'infériorité • complétives (subordonnées) • conjonctions de subordination • conditionnelles ou hypothétiques (subordonnées) • interrogative indirecte • perché • quanto ◆◆◆◆◆◆◆◆◆ >

Utiliser le temps qui convient dans les subordonnées suivantes :

1. Non sapevo che Luisa ______(stare) poco bene. • 2. Ci auguriamo che lei ______(migliorare). • 3. Andiamo al mare perché ci ______(fare) bel tempo e non perché ci ______(piacere) nuotare. • 4. Se noi ______ (arrivare) in tempo, i bambini potranno andare a scuola. • 5. Siccome Matteo ______ (venire), io potevo rimanere a casa. • 6. Se ______(partire) presto, saremmo già arrivati. • 7. Benché ______(essere) vero, non mi crede. • 8. Si è preso un raffreddore perché ______(uscire) con il maltempo. • 9. Mentre mi ______ (ascoltare), prendeva appunti. • 10. Andiamo via prima che lui ______ (tornare) ! • 11. Mi domandavo che cosa ______ (essere) successo. • 12. Poiché loro non ______(venire), siamo partiti rapidamente. • 13. Fa' come se niente ______(essere). • 14. Il film era meno interessante di quanto se lo ______ (aspettare). • 15. Dovunque ______ (arrivare), era sempre il benvenuto. • 16. Prima che ______ (parlare), la gente era già avvertita. • 17. Benché Tina ______ (stare) bene, va ogni mese dal medico. • 18. Siccome ______(venire) a trovarci, non avevamo da andare a casa sua. • 19. Leo è più ricco che non si ______(potere) pensare. • 20. Dovunque si ______(trovare), mi telefona ogni due giorni. • 21. Lia è contenta come se ______ (ricevere) un complimento. • 22. Siccome ______ (essere) tardi, dopo che ______(arrivare), va subito a dormire.

suffixes

Les suffixes peuvent intervenir dans la modification des adjectifs ou des noms, de certains adverbes et des verbes.

Ils sont essentiellement de trois types : augmentatifs, diminutifs, péjoratifs, mais s'y ajoutent des suffixes à nuances particulières.

1. Les suffixes des adjectifs et des noms

- Les **augmentatifs** se terminent :
  - en -***one*** :

    lo stivale > lo stivalone

    vecchio > vecchione

    Le féminin est normalement en -***ona*** :

    la ragazza > la ragazzona

    mais beaucoup de noms féminins prennent le suffixe -***one*** et deviennent masculins :

    una donna > un donnone
  - en -***otto*** :

    il palazzo > il palazzotto

    pieno > pienotto

  Les augmentatifs prennent très souvent une **valeur péjorative**.

- Les **diminutifs** sont les plus nombreux. Ils sont en :
  - **-ino,-a / -i,-e**, le plus courant :

    bello > bellino

    la sorella > la sorellina

    il cane prend une forme particulière s'alignant sur le radical du féminin :

    il cane (la cagna) > il cagnolino
  - **-etto,-a / -i,-e**, très courant :

    il maschio > il maschietto
  - **-ello,-a / -i,-e** :

    il fiore > il fiorello
  - **-uccio,-a / -i,-e** :

    caldo > calduccio

    l'animale > l'animaluccio

    Il peut intervenir dans les diminutifs des prénoms :

    Maria > Mariuccia
  - **-uzzo,-a / -i,-e** :

    la via > la viuzza

    la paglia > la pagliuzza
  - **-icino,-a / -i,-e** :

    il posto >il posticino

    il cuore > il cuoricino
  - **-icello,-a / -i,-e** :

    grande > grandicello

    il campo > il campicello
  - **-acchiotto,-a / -i,-e** :

    furbo > furbacchiotto

    l'orso > l'orsacchiotto
  - **-erello,-a / -i,-e** :

    vecchio > vecchierello

    l'albero > l'alberello
  - **-olo (-uolo),-a / -i,-e** :

    il figlio > il figlio(u)lo
  - **-otto** est souvent utilisé pour les petits d'animaux :

    la lepre > il leprotto le levraut

    la rondine > il rondinotto l'hirondeau
  - **-icciolo,-a / -i,-e** :

    una strada > una stradicciola

  Les diminutifs prennent souvent une **valeur affective**, ce sont ***i vezzeggiativi***.

  La création des diminutifs ne correspond pas au hasard, il faut se conformer au choix fait par l'italien donc les connaître.

On peut déterminer cependant quelques règles :

– les noms en -***one*** font leur diminutif en -***cino*** ou -***cello*** :

il leone > il leoncello

il furgone > il furgoncino

– les noms en -***cio***, -***cia*** dont le -*i*- est atone, le font en -***ino*** et -**etto** :

la camicia > la camicetta

il bacio > il bacino

- Les **péjoratifs** sont en :

– -***accio***,-***cia*** / -***ci***,-**ce**, le plus courant :

cattivo > cattivaccio

la via > la viaccia

– -***astro***,-***a*** / -**i**,-**e** :

un giovane > un giovinastro

Ce suffixe s'emploie couramment pour les couleurs à côté de -**iccio**,-**igno** et -**ognolo** :

verde > verdastro, verdiccio, verdigno, verdognolo

– -***aglia*** :

la plebe > la plebaglia

la gente > la gentaglia la racaille

– -**iciattolo** :

un fiume > un fiumiciattolo

– -**onzolo** :

un medico > un mediconzolo

– -**uncolo** :

un ladro > un ladruncolo

- **Plusieurs suffixes** peuvent se combiner avec une valeur plus forte :

– -**accio** et -**one** :

un uomo > un omaccione

– -**ello** et -***ino*** :

il fiore > il fiorellino

– -**etto** et -**accio** :

un cane > un cagnettaccio

– -**etto** et -***ino*** :

la casa > la casettina

– -***olo*** et -***ino*** :

il pesce > il pesciolino

– -**otto** et -***ello*** :

grasso > grassottello

– -**uccio** et -**etto** :

la cappa > Cappuccetto rosso le petit Chaperon rouge

– -**uccio** et -***ino*** :

un letto > un lettuccino

- Certains noms acceptent de **nombreuses suffixations différentes** :

  un cane > un cagnetto, un cagnolino, un cagnaccio, un cagnone

  una donna > una donnetta, una donnina, una donnuccia, una donnaccia, una donnona, un donnone

  una casa > una casetta, una casina, una casettina, una casuccia, una casaccia, una casona, un casone

- D'autres suffixes interviennent pour indiquer des **catégories différentes** :

  – -***aglio*** :
  il ventaglio l'éventail

  – -***aia*** **indique un lieu :**
  il riso > la risaia

  – -***aio*** **s'emploie pour un métier ou un lieu :**
  la carta > il cartolaio le papetier
  il forno > il fornaio le boulanger
  il pollo > il pollaio le poulailler

  – -***ame*** **indique un ensemble :**
  il pollo > il pollame la volaille
  il sale > il salame le saucisson

  – -***ano*** **s'emploie pour un habitant :**
  Napoli > il napoletano

  – -***ata*** **indique :**
  le contenu, la quantité : *la bocca > la boccata* la bouchée
  un coup : *il telefono > la telefonata* le coup de fil
  la durée : *la sera > la serata* la soirée

  – -**ese** **pour un habitant :**
  Lucca > il lucchese

  – -**eto** / -***eta*** **(à ne pas confondre avec le diminutif** -**etto**) **indique un lieu :**
  l'olivo > l'oliveto l'oliveraie
  il pino > la pineta la pinède

  – -***iera*** **indique un objet ou un ensemble :**
  la zuppa > la zuppiera la soupière
  il tasto > la tastiera le clavier

  – -***iere*** **indique un métier :**
  la barba > il barbiere le barbier
  la parucca > il parucchiere le coiffeur

  – -***ino*** **s'emploie pour un habitant :**
  Agrigento > agrigentino

  – -***ista*** **indique un métier :**
  l'arte > l'artista
  l'auto > l'autista le chauffeur

– -***ume*** indique un ensemble :

il sale > i salumi les salaisons
sudicio > il sudiciume la saleté
dolce > i dolciumi les friandises

- Certains noms, modifiés par un suffixe, prennent un sens particulier et sont devenus des **noms autonomes** :

l'aquila	l'aigle	*l'aquilone*	le cerf-volant
la bocca	la bouche	*il bocchino*	le fume-cigare
la camera	la chambre	*il camerino*	la loge d'artiste
il collo	le cou	*il colletto*	le collier
il frate	le moine	*il fratello*	le frère (famille)
la madre	la mère	*la madrina*	la marraine
l'orecchio	l'oreille	*gli orecchini*	les boucles d'oreille
il padre	le père	*il padrino*	le parrain
la suora	la religieuse	*la sorella*	la sœur (famille)
la tavola	la table	*la tavolozza*	la palette...

il cappuccio la capuche > *Cappuccetto rosso* le petit Chaperon rouge
il pollice le pouce > *Pollicino* le Petit Pousset
la colomba la colombe > *Colombina* (personnage de la *Commedia dell'arte*)
il pulcino le poussin > *Pulcinella* (personnage de la *Commedia dell'arte*)

- Il ne faut pas se tromper sur **le sens de certains noms autonomes** avec terminaison ressemblant à un suffixe :

il nasone	le merlan	*il naso*	le nez
il merletto	le creneau, la dentelle	*il merlo*	le merle
il torrone	le nougat	*la torre*	la tour
l'ottone	le laiton	*otto*	huit
il postino	le facteur	*il posto*	la place

- Le suffixe -***io***, formé, le plus souvent, à partir d'un verbe, produit un nom qui correspond à **un bruit** :

mormorare > il mormorio le murmure
ronzare > il ronzio le bourdonnement

2. Les suffixes des adverbes

La suffixation des adverbes est moins courante et tous ne s'y prêtent pas. Ces suffixes sont :

– l'augmentatif -***one*** :

bene > benone

– les diminutifs :

- -***ino*** :

bene > benino
poco > pochino
piano > pianino

- -***ettino*** :
  poco > *pochettino*
- -***uccio*** :
  male > *maluccio*

– le péjoratif -***accio*** :
male > *malaccio*

3. Les suffixes des verbes

- Les diminutifs sont :
  – ***erellare*** :
  cantare > *canterellare* chantonner
  saltare > *salterellare* sautiller
  – ***ettare*** :
  fischiare > *fischiettare* siffloter
  picchiare > *picchiettare* tapoter
  – ***igginare*** :
  piovere pleuvoir > *piovigginare*

- Les péjoratifs sont :
  – -***acchiare***, -***icchiare***, -***ucchiare*** :
  ridere > *ridacchiare* ricaner
  scrivere > *scribacchiare* gribouiller
  cantare > *canticchiare* chantonner
  dormire > *dormicchiare* sommeiller
  mangiare > *mangiucchiare* grignoter
  – -***azzare***, -***uzzare*** :
  ghignare ricaner > *sghignazzare*
  tagliare couper > *tagliuzzare*
  – -***ottare*** :
  parlare > *parlottare* parloter
  – -***ucolare*** :
  piangere > *piagnucolare* pleurnicher

- Certains verbes sont créés avec des suffixes, en particulier -***eggiare*** :
  il fianco le côté > *fiancheggiare*
  il mormorio le murmure > *mormoreggiare*
  il rivale le rival > *rivaleggiare*
  il simbolo le symbole > *simboleggiare*

Donner le mot qui a subi la suffixation proposée :
un lavoraccio • il leoncino • Topolino • un finestrone • la zietta • pochino • la borsetta • canticchiare • girellare • il pancino • marroncino • scoppiettare • rubacchiare • un librone • un cuoricino • Paperino • uno zione • un balconcino • verdastro • una vitaccia • una cosuccia • una viaccia • il sederino • il fiorellino • la nonnina • una pietruzza.

sujets postposés (ou inversés)

1. En italien l'inversion du sujet est fréquente en particulier dans les expressions qui correspondent à la traduction de :

- *il y a* : ***c'è*** suivi d'un sujet singulier,
  ci sono suivi d'un sujet pluriel :

C'è un cantante.	Il y a un chanteur.
Ci sono cantanti.	Il y a des chanteurs.

- *il faut* : ***ci vuole*** ou ***occorre*** suivi d'un sujet singulier,
  ci vogliono ou ***occorrono*** suivi d'un sujet pluriel :

Ci vuole pazienza. / Occorre pazienza.	Il faut de la patience.
Ci vogliono soldi. / Occorrono soldi.	Il faut de l'argent.

- *aimer* : ***mi piace*** suivi d'un sujet singulier,
  mi piacciono suivi d'un sujet pluriel :

Mi piace la pasta.	J'aime les pâtes.
Mi piacciono gli spaghetti.	J'aime les spaghetti.

- *on* :

Si sente un uccello.	On entend un oiseau.
Si sentono uccelli.	On entend des oiseaux.

Dans toutes ces expressions, le COD français devient sujet postposé en italien et le verbe s'accorde avec son sujet. Différents temps sont possibles.

2. Par ailleurs, l'inversion du sujet correspond à son renforcement :

Sono io.	C'est moi.
Parla Sandra.	C'est Sandra qui parle.

aimer • c'est... • falloir • il y a • on >

Traduire les phrases suivantes :

1. C'est Marco qui vient. • 2. Il y avait des livres sur l'étagère. • 3. Au printemps, on verra des feuilles sur les arbres. • 4. Il fallait une aiguille pour broder. • 5. Nous avons aimé les bonbons que tu nous a offerts. • 6. C'étaient eux qui nous appelaient. • 7. Il y aura un verre sur la table. • 8. Il aimera ce cadeau.

superlatifs

1. Le **superlatif relatif** s'exprime :

– pour la supériorité par ***il più***, ***la più*** / ***i più***, ***le più*** ;

– pour l'infériorité par ***il meno***, ***la meno*** / ***i meno***, ***le meno***.

Le nom ou le pronom complément du superlatif relatif est introduit par la préposition ***di*** qui se combine avec l'article du nom commun qui suit :

Lina è la più simpatica delle scolare.	Lina est la plus sympathique des écolières.

On supprime l'article défini devant le superlatif relatif lorsque celui-ci est immédiatement précédé d'un nom, lui-même précédé de l'article défini :

Racconta la storia più bella.	Il raconte l'histoire la plus belle.

Le verbe de la proposition complément est au subjonctif :

È il ragazzo più gentile che io conosca.	C'est le garçon le plus gentil que je connaisse.

2. Le **superlatif absolu** s'exprime par :

- le suffixe ***-issimo***, ***-issima*** / ***-issimi***, ***-issime*** ajouté au radical de l'adjectif :

bello > bellissimo

gentile > gentilissimo

simpatico > simpaticissimo

È una donna abilissima.	C'est une femme très habile.

Les adjectifs en -**co** et -**go** qui ajoutent un -***h***- au pluriel de l'adjectif, l'ajoutent aussi pour former le superlatif :

bianco > bianchi > bianchissimo

alors que :

pratico > pratici > praticissimo

Les adjectifs non acccentués sur le -*i*- de -*io*, voient le -*i*- du radical tomber devant celui du suffixe :

vario > varissimo

alors que :

pio > piissimo

Ampio a le superlatif latinisant ***amplissimo***.

Dans la langue parlée, le suffixe -***issimo***... est parfois utilisé avec un nom :

Coppi fu chiamato il Campionissimo.	Coppi fut appelé le superchampion.
È un uomo in gambissima.	C'est un homme sensationnel.

Certains superlatifs ont une forme latinisante en ***-errimo,-a* / *-i,-e*** :

acre	*acerrimo*	
aspro	*asperrimo*	(mieux : *asprissimo*)
celebre	*celeberrimo*	
misero	*miserrimo*	(mieux : *miserissimo*)
salubre	*saluberrimo*	(mieux : *salubrissimo*)

Dans le cas de ***integro***, les deux superlatifs ont des sens différents :

integerrimo	très intègre
integrissimo	tout à fait intact

L'emploi des superlatifs en ***-errimo*** est maintenant rare ; on leur préfère, dans les cas indiqués, la forme en ***-issimo*** ou, pour tous, celle formée avec l'adverbe suivi de l'adjectif :

molto acre, molto celebre...

- les adverbes invariables ***molto***, ***tanto*** ou ***assai*** suivis de l'adjectif :

una donna molto / tanto / assai ricca	une femme très riche

Ne pas confondre ***assai*** *très* avec ***abbastanza*** *assez*.

- l'adjectif répété :

una voce sottile sottile	une voix très fine

ou, dans quelques cas, deux adjectifs différents qui se renforcent et s'accordent tous deux :

bagnato fradicio	trempé jusqu'aux os
magro stecchito	maigre comme un cent de clous
pieno zeppo	plein à ras bord, bondé
ricco sfondato	riche comme Crésus
sporco sudicio	sale comme un peigne
stanco morto	mort de fatigue

L'adjectif ***grande*** avec le sens de *bien* et l'adjectif ***bello***, accompagné de **e** avec le sens de *bel et bien*, tous deux suivis d'un autre adjectif peuvent prendre une valeur superlative :

una gran brava bestia	une bien brave bête
Il negozio è bell'e chiuso.	Le magasin est bel et bien fermé.

- l'utilisation d'un préfixe, devant certains adjectifs :

arci-	*arciricco*	archiriche
bis-	*bisunto*	crasseux
extra-	*extrafino*	extrafin
iper-	*ipersensibile*	hypersensible
stra-	*stracarico*	très chargé
super-	*superrifinito*	épuisé
ultra-	*ultrarapido*	ultrarapide

3. Comme il existe des comparatifs irréguliers, il existe aussi des **superlatifs irréguliers** de dérivation latine :

È il migliore degli uomini.	C'est le meilleur des hommes.
È un ottimo prezzo.	C'est un très bon prix.

adjectifs qualificatifs • adverbes • bello • -co, -go (noms et adjectifs en -) • comparatifs et superlatifs irréguliers des adjectifs • grande • -io (noms et adjectifs en -) • meno, più • subjonctif ••• >

Choisir la forme qui convient parmi celles proposées :

1. Linda è la ragazza ______ interessante che ______.
   a) più... sia b) la più... sia c) più... è
2. È la malattia ______ grave che si ______ pensare.
   a) la più... può b) più... possa c) la più... possa
3. Per lui, l'Italia è il paese ______ bello ______ mondo.
   a) più... del b) il più... che il c) più... di
4. È un ______ bravo ragazzo.
   a) ben b) bello c) gran
5. Queste donne sono ______ contente.
   a) moltissime b) molte c) molto
6. Questo dolce è ______ che ______ fare.
   a) migliore... sa b) il migliore... sappia c) meglio... so
7. Dopo la partita di calcio, questi bambini sono ______.
   a) sporchi sudici b) sporco sudici c) sporco sudicio
8. Questo libro è ______ interessante ______ tutti.
   a) il più... che b) il più... di c) più ______ dei

tacere

Tacere qui signifie *se taire*, est un verbe irrégulier de la **2e conjugaison**.

Il double la consonne -**c**- du radical à certaines personnes du présent de l'indicatif, du subjonctif et de l'impératif ; la consonne -**c**- du radical prend la forme -***cq***- aux 3 personnes irrégulières du passé simple.

Ind. présent :	***taccio***, *taci, tace,* ***tacciamo****, tacete,* ***tacciono***
Ind. imparfait :	*tacevo, tacevi, taceva, tacevamo, tacevate, tacevano*
Ind. passé simple :	***tacqui****, tacesti,* ***tacque****, tacemmo, taceste,* ***tacquero***
Ind. futur :	*tacerò, tacerai, tacerà, taceremo, tacerete, taceranno*
Conditionnel :	*tacerei, taceresti, tacerebbe, taceremmo, tacereste, tacerebbero*
Sub. présent :	*che* ***taccia, taccia, taccia, tacciamo, tacciate, tacciano***
Sub. imparfait :	*che tacessi, tacessi, tacesse, tacessimo, taceste, tacessero*
Impératif :	*taci ! (non tacere !),* ***tacciamo*** *! tacete !*
Participe passé :	*taciuto*
Gérondif :	*tacendo*
Auxilaire :	*avere*

-cere, -gere, -scere (verbes en -)* • *conjugaisons ◆◆◆◆◆ >

Traduire :

1. Tais-toi ! • 2. Il se tut immédiatement. • 3. Je me tais. • 4. Il faut qu'ils se taisent. • 5. Ils se sont tus. • 6. Taisons-nous maintenant, ils se tairont après. • 7. Je croyais qu'il se taisaient. • 8. Ne te tais pas !

tanto, molto, poco, troppo

1. *Tanto, molto, poco* et *troppo* peuvent être :

- **adverbes de quantité, donc invariables :**

Marco ama ***tanto*** *la figlia.*	Marc aime beaucoup sa fille.
Pia vede Luigi ***molto*** *spesso.*	Pia voit Luigi très souvent.

- **adjectifs ou pronoms indéfinis ; ils varient :**

Quest'anno le mele sono ***tante****.*	Cette année, il y a beaucoup de pommes.
Pochi *sono venuti.*	Peu sont venus.

2. *Molto* et *tanto*, adverbes, interviennent dans la formation du superlatif de même que *assai* *très* **:**

Carla è ***tanto*** *bella.*	Carla est très belle.

3. *Molto*, *tanto*, *poco* et *troppo* peuvent être substantivés :

Fra ***i molti*** *che conosce…*	Parmi tous ceux qu'il connaît…

Tanto **l'est dans certaines expressions :**

Guadagna ***un tanto*** *al mese.*	Il gagne tant par mois.
Prende ***un tanto*** *per cento.*	Il prend tant pour cent.
Ci ha salutato con ***tanto*** *di cappello.*	Il nous a salués à grands coups de chapeau.

Poco**, substantivé, est souvent élidé :**

un po'*di…*	un peu de…

4. ***Tanto*** **s'emploie** pour **former** le **comparatif**, en corrélation avec ***quanto***... ; il équivaut à ***così***... ***come***... et peut être sous-entendu sauf si la comparaison a lieu entre deux adjectifs ou deux verbes :

*Tina è (**tanto**) coraggiosa quanto sua madre.*	Tina est aussi courageuse que sa mère.
*Tina è **tanto** coraggiosa quanto bella.*	Tina est aussi courageuse que belle.

Devant un nom, il est adjectif et s'accorde :

*Ci sono **tanti** libri quanti quaderni.*	Il y a autant de livres que de cahiers.

5. ***Poco fa*** *il y a peu de temps* sert à exprimer le passé proche par rapport au présent.

Poca prima *peu de temps auparavant* sert à exprimer le passé proche par rapport au passé.

6. ***Tanto... che...*** est une locution conjonctive qui introduit une subordonnée consécutive avec le sens de *si... que...* :

*Questa bambina è **tanto** buona che non piange mai.*	Cette enfant est si gentille qu'elle ne pleure jamais.

adverbes de quantité • comparatif d'égalité • indéfinis • passé proche (ou immédiat) • subordonnées conjonctives • superlatifs ••••••••• >

I. Adapter ***tanto*** aux phrases qui suivent :

1. Delle caramelle, ce ne sono ______ • 2. Ha comprato ______ bei libri, benché siano ______ cari. • 3. Ci sono ______ pere quanti fichi nel cestino. • 4. Questa ragazza è ______ coraggiosa. • 5. Per la strada c'è ______ gente. • 6. Dalla sorpresa apriva ______ di bocca. • 7. Questa commedia era ______ interessante che l'ho vista due volte. • 8. Lisa viene a casa ______ volentieri.

II. Traduire :

1. Les enfants ont très soif. • 2. Cette voiture est très rapide. • 3. Il reste peu de jours chez nous. • 4. Beaucoup de gens fréquentaient ce cinéma : on y passait de très beaux films. • 5. Des mensonges, il en dit trop mais des efforts, il en fait peu. • 6. Il n'est pas très touché : il n'a que quelques regrets et que quelques larmes.

telefonare

Lorsque l'on veut téléphoner (***fare una telefonata***), on décroche (***si stacca la cornetta*** / ***il ricevitore***) et l'on compose le numéro (***si fa il numero di telefono***) que l'on a trouvé dans l'annuaire (***l'elenco telefonico***). Il s'agit du numéro personnel (***il numero personale***) ou celui de son travail (***il numero dell'ufficio***).

Il ne faut pas faire un faux numéro (***un numero sbagliato***) mais le bon (***il numero giusto***).

La ligne peut être directe (***la linea diretta***) ou bien on passe par le standard (***il centralino***), c'est le / la standardiste qui répond (***il / la centralinista***) et elle demande le poste (***l'interno***) désiré.

S'il n'y a personne en ligne (***in linea***) ou si le poste est occupé et ne répond pas (***l'interno è occupato, non risponde***), on peut laisser un message (***lasciare un messaggio***) qui sera transmis (***sarà comunicato***). S'il y a un répondeur (***la segreteria telefonica***), le message est enregistré (***il messaggio è registrato***).

Si on laisse son nom, il faut l'épeler (***dire il suo cognome lettera per lettera***) ; le numéro se donne chiffre par chiffre (***cinque, tre, nove, zero, quattro, otto***... *5, 3, 9, 0, 4, 8*...) ou par groupe de deux chiffres (***cinquantatré, novanta, quarantotto***... *53, 90, 48*).

Parfois la ligne ne fonctionne pas (***la linea è disturbata***), elle peut être coupée (***la linea è caduta***) et il faut rappeler (***bisogna richiamare***).

Un appel en PCV est ***una chiamata in R*** (***a carica del ricevente***).

Lorsque l'on est appelé, on demande :

Chi parla ?	Qui est à l'appareil ?

et l'on répond par exemple :

Sono la Signora Bruni.	C'est Madame Bruni. Madame Bruni à l'appareil.

Lorsque la conversation est achevée on raccroche (***si riattacca***).

De nos jours on utilise beaucoup le téléphone portable : ***il cellulare*** ou plus couramment : ***il telefonino***.

numéraux cardinaux ••••••••••••••••••••••••••• >

Traduire :

1. Cade la linea. • 2. Il Suo interno è il 38. • 3. Potrebbe dirmi il Suo cognome lettera per lettera ? • 4. La linea è disturbata. La richiamiamo fra poco. • 5. Non La sento bene, può ripetere per favore ? • 6. Vuol lasciare un messaggio ? Lo comunicherò. • 7. Devo lasciarLa. • 8. Potrei fare una telefonata ? – Un momento, prego. Resti in linea ! • 9. Mi dispiace, ho sbagliato numero. • 10. Chi devo dire ?

tenere

Tenere signifie *tenir* et est un verbe irrégulier de la **2e conjugaison.**

Il ajoute un **-g-** devant **-*a*** et **-o** ; il diphtongue sous l'accent à certaines personnes du présent de l'indicatif et de l'impératif ; il a le passé simple irrégulier ; le futur et le conditionnel sont contractés.

Ind. présent :	***tengo, tieni, tiene,*** *teniamo, tenete,* ***tengono***
Ind. passé simple :	***tenni,*** *tenesti,* ***tenne,*** *tenemmo, teneste,* ***tennero***
Ind. passé comp. :	*ho tenuto..., abbiamo tenuto...*
Ind. futur :	***terrò, terrai, terrà, terremo, terrete, terranno***
Conditionnel :	***terrei, terresti, terrebbe, terremmo, terreste, terrebbero***
Sub. présent :	*che* ***tenga, tenga, tenga,*** *teniamo, teniate,* ***tengano***
Impératif :	***tieni*** *! (non tenere !), teniamo !, tenete !*
Auxiliaire :	*avere*

conjugaisons • diphtongaison des verbes ••••••••• >

Traduire :

1. Tu lui tiens la main. • 2. Il faut qu'ils se tiennent par la main. • 3. Je tiendrai mon chapeau pour que le vent ne l'emporte pas. • 4. Ils tiendraient leur mouchoir à la main pour nous saluer, si nous partions. • 5. Nous avons tenu à le voir ; moi j'y tiens. • 6. Ils tinrent bon. • 7. La voiture tient la route.

titres

Les titres sont beaucoup plus utilisés en italien qu'en français.

Ils peuvent être honorifiques et correspondent à un grade, en particulier de ***l'ordine della Repubblica*** :

cavaliere	chevalier
commendatore	commandeur

il commendator Giuliani

ou à une fonction :

onorevole	pour un député
eccellenza	pour un ambassadeur

Ils peuvent aussi correspondre à un niveau d'étude :

avvocato	avocat
dottore	docteur (pas seulement en médecine)
ingegnere	ingénieur
ragioniere	comptable

apocope, élision • sigles et abréviations •••••••••• >

toccare, spettare

Toccare **a comme sens premier celui de *toucher* :**

Toccare il ferro deve proteggere contro una disgrazia.	Toucher du bois doit protéger contre un malheur. (du fer en italien)

Mais, employé impersonnellement, il traduit *c'est à moi..., c'est mon tour..., il me faut...* :

mi tocca / tocca a me	c'est à moi de / c'est mon tour de / il me faut
gli tocca / tocca a lui	c'est à lui de / c'est son tour de / il lui faut
tocca a Mario	c'est à Mario de / c'est au tour de Mario de / il faut que Mario

L'infinitif qui suit, se construit sans préposition :

Tocca a me parlare.	C'est à moi de parler.
« Un dur lavoro ci tocca fare. »	Il nous faut faire un dur travail.

Aux temps composés on utilise l'auxiliaire *essere* :

È toccato a Mario leggere.	Ça a été à Mario de lire.

Spettare **se construit de la même façon et a le même sens, tout en insistant plus sur une idée de droit :**

Ti do ciò che ti spetta.	Je te donne ce qui te revient.

c'est... • *falloir* >>

tout

1. *Tout* se traduit par *tutto* qui est adjectif ou pronom indéfini :

L'ho aspettato tutto il giorno.	Je l'ai attendu toute la journée.
Ha capito tutto.	Il a tout compris.

L'adjectif *tutti,-e* suivi d'un nom pluriel avec article, a comme équivalent *ogni* suivi d'un nom singulier sans article :

Oggi tutti gli alunni sono presenti. / Oggi ogni alunno è presente.	Aujourd'hui tous les élèves sont présents.

De même le pronom *tutti,-e*, pluriel, équivaut à *ognuno*, singulier :

Tutti sono presenti. / Ognuno è presente.

2. Pour traduire *tous les deux, tous les trois...* :

- **s'il s'agit d'une période de temps chiffrée qui revient, on utilise *ogni* suivi du nombre et du nom pluriel :**

ogni due giorni	tous les deux jours

- **s'il s'agit d'un nombre de personnes ou de choses, l'expression est *tutti,-e e* suivie du nombre :**

Sono venute tutte e tre. — Elles sont venues toutes les trois.

- lorsque le nombre se limite à 2, on rencontre aussi, mais plus rarement ***ambedue*** ou ***entrambi,-e*** :

  Ambedue / Entrambe sono venute. — Elles sont venues toutes les deux.

3. *Tout le monde* se traduit par ***tutti***, pluriel, ou ***tutta la gente***, singulier et parfois ***tutti quanti*** :

Tutti sono contenti. / Tutta la gente è contenta. — Tout le monde est content.

Tutto il mondo (***il mondo intero***) correspond au *monde entier.*

4. *Tout* suivi du gérondif se traduit par ***pure*** apocopé :

Pur leggendo il giornale, Nino beve un caffè. — Tout en lisant le journal, Nino boit un café.

5. *Pas du tout* se traduit par (***non***...) ***affatto*** ou ***niente affatto*** :

Non capisco affatto. — Je ne comprends pas du tout.

6. *Tout à fait*, dans une phrase affirmative, correspond à ***affatto*** ou ***del tutto*** :

È affatto interessante. — C'est tout à fait intéressant.

7. La locution conjonctive *tout... que* se traduit par *per quanto* suivi du subjonctif :

Per quanto sia potente, non ha potuto trionfare. — Tout puissant qu'il soit, il n'a pas pu triompher.

affatto* • *adjectifs indéfinis* • *conjonctions de coordination* • *numéraux collectifs* • *ogni, ognuno* • *pronoms indéfinis* • *pure et ses composés •••••• >

Traduire les phrases suivantes :

1. Il vient tous les trois mois. • 2. Elles ont voyagé toutes les deux dans le monde entier. • 3. Pendant les vacances tout le monde s'amuse et personne ne travaille. • 4. Tout en parlant à tout le monde, le barman sert les clients. • 5. Nous ne le connaissons pas du tout. • 6. Aimez-vous les lentilles ? – Pas du tout. • 7. Vous êtes tout à fait son genre. • 8. C'est tout-à-fait juste.

trarre

Trarre est un verbe irrégulier de la **2e conjugaison** qui signifie *tirer*.

Il est syncopé ou contracté à l'infinitif, donc également au futur et au conditionnel ; les temps réguliers se forment sur l'ancien infinitif non-contracté †***traere*** ; il intercale un -***g***- et le double devant -***a*** et -***o*** ; le passé simple est irrégulier ainsi que le participe passé.

Ind. présent :	***traggo**, trai, trae, traiamo, traete, **traggono***
Ind. passé simple :	***trassi**, traesti, **trasse**, traemmo, traeste, **trassero***
Ind. passé comp. :	*ho **tratto**..., abbiamo tratto...*
Ind. futur :	***trarrò, trarrai, trarrà, trarremo, trarrete, trarranno***
Conditionnel :	***trarrei, trarresti, trarrebbe, trarremmo, trarreste, trarrebbero***
Sub. présent :	*che **tragga, tragga, tragga, traiamo, traiate, traggano***
Sub. imparfait :	*che traessi, traessi, traesse, traessimo, traeste, traessero*
Impératif :	*trai ! (non **trarre** !), traiamo !,traete !*
Part. passé :	***tratto***
Gérondif :	*traendo*
Auxiliaire :	*avere*

conjugaisons ◆◆◆◆◆◆◆◆◆◆◆◆◆◆◆◆◆◆◆◆◆◆◆◆◆◆◆◆◆◆◆◆◆◆ >

Traduire :

1. La barque fut tirée jusqu'à la rive. • 2. Il se tire d'embarras. • 3. Ils le tirent hors de l'eau. • 4. Luigi tira la code. • 5. Je les connais bien, ils tireront avantage de la situation. • 6. Il faut que les bœufs tirent le chariot.

udire

Udire qui signifie *entendre* est un verbe irrégulier de la **3e conjugaison**.

Il voit son ***u***- se transformer en **o**-, sous l'accent, au présent de l'indicatif, du subjonctif et à l'impératif.

Ind. présent :	***odo, odi, ode**, udiamo, udite, **odono***
Sub. présent :	*che **oda, oda, oda**, udiamo, udiate, **odano***
Impératif :	***odi** ! (non udire !), udiamo ! udite !*
Auxiliaire :	*avere*

alternance vocalique de certains verbes* • *conjugaisons ◆◆◆◆◆◆◆◆◆◆◆◆◆◆◆◆◆◆◆◆◆◆◆◆◆◆◆◆◆◆◆◆◆◆ >

Voir à ***uscire***.

uno

1. ***Uno*** est article indéfini masculin singulier devant ***s***- impur, ***z***-, ***gn***-, ***pn***-, ***ps***-, ***x***- :

uno studente	*uno zero*
uno gnomo	*uno pneumatico*
uno psicologo	*uno xilofono*

2. Il est pronom indéfini avec le sens de *quelqu'un* :

Uno è venuto. — Quelqu'un est venu.

Il sert à traduire *on* :

Uno è passato. — On est passé.

3. Les indéfinis ***alcuno***, ***ciascuno*** et ***nessuno***, ***ognuno*** sont des composés de ***uno***.

adjectifs indéfinis • articles indéfinis • on • pronoms indéfinis ••••••••••••••••••••••••••••• >

uscire

Uscire qui signifie *sortir* est un verbe irrégulier de la **3e conjugaison**.

Il voit son ***u***- se transformer en **e**- sous l'accent au présent de l'indicatif, du subjonctif et de l'impératif.

Ind. présent :	***esco***, ***esci***, ***esce***, *usciamo*, *uscite*, ***escono***
Sub. présent :	*che* ***esca***, ***esca***, ***esca***, *usciamo*, *usciate*, ***escano***
Impératif :	***esci*** *! (non uscire !), usciamo ! uscite !*
Auxiliaire :	*essere*

alternance vocalique de certains verbes • conjugaisons •••••••••••••••••••••••••••••••• >

Exercice sur ***udire*** et ***uscire***. Traduire les phrases suivantes :

1. Tu l'entends quand il sort. • 2. Il faut qu'ils sortent. • 3. Il vaut mieux qu'il ne t'entende pas. • 4. Ne sors pas ! • 5. À son âge, il entend encore bien. • 6. Sortez, Monsieur ! • 7. Sors d'ici ! • 8. Nous sortirons pour les entendre. • 9. Nous entendîmes les cloches.

valere

Valere qui signifie *valoir*, est un verbe irrégulier de la **2e conjugaison**. Il ajoute un -**g**- devant -***a*** et -**o** ; le passé simple est irrégulier ainsi que le participe passé ; le futur et le conditionnel sont contractés.

Ind. présent :	***valgo***, *vali*, *vale*, *valiamo*, *valete*, ***valgono***
Ind. passé simple :	***valsi***, *valesti*, ***valse***, *valemmo*, *valeste*, ***valsero***
Ind. futur :	***varrò***, ***varrai***, ***varrà***, ***varremo***, ***varrete***, ***varranno***
Conditionnel :	***varrei***, ***varresti***, ***varrebbe***, ***varremmo***, ***varreste***, ***varrebbero***
Sub. présent :	*che* ***valga***, ***valga***, ***valga***, *valiamo*, *valiate*, ***valgano***
Participe passé :	***valso*** / *valuto*
Auxiliaire :	*avere*

conjugaisons >

Voir à ***venire***.

vedere

Vedere qui signifie *voir* est un verbe irrégulier de la **2e conjugaison.** Il a le passé simple irrégulier, le futur et le conditionnel contractés, le participe passé irrégulier.

Ind. passé simple :	***vidi***, *vedesti*, ***vide***, *vedemmo*, *vedeste*, ***videro***
Ind. futur :	***vedrò***, ***vedrai***, ***vedrà***, ***vedremo***, ***vedrete***, ***vedranno***
Conditionnel :	***vedrei***, ***vedresti***, ***vedrebbe***, ***vedremmo***, ***vedreste***, ***vedrebbero***
Participe passé :	*veduto* / ***visto***
Auxiliaire :	*avere*

conjugaisons >

Voir à ***venire***.

venire

1. ***Venire*** est un verbe irrégulier de la **3e conjugaison**. Il ajoute un -**g**- devant -***a*** et -***o*** au présent de l'indicatif et du subjonctif ; diphtongue sous l'accent au présent de l'indicatif et de l'impératif ; son futur et son conditionnel sont contractés ; le passé simple double la consonne -***n***- aux 3 personnes irrégulières ; le participe passé est irrégulier.

Ind. présent :	***vengo***, ***vieni***, ***viene***, *veniamo*, *venite*, ***vengono***
Ind. imparfait :	*venivo, venivi, veniva…*
Ind. passé simple :	***venni***, *venisti*, ***venne***, *venimmo*, *veniste*, ***vennero***
Ind. passé comp. :	*sono* ***venuto / -a…***, *siamo* ***venuti / -e…***
Ind. futur :	***verrò***, ***verrai***, ***verrà***, ***verremo***, ***verrete***, ***verranno***
Conditionnel :	***verrei***, ***verresti***, ***verrebbe***, ***verremmo***, ***verreste***, ***verrebbero***
Sub. présent :	*che* ***venga***, ***venga***, ***venga***, *veniamo*, *veniate*, ***vengano***
Sub. imparfait :	*che venissi, venissi, venisse, venissimo, veniste, venissero*
Impératif :	***vieni*** *! (non venire !) veniamo ! venite !*
Gérondif :	*venendo*
Participe passé :	***venuto***
Auxiliaire :	*essere*

2. Emplois

Venire est un verbe de mouvement suivi de la préposition ***a*** devant un infinitif :

Vengo a trovarti. — Je viens te voir.

Il peut être semi-auxiliaire en s'employant avec le gérondif ou le participe passé mais n'intervient pas dans l'expression du passé proche.

auxiliaires et semi-auxiliaires* • *conjugaisons* • *diphtongaison des verbes* • *forme progressive* • *passé proche (ou immédiat)* • *mouvement (verbes de) ◆◆◆◆◆◆◆◆◆◆◆◆◆◆◆◆◆◆◆◆◆◆◆◆◆◆◆◆◆◆◆◆◆ >

Exercice sur ***valere, vedere, venire***. Traduire :

1. Ces tableaux valent la peine d'être admirés. • 2. Nous les verrons quand ils viendront. • 3. Ils vinrent voir nos produits pour savoir combien ils valaient. • 4. Je viendrais si cela en valait la peine. • 5. Je vaux plus que lui. • 6. Viens et tu le verras ! • 6. Viens et tu verras. • 7. Je vais venir dans quelques minutes. • 8. S'ils viennent, vous les verrez.

verbes

La conjugaison italienne comprend différents types de verbes.

1. Les **verbes réguliers et irréguliers** correspondent à **3 conjugaisons** :

– la 1re en -***are*** comme ***cantare*** ;

– la 2e en -***ere*** comme ***ripetere*** ;

– la 3e en -***ire*** qui se partage en 2 : les verbes comme ***sentire*** et les verbes inchoatifs comme ***preferire***.

Ils peuvent être transitifs ou intransitifs.

2. Les deux **auxiliaires** sont ***essere*** *être* et ***avere*** *avoir*.

3. 3 verbes peuvent avoir la fonction de **semi-auxiliaires** :

andare — *stare* — *venire*

4. 4 **verbes** sont dits **serviles** :

dovere	devoir	*sapere*	savoir
potere	pouvoir	*volere*	vouloir

andare* • *auxiliaires et semi-auxiliaires* • *avere* • *conjugaisons* • *dovere* • *essere* • *potere* • *sapere* • *serviles (verbes)* • *stare* • *venire* • *volere ◆◆◆◆◆◆◆◆◆ >

Voir à **verbes pronominaux**.

verbes impersonnels

1. Les verbes impersonnels s'emploient à la 3e personne du singulier :

nevica	il neige
può darsi	c'est possible

Ils forment leurs temps composés avec ***essere*** et le participe passé reste invariable :

Ieri è piovuto molto.	Hier il a beaucoup plu.
È occorso intervenire.	Il a fallu intervenir.

Ces verbes (ou locutions) correspondent à :

- des événements :

accadere, capitare, succedere	arriver
Mi è capitato di dormire all'aperto.	Il m'est arrivé de dormir en plein air.

- des phénomènes atmosphériques :

albeggiare	faire jour
annottare	faire nuit
grandinare	grêler
lampeggiare	faire des éclairs
nevicare	neiger
piovere	pleuvoir
tuonare	tonner
Ieri è nevicato un po'.	Hier il a un peu neigé.

- une appréciation ou une nécessité :

bastare	suffire
bisognare, occorrere	falloir
essere chiaro	être clair
essere facile / difficile	être facile / difficile
essere meglio	valoir mieux
parere / sembrare	paraître / sembler
poter darsi	se pouvoir

Ces verbes ou locutions sont suivis :

– d'un infinitif :

È meglio confessare tutto.	Il vaut mieux tout avouer.

– ou d'une complétive au subjonctif :

Può darsi che venga.	Il se peut qu'il vienne.

2. Tout verbe peut, en italien, être employé impersonnellement, il suffit d'utiliser la 3e personne du singulier précédée du pronom personnel ***si*** :

Si mangia con la forchetta.	On mange avec une fourchette.
Non si vive di solo pane.	On ne vit pas que d'amour et d'eau fraîche.

Les verbes réfléchis et pronominaux qui utilise déjà ***si***, emploient ***ci si*** pour traduire *on se* :

Ci si lava. — On se lave.

Aux temps composés, ces verbes employés impersonnellement, utilisent l'auxiliaire **essere**, mais :

– si le verbe se conjugue avec ***avere*** à la forme personnelle, le participe passé reste invariable :

Si è cenato tardi. — On a dîné tard.

(La forme personnelle est *abbiamo cenato*.)

– si le verbe se conjugue avec **essere** à la forme personnelle, le participe passé se met au pluriel :

Si è andati a Roma. — On est allé à Rome.

(La forme personnelle est *siamo andati*.)

Ci si è alzati presto. — On s'est levé tôt.

(La forme personnelle est *ci siamo alzati*.)

***avere* • *complétives (subordonnées)* • *conjugaisons* • *essere* • *on* • *participe passé* •••••• >**

Voir à **verbes pronominaux**.

verbes pronominaux

1. Les verbes pronominaux se conjuguent avec les pronoms personnels réfléchis ***mi***, ***ti***, ***si***, ***ci***, ***vi***, ***si***. Aux temps composés l'auxiliaire est **essere** :

Ada si è alzata alle otto. — Ada s'est levée à huit heures.

Il faut distinguer différentes catégories de verbes pronominaux :

– les **réfléchis propres** : sujet et pronoms COD correspondent à la même personne.

Aux temps composés, ils se conjuguent avec l'auxiliaire **essere** et le participe passé s'accorde avec le sujet :

Lidia si è pettinata. — Lidia s'est peignée.

– les **réfléchis apparents** : le pronom personnel correspond au complément d'attribution et non au COD ; le participe passé peut s'accorder avec le sujet (ou le COD) :

Marco si è lavato (lavata) la testa. — Marc s'est lavé la tête.

– les **verbes réciproques** :

Si sono guardati l'un l'altro. — Ils se sont regardés mutuellement.

2. Les verbes **exclusivement pronominaux**, c'est-à-dire ceux qui n'existent qu'à cette forme, sont intransitifs ; les pronoms personnels ***mi***, ***ti***, ***si***, ***ci***, ***vi***, ***si*** qui les accompagnent, n'ont pas de valeur réfléchie.

Ils se conjuguent avec l'auxiliaire ***essere*** aux temps composés et le participe passé s'accorde en genre et en nombre avec le sujet :

Elena si è accorta del nostro arrivo.	Hélène s'est aperçue de notre arrivée.

Un verbe exclusivement pronominal en français ne l'est pas forcément en italien et *vice versa.*

- Verbes **pronominaux en italien** et non-pronominaux en français, se conjuguant avec ***essere*** :

ammalarsi	tomber malade
arrampicarsi	grimper
augurarsi	souhaiter
innamorarsi	tomber amoureux
congratularsi con	féliciter
degnarsi di	daigner
evolversi	évoluer
tuffarsi	plonger
vergognarsi	avoir honte
Il gatto si è arrampicato sull'albero.	Le chat a grimpé dans l'arbre.

- Verbes pronominaux en français et **non-pronominaux en italien** se conjuguant avec :

– ***avere*** :

diffidare	se méfier
esclamare	s'exclamer
litigare	se disputer
passeggiare	se promener
prendere in giro	se moquer de
sbagliare	se tromper
tacere	se taire
Hanno taciuto.	Ils se sont tus.

– ***essere*** :

annegare	se noyer
appassire	se faner
crollare	s'écrouler
evadere	s'évader
esclamare	s'exclamer
migliorare	s'améliorer
scappare	s'enfuir
sorgere	se lever (pour un astre)
svanire	s'estomper
svenire / venir meno	s'évanouir
tramontare	se coucher (pour un astre)
La torre è crollata.	La tour s'est écroulée.

auxiliaires • avere • essere • participe passé • pronoms personnels réfléchis >

Traduire les phrases suivantes :

1. Il ne daigne pas me regarder. • 2. Cet enfant est encore tombé malade. • 3. Je vous félicite de votre succès, Monsieur. • 4. Nous nous méfions d'eux. • 5. On est parti ce matin. • 6. Vous vous promenez dans le parc. • 7. On s'est ennuyé pendant ce spectacle. • 8. Ils se sont disputés. • 9. Nous nous taisons. • 10. Je me suis trompé de train. • 11. Il se met souvent en colère. • 12. Il neige depuis deux jours. • 13. On a mangé hier avec elle. • 14. Ils se sont parlé les uns les autres. • 15. Marie s'est levée. • 16. Ivo s'est lavé la tête. • 17. Ils ont plongé dans le lac. • 18. Il s'enfuit rapidement. • 19. Luca s'est abîmé la main. • 20. De peur, il s'est évanoui.

vivere

Vivere qui signifie *vivre*, est un verbe irrégulier de la **2ᵉ conjugaison.** Il a le passé simple irrégulier, le futur et le conditionnel contractés, le participe passé irréguliers.

Ind. passé simple :	***vissi***, *vivesti*, ***visse***, *vivemmo*, *viveste*, ***vissero***
Ind. passé comp. :	*ho* **vissuto**..., *abbiamo* **vissuto**... / *sono* **vissuto / a**... *siamo* **vissuti / e**
Ind. futur :	***vivrò***, ***vivrai***, ***vivrà***, ***vivremo***, ***vivrete***, ***vivranno***
Conditionnel :	***vivrei***, ***vivresti***, ***vivrebbe***, ***vivremmo***, ***vivreste***, ***vivrebbero***
Participe passé :	***vissuto***
Auxiliaire :	*avere*, lorsque le verbe est transitif *essere*, lorsqu'il est intransitif.

conjugaisons • >

Traduire les phrases suivantes :

1. Qui vivra, verra. • 2. Boccace vécut au XIVᵉ siècle. • 3. Avec ton excellente santé tu vivras longtemps. • 4. Ils ont vécu à Rome. • 5. Il a vécu une enfance heureuse.

volere

1. ***Volere*** est un verbe irrégulier de la **2ᵉ conjugaison**.

Il transforme *-l-* en -***gli***- à la 1ʳᵉ personne du singulier, à la 1ʳᵉ et la 3ᵉ du pluriel du présent de l'indicatif, aux 3 personnes du singulier et à la 3ᵉ du pluriel du subjonctif, et à l'impératif ; il diphtongue sous l'accent, à l'indicatif présent, 2ᵉ et 3ᵉ personne du singulier ; le passé simple est irrégulier ; le futur et le conditionnel sont contractés.

Ind. présent :	***voglio, vuoi, vuole, vogliamo**, volete, **vogliono***
Ind. imparfait :	*volevo, volevi, voleva...*
Ind. passé simple :	***volli**, volesti, **volle**, volemmo, voleste, **vollero***
Ind. passé comp. :	*ho voluto..., abbiamo voluto...*
Ind. futur :	***vorrò, vorrai, vorrà**, vorremo, **vorrete, vorranno***
Conditionnel :	***vorrei, vorresti, vorrebbe, vorremmo, vorreste, vorrebbero***
Sub. présent :	*che **voglia, voglia, voglia, vogliamo, vogliate, vogliano***
Sub. imparfait :	*che volessi, volessi, volesse, volessimo, voleste, volessero*
Impératif :	***vogli** ! (non volere !), **vogliamo** ! **vogliate** !*
Part. passé :	*voluto*
Gérondif :	*volendo*

2. Emplois

- ***Volere*** *vouloir* peut être un verbe autonome ; il utilise alors l'auxiliaire ***avere*** aux temps composés :

  Ho voluto una caramella. — J'ai voulu un bonbon.

- **Verbe servile** lorsqu'il précède un autre verbe à l'infinitif, il peut alors se conduire comme un verbe ordinaire mais aussi se comporter différemment :
  - le pronom personnel complément peut se mettre devant lui au lieu de se souder à l'infinitif :

    Gli vuol parlare. — Il veut lui parler.

  - il peut se conjuguer avec l'auxiliaire de l'infinitif qui le suit :

    Maria è voluta venire. — Marie ha voulu venir.

    en particulier lorsqu'il s'agit d'un verbe réfléchi, et ce, avec déplacement du pronom personnel :

    Livia si è voluta alzare. — Livia a voulu se lever.

- **Verbe de nécéssité**, il est précédé de ***ci*** et traduit *il faut* ; le COD français devient sujet postposé en italien ; ***ci vuole*** est suivi d'un sujet singulier et ***ci vogliono*** d'un sujet pluriel ; les temps composés se forment avec l'auxiliaire ***essere*** ; le pronom personnel complément qui précède ***ci*** ne subit pas de modification de forme :

  Ci è voluta pazienza. — Il a fallu de la patience.

  Mi ci sono voluti soldi. — Il m'a fallu de l'argent.

- Sous la forme ***voler bene***, il traduit *aimer* lorsqu'il s'agit d'une personne. Le sujet français devient complément d'attribution en italien et le COD français devient le sujet italien :

  Gli hai voluto bene. — Tu l'as aimé.

  Vuoi bene ad Alessandro. — Tu aimes Alessandro.

aimer • conjugaisons • diphtongaison des verbes • falloir • pronoms personnels • serviles (verbes) •• >

Traduire :

1. Tant qu'il vivra, il voudra travailler. • 2. Ils avaient voulu se rencontrer. • 3. Elle a voulu partir. • 4. Nous voulions qu'il vive heureux. • 5. Elena aime Sandro, elle l'aime beaucoup. • 6. Ils ont voulu se parler. • 7. Il t'a fallu de la patience pour qu'il veuille se décider. • 8. Si nous voulions voyager, nous pourrions. • 9. Il lui a fallu trois heures pour faire ce travail. • 10. S'il vivait encore, il ne voudrait pas que sa maison soit vendue. • 11. Je veux voir le voir.

y

Y se traduit par les pronoms personnels ***ci*** et, moins couramment, ***vi*** qui prennent alors une valeur neutre :

Ci sei. — Tu y es.

Lorsque ***ci*** est déjà utilisé comme pronom de la 1re personne du pluriel, on traduit *y* par ***là*** ou ***lì*** :

Ci porta lì. — Il nous y conduit.

1. *Il y a* :

- indiquant une présence, une quantité, se traduit par :
  - **c'è** suivi d'un nom singulier :

    C'è un libro sul tavolo. — Il y a un livre sur la table.
  - ***ci sono*** suivi d'un nom pluriel :

    Ci sono amici. — Il y a des amis.

  Le verbe ***essere*** se met aux différents temps :

  C'erano fichi nel cestino. — Il y a des figues dans le panier.
- indiquant le temps, se rend par ***fa*** qui suit l'expression temporelle :

  Tre giorni fa, pioveva. — Il y a trois jours, il pleuvait.

2. *Y arriver, réussir* se traduit par ***farcela*** :

Non ce la faccio. — Je n'y arrive pas.

3. *N'y être pour rien* correspond à ***entrarci*** :

Non c'entro. — Je n'y suis pour rien.

ci • fa • il y a >

Traduire les phrases suivantes :

1. Il y va. • 2. Il y a deux mois il était en Italie. • 3. Il y a beaucoup de fleurs au printemps. • 4. Il y aura des gens dans la rue. • 5. J'y suis, j'y reste. • 6. J'y pense constamment. • 7. Nous savons qu'il n'y est pour rien. • 8. Nous y arriverons. • 9. Nous y allons, ils nous y retrouveront.

Corrigé des exercices

-a

1. MS • 2. FP • 3. FS • 4. FP • 5. MS • 6. FP • 7. FS • 8. FP • 9. FP • 10. MS • 11. MS ou FS • 12. FP • 13. FP • 14. MS ou FS • 15. MS ou FS • 16. FP • 17. MS.

a

1. Abita a Firenze ma va spesso a Venezia. • 2. Verrò a trovarvi alle quattro. • 3. Andremo a teatro o al cinema ma loro resteranno a casa. • 4. Le formiche escono a centinaia. • 5. Guadagno 800 euro alla settimana. • 6. Vanno a passeggiare in riva al mare, a piedi, e prendono dopo un batello a motore. • 7. Questa tovaglia è ricamata a mano. • 8. Parla ad alta voce giocando a carte. • 9. Si trova accanto a lui, a due metri. • 10. Mette la mano a ventaglio per udire. • 11. Siamo in fondo alla strada ma ci avviciniamo a voi. • 12. È una scala a chiocciola. • 13. Ai nostri giorni si prova a vivere bene. • 14. Cammina a testa alta.

accadere, avvenire

1. b. • 2. a. • 3. c. • 4. a. • 5. c.

accent

pensavano • affascinano • guardano • vivranno • indica • dissero • vendendo • che capiscano • che indichino • allinea • sottolineano • fabbricano • guardando • che pubblichino • percorso • I principi hanno un seguito • L'ancora della nave ha subito un danno • voluto • reciterebbero • pensato • che supplichino.

adjectifs démonstratifs

I. a. quest'italiano • questi stranieri • queste figlie • questo zaino • questo re ou questi re • quest'inglese • questo bambino • questi spagnoli • questi cinesi ou queste cinesi • questi americani • questi sportivi • questa scuola • questo soldato • questi amici.

b. quell'italiano • quegli stranieri • quelle figlie • quello zaino • quel re ou quei re • quell'inglese • quel bambino • quegli spagnoli • quei cinesi ou quelle cinesi • quegli americani • quegli sportivi • quella scuola • quel soldato • quegli amici.

II. 1. questa sciarpa • quel foulard in vetrina ! • 2. quell'estate • 3. quelle storie • 4. quello zio • 5. questa ragazza • quella bambina • 6. quel poeta.

adjectifs exclamatifs

1. a. • 2. c. • 3. b. • 4. c. • 5. a. • 6. a.

adjectifs indéfinis

I. 1. molta sete. • 2. pochi soldi. • 3. troppa pasta • 4. parecchia gente • 5. tante persone. • 6. molti scolari. • 7. parecchi soldi. • 8. nessun uomo • 9. poche donne.

II. 1. Qualche ragazza è presente. • 2. Ogni giorno della settimana viene a casa nostra. • 3. Parla a una persona qualunque. • 4. Non ho visto nessun uccello nel cielo. • 5. Non è venuto alcun compagno. • 6. Tutti i giorni l'incontro. • 7. Qualche amico gli ha scritto. • 8. Non ha nessun rimorso. • 9. È intervenuto qualche ragazzo. • 10. Non perde nessun'occasione.

III. 1. **Altre** cinque persone sono entrate. • 2. È difficile educare un **tale** ragazzo. • 3. **Tutta** Firenze è bella e interessante. • 4. **Ogni** giorno si alza alle cinque. • 5. Non aspetteremo a lungo, fra **pochi** giorni verrà a farci visita. • 6. Non **tutti** i giorni sono feriali. • 7. **Ogni** tre anni torna in Italia. • 8. Abbiamo incontrato solo **alcune / certe / poche** persone che conoscevamo.

IV. 1. C'est un journal quelconque. • 2. Téléphone-moi à n'importe quelle heure ! • 3. Il a épousé une femme quelconque. • 4. Vous pouvez venir à n'importe quel moment. • 5. Quoi qu'il lui dise, il ne réussira pas à le convaincre.

adjectifs interrogatifs

1. quali colori / che colori • 2. quanti ragazzi • 3. che mese / quale mese • 4. quante amiche • 5. Quale quadro / Che quadro • 6. Quanta pasta • 7. Quanti giorni • 8. che anno / quale anno.

adjectifs possessifs

1. nostra madre e i nostri fratellini • 2. Il mio fratello maggiore – la mia nonnina. • 3. Il loro zio d'America – dai loro genitori. • 4. Carlo, tuo compagno, a parer tuo • 5. Tua cugina – nella tua macchina fino a casa tua • 6. Sua sorella e il suo vecchio nonno – a sua insaputa – non era colpa sua.

II. 1. Mio cugino parla al nostro compagno. • 2. Il vostro cane mangia nel loro piatto. • 3. La vostra sorellina gioca con la loro bambola. • 4. Tua nonna parla di suo figlio. • 5. Il suo libro racconta la storia del nostro bisnonno e del proprio avo. • 6. Si è messo il grembiule, a casa sua.

adjectifs qualificatifs

1. Quegli autori hanno scritto romanzi fantastici e favole metafisiche. • 2. Questi ragazzi belgi sono seri e pii ma sono anche antipatici. • 3. Studiano poeti romantici e altri più classici. • 4. I palazzi sono barocchi ma le chiese sono gotiche con campanili romanici. • 5. Questi racconti filosofici sono stati scritti da autori tedeschi. • 6. Questi turisti greci sono un po' selvaggi. • 7. I vestiti arancione sono larghi, i maglioni giallo scuro sono lunghi e ampi. • 8. Incidenti analoghi sono successi con cani randagi e selvatici. • 9. Queste donne belghe hanno voci rauche e gli occhi gonfi.

adjectifs verbaux

1. La mela è **marcia**. • 2. L'asino era **carico** di merce : i cestini erano **colmi**. • 3. Maria si è **spogliata** ed è **scalza**. • 4. Questi ragazzi sono **privi** di educazione. • 5. I medici l'hanno **salvato** non ha più la pancia **gonfia**. • 6. Questo lavoro sembra proprio **adatto** all'indole di Livio. • 7. Si mangia la pasta **asciutta** (la pastasciutta). • 8. La biancheria pare **logora**. • 9. Ormai Gina è **sveglia**, la suoneria l'ha **risvegliata**. • 10. Lina si è **adattata** alla vita in città, ormai ci è **avvezza**. • 11. La capra di Saba è **sazia** d'erba. • 12. Quest'uomo si è **fermato** a lungo su una panchina.

adverbes au comparatif et superlatif

1. Questa macchina corre molto veloce. • 2. È meglio andare d'accordo con lui. • 3. Viene spessissimo / molto spesso a casa. • 4. Ascolta molto attentamente / attentissimamente questa lezione ! • 5. Ha reagito benissimo / ottimamente. • 6. Meglio tardi che mai. • 7. In città si sente il caldo maggiormente che in campagna. • 8. Cammina piano piano. • 9. Mangia pochissimo. • 10. Ti alzi più presto di lui.

adverbes interrogatifs

1. Perché non è venuto ? • 2. Da dove viene ? • 3. Di dove siete ? • 4. Quanto costa ? • 5. Come fai ? • 6. Ricordami perché Lisa non ci parla più. • 7. Si chiedono come lui abbia fatto per andarci. • 8. Non sapeva dove fosse suo fratello.

adverbes de lieu

I. 1. Là piove. • 2. Fuori fa buio. • 3. Lo vedo da vicino. • 4. Su / Sopra c'è il gatto. • 5. Andiamo su. • 6. Lassù c'è uno scoiattolo. • 7. Dietro c'è un cortile. • 8. Sotto c'era un libro. • 9. Qui / Qua abitano cugini. • 10. È lontano.

II. 1. Va di qua e di là. • 2. Ne parto. • 3. Tutt'intorno c'è una grande foresta, ci vanno. • 4. Dappertutto / Dovunque ci sono bambini che giocano. • 5. Abitiamo accanto / vicino. • 6. Non c'entra, però, dovunque vada, è ritenuto responsabile. • 7. Ci vorrebbero anni per dimenticare. • 8. Vanno altrove.

adverbes de manière

I. gentilmente • largamente • pianamente • particolarmente • allegramente • parimenti • intelligentemente • facilmente • altrimenti • lungamente • attualmente • anticamente • tristemente • irregolarmente • leggermente • riccamente • violentemente • debolmente • comunemente • seriamente • chiaramente • gioiosamente • abilmente.

II. 1. È a cavalcioni sul muro. • 2. È venuto cortesemente a invitarci. • 3. Il bambino va avanti bocconi. • 4. Violentemente la porta si aprì e Ugo entrò all'improvviso, mentre, di solito, annunciava la sua visita. • 5. Camminiamo a tastoni / a tentoni e a casaccio. • 6. Viene di rado. • 7. Andiamo avanti di buon grado. • 8. La macchina corre veloce. • 9. Di sicuro partirà domani presto. • 10. Parlano volentieri.

adverbes de quantité

1. Pensi molto (tanto) al tuo lavoro. • 2. Livia parla troppo ed è poco simpatica. • 3. Mangia molto e non beve abbastanza. • 4. Ci pensa parecchio. • 5. Sua nonna ha circa novant'anni ed è ancora molto arzilla. • 6. Diviene sempre meno credibile. • 7. Una volta andavamo poco a Pisa, ma adesso facciamo di più questo viaggio.

adverbes de temps

1. Lo conosci appena poiché vi siete incontrati ieri. • 2. Oggi fa bel tempo, domani nevicherà di sicuro. • 3. Io parlo, intanto lui dorme, ormai tacerò. • 4. Finora tutto andava bene, adesso tutto va male. • 5. Di tanto in tanto (ogni tanto) mangio un dolce perché ne ho spesso voglia. • 6. Fra poco compierò trent'anni. • 7. È sempre assente non lo vedo mai. • 8. Si alzano presto per non giungere troppo tardi. • 9. Si farà curare fra poco (Sta per farsi curare) perché si è ferito poco fa. • 10. Aveva parlato poco prima e l'avevamo ascoltato allora.

affirmation

1. Sono affatto d'accordo e ti dico di sì. • 2. Hai pensato ad avvertirlo ? – Certo / Già / Sicuro ! • 3. Ti piacciono i dolci ? – Eccome / Altroché / Come no ! • 4. È venuto appunto per dirmi di no. • 5. È promosso. – Davvero ! • 6. Partirai in vacanza ? – Senz'altro / Senz'alcun dubbio ! • 7. Avete pensato al compleanno di vostra madre ? – Ovviamente ! • 8. Questo libro è interessante, mi pare. – Esatto ! • 9. L'hai già visto ? – Già !

âge

1. Oggi Luisa compie gli anni. / Oggi è il compleanno di Luisa. • 2. Luigi ha solo trentasette anni ma li porta male. • 3. Ha diciott'anni compiuti, è maggiorenne. • 4. Aldo ha ventisette anni circa. / Aldo è sui ventisette anni. • 5. Questi ragazzi sono minorenni, saranno maggiorenni (avranno la maggior età) fra qualche anno. • 6. Questo bambino ha tre anni e mezzo. • 7. Nel 2001 siamo passati a un nuovo millennio. • 8. « Uomo del mio tempo, sei ancora quello della pietra » (Quasimodo).

aimer

1. b. • 2. a. • 3. c. • 4. c. • 5. a. • 6. b.

aller

I. 1. b. • 2. a. • 3. c. • 4. a.

II. 1. Sarò pronta fra un quarto d'ora. • 2. Stava per uscire quando la vide che arrivava. • 3. Va' a trovarlo prima che parta ! • 4. Andiamo con i nostri amici a fare una passeggiata. • 5. Usciranno fra poco per andare al cinema. • 6. Va in cucina a far da mangiare. • 7. Stanno per fare (Faranno fra poco) un bel viaggio. • 8. Verrò fra poco a portarvi un regalo. • 9. Stava per entrare nella casa di Mario.

altro,-a / -i,-e et altrui

1. a. • 2. c. • 3. b. • 4. c. • 5. b.

anche, neanche

1. Verrai anche tu ma non sarò a casa e neanche Paolo. • 2. L'hai seguito

dappertutto, anche / perfino in Australia. • 3. Non conosco neanche il suo nome. • 4. Neanche Gino è partito. /Non è partito neanche Gino. • 5. Il loro gatto e il loro cane, anch'essi, hanno fame. • 6. Pensa a sua madre ma anche a suo padre e perfino ai fratelli e alle sorelle.

andare

I. 1. a. • 2. b. • 3. c. • 4. a. • 5. c. • 6. b. • 7. c. • 8. b.

II. 1. Bisogna che ci vadano. • 2. Va pazza per questo dolce. • 3. Andrò a Roma il mese prossimo. • 4. Pensava che Lia sarebbe andata dalla madre. • 5. Appena mi vede, se ne va. • 6. Se tu andassi a teatro, ci andrebbe lo stesso. • 7. Vanno al liceo la mattina. • 8. Questo bel progetto andrà a monte. • 9. Va' in fretta a trovarlo ! • 10. Non ci vada, Signore !

apocope, élision

1. a. • 2. b. • 3. c. • 4. c. • 5. b. • 6. a. • 7. a. • 8. b.

appena

1. Dès que je le vois, je m'enfuis. • 2. Il vient de partir et nous sommes déjà tristes. • 3. Il venait de téléphoner quand ils sont arrivés. • 4. Dès qu'il entre et qu'il se met à parler, tous les gens le regardent et l'écoutent. • 5. Je viens de le voir. • 6. L'as-tu entendu ? – À peine. • 7. Dès que je l'aurai rencontré, je partirai.

approximation

1. b. • 2. a. • 3. c. • 4. b. • 5. a. • 6. a.

arriver

1. a. • 2. d. • 3. b. • 4. e. • 5. c. • 6. g. • 7. f. • 8. h.

articles contractés

allo zio • agli zii • dell'allievo • degli allievi • nello studio • negli studi • dalla scolara • dalle scolare • sul monte • sui monti • nello zaino • negli zaini • all'uccello • agli uccelli • nel bosco • nei boschi • sul letto • sui letti • nella camera • nelle camere • del respiro • dei respiri • sulla tavola • sulle tavole • del viaggio • dei viaggi • sul pavimento • sui pavimenti • della torre • delle torri • dal mare • dai mari • col pittore • coi pittori • dall'artista • dagli artisti / dalle artiste • dell'opera • delle opere • all'amico • agli amici • dalla greca • dalle greche • del giapponese / della giapponese • dei giapponesi / delle giapponesi.

articles définis

il motivo • i motivi • l'autista • gli autisti / le autiste • lo straniero • gli stranieri • il libro • i libri • l'azione • le azioni • lo psichiatra / la psichiatra • gli psichiatri / le psichiatre • la lupa • le lupe • il risultato • i risultati • l'inglese • gli inglesi / le inglesi • l'aiuola • le aiuole • il pesce • i pesci • la pietra • le pietre • la statua • le statue • l'acqua • le acque • lo scolaro • gli scolari • la iena • le iene • il dio • gli dei • lo scoiattolo • gli scoiattoli • lo studente • gli studenti • lo zero • gli zeri • il quaderno • i quaderni • il dentista / la dentista • i dentisti / le dentiste • la zia • le zie.

articles indéfinis

I. uno zio • un allievo • uno studio • una scolara • un monte • uno zaino • un uccello • un bosco • un letto • una camera • un respiro • una tavola • un viaggio • un pavimento • una torre • un mare • un pittore • un artista • un'artista • un'opera • un amico • una greca • un giapponese / una giapponese.

II. un motivo • un autista / un'autista • uno straniero • un libro • un'azione • uno psichiatra / una psichiatra • una lupa • un risultato • un inglese / un'inglese • un'aiuola • un pesce • una pietra • una statua • un'acqua • uno scolaro • una iena • un dio • uno scoiattolo • uno studente • uno zero • un quaderno • un dentista / una dentista • una zia.

assai

1. Il est venu très tôt ce matin. • 2. Cette maison était beaucoup plus chère qu'il ne pensait. • 3. Il mange beaucoup donc il est très gros. • 4. Ils ont beaucoup travaillé. • 5. Il se sent beaucoup mieux que

d'habitude. • 6. Ugo a habité très longtemps dans cette maison-là. • 7. Je regrette beaucoup, mais je ne peux pas te rencontrer. • 8. Il ne réussit pas à gagner ; il s'en fallut de beaucoup.

auxiliaires et semi-auxiliaires

I. 1. Elena è corsa a trovarlo. • 2. Luigi e Enrico si sono alzati presto. • 3. Questi bambini sono nati a Milano, ci sono cresciuti poiché ci sono vissuti. • 4. Siamo usciti alle nove. • 5. Ti è piaciuto giocare. • 6. Hanno corso duecento metri. • 7. La lezione è cominciata alle dieci. • 8. Mi è assai dispiaciuto. • 9. Siamo stati visti dalla nonna.

II. 1. I prezzi vanno aumentando, stanno cambiando. • 2. Il libro che sta leggendo, fu / venne pubblicato nel 1937. • 3. Le leggi vanno rispettate. • 4. Gelati, ne hai mangiati molti. • 5. Questi romani sono stati accolti bene. • 6. In Italia, le città d'arte sono / vengono visitate da numerosi turisti. • 7. La carne che ho mangiato, è di manzo. • 8. L'ora è suonata. • 9. Boccaccio è vissuto nel Trecento. • 10. Elena è riuscita a parlarvi. • 11. Ha salito i gradini con difficoltà. • 12. Le ragazze sono volute uscire. / hanno voluto uscire.

avant

1. Prima di uscire, si mise il cappotto. • 2. Fra poco telefoneranno. • 3. Entro la fine dell'anno, andrà in pensione. • 4. Prima che Pietro mangi, Lisa apparecchia la tavola. • 5. Innanzitutto / Prima di tutto ci saluta. • 6. L'imperatore Augusto è nato nel 14 avanti Cristo ed è morto nel 63 dopo Cristo.

avere

1. Tua sorella, l'ho vista ieri. • 2. Dei gelati, ne ho mangiati due. • 3. Abbiamo incontrato i nostri amici e li ho presentati a Matteo. • 4. Avrebbero voluto vederti. / Ti avrebbero voluto vedere. • 5. Temevo che avesse voglia di partire molto presto. • 6. Avremo una lettera domani. • 7. Ebbero notizie. • 8. Non avere paura ! • 9. Questa musica, l'avrei riconosciuta fra mille. • 10. Abbia pietà di lui !

bello

1. Arrigo è un **bel** ragazzo. • 2. Gli piacciono le **belle** arti. • 3. Ha visto un **bell'**uccello. • 4. Questi giovani sono **belli** alti. • 5. L'Italia e la Francia sono **bei** paesi. • 6. Maria ha una **bella** sorella. • 7. Ammiriamo il **bel** panorama. • 8. Hanno **begli** zii. • 9. Mario è il più **bello** dei bambini. • 10. L'acqua è **bella** chiara. • 11. Ho trovato la gatta **bella** e morta, però sembrava in ottima salute, **bella** grossa com'era. • 12. Incontriamo **begli** amici. • 13. Il più **bello** è che fu preso anche lui. • 14. Beviamo succhi di frutta **belli** freschi. • 15. Hai un **bel** dire, farò di testa mia.

bene, bien

1. Ada ha voluto bene a questo ragazzo. • 2. Il negozio è bell'e aperto. • 3. Sono pantaloni belli nuovi. • 4. Benché sia magro, sta molto bene. • 5. È venuto a casa, sicché / tanto che / di modo che abbiamo potuto incontrarlo / l'abbiamo potuto incontrare. • 6. Era una ragazza per bene. • 7. Non è solo un compagno, bensì un amico vero.

bere

1. Bevvi. • 2. Bevete. • 3. Bevvero. • 4. Avevano bevuto. • 5. Volevano che bevessimo. • 6. Berrebbe tutta la bottiglia. • 7. Bevi ! • 8. Bevendo, chiudeva gli occhi. • 9. Bisogna che beva. • 10. Non beva, Signore ! • 11. Bevevate un po'. • 12. Chi ha bevuto, berrà.

bisognare

1. Bisogna piantare alberi. • 2. Bisogna avere forza. • 3. Bisognava pensare ad agire prima. • 4. Bisognerà capirlo. • 5. Bisognerebbe aiutarli. • 6. Bisognerebbe aver pazienza. • 7. Bisognava che venissero. • 8. Bisogna che io lo veda. • 9. Abbiamo bisogno di lui. • 10. Bisogna che gli alunni studino.

buono

1. È un **buono** zucchero. Questo zucchero è **buono**. • 2. Mangiamo del **buon** pane. Il pane è **buono**. • 3. Respiro la **buon'**aria di questa campagna. • 4. Questo bambino è **buono**. È un **buon** bambino. • 5. Chi ride si fa **buon** sangue. • 6. **Buon** appetito ! • 7. **Buona** sera ! • 8. **Buon** giorno ! • 9. **Buona** Pasqua ! • 10. **Buon** compleanno ! • 11. **Buon** anno ! • 12. **Buon** Natale ! • 13. Lisa, sta' **buona** ! • 14. Bisogna prenderlo con le **buone** e non con le cattive.

-ca et -ga (noms et adjectifs en -)

1. Quelle turche sono comiche. • 2. Ci sono alghe nelle vasche. • 3. Queste banche sono tedesche. • 4. Le sue nemiche sono greche e non austriache. • 5. Hanno mucche fantastiche. • 6. Ci furono valanghe bianche. • 7. Le loro colleghe sono stanche. • 8. I duchi belgi paiono ricchi. • 9. Mangiano le pesche nelle botteghe. • 10. Le leghe erano antiche. • 11. Le righe saranno larghe. • 12. Gli strateghi parlano ai patriarchi. • 13. Le streghe vanno nelle barche.

cadere

« Et je tombai comme tombe un corps mort. »

-care et -gare (verbes en -)

1. Pratichi il calcio e giocherai domenica. • 2. Bisogna che tu coniughi questo verbo. • 3. Giochiamo a carte. • 4. Preghiamo il Signore ! • 5. Gli comunicherò quello che hai detto. • 6. Lego questo spago attorno al pacco. • 7. Si stancheranno rapidamente. • 8. Pagherei volentieri il conto. • 9. M'incarica di fare il lavoro. • 10. Carichereste il camion.

-cere, -gere, -scere (verbes en -)

indicatif			subjonctif
présent	passé simple	passé composé	présent
n(u)occio	nocqui	ho n(u)ociuto	che io nuoccia
si accorgono	si accorsero	si sono accorti	che si accorgano
piange	pianse	ha pianto	che lui pianga
tacciamo	tacemmo	abbiamo taciuto	che tacciamo
piaccio	piacqui	ho piaciuto	che io piaccia
cuociono	cossero	hanno cotto	che cuociano
dirige	diresse	ha diretto	che lui diriga
spingono	spinsero	hanno spinto	che spingano
spengo	spensi	ho spento	che io spenga
tacciono	tacquero	hanno taciuto	che tacciano
nasce	nacque	è nata	che lei nasca
dice	disse	ha detto	che lui dica
traducono	tradussero	hanno tradotto	che loro traducano
faccio	feci	ho fatto	che io faccia

c'est...

1. Gli tocca partire. • 2. Sono bravi ragazzi. • 3. C'erano quattro uomini nella macchina di Pietro. • 4. Chi ha parlato ? – Sono loro. • 5. Era toccato a lui far da mangiare. • 6. Di chi era questo libro ? – Era mio e non di Carlo. • 7. Quello era un uomo per bene. • 8. Ci parla il direttore. • 9. Questa è gente interessante. • 10. Pronto, sono io ! • 11. Ne ha parlato lei. • 12. Guarderà te.

ce qui, ce que

1. So ciò (quello / quel) che sta per dire. • 2. Pensa a tutto quanto abbiamo fatto insieme. • 3. Sanno quello (quel / ciò) che non va. • 4. È venuta a trovarli ed è rimasta tre giorni, il che le è sembrato poco. • 5. Raccontiamo loro tutto quanto li interessa. • 6. Parli solo di quello (quel / ciò) che ti piace.

celui de, celui qui...

1. b. • 2. a. • 3. c. • 4. c. • 5. b. • 6. b.

chacun, chaque

1. Ogni volta che viene, i suoi genitori sono contenti. • 2. Ogni suo gesto è grazioso. • 3. Ogni professore insegna la propria materia. • 4. Ognuno di loro è interessante. • 5. Ad ogni minuto pensa a lei. • 6. Dà a ciascuno il suo. • 7. Ogni sua lettera ci procura un gran piacere.

che

1. Preferirebbe che la nonna non **uscisse** con questo freddo. • 2. Voleva che tu **partissi** per Parigi. • 3. Speriamo che tutto **vada** bene. • 4. Fa così bel tempo che ci si **crede** in Sicilia. • 5. Sembra che questo ragazzo **sia** molto bravo a scuola e **possa** vincere il concorso. • 6. Sta' attento che il bambino non **cada** ! • 7. Dice che Lisa non **deve / dovrebbe** venire. • 8. Non sapevo che Luca **stesse** poco bene. • 9. Non penso che Luigi **farebbe** questo lavoro, se ne avesse il tempo. • 10. Vennero che lui **era** già partito. • 11. Venite a casa che Lea vi **parli**. • 12. Desidera che i ragazzi **vadano** in vacanza.

chez

1. È stato assunto alla Ferrari. • 2. Presso i Romani, le terme erano numerose. • 3. Abitavano / dal (presso il) Signor Negri. • 4. Presso (Fra) i giovani c'è spesso molta spensieratezza. • 5. È a casa sua o dalla zia ? • 6. Va una volta la settimana dal parucchiere, è una sua abitudine. • 7. Si reca dalla sorella ogni mese.

chi

1. Rira bien qui rira le dernier. • 2. Dis-moi qui tu hantes, je te dirai qui tu es. • 3. Qui casse les verres, les paie. • 4. Qui paie ses dettes, s'enrichit. • 5. Qui épargne le vice, fait tort à la vertu. • 6. Qui sème le vent, récolte la tempête • 7. Qui se ressemble, s'assemble. • 8. Heureux au jeu, malheureux en amour. • 9. Qui veut la paix, prépare la guerre. • 10. Honni soit qui mal y pense. • 11. Noël au balcon, Pâques aux tisons.

chiunque

1. Chiunque venisse, sarebbe il benvenuto. • 2. Chi viene ? • 3. Di chi sono questi quaderni ? • 4. Chi è qui ? • 5. A chi parla Lei ? • 6. A chi lo dice Lei ? • 7. Non so chi abbia parlato. • 8. Chi vuol far da mangiare ? • 9. Da chi sei andato ieri sera ? • 10. Chiunque ne faccia la domanda, può ottenerlo / lo può ottenere. • 11. Chiunque sia, io non sono a casa. • 12. Parla meglio di chiunque altro. • 13. Chi parla, chi tace. • 14. Il ragazzo che parla, è molto chiacchierone.

ci

1. Delle caramelle ce n'erano tante. • 2. A Roma, ci vado ogni anno. • 3. Quante stanze ci sono nella casa ? • 4. Ci vorrebbe tempo per fare questo lavoro. • 5. Lupi, ce ne sono ancora in Abruzzo. • 6. Ci vediamo a Firenze quando ci siamo. • 7. Gli ci vogliono duecento euro subito. • 8. A quelle storie, ci credo. • 9. Ce la fa a vederci qualcosa ? • 10. Ci si incontra spesso. • 11. Si crede che è colpa sua, eppure non c'entra.

-ciare, -giare, -gliare, -sciare, -cire et -gire (verbes en -)

indicatif		conditionnel	subjonctif
présent	futur	présent	présent
cucio	cucirò	cucirei	che io cucia
reagisco	reagirò	reagirei	che io reagisca
lanci	lancerai	lanceresti	che tu lanci
fuggo	fuggirò	fuggirei	che io fugga
sdruce	sdricirà	sdrucirebbe	che lui sdrucia
lasciamo	lasceremo	lasceremmo	che lasciamo
risvegli	risveglierai	risveglieresti	che tu risvegli
mangiano	mangeranno	mangerebbero	che mangino

-co, -go (noms et adjectifs en -)

gli amici turchi • i monologhi tragici • i cataloghi bianchi • i nemici tedeschi • i porci domestici • i laghi greci • i monaci polacchi • i sindaci malinconici • i dialoghi comici • i luoghi storici • gli affreschi classici • i lunghi becchi • i medici simpatici • i buchi larghi.

come

1. Quand il eut entendu, il se mit à répondre. • 2. Il mange comme un loup. • 3. Comme si de rien n'était, il continua de parler. • 4. Comment ! Tu es encore ici ! • 5. Viens-tu ? – Pourquoi pas ! • 6. Je ne sais pas comment Lucia a fait pour ne pas être intervenue avant. • 7. Comment as-tu fait pour arriver si tard. • 8. Comment allez-vous, Monsieur ? • 9. Comme il est heureux ! • 10. Comme il fait chaud en ville, en été, Luca reste à la montagne.

comme, comme si, comment

1. Come nevica ! • 2. Siccome sei sudato, non prendere freddo ! • 3. Canta come se fosse un usignolo. • 4. Lia si comporta come un ragazzo. • 5. Era come se avesse capito tutto. • 6. Luca è (così) coraggioso come suo padre. • 7. Siccome era tardi, dovette tornare a casa. • 8. Com'è intelligente ! • 9. Come ti chiami ?

comparatifs

1. Questo libro è così interessante **come** questo film. • 2. Beve tanto vino **quanta** acqua. • 3. Sono meno alto **di** mio padre. • 4. Compra meno pane **che** dolci. • 5. Indossa un vestito più bello **del** tuo. • 6. Ha tanta fame **quanta** sete. • 7. Sua figlia è più carina **di** suo figlio. • 8. Gli piace più leggere **che** studiare. • 9. Danno più caramelle a te **che** a lui. • 10. Sono tanto simpatici **quanto** i genitori. • 11. È più interessante **di** prima. • 12. Più **che** l'intelligenza gli piace la bellezza.

comparatifs et superlatifs irréguliers des adjectifs

1. Fa il miglior pane della città. • 2. È il suo peggior nemico. • 3. Non si deve correre il minimo rischio. • 4. Il suo fratello maggiore è il peggiore chiacchierone. • 5. È il maggior ladro. • 6. La sua somma qualità è l'onestà. • 7. La sorella minore di Maria ha un pessimo carattere. • 8. Erano peggiori di quello che pensaste.

complétives (subordonnées)

1. Ti dico che oggi Mario non **è** presente. • 2. Speriamo che Luca non se la **prenda** con noi. • 3. Non è detto che voi **abbiate** risolto il problema. • 4. Permetto che i ragazzi **guardino** la TV. • 5. Desidera che Leo **se ne vada**. • 6. Crede che le cose **succedano** diversamente. • 7. Non pensano che Marco **sarebbe** all'altezza se dovesse agire. • 8. Vi comunico che

domani Gina **uscirà** alle sette. • 9. Dubiti che io **possa** andare in Sardegna. • 10. Gli scrivo che adesso **deve** pensare alla nonna. • 11. Teme che la sorellina non **faccia** i compiti. • 12. Pensa che i genitori non le **permetterebbero** di uscire se non fosse accompagnata.

con

1. L'homme avec une moustache est son grand-père. • 2. Il dessine au crayon. • 3. Avec cette chaleur on ne réussit pas à dormir. • 4. Cette maison, il l'a faite de ses mains. • 5. Il nous regardait du coin de l'œil et parlait, le chapeau sur la tête. • 6. Il agit dans le but de faire un peu de bien. • 7. Sous le prétexte de nous aider, il est toujours chez nous. • 8. Il peint de la main gauche mais écrit de la droite. • 9. Il marche, tête baissée. • 10. La femme aux lunettes de soleil, est sa mère.

concordance des temps

I. Credo che non ci sia niente da fare. • 2. Non pensava che tu fossi così serio. • 3. Se verrai, sarò contento. • 4. Se partisse, lo seguirei. • 5. Credeva che saremmo stati a casa. • 6. Signora, sapevo che sarebbe venuta il giorno dopo. • 7. Mi ha detto che avrebbe fatto il suo lavoro più tardi. • 8. Se pioverà, tornerà presto. • 9. Sarebbe venuto, se avesse avuto il tempo. • 10. Se vorrai, andremo in Egitto. • 11. Se lo voleste voi due, fareste un bel viaggio. • 12. Occorreva / Bisognava che pensasse a sua madre. • 13. Speriamo che Maria stia bene. • 14. Temerete che Gino sia già arrivato. • 15. Ci chiedevamo se il gatto non avesse paura del cane.

II. 1. Speriamo che Luisa **voglia** venire. • 2. Voglio che Luca **venga**. • 3. Teme che Lisa non **si alzi** così presto. • 4. Non andrei a Roma se i compagni non **potessero** venire con me. • 5. Vorrebbe che **andassimo** anche noi a teatro. • 6. Se tu ce lo **avessi detto** prima, saremmo stati avvertiti. • 7. Pensavamo che Mario **sarebbe giunto** più tardi. • 8. Se **avesse pensato** ad avvertirci del suo arrivo, non avrebbe trovato la porta chiusa. • 9. Spero che Luca **vada** in vacanza. • 10. Temiamo che Dino non **ce la faccia**. • 11. Gli dirò che **è** troppo tardi.

conditionnel

1. Chiunque bussasse alla porta, lo farebbe in vano perché non verrei ad aprire. • 2. Bisognerebbe pensarci. • 3. Caso mai Luca entrasse, Ada sarebbe felice. • 4. Vorremmo che venissero. • 5. Penso a qualcuno che lo sappia fare / sappia farlo. • 6. Cerca una macchina che non sia troppo cara. • 7. Se entrasse, ci procurerebbe una bella sorpresa. • 8. Pensavate che sarebbe / avrebbe potuto venire l'indomani. • 9. Speravamo che sarebbero già partiti, se non ci avessero aspettati. • 10. Gli piacerebbe che tu gli scrivessi. • 11. Viaggeremmo volentieri, se avessimo abbastanza soldi. • 12. Pagheresti la merce e la caricheresti sul camion, se fosse qua. • 13. Abbiamo molta sete e berremmo molta acqua, se ne trovassimo. • 14. Occorrerebbero / Ci vorrebbero molti soldi per soddisfarlo.

conditionnelles ou hypothétiques (subordonnées)

1. Se **facesse** bel tempo, uscirei. • 2. Se lei **giungerà** in tempo, sarai contento. • 3. Se Leo **fosse venuto** prima, l'avremmo incontrato. • 4. Se i figli **tornassero**, la mamma potrebbe dormire. • 5. Se **studiava** la lezione, aveva un buon voto. • 6. Se **berremo** acqua, non avremo più sete. • 7. Se ci **vado**, lo trovo. • 8. Se io **cucinerò** un bel pollo arrosto, potranno mangiare.

conjonctions de coordination

I. 1. Non si trova **né** a Roma **né** a Milano. • 2. Col pane preferisci della marmellata **o / oppure / ossia** del burro. • 3. Dice forse la verità, **ma / però / tuttavia** non si sa davvero. • 4. Ho dovuto correre per arrivare in tempo, **dunque / quindi** sono tutto sudato. • 5. Luisa ha fatto la pastasciutta e **anche** un bel risotto. • 6. Abita a Parigi **o / oppure** a Digione ?

• 7. Verrà domani, **dunque / quindi** potremo incontrarlo. /lo potremo incontrare.

II. 1. Non capisce quello che dice Lei, anzi non capisce affatto. • 2. Non mi piace, tuttavia riconosco che è competente. • 3. Neanche / Neppure / Nemmeno Ivo ha avuto da mangiare. 4. Crede che io non l'abbia visto, invece l'ho scorto subito. • 5. Siete qua, ebbene possiamo cominciare a lavorare. • 6. Parla bene italiano, nondimeno fa qualche errore.

conjonctions de subordination

1. Mi guarda **come se** non mi conoscesse. • 2. Ha bevuto un bicchiere d'acqua **poiché / perché / giacché** aveva sete. • 3. **Dovunque** vada, si sente bene. • 4. **Poiché / Perché / Giacché** non piove, posso uscire. • 5. **Benché** abbia fame, non prende il tempo di mangiare. • 6. Mi racconta tutta la faccenda **affinché / perché / accioché** io sia al corrente. • 7. Leo ordinava un caffè **mentre** Carla voleva un tè. • 8. Mi ha telefonato **prima che** lo facessi io. • 9. Aspetterà **finché** potrà. • 10. L'aveva chiamato **perché** venisse. • 11. Si è messo a correre **come se** avesse paura. • 12. **Se** non è vero, è ben trovato.

conjugaisons

I. **Présent** : muoio • cadono • scii • facciamo • va • perdono • vivono • scelgo • dà • rimangono • piacciamo • viene • stanno • scende • voglio • metto • udite • fa • possiamo • chiedono • lavoriamo • bevono.

Passé simple : morii • caddero • sciasti • facemmo • andò • persero • vissero • scelsi • dette / diede • rimasero • piacquero • venne • stettero • scese • volli • misi • udiste • fece • potemmo • chiesero • lavorarono • bevvero.

Futur : morirò / morrò • cadranno • scierai • faremo • andrà • perderanno • vivranno • sceglierò • darà • rimarranno • piaceremo • verrà • staranno • scenderà • vorrò • metterò • udirete • farà • potremo • chiederanno • lavoreremo • berranno.

Passé composé : sono morto / -a • sono caduti / -e • hai sciato • abbiamo fatto • è andato • hanno perso • sono vissuti / -e • ho scelto • ha dato • sono rimasti / -e • siamo piaciuti / -e • è venuto / -a • sono stati / -e • è sceso • ho voluto • ho messo • avete udito • ha fatto • abbiamo potuto • hanno chiesto • abbiamo lavorato • hanno bevuto.

II. 1. Esco. • 2. Che vengano ! • 3. Me ne accorsi. • 4. Ha offerto una rosa. • 5. Aprii / Apersi la porta. • 6. Che lui muoia ! • 7. Bisogna che tu sappia la lezione. • 8. Siedi ! • 9. Bisogna che tu taccia. • 10. Può parlargli / parlarle un po'. • 11. Colgo fiori e ne faccio un mazzo. • 12. Dove deve andare ? • 13. Abbiamo messo una tendina alla finestra. • 14. Nacque a Roma. • 15. Avevano chiesto un'informazione. • 16. Ci rispose. • 17. Sono stati contenti. • 18. Ha riso e ho pianto. • 19. Corsero. • 20. Scelgo / Scelsi un libro. • 21. Vuole parlare. • 22. Sofferse / Soffrì. • 23. Bisogna che tu mangi. • 24. Bisognava che mi desse un dolce. • 25. Berrebbe un gran bicchiere. • 26. Cresce / Crebbe.

cui

1. a. • 2. a. • 3. c. • 4. b. • 5. c. • 6. c.

da

1. De cette colline on voit la mer. • 2. J'ai acheté des chaussures d'été. • 3. Depuis quand nous attendez-vous ? • 4. Il ne sait pas se comporter en adulte. • 5. Il n'y a rien à dire ni rien à faire. • 6. La fille à la robe bleue vient de Milan. • 7. Ce papier à lettres coûte très cher. • 8. Je ne l'ai plus vu depuis plusieurs années. • 9. Il a été malade et depuis lors, il va chaque mois chez le médecin. • 10. Il n'a pas parlé mais nous avons tout compris grâce à ses yeux. • 11. En homme qui connaît bien sa ville,

puisqu'il y vit depuis toujours, il nous sert de guide. • 12. Enfant, il avait les cheveux blonds. • 13. La salle à manger est plus petite que la chambre à coucher. • 14. Elle doit s'acheter un manteau d'hiver, et elle fera cet achat toute seule. • 15. Ils sont revenus de vacances depuis trois jours. • 16. Il est appelé par sa mère pour aller chez le boucher, car il faut acheter la viande pour faire à manger. • 17. Depuis ses dix ans, il est très grand. • 18. Il y avait partout beaucoup de monde.

dans

1. Fra due ore sarà pronto. • 2. Deve pagare entro il mese. • 3. Fra una quindicina di giorni saremo negli Stati Uniti. • 4. Fra venti chilometri, sarete arrivati. • 5. Torno fra due ore. • 6. Tiene la matita nella mano sinistra. • 7. Va in cucina.

dare

I. 1. Signore, **mi dia** quest'informazione, per favore ! • 2. Bisognava che tu mi **dessi** una mano. • 3. Sii gentile Gina, **dagli** un consiglio ! • 4. Se tu le **darai** un regalo, ti ringrazierà. • 5. Fu necessario che lui ci **desse** retta. • 6. **Dati** i risultati, è molto deluso. • 7. Occorre che tu **dia** del tu a Bruno.

II. 1. Dato che fa bel tempo, fa' il massimo giacché può darsi che, più tardi, piova ! • 2. Siccome non si conoscono bene, si danno del Lei e non del tu. • 3. Qualcuno ha dato un grido, lei ha avuto molta paura ed se l'è data a gambe. • 4. Dà un esame, Marco ? – Può darsi ! Piuttosto sua madre ce la dà a bere. • 5. Aldo ha dato del cretino a Gino, questo dà un'idea del suo modo di esprimersi. • 6. Deve dar retta a quello che gli diciamo. • 7. Luisa ha sete. Non darle da mangiare ma da bere ! • 8. Dia loro il Suo cappotto, Signora ! • 9. Dai ! È il momento di agire. • 10. Bastava che ti desse un po' di soldi. • 11. Mi diede / dette il suo libro, ecco il libro dato. • 12. Dato che non hai capito niente, devo spiegarti tutto di bel nuovo.

datation

1. Dante è nato nel 1265 ed è morto nel 1321. • 2. L'Unità italiana è stata compiuta nel secolo diciannovesimo (nell'Ottocento). • 3. La Repubblica italiana è nata nel 1946. • 4. Nel 1969, l'uomo ha camminato sulla luna. • 5. Dal 1915 al 1918, l'Italia ha partecipato alla prima guerra mondiale. • 6. Il fascismo è durato dal 1922 al 1943. • 7. Quanti ne avevamo ieri ? • 8. La Repubblica di Venezia è durata dal secolo ottavo al secolo diciottesimo (al Settecento). • 9. Cicerone è nato nel 106 avanti Cristo. • 10. Il primo maggio è la festa del lavoro. • 11. L'America è stata scoperta alla fine del secolo quindicesimo (alla fine del Quattrocento). • 12. Oggi è il15 agosto, è un giorno festivo perché è la festa di Santa Maria assunta.

démonstratifs

I. questo scolaro • quest'aula • questa zia • questo zaino • quest'alunno • questo pane • questa donna • quest'immagine • questo libro • quest'amico • questo soldato • questa professoressa • questo studente
quello scolaro • quell'aula • quella zia • quello zaino • quell'alunno • quel pane • quella donna • quell'immagine • quel libro • quell'amico • quel soldato • quella professoressa • quello studente
quegli scolari • quelle aule • quelle zie • quegli zaini • quegli alunni • quei pani • quelle donne • quelle immagini • quei libri • quegli amici • quei soldati • quelle professoresse • quegli studenti

II. 1. b. • 2. a. • 3. c. • 4. a. • 5. a.

depuis, dès, dès que, depuis que

1. Appena fa bel tempo, Leo esce. • 2. Dal mattino alla sera, i camion passano per la strada. • 3. Mi parlano dalla loro macchina. • 4. Sin dall'inizio della

giornata, pioveva. • 5. Da quando / Dacché i turisti invadono Venezia, i mesi estivi ci sono meno piacevoli.

di

I. Cette statue de bronze est à Gino. • 2. Le prix de cet article est de trois-cents euros. • 3. Il l'a fait en cachette. • 4. Elle a un chemisier en soie qui est très à la mode. • 5. Nous espérons nous en sortir. • 6. Il est de Venise. • 7. Il est parti en courant. • 8. Il boit une tasse de thé chaque matin. • 9. La boîte à lettres se trouve dans l'entrée. • 10. Il a une chaîne en or au cou.

II. 1. Di giorno in giorno è sempre più carina. • 2. Parigi è più grande di Firenze. • 3. Credi di poter fare questo lavoro ? • 4. Non ho niente contro di lui. • 5. Rispondono di sì. • 6. Questa macchina è di suo padre. • 7. D'inverno può nevicare. • 8. Ti dà del tu. • 9. Dietro di lui c'è una poltrona.

di et da

1. Tremiamo di (dal) freddo. • 2. Ha una macchina da corsa e pensa di guidarla da sé. • 3. È un braccialetto di valore. L'ha pagato con biglietti da dieci dollari. • 4. Andavamo da Livia, ma usciva appunto dalla casa accanto. • 5. D'anno in anno si sposta di città in città, questa volta viene da Pisa. • 6. È un vestito da inverno di lana. • 7. Da un giorno all'altro cambia umore. • 8. Esce di scuola ma non dalla scuola tecnica. • 9. D'estate, qua, fa un caldo da morire.

diphtongaison des verbes

1. (Si) siede. • 2. Tieni un quaderno. • 3. Vuole partire un po' ma non può. • 4. Ugo vuol venire con noi. • 5. Bisogna che lui nuoccia sempre a qualcuno. • 6. Muoiono di (dal) dolore. • 7. Vieni a parlarmi ! • 8. Gli puoi dire tutto. /Puoi dirgli tutto. • 9. Si muovono. • 10. Vota. • 11. Vuota la borsetta. • 12. Nuoto. • 13. Siedi ! • 14. Tienilo ! • 15. Noto tutto.

dire

1. Era detto che dovevano incontrarsi. • 2. Si dice che è molto ricco. • 3. So che mi dirà di no. • 4. Digli di venire ! • 5. Signore, ci dica ciò che è successo. • 6. Suo figlio viene a trovarlo molto spesso, vale a dire ogni due giorni. • 7. Bisogna che dicano la verità. • 8. Gli direi volentieri di partire. • 9. « Certo » disse / dice. • 10. Volevi che dicesse tutto quanto sapeva. • 11. Ci dica quello che ne pensa ! • 12. Dice sempre di sì.

donc

1. Entri pure, Signora ! • 2. « Penso, dunque sono » (Cartesio) • 3. Dove mai si trova ? • 4. Leggi pure ! • 5. Guardi pure la signaletica, Signore ! • 6. Perché mai non è venuto ?

dont

1. I libri di cui (dei quali) ti ho parlato, sono interessanti. • 2. La città da dove (da cui / dalla quale) viene, è Milano. • 3. Ho visto molti film, fra cui uno di Moretti. • 4. L'autore, i cui romanzi sono su questo scaffale, è inglese. • 5. Tutti i documenti, fra cui uno che riguarda la sua famiglia, sono stati distrutti. • 6. Il modo in cui parla, mostra che conosce bene l'argomento.

dove, dovunque

1. Durante il mese in cui si trovava in Italia, faceva molto caldo. • 2. Sappiamo dove va. • 3. Vuole dirci dove lui si trovi ? • 4. La casa dove (in cui) vive è molto moderna. • 5. Da dove viene e dove va, Signore ? • 6. Conosco il giorno in cui è nato e la città dove vive.

dovere

1. Da dove deve partire ? • 2. Dobbiamo andarci. /Ci dobbiamo andare. • 3. Crede che devano / debbano farlo / Crede che lo devano / debbano fare. • 4. Dovrò lavorare rapidamente. • 5. Dovete vederlo. / Lo dovete vedere. • 6. Ha dovuto pettinarsi. / Si è dovuta pettinare. • 7. Dovrebbero parlarsi. / Si dovrebbero

parlare. • 8. Hanno dovuto svegliarsi presto. / Si sono dovuti svegliare presto. • 9. Avresti dovuto esserci. / Ci avresti dovuto essere. • 10. Abbiamo dovuto partire. /Siamo dovuti partire • 11. Hanno dovuto alzarsi. / Si sono dovuti alzare. • 12. Dovettero / Doverono tacere. • 13. Pensa che io debba / deva venire. • 14. Dobbiamo lavare i piatti. • 15. Dove dové / dovette andare ?

-durre et -cere (verbes en -)

Présent : dico • traduce • convincono • nascono • fai • conosco • conducono • produce • vinco • cuociamo • deduco • introducono.

Passé simple : dissi • tradusse • convinsero • nacquero • facesti • conobbi • condussero • produsse • vinsi • cuocemmo • dedussi • introdussero.

Futur : dirò • tradurrà • convincerà • nasceranno • farai • conoscerò • condurranno • produrrà • vincerò • cuoceremo • dedurrò • introdurranno.

Passé composé : ho detto • ha tradotto • hanno convinto • sono nati / -e • hai fatto • ho conosciuto • hanno condotto • ha prodotto • ho vinto • abbiamo cotto • ho dedotto • hanno introdotto.

-e (noms et adjectifs en -)

1. MS • 2. MS • 3. FS • 4. FS • 5. MS • 6. MS et FS • 7. FS • 8. MS • 9. FS • 10. FP • 11. MS • 12. MS.

en

1. Guardando davanti a sé, procedeva con passo sicuro. • 2. Caramelle, ne ha sempre in tasca. • 3. Dei tuoi viaggi, parlane ! • 4. Poco mancò che non cadesse. • 5. Dolci, ne ha fatti e ce ne ha portati. • 6. L'ha finita con tutta questa storia. • 7. D'inverno fa freddo.• 8. Sulla facciata, c'era un fregio a coda di rondine.

enclise du pronom personnel

1. Ascoltandolo, pensavo di dirglielo. • 2. Alzatasi, Ada ci dice / disse : « Eccovi ! accomodatevi ! » • 3. Bisogna andarci. Vacci pure ! • 4. Per ottenere informazioni da Carla, scriviamole e chiediamogliele ! • 5. Accortatati della sua presenza, salutalo ! • 6. Questo libro, non hai da darglielo. • 7. Eccolo col compagno ! Accogliamoli ! • 8. Risponda loro, Signorina ! • 9. Ne parli, Signore ! • 10. Fagli / Falle piacere ! • 11. Non parlargli !/ Non parlarle !/ Non gli parlare !/ Non le parlare ! • 12. Fammelo vedere ! • 13. Sta telefonandomi. / Mi sta telefonando. • 14. Seguitolo, lo raggiunse. • 15. Affittasi camera con vista.

essere

1. Bisogna che siano presenti. • 2. Sta' buono e non essere cattivo ! • 3. Occorreva che fossimo a casa prima di mezzanotte. • 4. Sarà un'ottima occasione per essere insieme. • 5. Furono felici. • 6. I bambini sono stati soddisfatti. • 7. Si è messa a parlare. • 8. Saremmo partiti se non fosse piovuto.

exclamatifs

1. a. • 2. c. • 3. c. • 4. a. • 5. b. • 6. a.

fa

1. L'ho visto tre settimane fa. • 2. Non aveva mangiato da due giorni. • 3. È partito per Parigi qualche ora fa. • 4. Sono arrivati da un mese. • 5. L'avevamo incontrato cinque giorni prima. • 6. Ci ha telefonato due minuti fa, sarà qua fra un quarto d'ora. • 7. Sono andata a casa sua sei mesi fa. • 8. Secoli fa, la vita era difficile per la povera gente.

falloir

I. 1. Domani, **bisognerà** pensare alla mamma. • 2. Se tu volessi scrivere, ti **ci vorrebbe** un foglio di carta. • 3. **Bisognava** andarci ieri. • 4. Adesso **ci vogliono** una penna e una matita. • 5. Ora **ci vuole** volontà. • 6. Oggi **bisogna** ridere e non piangere. • 7. **Bisogna** che parta rapidamente. • 8. **Bisognava** che facesse un dolce.

II. 1. Bisognerebbe / Occorrerebbe che capissero. • 2. Bisognava / Occorreva che lavorasse. • 3. Ci vorranno /

Occorreranno due chili di farina gialla per la polenta. • 4. Ci vorrebbero / Occorrerebbero due mesi per fare un simile viaggio. • 5. Ci vuole / Occorre un po' di rigore. • 6. Bisognava / Occorreva parlarne. • 7. Bisognerebbe / Occorrerebbe fare questo lavoro prima dell'inverno. • 8. Ci vogliono / Occorrono diecimila euro per comprare questo prodotto.

III. 1. Sua madre è davvero una signora per bene. • 2. Agisce sempre come si deve. • 3. Poco mancò che il suo cavallo non vincesse la corsa. • 4. Per la salute non si deve fumare. • 5. Si dovrebbero costruire delle case. • 6. Ci dovrebbero essere degli alberi sulle pendici dei monti.

fare

1. Non ce la faccio. • 2. Faranno colazione alle otto. • 3. Noi facciamo il nostro lavoro. Faccia pure il suo, Signora ! • 4. Fece errori. • 5. Bisogna che facciano un buon pranzo. • 6. Faremmo volentieri un bel viaggio. – Ne avete fatto uno, un anno fa. • 7. Domani farà bel tempo. • 8. Fammelo vedere ! • 9. Fanno la doccia mattina e sera. • 10. Non si sono fatti vivi da tre giorni. • 11. Ha fatto il maestro ma tre anni fa ha smesso di lavorare.

féminin des noms (formation du)

la duchessa • la cliente • la marchesa • la figlia • la cagna • la pecora • la signora • la capra • la ragazza • la dea • la gatta • la padrona • l'operaia • la regina • la principessa • la pittrice • la gallina • la zitella • la collega • la scrittrice • la dottoressa.

fino, sino et leurs composés

1. b. • 2. a. • 3. b. • 4. b. • 5. a.

forme progressive

1. Stavano correndo. • 2. Domani, alla stessa ora, staremo parlando loro. • 3. Ci stiamo alzando. / Stiamo alzandoci. • 4. Da qualche giorno, il livello dell'acqua sta salendo. • 5. Stavate guardandolo. /Lo stavate guardando.

fra, tra

I. a. • 2. b. • 3. c. • 4. c.

II. 1. Ha conosciuto il periodo tra / fra le due guerre. • 2. È stata scelta fra cento. • 3. Fra un anno tornerà dagli Stati Uniti. • 4. Tra (di) loro, c'è sempre stato affetto. • 5. È seduto tra Lisa e Maria. • 6. Giungeranno fra un'ora.

fractions

due diciassettesimi • sette ventesimi • due quarti • sette ottavi • quattro duecentesimi • un mezzo • due terzi • venti centesimi • cento millesimi.

futur

farete • pagherai • lasceranno • berrà • diranno • mangerete • legherai. saranno • ameremo • darà • preferirò • temerà • conterai • giocheremo • starà • canterò • faranno • lavorerà • laverò • desidererai.

futurs et conditionnels contractés

I. condurranno • cadrai • faremo • parrete • trarrai • vedrà • andrà • vivremo • vorranno • morrai / morirai • terrà • verranno • berremo • comporrò.

II. 1. Sto lì lì per dirtelo. • 2. Se partiranno, sarò molto triste. • 3. Pensavo che sarebbero stati felici qualche giorno dopo. • 4. Se vorrai incontrarli, dovrai fare il viaggio fino a Palermo. • 5. Stavamo lì lì per prendere questa strada e non quell'altra. • 6. Se partite adesso, giungerete in tempo. • 7. Lavoreranno, se darete loro lavoro. • 8. Credeva che le sue amiche sarebbero partite l'indomani.

gérondif

1. Pur bevendo il tè, ci parla. • 2. Stiamo facendo la prima colazione. • 3. Dicendogli di venire, gli ha fatto piacere. • 4. Venendo a trovarci e scegliendo la domenica, ha potuto vedere tutta la famiglia che stava festeggiando il compleanno della nonna. • 5. Stanno

alzandosi / Si stanno alzando per partire salutandoci.

-gliere, -gnere (verbes en -)

Présent de l'indicatif : scelgono • spegne • colgo • tolgono • il burro si scioglie.
Présent du subjonctif : che scelgano • che lui spenga • che io colga • che tolgano • che io reagisca. • che il burro si sciolga.
Passé simple : scelsero • spense • colsi • tolsero • il burro • il burro si sciolse.
Passé composé : hanno scelto • ha spento • ho colto • hanno tolto • il burro si è sciolto.

grande

1. Michelangelo fu un **gran / grande** pittore, un **grande** scultore e anche un **grande / grand'**architetto. • 2. Dante è un **gran / grande** poeta, anzi il **maggior** poeta italiano per non dire il **massimo**. • 3. Questo **grande / grand'**uomo politico ha sempre avuto una **grande / grand'**ambizione per il paese. • 4. Questo cane è una **gran** brava bestia. • 5. Il suo fratello **maggiore** è un **grande / grand'**amico. • 6. Non conosce **gran** che alla matematica.

heure (expression de l')

I. a) È l'una e dieci. b) Sono le dieci meno un quarto. c) È mezzogiorno e un quarto. d) Sono le otto e venti. e) È l'una e mezzo. f) Sono le sette e venticinque. g) Sono le cinque meno venti. h) Sono le sei e cinque. i) Sono le due e mezzo. j) Sono le tre meno cinque.

II. 1. Leo e Lea giungeranno alle sei e un quarto. • 2. Erano le nove, quando tornò a casa. • 3. È andato a letto a mezzanotte e mezzo. • 4. Alle tre e un quarto suonerà la sveglia. • 5. Fra mezz'ora, sarà mezzogiorno e dieci. • 6. Alle otto meno un quarto, sarà partito da quindici minuti. • 7. Era l'una e un quarto, trenta secondi fa. • 8. Il treno parte alle diciotto e quaranta. • 9. Sarò al lavoro dalle nove alle dodici e dalle tredici alle quindici. • 10. Vi aspetto alle dieci circa.

-i (noms et adjectifs en-)

l'uomo antipatico • la crisi internazionale • il valore bollato • il sindaco competente • il collega interessante • la classe sociale • l'insegnante francese • il vecchio patriarca • la moglie ungherese • il duca inglese • la sintesi convincente • il buco largo • l'amico simpatico.

-iare (verbes en -)

Présent de l'indicatif : mi annoio • cambiano • mangi • cominciano • rovescia • rinunciamo • studiate • avvio • scia.
Présent du subjonctif : che mi annoi • che cambino • che tu mangi • che comincino • che lui rovesci • che rinunciamo • che studiate • che io avvii • che lei scii.

il y a

1. Siamo a Firenze da quindici giorni. • 2. Ha comprato questo mobile tre anni fa ; ce ne sono altri che ha aquistato più recentemente. • 3. Dolci ? Ce ne sono stati molti per quella festa. • 4. Ci sarebbero molti soldi da guadagnare, se ci fossero altre condizioni economiche. Tre anni prima, ne avevano approfittato tutti. • 5. Aspetterà da due ore quando arriveremo.

imparfait

Imparfait de l'indicatif : facevano • lavoravi • ripetevo • finivamo • dicevate • conduceva • udivo • stava • davi • bevevano • seguivamo • traduceva • ponevo • moriva.
Imparfait du subjonctif : che facessero • che tu lavorassi • che io ripetessi • che finissimo • che diceste • che conducesse • che io udissi • che lui stesse • che tu dessi • che bevessero • che seguissimo • che traducesse • che io ponessi • che morisse.

impératif

1. Guardami e non parlare ! • 2. Dagli caramelle ! • 3. Fa' loro capire questo testo ! • 4. Piero e Carlo, abbiate pazienza e vogliate scusarci / ci vogliate scusare !

• 5. Anna e Chiara, possiate sentirli !/li possiate sentire ! • 6. Non dirglielo ! • 7. Sii gentile ! • 8. Non darmelo !/Non me lo dare ! • 9. Faglielo vedere ! • 10. Si alzi, Signore ! • 11. Abbi coraggio ! • 12. Dallo loro ! • 13. Lo guardi, Signora !

in

1. Ha una casa in campagna e un'altra in montagna. • 2. Scendo in cantina. • 3. Ha letto questo libro in poco tempo. • 4. Ha tagliato il pane in due. • 5. Verrà in vestito da sera. • 6. Si è trovato in pericolo. • 7. Cambiamo euro in dollari. • 8. Passeggia nel parco. • 9. Hanno comprato mobili in / di mogano. • 10. Finirò questo lavoro in tre settimane.

indéfinis

I. uno zucchero • una studentessa • un soldato • un'amica • un figlio • un amico • una città • un quaderno • una figlia • un / una nipote • uno stile • uno sciame • uno iogurt • un albero • un'erba • un sasso • un uomo.

II. 1. c. • 2. a. • 3. a. • 4. b. • 5. a.

infinitif

1. Corre ad avvertirci. • 2. È difficile non sbagliare. • 3. Non partire, Elena ! • 4. Credo di vederlo. • 5. Penso di farlo venire. • 6. Ci sono molte cose da fare. • 7. È vietato fumare. • 8. Pensa di non conoscerlo. • 9. Sta per cantare. • 10. Speriamo di poter sentirlo.

interjections

1. Su, Coraggio ! • 2. Dai ! Non pensarci più ! • 3. Zitti, ragazzi ! • 4. Aiuto, muoio ! • 5. Accidenti, Non trovo più il borsellino ! • 6. Pronto ! Chi parla ? • 7. Evviva la libertà ! • 8. Che peccato ! • 9. Smettila di fare quel rumore ! • 10. Avanti, tutti ! • 11. Sta' ferma / buona, Marta ! • 12. Smettila di parlare, Marco !/Zitto Marco ! • 13. Beata te, Lina ! • 14. Poveri voi ! • 15. Bravi ragazzi ! • 16. Non è venuto. Che peccato !

interrogatifs

1. Quante persone c'erano ? • 2. In che secolo è vissuto Boccaccio ? • 3. Gli chiesi quanti soldi potesse spendere. • 4. Che giorno è oggi ? • 5. Quante porte ha la casa ? • 6. Quanti anni hanno ? • 7. Dove abita, Signore ? • 8. In che via lavorano ? • 9. Perché si è arrabbiato ? • 10. A che ora mangerete ? • 11. Mi chiedo quale sia il suo motivo per agire così ? • 12. In che ti riguarda ? • 13. Qual era la sua scelta ?

la (pronom neutre)

1. Non lavoro eppure me la sbrigo. • 2. Non me la sento di fare questo lavoro. • 3. Parla da due ore, davvero la fa lunga. • 4. Facciamola corta ! • 5. In fin dei conti è stato fortunato : l'ha scampata bella. • 6. Non dicevano nulla ma la sapevano lunga. • 7. Se la spassano. • 8. La paghi salata. • 9. Ho avuto delle difficoltà ma me la sono cavata. • 10. Gliela dà da bere. • 11. L'avete fatta brutta a Marco. • 12. Te l'hai con un collega, ma non te la prendere / prendertela con lui, non è colpa sua !

lui, lei, loro

1. Loro parlano bene. • 2. È colpa loro. • 3. Lui ci conosce. • 4. A parer loro, è un libro interessante. • 5. Mi rivolgo a lei, Signore. • 6. Loro, li vedo spesso. • 7. Lei è un'amica. • 8. Si tratta di Lei, Signora. • 9. Lui dettava, lei scriveva. • 10. Anche lui era assente. • 11. Ridevano loro.

magari

1. Peut-être sera-t-il parti. • 2. Si seulement il pensait à moi ! • 3. Puis-je vous inviter au cinéma ? – Volontiers ! • 4. J'y irai, même si je ne devais pas le rencontrer. • 5. Tu lui écris ; peut-être ne te répondra-t-il pas. • 6. Vous me semblez en excellente santé ! – Si seulement ! • 7. Voulez-vous une bonne glace ? – Volontiers ! • 8. Si seulement je pouvais aller en Australie ! • 9. Si seulement il faisait beau ! • 10. Il est peut-être prêt à partir.

mai et ses composés

1. Puoi venire ? – Come no ! • 2. Se mai potesse viaggiare, ne sarebbe felice. • 3. Devo pensare, caso mai, a scrivere a Dino. • 4. Non ha / è mai potuto andare a Venezia. • 5. Se mai piovesse, non potrebbe lavorare nell'orto. • 6. Non l'ho mai incontrato.

même

1-Hanno lo stesso professore dell'anno scorso. • 2. Verrai, io medesimo farò lo stesso. • 3. Sono della stessa età. • 4. È un ladro, si dice perfino che abbia rubato un milione di euro. • 5. Quest'uomo è la bontà stessa. • 6. Era in grado di preparare il pranzo ma non ha voluto. • 7. Ha avuto un grave problema e la sera medesima non era più lo stesso. • 8. Quand'anche mi parlerebbe, non gli risponderei.

meno, più

1. Ha fatto questo viaggio almeno cinquanta volte. • 2. Bisogna studiare di più. • 3. Questo ragazzo è meno coraggioso della sorella. • 4. È il meno caro dei ristoranti. È il ristorante meno caro. • 5. Resta in campagna più mesi all'anno. • 6. Deve parlare di più. • 7. Ho bussato almeno tre volte. • 8. Mi piace di più con i capelli corti. • 9. Due più sei fa / uguale otto. • 10. Dieci meno quattro fa / uguale sei.

mezzo

1. In mezzo al (Nel mezzo del) paese c'è una fontana. • 2. « Il fine giustifica i mezzi » (Machiavelli) • 3. Quattro mezzi fanno due unità. • 4. Sono le tre e mezzo. • 5. Beve una tazza e mezzo di tè il mattino. • 6. La boccia è mezza piena. • 7. Nel bel mezzo della strada c'è una grossa pietra. • 8. Togliti di mezzo in fretta ! • 9. Ha potuto raggiungere la ripa per mezzo di una barca. • 10. Ogni mezzogiorno fa correre i suoi mezzosangue.

morire

1. Botticelli morì nel 1510. • 2. Muori di (dalla) paura. • 3. È possibile che muoiano senza soffrire. • 4. Se non avessero abbastanza da mangiare, morrirebbero / morrebbero di (dalla) fame. • 5. Curati e non morirai / morrai ! • 6. È morto il poeta. • 7. Traditore, muori pure !

négation

1. Non parla tedesco **né** inglese. • 2. Non ha dormito **neanche** questa notte. • 3. Non l'ha **affatto** detto. • 4. Non conosce l'Italia, infatti non ci è **mai** andato. • 5. Luca non ride **né** piange. • 6. Non abbiamo visto i suoi genitori e **neanche** i nonni.

noms (pluriel des -)

I. le braccia degli uomini • i sindaci dei luoghi • i sopraccigli / le sopracciglia • i ronzii delle api • i banchi nei collegi • i membri delle società • i turchi e le turche • gli dei dei fiumi • le lenzuola dei letti • le paia • le mogli degli amici • le centinaia • i delta dei fiumi • le ali degli uccelli • le diagnosi dei medici • i chili • le mani dei duchi • le rughe delle fronti • i comunisti dei borghi • gli orrori delle guerre • le uova delle cornacchie • le mura delle città • gli stridi dei tram. • I fichi sono delle frutta.

II. il ginocchio del tedesco • il nemico del belga • La tinca è un pesce. • il migliaio • l'osso dello scheletro • il bue e la mucca • il re e il patriarca • il tempio del dio greco • la spiaggia del mare • il buco nel gilè • il clima di questo paese • il pianista nel caffè • il viaggio del collega • la serie • l'orologio • il braccio del lago • l'affresco dell'artista • la tesi e l'analisi del filosofo • il pilota dell'aereo • la tasca della giacca • l'eco sonora nel bosco.

numéraux collectifs

1. c • 2. a • 3. c • 4. a • 5. a • 6. a • 7. a.

numéraux distributifs

1. Camminano tre per tre. • 2. I bambini vengono a quattro a quattro per ottenere

un gelato, ce ne sarà uno per ciascuno. • 3. Ne vedrò cinque alla volta. • 4. Libri, ce ne saranno sei a testa. • 5. Ogni due giorni viene a farci visita.

numéraux ordinaux

I. cinque • quinto • duecentoventinove • duecentoventinovesimo • tremila ottantotto • tremila ottantottesimo • mille • millesimo • milleduecentoquattro • milleduecentoquattresimo • duecentomila • duecentomillesimo • cinquantesei • cinquantoseiesimo • quattrocentoventitré • quattrocentoventitreesimo • duecentotrentuno • duecentotrentunesimo • diciassette • diciassettesimo.

II. Il minuto è la **sessantesima** parte dell'ora. • 2. Ha vinto **due milioni** d'euro. • 3. È giovane, è il suo **diciassettesimo** compleanno. • 4. Siamo nel **ventunesimo** secolo. • 5. Mi ha fatto uno sconto del **diciannove per cento**. • 6. Hanno mangiato tutti e tre per **centotrentatré** euro. • 7. Ha percorso i **due terzi** del cammino. • 8. Il cinema è la **settima** arte.

III. 1. Febbraio ha ventotto o ventinove giorni, gli altri undici mesi ne hanno trenta o trentuno. • 2. Li vediamo ogni due settimane. • 3. Il primo giorno della settimana è la domenica e il settimo è il sabato. • 4. Ci sono trecentosessanta-cinque giorni e dodici mesi nell'anno ma anche quattro stagioni. • 5. Scendi le scale a quattro a quattro. • 6. Per questo viaggio, ha pagato duemila euro a persona. • 7. Abita al nono piano. • 8. Vanno in tre a teatro. • 9. Mettetevi due per due ! • 10. Legge il capitolo nono di questo libro, è arrivato a pagina centotré, restano solo le ultime venti pagine. • 11. Recita all'atto terzo, scena quarta.

nuocere

1. Non nuocere loro ! • 2. Bisogna che nuoccia sempre a qualcuno. • 3. Ci nocquero a lungo. • 4. Nuocciono di continuo. • 5. Vi nuocerebbe se vi fidaste di lui. • 6. Ha nociuto alla sua famiglia.

-o (noms et adjectifs en -)

i figli ricchi • i mormorii dei rii • gli stridi dei tram • le radio degli amici • i funghi selvatici • i profughi nemici • i luoghi natii • i risi asiatici • le uova fresche • gli dei antichi • gli epiloghi drammatici • i cataloghi greci • I valichi sono poco larghi. • Sentiamo le grida lunghe degli uomini. • Le lenzuola bianche sono nei letti. • Sono i bracci morti dei fiumi.

occorrere

1. Occorre che tu venga. • 2. Occorrono mezzi di trasporto. • 3. Occorreva che parlasse. • 4. Occorrerà pazienza. • 5. Occorre che loro siano presenti. • 6. Occorrerebbero tanti soldi. • 7. Occorse la presenza di un amico. • 8. Occorrevano forza e coraggio.

ogni, ognuno

1. Ogni ragazzo verrà. • 2. D'estate ogni giorno è bello. • 3. Ogni bambina sembra carina. • 4. Ogni sua amica era simpatica. • 5. Ognuno pare felice. • 6. Ogni settimana, Luca viene dai nonni. • 7. Ogni persona incontrata ci saluta. • 8. Ogni tuo compagno è in vacanza.

on

I. 1. Si scorgono i tetti. • 2. Si guardavano entrare i bambini. • 3. Quando si è giovani, si è felici. • 4. Si chiacchiera e non si ascolta. • 5. In questa scuola si studiano due lingue vive. • 6. In Italia si parlano ancora numerosi dialetti. • 7. Per fare una passeggiata in montagna, ci si alza presto e si mettono scarpe comode. • 8. Si va e si viene. • 9. Si pensa agli altri, almeno lo si dice. • 10. Di questo lavoro, non se ne vede la fine. • 11. Quando si è stanchi, si va a letto. • 12. In questa carrozza letto ci si dorme bene. • 13. Quando ci si diverte non si vede passare il tempo.

II. 1. Mi si dice che si resta a casa. • 2. Si scrivono tante lettere. • 3. Si vuole comprare una macchina e se ne chiede il prezzo. • 4. Si spiega la lezione. • 5. Se ci si diverte bene, si è felici. • 6. Lo si fa quando ci si pensa. • 7. Se si ha un cane, se ne prende la responsabilità. • 8. Si leggono questi libri e se ne parla. • 9. Le si vedono. • 10. In Italia, si mangia tanta pasta. • 11. Si preparavano i bagagli.

opinion (verbes d'), de crainte et d'espérance

1. Pensiamo di fare un bel viaggio quest'estate. • 2. Pensava che la nonna fosse ancora a casa. • 3. Credè / Credette che i suoi genitori dovessero venire. • 4. Stimarono che il momento non convenisse per agire. • 5. Credei / Credetti di morire. • 6. Credono di diventare campioni ma penso che sbaglino e si facciano illusioni. • 7. Temo di non poter venire. • 8. Spera che Lia sia contenta. • 9. Sperano di vedervi spesso.

ora

1. Ora è troppo tardi per pensarci. • 2. Che ora era ? • 3. Sono le tre e un quarto ed è partito ora. • 4. Ora parlo loro. • 5. Ora comincia il suo lavoro perché gliel'hanno portato ora. • 6. Fra un'ora, saranno le sei e fra mezz'ora le cinque e mezzo. • 7. Ora che è andato via, possiamo parlare.

où

1. Dove si recano ? • 2. Vado nella città dove abitano i nonni. • 3. Il giorno in cui è venuto faceva molto bel tempo. • 4. Dovunque tu parta, quest'amico ti seguirà. • 5. Dove siete andati ieri ? • 6. Mi chiedo dove sia nato. • 7. Non so dove si trovino i bambini. • 8. Sapete dove abbia parcheggiato la macchina ? • 9. Dovunque io sia, telefono loro almeno una volta la settimana. • 10. Da dove vengono ?

parere et ses composés

1. I ragazzi paiono contenti di vederlo. • 2. Gli / Le parve / parse interessante leggere questo libro. • 3. Sembrate cadere dalla luna. • 4. Gli parve / parse che avesse gli occhi grandi e lucenti. • 5. È comparso davanti al tribunale. • 6. Sparirà / Scomparirà appena verrà il giorno. • 7. Apparve / Apparse / Apparì e scomparse / scomparve / scomparì in un batter d'occhio. • 8. Sembrerebbe utile che sparisse / scomparisse. • 9. Ci sembra di conoscere già questo paese. • 10. Sembrava loro di essere finalmente arrivati.

participe passé

I. 1. La direttrice è uscita di scuola, gli scolari l'hanno vista / veduta e l'hanno salutata. • 2. Gli spettatori si sono alzati per applaudire. • 3. Lisa si è messa / messo il cappotto ed è andata via. • 4. Gli ho mostrato giornali e gliene ho dati parecchi. • 5. I ragazzi sono venuti a Roma e Ugo li ha ricevuti a casa sua. • 6. Ho comprato tre paste e ne ho mangiate due. • 7. Si sono letti libri. • 8. Si è guardata la tivù ogni sera. • 9. Si è dormito di notte. • 10. Si è uscito alle tre. • 11. Maria ha provato due gonne e le ha comprate. • 12. I ragazzi si sono lavati / lavate le mani.

II. 1. Caduta la notte, andiamo a letto. • 2. Presentatisi, i visitatori hanno potuto entrare. • 3. Apparse le nuvole, il sole non si è più visto. • 4. Finita la giornata, si torna a casa. • 5. Guardatasi nello specchio, Eva ha visto che era spettinata.

participe présent

1. È la luna crescente. • 2. È un amante. • 3. È un uomo vincente. • 4. È uno studente. • 5. È un insegnante. • 6. Sono gli emigranti. • 7. Sono i partenti. • 8. È un dirigente. • 9. È un ragazzo ubbidiente. • 10. È un sole splendente.

passé proche (ou immédiat)

poco fa : 1. I ragazzi sono partiti poco fa. • 2. Ho finito di mangiare poco fa. • 3. Il sole è calato poco fa. • 4. Abbiamo letto questo libro poco fa. • 5. Hai chiuso la porta poco fa. • 6. Poco fa Marco è entrato in questo negozio. • 7. Vi siete alzati poco fa.

poco prima : 1. I ragazzi erano partiti poco prima. • 2. Avevo finito di mangiare poco prima. • 3. Il sole era calato poco prima. • 4. Avevamo letto questo libro poco prima. • 5. Avevi chiuso la porta poco prima. • 6. Poco prima Marco era entrato in questo negozio. • 7. Vi eravate alzati poco prima.

passé simple et participe passé

passé simple : io tacqui • loro parvero / parsero contenti • la neve si sciolse • io discussi • lei stette tranquilla • tu spingesti la porta • loro vinsero la partita • io misi i guanti • lei crebbe • Lisa nacque a Roma • loro si accorsero di lei • lui perse soldi • noi chiudemmo la finestra • io corsi un cento metri • io colsi fiori • lei morse la mela • loro resero il libro • la pasta cosse • voi alludeste a questa storia • loro spesero cento euro • il pittore dipinse • loro finsero • lui scorse la stella • noi proteggemmo la bandiera • loro aprirono / apersero gli occhi • lui apparì / apparse / apparve • tu desti una caramella • loro ebbero paura • lei condusse • noi stemmo in piedi • loro sparirono / sparvero • io nascosi il fazzoletto • lui morì • loro vennero.

passé composé : io ho taciuto • loro sono parsi contenti • la neve si è sciolta • io ho discusso • lei è stata tranquilla • tu hai spinto la porta • loro hanno vinto la partita • io ho messo i guanti • lei è cresciuta • Lisa è nata a Roma • loro si sono accorti di lei • lui ha perso soldi • noi abbiamo chiuso la finestra • io ho corso un cento metri • io ho colto fiori • lei ha morso la mela • loro hanno reso il libro • la pasta è cotta • voi avete alluso a questa storia • loro hanno speso cento euro • il pittore ha dipinto • loro hanno finto • lui ha scorto la stella • noi abbiamo protetto la bandiera • loro hanno aperto gli occhi • lui apparì / apparse / apparve • tu hai dato una caramella • loro hanno avuto paura • lei ha condotto • noi siamo stati in piedi • loro sono spariti • io ho nascosto il fazzoletto • lei è morta • loro sono venuti.

per

1. Ce magasin est fermé pour cause de vacances. • 2. C'est l'avion qui vient de Rome et non celui pour Rome. • 3. Il nous appelle par ordre alphabétique. • 4. Trois fois deux six. • 5. Il part pour l'Australie. • 6. Il fait tout ce qu'il peut pour aider son amie. • 7. C'est trop beau pour être vrai. • 8. Les élèves sont divisés par classes. • 9. Ça suffit pour aujourd'hui. • 10. Il m'a tout raconté par le menu. • 11. Pendant toute sa vie il a combattu pour la liberté. • 12. Milva allait / était sur le point de sortir quand Ivo est arrivé. • 13. Il se trouve à Florence pour quelque temps. • 14. Pour tout le monde c'est un bon garçon. • 15. Il s'en fallut de peu qu'il ne heurte la vitrine avec sa tête, heureusement ça ne s'est pas produit. • 16. Il a marché toute la nuit dans les rues de Milan et pour finir il est rentré à la maison.

perché

1. Mi telefona perché io **venga** a trovarlo. • 2. Non sapeva perché la figlia **dovesse** partire. • 3. Gliene parlò perché **conoscesse** tutta la storia. • 4. Mi era caro perché **era** un ragazzo simpaticissimo. • 5. Non sappiamo perché Leo non **partecipi** alla festa. • 6. Non può lavorare perché non **sta** bene. • 7. Potete fare questo viaggio perché **avete** abbastanza soldi. • 8. Non puoi guidare la macchina perché **sei** troppo giovane.

piacere

1. (Lei) piace sempre molto. • 2. Le piace molto il cinema. • 3. Vedere Siracusa mi piacerebbe tanto. • 4. Ti piacerà la cucina di mia nonna. • 5. Ci piacciono i film del neorealismo. • 6. Bisogna che questi fiori gli / le piacciano. • 7. Piacquero loro i laghi italiani. • 8. Bisogna che piacciate / piaccia

ai suoi genitori. • 9. Gli è piaciuta questa storia.

pluriel des noms

le donne italiane • i libri interessanti • i ribes neri • i fiori bianchi • i profughi tedeschi • i chirurghi greci • gli amici vietnamiti • i problemi economici • i dialoghi tragici • le amiche turche • gli uomini comici • gli dei pagani • le rose rosa • i guanti marrone • i film neorealistici • le mogli ricche • i pendii pericolosi • i figli unici • i cuochi belgi • i sindaci dei borghi • i funghi porcini • i raggi solari • le uova sode • le città belghe • i bei laghi • le novità artistiche • le armi fatali • la facce sporche • le figlie antipatiche • i bilanci annuali • i bambini buoni • le correnti artistiche • gli anni finanziari • gli spazi liberi • le mani larghe • le strade vecchie • le cifre pari • le auto veloci • i vecchi alberghi • le camicie blu •.

politesse (forme de)

1. Come sta ? • 2. Dov'è il Suo cane ? • 3. Dove va ? • 4. Le ho parlato e adesso Le scrivo. • 5. Si guarda nel Suo specchio. • 6. Non guardi questo brutto spettacolo ! • 7. Mi dia il Suo numero di telefono ! • 8. Sono venuti i Suoi genitori. • 9. La ringrazio per il Suo regalo. • 10. È colpa Sua. • 11. Non posso dirLe quello che è successo, Gliel'avevo detto prima. • 12. Sua moglie è simpatica, Gliel'assicuro. • 13. Pensi a Sé e non a lei !

porre

1. Pongo il piede sul tappeto. • 2. Pose la mano sul tavolo. • 3. Bisogna che pongano i loro libri. • 4. Porremo il (nostro) bicchiere. • 5. Ponesti la tua roba sul letto. • 6. Avete posto i pacchi sul divano. • 7. Ponga la sua borsetta, Signora ! • 8. Porrebbero il paniere se fosse pieno.

possession, appartenance

1. a. • 2. b. • 3. a. • 4. c.

potere

1. Potè vederlo. /Lo potè vedere. • 2. Si potrà pettinare. /Potrà pettinarsi. • 3. Potrebbe dirglielo. /Glielo potrebbe dire. • 4. Bisogna che possa farlo. / che lo possa fare. • 5. Poteste venire tutti e due ! • 6. Potesse venire, Signore ! • 7. Hanno potuto guardarsi. /Si sono potuti guardare. • 8. Abbiamo potuto partire / Siamo potuti partire. • 9. Bisognava che potessimo parlare loro.

pourcentages

1. Il dieci per cento è lo sconto che ci consente. • 2. La percentuale di votanti è stata del cinquantacinque per cento. • 3. L'Italia possiede il sessanta per cento del patrimonio artistico europeo e il quaranta per cento di quello mondiale. • 4. L'indice della borsa è calato dell'uno virgola otto per cento. • 5. L'inflazione è aumentata dello zero virgola nove.

prépositions

1. b. • 2. a. • 3. b. • 4. c. • 5. b. • 6. a. • 7. c. • 8. a.

présent

1. **Bisogna** che voi **facciate** il vostro dovere. • 2. Tu ci **conduci** a scuola. • 3. Io **penso** che Lia gli **dia** una mano. • 4. Io **tengo** un bicchiere. • 5. Io **vado** al liceo e **credo** che lui **vada** alla scuola media. • 6. Chi lo **sa** ! • 7. Voi **dite** « grazie » alla nonna e le **date** un bacio. • 8. Voi **fate** un esercizio. • 9. Io **voglio** che loro **vadano** a fare una passeggiata. • 10. È necessario che Marco **si tolga** il cappello.

prima

1. Cette maison n'était pas là auparavant. • 2. Avant de partir, Ada met son manteau. • 3. Il revient à la maison avant le soir. • 4. Avant qu'il ne soit trop tard, il s'est fait soigner. • 5. Il a fini plus tôt que prévu (avant l'échéance). • 6. Il a beaucoup changé, ce n'est plus le même qu'avant. • 7. J'y pense plus qu'avant. • 8. Avant tout, je veux te saluer. • 9. Elle est moins belle qu'avant. • 10. Il était venu deux jours auparavant.

pronoms démonstratifs

I. 1. Fra i diversi libri che ho letto, **questo** è interessante ma **quello** molto meno. • 2. Dimmi tutto **quello (ciò) c**he hai fatto. • 3. Di queste due vie, non prendere **questa** ma **quella** in fondo alla strada. • 4. È molto cambiato, non è più **quello** di una volta. • 5. Fra gli alunni che vediamo, **questi** sono bravi ma **quelli** no.

II. 1. c. • 2. b. • 3. a. • 4. c. • 5. a. • 6. b. • 7. c. • 8. c. • 9. a. • 10. c • 11. c. • 12. b.

pronoms exclamatifs

1. Oggi ci sono pochi alunni, **quanti** sono assenti ! • 2. A **chi** parli ! • 3. Deve venire ? – **Chi** lo sa ! • 4. **Chi** si vede ! • 5. **Che** sento !

pronoms indéfinis

1. a. • 2. b • 3. a. • 4. c. • 5. a. • 6. c. • 7. c. • 8. a. • 9. b. • 10. b. • 11. a. • 12. a. • 13. b. • 14. c.

pronoms interrogatifs

1. Di queste due bambole, **quale** hai scelta ? • 2. Poiché hai fame, vuoi della pasta. **Quanta** ? • 3. **Chi** è venuto ? • 4. Per **chi** lavori ? • 5. Di **che** / **chi** state parlando ? • 6. Di questi libri, **quali** sono i tuoi preferiti ? • 7. Non so con **chi** partire. • 8. **Chi** è stata ? • 9. Hai ricevuto tanti regali per il tuo compleanno ; **quanti** ? • 12. Con **chi** hai mangiato ? • 13. Pronto ! **Chi** parla ? • 13. Ti piacciono certi fiori ; **quali** ? • 14. **Che** stavate dicendo ?

pronoms personnels compléments

I. 1. **Lo** guardo. • 2. Telefona**le** ! • 3. **Ci** vado. • 4. **Li** sentiamo. • 5. Di**gli** di venire ! • 6. **Ne** voglio una. • 7. **Lo** portiamo. • 8. Non **le** conosco. • 9. **La** guardiamo. • 10. **Li** vedi. • 11. **Le** parli. • 12. Puliscila ! • 13. Guardando**la**, **le** sorrise. • 14. Sta scorgendo**la**. / **La** sta scorgendo. • 15. Devo veder**la**. / **La** devo vedere. • 16. Ecco**li** ! • 17. Vorrei conoscer**lo**. /**Lo** vorrei conoscere.

II. 1. Scrive a **lei**. • 2. Parlo a **lei** come a **lui**. • 3. Guardate **loro**. • 4. Prepariamo da mangiare per **essi** e per **esse**. • 5. Questo regalo è per **loro**. • 6. Lina si trova accanto a **lui**.

III. 1. C'è lavoro da fare. Facciamolo ! • 2. Guardandoti, gli / le parlava. • 3. Lavoriamo per te e non solo per lui. • 4. Conoscete questi amici, vi scriverò se partiremo in viaggio con loro. • 5. Queste canzoni, sai cantarle / (le sai cantare). • 6. A me racconterà tutta questa storia • 7. Lavoro come lui e quanto loro.

pronoms personnels groupés

1. **Gliene** compra. • 2. **Le** mando **loro**. • 3. Da**llo loro** ! • 4. Offri**gliela !** • 5. Telefoniamo**la loro** ! • 6. Porta**glielo** ! • 7. **Gliel**'ho detta. • 8. Comprando**glielo,** era contento.

II. 1. È un bel gioiello ; faglielo vedere e regalamelo ! • 2. Gli / Le si buttò al collo. • 3. Gli si avvicinò. • 4. Un consiglio, datecelo ! • 5. Dei libri, te ne ha presi tre e me ne ha restituiti due. • 6. Delle caramelle, gliene abbiamo date. • 7. Non sono stati molto gentili, lo dirò loro. • 8. Questa notizia, te la diamo. • 9. Ce la siamo cavata bene. • 10. Finiamola ! • 11. Quest'oggetto gli piace molto, vuol acquistarselo / se lo vuol acquistare. • 12. Andatevene !

pronoms personnels réfléchis

1. Ci siamo guardati. • 2. Si parlano e parlano di sé. • 3. Ti togli il cappello per salutare le signore. • 4. Voltatevi ! • 5. Ha molta fame, si mangia la minestra. • 6. Lavora per sé. • 7. Si mangiano gli spaghetti. • 8. Ci si alza.

pronoms personnels sujets

1. Vengono **loro**. • 2. Te lo dico **io**. • 3. Partono anche **loro**. • 4. **Noi** cantiamo mentre **voi** leggete. • 5. Vieni anche **tu** ? • 6. Nemmeno **noi** sappiamo di che cosa si tratta. • 7. Sono state **loro** / **esse** a partire. • 8. Carla è una buona cuoca, questo dolce, l'ha fatto **lei** • 9. Non

vado d'accordo con Ugo, però ha ragione **lui** e non **io**.

II. 1. **Lei** cammina sul lungofiume. • 2. Parla **lei**. • 3. **Essi** cantano al mattino. • 4. **Lui / Egli** telefona a Lucia. • 5. **Esse** passeggiano, **essi** chiacchierano. • 6. **Lui / Lei** dipinge. • 7. **Loro** si divertono. • 8. Non è venuta neanche **lei**.

III. 1. Chi viene con me ? Tu o lui ? • 2. Noi lavoriamo, anche loro. • 3. Tu sei gentile come / quanto lei. • 4. Io e lui partiamo, anche voi. • 5. Agiscono loro e non voi. • 6. Chi vuol rispondere ? – Noi. • 7. Aveva parlato lei. • 8. Siamo invitati, io e mia moglie.

pure et ses composés

1. Lui pure è tedesco. • 2. Magari facesse bel tempo ! • 3. Non passerà neppure a casa nostra. • 4. Purché tu prometta di non agire più così, ti perdono. • 5. Il padrone l'apprezza purché Leo lavori. • 6. Purtroppo è giunto troppo tardi. • 7. Pur parlando ci guardava. • 8. Farò di tutto pur di accontentarlo. • 9. Entri pure Signore e si accomodi ! • 10. Parla bene l'italiano eppure lo studia solo da un anno.

qualche, qualcuno

1. **Alcune** persone sono presenti. • 2. Fra questi uomini, **alcuni** viaggiano molto. • 3. **Alcune** sono italiane. • 4. **Qualche** ragazzo non studia bene. • 5. **Alcune** donne parlavano all'angolo della via. • 6. **Qualcuno** è venuto. • 7. Leo è andato a Napoli per **qualche** giorno. • 8. Hai visto **qualcuno** ?

quale / -i

1. La città dal**la quale** viene è Roma. • 2. In **quale** stato ti sei ridotto ! • 3. In **quale** città sei stato trasferito ? • 4. **Quale** medico è venuto ? • 5. **Qual** era la Sua opinione, Signore ? • 6. **Qual** è il paese n**el quale** è nato ? • 7. Le sedie sul**le quali** sono seduti, sono vecchie. • 8. Di **quali** amici parli ?

quanto

1. Mi chiedo quanto lei pesi. • 2. Quanto sono infelice ! • 3. Quanto a partire domani, non è sicuro. • 4. Lavora quanto te. • 5. Ha tante case quante macchine. • 6. (In) quanto a ciò, è tutt'altra cosa. • 7. È tanto buona quanto bella. • 8. Quant'è vero Dio ! • 9. Per quanto intelligente sia, ha agito in modo stupido. • 10. In quanto medico, ha potuto stabilire una diagnosi.

quasi

1. Il a presque fini. • 2. Il y a presque trois ans qu'il vit en Italie. • 3. Il est venu presque tout de suite. • 4. Il ne parle presque jamais. • 5. Il était à deux doigts de tout lui dire mais il a cessé de parler. • 6. Il est presque une heure. • 7. Il affirme certaines choses comme si elles étaient vraies.

quelque(s), quelqu'un

1. a. • 2. b. • 3. c. • 4. b. • 5. a.

regretter

1. Mi rammarico di non aver visto più spesso i genitori. • 2. Si rammarica di essere stato imprudente e di aver provocato un incidente. • 3. Gli è dispiaciuto di non aver potuto passare a casa. • 4. Ci dispiace di arrivare in ritardo. • 5. Verrà domani Signore ? – No, mi dispiace. • 6. Rimpiange il periodo in cui poteva fare tutto quello che voleva. • 7. Mi rincresce di non aver risposto prima alla Sua lettera. • 8. Rimpiangono la loro infanzia felice.

relatifs (pronoms) et relatives (propositions)

1. L'invidia è il difetto più grave che possa toccare il cuore dell'uomo. • 2. Vorrei trovare uno che mi amasse. • 3. È il quadro del quale (di cui) ti ho parlato. • 4. Non c'è nessuno che possa capire l'utilità di questo lavoro. • 5. Il giorno in cui è nato, faceva un tempo magnifico. • 6. È l'unico momento in cui possa venire. • 7. Gli amici, il cui figlio è medico,

sono arrivati. • 8. Ho potuto vedere il lago di cui / del quale mi hai parlato. • 9. Non c'è nessuno che lo capisca. • 10. È un'opera più interessante di quello che paia / sembri. • 11. Ci sono cinque persone nella macchina, fra cui un bambino. • 12. L'ho visto per l'ultima volta l'anno in cui sono andata in vacanza a Capri. • 13. La gente che parla, è di Milano. • 14. L'uomo cui / a cui pensi è di Marsiglia. • 15. L'amico con cui / (con il quale) hai affittato questa villa, arriverà domani. • 16. È un autore che piace e i cui libri si vendono bene.

rimanere

1. Rimasi a casa. • 2. Rimarranno a casa loro. • 3. Vuole che io rimanga. • 4. Siamo rimasti a Roma. • 5. Rimarrebbero volentieri in Italia. • 6. Rimanemmo per qualche tempo. • 7. Bisognava che tu rimanessi qui. • 8. Se rimarrà, rimarrò anch'io. • 9. Rimango ad aspettarlo. • 10. Erano rimaste alcuni giorni. • 11. Se rimanesse, sarei contento. • 12. Bisogna che rimangano.

santo

1. I **santi** Cosimo e Damiano sono venerati in Italia. • 2. A Venezia c'è un'isola chiamata **San** Francesco del deserto. • 3. **San** Domenico era spagnolo. • 4. La chiesa di **Sant'**Agata è vicina a quella di **Sant'**Agostino. • 5. Il duomo di Firenze è consacrato a **Santa** Maria del Fiore e il battistero a **San** Giovanni Battista. • 6. Questo **sant'**uomo ha potuto incontrare il **Santo** Padre a **San** Pietro in Vaticano. • 7. **San** Gennaro è il **santo** patrono di Napoli. • 8. **Santa** Rosalia è la **santa** patrona di Palermo. • 8. La bellissima chiesa romanica di **Sant'**Ambrogio si trova a Milano.

sapere

1. Saprà parlare loro. • 2. Seppi partire in tempo. • 3. Bisogna che lui sappia che strada prendere. • 4. Sappi che ti ascolto ! • 5. Sappiamo tacere ! • 6. Hanno saputo alzarsi / (Si sono saputi alzare) al suo arrivo. • 7. Bisognava che gli attori sapessero il testo. • 8. Avreste saputo la lezione se l'aveste studiata. • 9. Sanno parlarsi (Si sanno parlare) con cortesia. • 10. Sapeva di profumo.

se

1. Se **studierà**, sarà promosso. • 2. Non sa se voi **abbiate** l'intenzione di partire. • 3. Se io **ridessi**, sarei felice. • 4. Non lo vorrei se lui me l'**offrisse**. • 5. Se lui **fosse partito**, Maria sarebbe andata via anche lei. • 6. Mi chiedevo se io **potessi** entrare. • 7. Se non **è** vero, è ben trovato.

stare

1. Non starà più in sé dalla gioia. • 2. Ieri stava bene, oggi non sta molto bene, domani starà meglio. • 3. Questo cappotto le starebbe benissimo se fosse più alta. • 4. Sta a lui parlare. State attenti ! • 5. Stettero in via Garibaldi, al numero sette. • 6. Stavano per finire il loro lavoro quando altri due compagni sono arrivati. • 7. Non stia in piedi, Signore ! • 8. Bisognava che stessero calmi. • 9. State zitte, ragazze e tu, non stare così a bocca aperta !

style direct et style indirect

1. Lia dice a Nina che ha fatto da mangiare e le chiede che cosa ha / abbia fatto il giorno prima • 2. Ugo chiese a Luca se aveva / avesse fame e se voleva / volesse mangiare. • 3. Barbara domanda dov'è / dove sia Tina e come sta / stia. • 4. Renata dice a Marco che va al cinema senza di lui. • 5. Mario diceva che se avesse potuto avrebbe fatto quel viaggio. • 6. Carla mi dice che va subito a fare la spesa. • 7. Gli hai chiesto dove sta / stesse andando ? • 8. Disse che se ne andava. • 9. Dichiarava che avrebbe fatto piacere alla mamma. • 10. Affermò che non gli piaceva quel vaso.

su

1. Il est arrivé au point du jour. • 2. Nous nous voyons vers la fin de la journée. • 3. Dix personnes sur cent étaient

absentes. • 4. La pluie bat les vitres. • 5. Que mets-tu sur toi avec cette pluie ? • 6. Il doit avoir environ quatre-vingts ans. • 7. Nous ne sommes plus des enfants, désormais les choses, nous les faisons pour de vrai. • 8. Il a décidé de s'installer cette année. • 9. Montons ! • 10. Là-haut sur les montagnes, il y a beaucoup de neige en hiver.

subjonctif

I. 1. Benché lui cerchi, non trova. • 2. Che Dio ti aiuti ! • 3. Si accomodi, Signore ! • 4. È possibile che non conosca la strada. • 5. Cercava un operaio che accettasse questo lavoro. • 6. Ci sembra che tu non studi abbastanza. • 7. Non sapevamo chi fosse. • 8. È l'unica persona che lui frequenti. • 9. Non vedo una cuoca che possa fare questo pranzo. • 10. Non riuscivano a capire ciò che potesse interessarli / che li potesse interessare. • 11. Pensava che si trattasse di parlargli. • 12. Peccato che non si possa partire oggi. • 13. È l'uomo più interessante che io conosca. • 14. Ascolta come se fosse interessato. • 15. Non sapevano dove fossimo. • 16. Qui, ogni persona che io incontri mi sembra strana. • 17. Così sia !

II. 1. Bisognava che tu **venissi**. • 2. Niente impedisce che lui **parta**. • 3. È possibile che lui **compri** una casa. • 4. Spero che Lisa **finisca** ora il suo lavoro. • 5. Temo che Marco non ci **vada**. • 6. Se Lina **volesse** riuscire, farebbe uno sforzo. • 7. Domandò che cosa Dino **facesse**. • 8. Bastava che Nina **uscisse**. • 9. Può darsi che **sia** promosso. • 10. Che Dio ti **benedica** ! • 11. Tacque come uno che non **avesse** niente da dire. • 12. Bisogna che lui ci **offra** un caffè. • 13. Volevate che io **telefonassi** ai genitori. • 14. Può darsi che tu non **possa** venire. • 15. Ci portavano in macchina affinché noi **giungessimo** in tempo. • 16. Prima che **vada** a dormire, gli parliamo a lungo. • 17. Sebbene la notte **fosse** chiara, non ritrovarono il loro cammino. • 18. Non vuole che la figlia **sposi** quest'uomo. • 19. Se tu **trovassi** un lavoro, la mamma sarebbe contenta. • 20. Bisognerebbe che Luigi **venisse**.

subordonnées conjonctives

1. Non sapevo che Luisa **stesse** poco bene. • 2. Ci auguriamo che lei **migliori**. • 3. Andiamo al mare perché ci **fa** bel tempo e non perché ci **piaccia** nuotare. • 4. Se noi **arriveremo** in tempo, i bambini potranno andare a scuola. • 5. Siccome Matteo **veniva**, potevo rimanere a casa. • 6. Se **fossimo partiti** presto, saremmo già arrivati. • 7. Benché **sia** vero, non mi crede. • 8. Si è preso un raffreddore perché **è uscito** con il maltempo. • 9. Mentre mi **ascoltava**, prendeva appunti. • 10. Andiamo via prima che lui **torni** ! • 11. Mi domandavo che cosa **fosse** successo. • 12. Poiché loro non **sono venuti**, siamo partiti rapidamente. • 13. Fa' come se niente **fosse**. • 14. Il film era meno interessante di quanto se lo **aspettasse**. • 15. Dovunque **arrivasse**, era sempre il benvenuto. • 16. Prima che **parlasse**, la gente era già avvertita. • 17. Benché Tina **stia** bene, va ogni mese dal medico. • 18. Siccome **veniva** a trovarci, non avevamo da andare a casa sua. • 19. Leo è più ricco che non si **possa** pensare. • 20. Dovunque si **trovi**, mi telefona ogni due giorni. • 21. Lia è contenta come se **ricevesse** un complimento. • 22. Siccome **è** tardi, dopo che **arriva**, va subito a dormire.

suffixes

un lavoro • il leone • il topo • una finestra • la zia • poco • la borsa • cantare • girare • la pancia • marrone • scoppiare • rubare • un libro • un cuore • il papero • uno zio • un balcone • verde • una vita • una cosa • una via • il sedere • il fiore • la nonna • una pietra.

sujets postposés (ou inversés)

1. Viene Marco. • 2. C'erano libri sullo scaffale. • 3. In primavera si vedranno

foglie sugli alberi. • 4. Ci voleva / Occorreva un ago per ricamare. • 5. Ci sono piaciute le caramelle che ci hai regalato. • 6. Ci chiamavano loro. • 7. Ci sarà un bicchiere sul tavolo. • 8. Gli piacerà questo regalo.

superlatifs

1. a. • 2. b. • 3. a. • 4. c. • 5. c. • 6. b. • 7. a. • 8. b.

tacere

1. Taci ! • 2. Tacque immediatamente. • 3. Taccio. • 4. Bisogna che tacciano. • 5. Hanno taciuto. • 6. Adesso tacciamo, taceranno dopo. • 7. Credevo che tacessero. • 8. Non tacere !

tanto, molto, poco, trappo

I. 1. Delle caramelle, ce ne sono **tante**. • 2. Ha comprato **tanti** bei libri, benché siano **tanto** cari. • 3. Ci sono **tante** pere quanti fichi nel cestino. • 4. Questa ragazza è **tanto** coraggiosa. • 5. Per la strada c'è **tanta** gente. • 6. Dalla sorpresa apriva **tanto** di bocca. • 7. Questa commedia era **tanto** interessante che l'ho vista due volte. • 8. Lisa viene a casa **tanto** volentieri.

II. 1. I bambini hanno tanta / molta sete. • 2. Questa macchina è molto / tanto veloce. • 3. Rimane pochi giorni a casa nostra. • 4. Tanta / Molta gente frequentava questo cinema : ci venivano presentati film tanto / molto belli. • 5. Bugie, ne dice troppe ma sforzi, ne fa pochi. • 6. Non è molto commosso : ha pochi rimpianti e poche lagrime.

telefonare

1. La ligne est coupée. • 2. Le numéro de votre poste est le 38. • 3. Pourriez-vous épeler votre nom ? • 4. La ligne n'est pas bonne. Nous vous rappelons dans quelques instants. • 5. Je ne vous entends pas bien, pouvez-vous répéter s'il vous plaît ? • 6. Voulez-vous laisser un message ? Je le transmettrai. • 7. Je dois vous quitter. • 8. Pourrais-je téléphoner ? – Un moment, je vous prie. Restez en ligne ! • 9. Je regrette, je me suis trompé de numéro. • 10. Qui dois-je annoncer ?

tenere

1. Gli / Le tieni la mano. • 2. Bisogna che si tengano per mano. • 3. Terrò il mio cappello perché il vento non lo porti via. • 4. Terrebbero il fazzoletto in mano per salutarci se andassimo via. • 5. Abbiamo tenuto a vederlo ; ci tengo io. • 6. Tennero duro. • 7. La macchina tiene la strada.

tout

1. Viene ogni tre mesi. • 2. Hanno viaggiato tutte e due nel mondo intero. / per tutto il mondo. • 3. Durante le vacanze, tutti si divertono / tutta la gente si diverte e nessuno lavora. • 4. Pur parlando a tutti / a tutta la gente, il barista serve i clienti. • 5. Non lo conosciamo affatto. • 6. Vi piacciono le lenticchie ? – Niente affatto. • 7. È affatto il suo tipo. • 8. È affatto giusto.

trarre

1. La barca fu tratta a riva. • 2. Si trae d'impaccio. • 3. Lo traggono fuori dall'acqua. • 4. Luigi trasse la corda. • 5. Li conosco bene : traranno vantaggio dalla situazione. • 6. Bisogna che i buoi traggano il carro.

udire, uscire

1. L'odi quando esce. • 2. Bisogna che loro escano. • 3. È meglio che non ti oda. • 4. Non uscire ! • 5. Alla sua età, ode ancora bene. • 6. Esca, Signore ! • 7. Esci di qua ! • 8. Usciremo per udirli. • 9. Udimmo le campane.

valere, vedere, venire

1. Questi quadri valgono la pena di essere ammirati. • 2. Li vedremo quando verranno. • 3. Vennero a vedere i nostri prodotti per sapere quanto valessero. • 4. Verrei se ne valesse la pena. • 5. Valgo più di lui. • 6. Vieni e vedrai ! • 7. Verrò fra qualche minuto. • 8. Se verranno, li vedrete.

verbes...

1. Non si degna di guardarmi. • 2. Questo bambino si è ancora ammalato. • 3. Mi congratulo con Lei del Suo successo, Signore. • 4. Diffidiamo di loro. • 5. Si è partiti stamattina. • 6. Passeggiate nel parco. • 7. Ci si è annoiati durante questo spettacolo. • 8. Hanno litigato. • 9. Tacciamo. • 10. Ho sbagliato treno. • 11. Si arrabbia spesso. • 12. Nevica da due giorni. • 13. Si è mangiato ieri con lei. • 14. Si sono parlati gli uni gli altri. • 15. Maria si è alzata. • 16. Ivo si è lavato / lavata la testa. • 17. Si sono tuffati nel lago. • 18. È scappato di corsa. • 19. Luca si è rovinato / rovinata la mano. • 20. È svenuto / venuto meno dalla paura.

vivere

1. Chi vivrà, vedrà. • 2. Boccaccio visse nel Trecento. • 3. Con la tua ottima salute, vivrai a lungo. • 4. Sono vissuti a Roma. • 5. Ha vissuto un' infanzia felice.

volere

1. Finché vivrà, vorrà lavorare. • 2. Avevano voluto incontrarsi. /Si erano voluti incontrare. • 3. Ha voluto partire. / È voluta partire. • 4. Volevamo che vivesse felice. • 5. Elena vuol bene a Sandro, gli vuole un gran bene. • 6. Hanno voluto parlarsi. / Si sono voluti parlare. • 7. Ti ci è voluta pazienza perché voglia decidersi. /si voglia decidere. • 8. Se volessimo viaggiare, potremmo. • 9. Gli ci sono volute tre ore per fare questo lavoro. • 10. Se vivesse ancora, non vorrebbe che la sua casa fosse venduta. • 11. Voglio vederlo. / Lo voglio vedere.

y

1. Ci va. • 2. Due mesi fa era in Italia. • 3. In primavera ci sono molti fiori. • 4. Ci sarà gente per la strada. • 5. Ci sono, ci rimango. • 6. Ci penso di continuo. • 7. Sappiamo che non c'entra. • 8. Ce la faremo. • 9. Ci andiamo e ci ritroveranno.

Index

Cet index ne reprend pas les différentes entrées proposées dans le livre mais fait intervenir des éléments de grammaire étudiés dans les différentes rubriques sans pour cela constituer une entrée. Il permettra au lecteur de découvrir sous quelle entrée se trouve le point de grammaire désiré.

Le numéro des pages n'est pas indiqué mais le repérage est aisé puisque les thèmes grammaticaux sont considérés par ordre alphabétique.

Achevé d'imprimer en octobre 2004 par Normandie Roto Impression s.a.s, 61250 Lonrai
N° d' impression : 04-2484 - Dépôt légal : octobre 2004 - Imprimé en France